百年新诗选 下

为美而想

洪子诚 奚密 吴晓东
姜涛 冷霜 编选

生活·讀書·新知 三联书店

Copyright © 2015 by SDX Joint Publishing Company.
All Rights Reserved.
本作品版权由生活·读书·新知三联书店所有。
未经许可，不得翻印。

图书在版编目（CIP）数据

百年新诗选（上下）／洪子诚，奚密主编．—北京：生活·读书·新知三联书店，2015.7（2023.10重印）
ISBN 978－7－108－05106－6

Ⅰ．①百⋯　Ⅱ．①洪⋯　②奚⋯　Ⅲ．①诗集－中国－现代　Ⅳ．①I226

中国版本图书馆CIP数据核字（2014）第168833号

编选说明

如果可以将1917年1月号《新青年》刊发胡适的诗作为中国新诗的起点，那么，新诗确实已走了将近百年的路程。因应这一机缘，近年来，有多部带有总结、展示性质的新诗选集面世；它们或者是类乎"诗三百"的极简约形式，或者是十几卷本以至几十卷本的宏大规模。我们觉得，介乎这两者之间，应该有一种"适度"篇幅的选本作为补充。它是面向诗歌爱好者的、普及性的，但又为想了解新诗历史和现状的读者提供进一步深入的空间。在这样的选本里，对诗人和诗作有一定的包容量，能显示新诗历史和重要诗人的基本风貌，但也避免过分膨胀而让一般读者难以使用。自然，这样的选本也可以为学校的诗歌教育提供基本的参考资料。

这部诗选分上下两卷。共收入大陆、台湾和香港等地域的一百一十位诗人的作品，诗选按照诗人生年顺序排列，以1949年为界划分上、下卷的收录范围。1949年在中国大陆，被看作现、当代文学分期的重要年份，但我们这里并没有这样的意思，大体上基于分量平衡上的考虑。

虽然编选者长期在大学从事新诗教育和研究，但是，选择哪些诗人和作品，仍然是编选工作中最大的挑战。编选者对新诗历史和美学自然拥有广泛共识，但差异和分歧仍不可避免。现在入选的诗人和作品，是在各自提出名单的基础上，经过反复磋商、协调的结果。

限于篇幅，作品以短诗为主，对长诗的选入持谨慎态度。由于主要不是服务于研究者和专业人员，因此，并不强调初刊本（或初版本），也不注明来源、出处。在作者修改而存在多种版本的情况下，由编选者自行确定"最佳"的版本。作品写作（发表）时间，除作者篇末自行注明的之外，在可以确定的情况下，我们用括号的方式尽量予以标明。

为了让读者对诗人的生平、创作历程和艺术特点有所了解，诗选将简要"导读"的撰写作为重要的组成部分，也提供可以扩充阅读的诗集目录。由于是分别撰写，导读文字的风格、详略并不一致。表达的看法，自是编选者的见解，但也综合、参考了新诗批评家的研究成果。

我们为这部诗选取了"时间和旗"与"为美而想"的

书名。他们来自新诗的某部诗集和某篇作品的名字。命名虽然带有偶然的因素，但也多少体现了我们对新诗与历史、时代的关联，以及新诗在艺术构型、探索走向上的某种理解。

虽然编选的工作前后进行了两年多，相信仍存在许多问题，期望读者的批评建议，以便未来有可能再版的时候进一步修订。

2013年12月

尽管在本书编选、出版阶段，我们和三联书店一直在尝试多方努力，希望取得入选诗人的出版授权，但迄今仍有部分本书诗人未能取得联系，请版权持有人见书后惠函三联书店，以便寄奉样书和稿酬。

编者
2015年1月28日

目 录

食 指 ___ 001

命运 | 这是四点零八分的北京 | 热爱生命

梁秉钧 ___ 007

水果族 | 双梨 | 成都早晨 |
香港历史明信片 | 总统的菜单

北 岛 ___ 018

回答 | 宣告 | 结局或开始 | 履历 |
乡音 | 在天涯 | 零度以上的风景

苏绍连 ___ 030

兽 | 吊在天花板的电扇 | 录影机 |
混血儿 | 生日

芒 克 ___ 035

阳光中的向日葵 ｜ 灯 ｜ 晚年 ｜ 死后也还会衰老

多 多 ___ 042

手艺 ｜ 北方闲置的田野有一张犁让我疼痛 ｜
登高 ｜ 春之舞 ｜ 在英格兰 ｜ 我读着 ｜
依旧是

舒 婷 ___ 053

寄杭城 ｜ 致橡树 ｜ 还乡 ｜ 神女峰 ｜ 惠安女子

零 雨 ___ 061

大荒年 ｜ 箱子系列——我的记忆是四方形 ｜
缝隙

陈义芝 ___ 072

居住在花莲 ｜ 破烂的家谱 ｜ 焚毁的家书

钟 鸣 ___ 081

中国杂技：硬椅子 ｜ 与阮籍对刺 ｜
曼德尔斯塔姆变形记

于 坚 ___ 093

尚义街六号 | 感谢父亲 | 对一只乌鸦的命名 |
读弗洛斯特 | 坠落的声音

陈 黎 ___ 108

吠月之犬 | 腹语课 | 不卷舌运动 |
一首因爱困在输入时按错键的情诗 |
战争交响曲 | 构成 | 慢板

杨 泽 ___ 121

在风中 | 在毕加岛 | 人生不值得活的

王小妮 ___ 128

不认识的就不想再认识了 | 等巴士的人们 |
一块布的背叛 | 白纸的内部

杨 炼 ___ 137

飞天 | 房间里的风景 | 大海停止之处 |
纪念一棵街角上的树 | 王府井——颐和园

翟永明 ___ 148

土拨鼠 | 小酒馆的现场主题 | 潜水艇的悲伤 |
新天鹅湖 | 关于雏妓的一次报道

罗智成 —— 166

观音 | 山贼之歌 | 耶律阿保机 |
梦中书房 | 梦中拖鞋

向 阳 —— 177

搬布袋戏的姐夫 | 立场 | 发现□□

欧阳江河 —— 184

手枪 | 傍晚穿过广场 |
计划经济时代的爱情 | 时装街

张曙光 —— 197

人类的工作 | 给女儿 | 尤利西斯 | 香根草 |
岁月的遗照 | 在汉斯酒店的午餐聚会 |
有关陶渊明

柏 桦 —— 206

表达 | 李后主 | 琼斯敦 | 1966年夏天 |
现实 | 忆故人

顾 城 —— 217

一代人 | 我是一个任性的孩子 |
在这宽大明亮的世界上 | 是树木游泳的力量 |
墓床 | 鬼进城（选二）

夏 宇 __ 227

姜嫄 | 甜蜜的复仇 | 鱼罐头——给朋友的婚礼 |
腹语术 | 小孩（一） | 小孩（二） | 翻译

刘克襄 __ 235

遗腹子 | 革命青年 | 希望 | 热带雨林 |
小熊皮诺查的中央山脉

王家新 __ 242

瓦雷金诺叙事曲 | 一个劈木柴过冬的人 |
帕斯捷尔纳克 | 伦敦随笔（节选） |
晚年的帕斯

孙文波 __ 257

六十年代的自行车（组诗选三） |
目前的形势和我的任务 | 相对论

孙维民 __ 265

清晨掩埋 | 一九八五春 | 转车 | 蝉 | 途中

吕德安 __ 271

八月 | 泥瓦匠印象 | 鲸鱼 | 解冻

肖开愚 __ 278

艾伦·金斯堡来信 | 下雨 | 星期六晚上 |
破烂的田野

陈克华 __ 294

我们写诗的男人 | 京都遇雨 | 婚礼留言 |
蝴蝶恋 | 南京街志异

瓦历斯·诺干 __ 303

部落牧师 | 在想象的部落 | 书房 |
酒的数学

韩 东 __ 310

有关大雁塔 | 我们的朋友 | 这些年 |
温柔的部分 | 下午的阳光 | 读薇依

骆一禾 __ 319

凉爽 | 为美而想 | 黑豹 | 灿烂平息 |
壮烈风景

孟 浪 __ 325

连朝霞也是陈腐的 | 当天空已然生锈 |
无题 | 无题

陈东东 —— 331

点灯 ｜ 独坐载酒亭。我们该怎样去读古诗 ｜
冬日外滩读罢神曲 ｜ 八月 ｜ 解禁书（组诗选一）

张 枣 —— 340

镜中 ｜ 跟茨维塔伊娃的对话（十四行组诗）（节选）｜
祖母 ｜ 悠悠 ｜ 春秋来信

王 寅 —— 349

朗诵 ｜ 开花的手杖 ｜ 神赐 ｜ 晚年来得太晚了

西 川 —— 354

在哈尔盖仰望星空 ｜ 造访 ｜
夕光中的蝙蝠 ｜ 虚构的家谱 ｜
降落 ｜ 恩雅 ｜ 重读博尔赫斯诗歌

黄灿然 —— 366

小鼬鼠 ｜ 旅行 ｜ 致港务长 ｜ 静水深流

鸿 鸿 —— 371

城市动物园（选二）｜ 与我无关的东西 ｜
花莲赞美诗 ｜ 新生活 ｜ 土制炸弹 ｜
诗人节 ｜ 恋爱，但不谈恋爱

洛 枫 __ 382

曲赋 | 爱情连环图 | 午夜心跳

海 子 __ 389

亚洲铜 | 打钟 | 死亡之诗（采摘葵花）|
祖国（或以梦为马）| 面朝大海，春暖花开 |
最后一夜和第一日的献诗 | 春天，十个海子

臧 棣 __ 400

猜想约瑟夫·康拉德 | 未名湖 | 菠菜 |
蝶恋花 | 绝对审美协会 | 万古愁丛书

阿库乌雾 __ 414

记忆 | 蛛经 | 原木 | 母语

雷平阳 __ 421

杀狗的过程 | 集体主义的虫叫 | 青蚨记 |
碧色寨的机器

戈 麦 __ 428

誓言 | 未来某一时刻自我的画像 |
那些是看不见的事物（给西渡）|
我们背上的污点 | 梦见美（一）

西 渡 —— 435

颐和园里湖观鸦 ｜ 一个钟表匠人的记忆 ｜
学校门口的年轻母亲 ｜ 消息

桑 克 —— 443

雪的教育 ｜ 夜歌 ｜ 自慰 ｜ 核桃树 ｜ 自我鉴定

陈先发 —— 450

丹青见 ｜ 戏论关羽 ｜ 可以缩小的棍棒 ｜
晚安，菊花

蓝 蓝 —— 456

在我的村庄 ｜ 野葵花 ｜ 学习：那美和情欲的 ｜
火车，火车

许悔之 —— 461

荒废的肉体 ｜ 欢喜 ｜ 瞬间 ｜ 香气 ｜
有鹿 ｜ 亮的天

唐 捐 —— 468

无血的大戮 ｜ 瓶中婴 ｜ 我的弟弟是狼人 ｜
错过

陈 灭 ___ 474

Lo-fi ｜ 强迫性购物症 ｜ 废墟码头 ｜
市场，去死吧！

朱 朱 ___ 482

厨房之歌 ｜ 青烟 ｜ 先驱

隐 匿 ___ 490

独门瘦身密技 ｜ 宠／物（选五）｜
写诗是可耻的 ｜ 土地公与诗

席亚兵 ___ 495

生活漫议 ｜ 漫兴 ｜ 仿一首迪斯科 ｜
这是旅游的大省、年龄、心境

蒋 浩 ___ 505

随手写下的一首诗（给晋逸）｜ 海的形状 ｜
六月二十八日重读《海的女儿》｜ 开封行

韩 博 ___ 511

公共汽车·两姐妹 ｜ 沐浴在本城 ｜
登不上城墙的那一夜，雨 ｜
极昼轮回小镇

胡续冬 ___ 520

回乡偶书 | 安娜·保拉大妈也写诗 |
白猫脱脱迷失 | 太太留客

王 敖 ___ 528

糖山 | 我曾经爱过的螃蟹 | 绝句 |
翻译颂 | 寄赠杜慕康、赵凤仪夫妇

杨佳娴 ___ 535

你的声音充满时间 | 渡厄 |
越台八八线访雾台 |
天使,倘若你已决定抛弃我

食 指
（1948年生）

本名郭路生，1948年11月生于山东朝城。1953年随父迁居北京，在北京读中学。1968年底到山西汾阳县杏花村插队，开始写诗。1971年入伍，1973年复员后，患精神分裂症。返回北京后长时间为疾患所困扰。1990年后一度居留北京第三福利院。食指"文革"期间的作品，在"上山下乡"的知识青年中广泛流传，并影响当年知青中的诗歌写作者。他1978年在北岛、芒克创办的《今天》发表作品时，开始使用"食指"的笔名。

食指的诗，最早从"内部"开始了对当代政治诗的背离：虽然延续政治诗某些语言和思维方式，却不再阐释给定的政治理念。个人的想象力，特定历史生活中的痛苦、失落、迷惘、期待，包括对历史性细节的把握能力，重新被带入诗意空间。发现、尊重个体经验，对当代诗歌语言系统具有革命性变革的意义。在诗体形式上，由于受到何其芳的影响，大多采用何其芳等倡导的"现代格律诗"体制。语言平白直接，诗情真挚恳切；他在诗与诗人人格之间构成的互证关系，常被评论者作为范例标举。

出版诗集：

《相信未来》，南宁：漓江出版社，1988年。
《食指黑大春现代抒情诗合集》，成都科技大学出版社，1993年。
《诗探索诗歌金库·食指卷》，北京：作家出版社，1998年。
《食指的诗》（蓝星诗库），北京：人民文学出版社，2000年。

命 运

一

好的荣誉是永远找不开的钞票,
坏的名声是永远挣不脱的枷锁,
如果事实真的是这样的话,
我情愿在单调的海洋上终生漂泊。

哪儿寻找结实的舢板,
我只有在街头四处流落,
只希望敲到朋友的门前,
能得到一点菲薄的施舍。

我的一生是辗转飘零的枯叶,
我的未来是抽不出锋芒的青稞,
如果命运真的是这样的话,
我愿为野生的荆棘放声高歌。

哪怕荆棘刺破我的心,
火一样的血浆火一样地燃烧着,
挣扎着爬进那喧闹的江河,
人死了,精神永不沉默!

二
羞怯的微笑是醉人不伤心的美酒
绯红的面庞是丰满无核心的苹果
如果维纳斯是这样的话
我至今还未感到爱情的焦渴

有人说酒后异常地痛苦
有人说苹果也有时苦涩
朋友,我不知道,因为
至今我还没有亲自尝过

明朗的目光是笔直走不完的路程
深沉的眼睛是躲也躲不过的灾祸
如果你是这样选择爱人的话
爱情的小船将永远荡漾在秋波

哪个愿永远在动荡之中
是水手谁不想靠岸停泊
年轻的朋友,该静下心来
认真思量,仔细斟酌

1967

这是四点零八分的北京

这是四点零八分的北京
一片手的海浪翻动
这是四点零八分的北京
一声尖厉的汽笛长鸣

北京车站高大的建筑
突然一阵剧烈的抖动
我吃惊地望着窗外
不知发生了什么事情

我的心骤然一阵疼痛,一定是
妈妈缀扣子的针线穿透了心胸
这时,我的心变成了一只风筝
风筝的线绳就在妈妈的手中

线绳绷得太紧了,就要扯断了
我不得不把头探出车厢的窗棂
直到这时,直到这个时候
我才明白发生了什么事情

——一阵阵告别的声浪
　　就要卷走车站
　　北京在我的脚下

已经缓缓地移动

我再次向北京挥动手臂
想一把抓住她的衣领
然后对她亲热地叫喊：
永远记着我，妈妈啊北京

终于抓住了什么东西
管他是谁的手，不能松
因为这是我的北京
这是我的最后的北京

1968. 12. 20

热爱生命

也许我瘦弱的身躯像攀附的葛藤，
把握不住自己命运的前程，
那请在凄风苦雨中听我的声音，
仍在反复地低语：热爱生命。

也许经过人生激烈的搏斗后，
我死得比那湖水还要平静。
那请去墓地寻找我的碑文，
上面仍会刻着：热爱生命。

我下决心：用痛苦来做砝码，
我有信心：以人生作为天平，
我要称出一个人生命的价值，
要后代以我为榜样：热爱生命。

的确，我十分珍惜属于我的
那条弯弯曲曲的荒草野径，
正是通过这条曲折的小路，
我才认识到如此艰辛的人生。

我流浪儿般地赤着双脚走来，
深感到途程上顽石棱角的坚硬，
再加上那一丛丛拦路的荆棘，
使我每一步都留下一道血痕。

我乞丐似的光着脊背走去，
深知道冬天风雪中的饥饿寒冷，
和夏天毒日头烈火一般的灼热，
这使我百倍地珍惜每一丝温情。

但我有着向命运挑战的个性，
虽是屡经挫败，我绝不轻从。
我能顽强地活着，活到现在，
就在于：相信未来，热爱生命。

1979

梁秉钧
（1949—2013）

笔名也斯。广东新会人，在香港长大，1967 年进香港浸会学院外文系学习。1978 年赴美国加州大学读比较文学，先后获硕士、博士学位。1984 年回港后先后任于香港大学英文、比较文学系，香港岭南大学中文系。诗之外，散文、小说创作也成绩颇丰。为着寻找更多的角度、方法去观看、感觉这个世界，后来更涉足绘画、摄影、电影和戏剧；从事诗与其他艺术门类的交汇沟通。

梁秉钧写诗始于 20 世纪六七十年代之交。他既拒绝当时大陆诗歌空洞的陈词滥调，又认为台湾的"现代主义"不能提供合适方案。在摸索中，逐渐形成对世界细心、切实观看的方式，并经常借鉴影像和戏剧的手段。跨媒介的方式，不仅体现在诗歌文本的结构、语言安排上，也延伸至诗歌使用声光影及舞台表演等的发表、传播方式。在他的诗中，事物主要不是诗人心理、情感的象征或投影，他专注于对象的体察，聆听外在世界声音，表现了重视日常生活细节，自觉抑制过度介入的美学倾向。梁秉钧的诗，处理香港这个现代都市的现实和历史，写日常的起居饮食，也写到旅居，游历异域的"放逐的哀愁"和"发现的喜悦"。而影剧绘画的欣赏观看，也是经常涉及的题材。"越界"和"易位"的思考、感受方式，常为他对寻常事物的观察开启了新的发现。在处理诸如爱与憎，美与刺，崩溃与重建，质疑与信任，诗意与学理的出与入、迎与拒上，他表现了并不极端的温和，游刃有余的适度。

出版诗集：

《雷声与蝉鸣》，香港：大拇指半月刊，1978年。

《游诗》（诗画集），香港：中华文化促进中心，1985年。

《梁秉钧卷》(香港文学书系)，香港：三联书店，1989年。

《诗与摄影》，香港：市政局图书馆，1990年。

《游离的诗》，香港：牛津大学出版社，1995年。

《半途——梁秉钧诗选》，香港作家出版社，1995年。

《东西》，香港：牛津大学出版社，2000年。

另出版有散文集《灰鸽早晨的话》、《神话午餐》、《山水人物》、《山光水影》、《城市笔记》、《昆明的红嘴鸥》，小说集《养龙人师门》、《剪纸》、《岛和大陆》、《三鱼集》、《布拉格的明信片》、《记忆的城市·虚构的城市》、《寻找空间》等。

水果族

我们到超级市场买水果
把桃子和香蕉
夹在煎饼里
从早餐谈到午餐
日子充满
水果的芬芳
把肥胖的玉蜀黍
煮熟了
与牛油和盐同吃
它的脸孔发出亮光
好像很喜欢被我们吃的样子
白菌、红萝卜和青瓜
躺在绿色的碟子上
带着甜甜的笑
蜜糖、乳酪和无花果
跟咖啡一同醒来
舒伸四肢
打一个呵欠
食物是有灵魂的
所以我们不对它们粗暴
对它们温柔
紫色的胖茄子

有重浊的吸呼

它们只是打瞌睡

不要把它们惊醒

当青椒和蒜头

噼噼啪啪说话

聆听它

它们有它们的道理

红草莓喜欢白色的牛奶

你就让它在那里游泳

它也喜欢我们这样吃它

慢慢的咀嚼

吃得嘴巴旁留下牛奶的印子

不要浪费了那美味

红菜头

有透明的心脉

把切它的手染成红色

落下一锅汤里

把世界染成它喜欢的样子

从粉红到深红到紫红

翻出更多灿烂

而沉默的黄瓜

那我们唤作天鹅的

只是温柔地

侧着颈子看这个世界

带着淡淡的笑

在别的味道中

始终保持自己的味道

它们都有那么漂亮的颜色

芳香的味道

所以不要咬一口就扔掉

不要皱着鼻子

好好地吃它们

爱它们

它们是有灵魂的

即使冰箱里的牛油果

整整睡了一个星期

看来又冷又硬

当别人都忘记了

它又会悠悠醒转

感到一阵轻柔的骚动

要舒伸烫热的身体

骄横又美丽

从核里长出根来

钻破拦阻的果肉

把温暖的战栗伸入外界的微凉

伸出头来向我们招呼：

早安，生命

一九七八年八月

双 梨

凉风从外面吹来了
我们同在果盘上,那么接近
又是甚么阻止彼此溶入对方
本来是同类的果子
没法越过季节回到枝头
我们逐渐被碰撞成不同的形状
重遇时添了岁月的重量
去了青酸,也可以减去苦涩吗?

"我在音乐里听见另一个果子
在突然的梦里碰见果核的眼睛
太相似的形状到头来令我恐惧
你想我像你清爽可容我也酸涩?
镜中重像终要相分何必错置
不要颠倒填入你柔和的弧线
我的确梦想接近你自足的姿态
所以腼腆地移开离你越来越远"

凉风从外面吹来了
干燥的天气,风吹来
这么多个晚上以后我又转向你
你头搁在碟缘睡着了

听不见我叫你,同一株树上
摘下来,我从你嗅到自己的气息
你知道吗?只有心中的汁液
才可以挽救我们自己

    "但周围的事物逐渐离我远了
    一切流逝只剩下朦胧的轮廓
    我竭力阻止自己不要倾身向外
    汹涌的声音内化成为层层沉默
    皮肤瘀黑的斑痕是碰撞的结果
    薄皮下掩藏的汁液随时要流泻
    尽力避免轻易的溅露,不如凝聚
    在彼此的忽视中沉甸甸地生长"

            一九九〇年

成都早晨

我们是从未相遇的故人
一同分享一个有雾的早晨
蓝衣人坐在茶馆里
我是竹椅斑驳的影子
有人沿路数着门牌
我是一棵一棵结节的树

有人正在挥手有人刚好抵达
错过了车送错了信
我们终于没有遇上
某处有一爿咖啡馆
某扇门后有人围坐微笑
某个黎明水云的颜色变幻
有人在候车有人在送机
有人在怀念有人终于重逢
我们是从未分离的异客
黑夜的颜色褪尽露出微明
在不同的街头
我们分尝陈年的泡菜
说着不同的方言一同咀嚼辛辣
有时被车辆的主流推到路旁
有时同样感觉骤来的寒冷
事情不光是表面所见那样
我是吊着的腊肉
我是摊上的菜头
我是一辆老机车
换上一副现代化机器
我是早晨犹豫的微凉
我来到这里我伸手触摸
一个古老城市一棵新鲜蔬菜
我背起背囊乘车离去
回头看见另一个我留下来
是菜叶淌下的水滴在路边

等待雾散后的阳光

　　　　　　　　　　一九八七年一月

香港历史明信片

我们寄出的图像已经过修补
是我们未曾经历的风景
　　　　　　　　我在背后
写上私人的问候，在方寸里
我若告诉你最隐秘的忧虑与担心
可会在无数陌生人中间流传，展示
在好奇或冷漠的眼光中，把褐色的油墨
漂得更淡更浅，直至那些跑马地的茶园
摆花街的花档、从事各种营生的小贩
像一个在树枝上纺线的老妇人
逐渐消失了影踪
　　　　　　　我在大量生产的图像中间
挑选，不知怎样向你传达个人的讯息？
我无意夸张马场的大火，或是风暴中
在港口沉没的战舰，我不是度假的游客
给你在灾难的场景旁边写几个字：
我们动程往上海去玩了！我不是
投机掮客或殖民官员，爱把异国情调的

影像寄回老家：留着长辫吸鸦片烟的
赌徒、歌女、拳师或是人力车夫
我厌恶地翻过去，我无法否定
他们的存在，但我当然亦无意用来
代表我们
　　　　我在影像的旁边写字
潦草的字迹有时写入坚尼地城的小路
摩利臣山的第一所中国人学校
大使团访华途中在此驻马饮水的水塘
总想问历史是怎样建构出来的？
许多人曾经在画面上着色，许多人
把街道改上他们自己的名字，雕像
竖起又拆下，许多人笔墨纵横的滥调中
我给你写几个字，越过画定的
分寸
　　　　我们如何在往昔俗艳的彩图上
写出此刻的话？如何在它们中间描绘我们？

一九九四年

总统的菜单

总统喜欢爽口前菜"福禄寿"
把盛放的昙花摘下烘干伴着鲭鱼

把各方蛮夷进贡来的贡菜凉拌
把所有喧嚣的鸭舌头拔下来卤成一盆

在春秋盛年爱吃浓味
现在年纪大了不免清淡一点
比方把煮过的虱目鱼
配上有助肠胃消化的乌豆

像所有高龄的人一样
不适合用食用酱油
就用高汤炖豆豉带出酱油香味
龙虾的胆固醇太高了
就用海参代替吧

还喜欢鲜美的鱼唇炖花菇
适合老年人慢慢咀嚼
所有坚果都得磨碎蒸烂
用来覆盖冬瓜如朦胧的窗纱
味觉虽较缓慢口感是最重要的

愈来愈回归乡土了
喜欢乡下的菜脯和葫芦花干
也能自己用米造米苔目
只是嘴里有时不甘平淡
也来那么的辣它一下

一九九九年七月

北 岛
（1949年生）

原名赵振开，1949年生于北京，1966年因"文革"中断高中学业，1969年起做过逾十年建筑工人，1970年开始写诗，1978年与芒克等创办民刊《今天》，1989年后长期旅居国外，先后在欧洲和美国的多所大学做过访问学者、驻校诗人、客座教授，2007年接受香港中文大学的聘请，教授诗歌并定居香港。

北岛被公认为"朦胧诗"或"《今天》派"最具代表性的诗人，在20世纪80年代，他的诗因对经历"文革"一代人的情感和思考出色的艺术表达获得了广泛的读者。强烈的怀疑和批判精神、深刻的思辨性、自觉的使命感和悲剧意识，这些，常被用来概括他前期诗歌的精神特质。他善于运用密集的、高度象征化的意象，并且通过意象的对比、交织、碰撞构成悖谬性情境，表现复杂的精神内涵和心理冲突。从1980年代中期起，尤其是漂泊海外以后，他有意识地弱化了诗中政治、历史的反叛、代言色彩，而转向对人类普遍性的存在处境的探索和沉思，诗风也更为凝缩和内敛，在由结晶化的、极度省略的意象和隐喻构成的超现实诗境中，仍可辨认出来的是对去国的经验、对生命的孤独及荒诞感的书写。对于他后期诗歌的这种变化，以及它的艺术价值，也存在着一些争议。自1990年代后期起，北岛也陆续写作了大量随笔，涉及他在海外的游历、对现代诗歌的认识，以及少年时代的记忆等。

出版诗集：

《北岛诗选》，广州：新世纪出版社，1986年。

《北岛诗集》，台北：新地出版社，1988年。

《在天涯》，香港：牛津大学出版社，1993年。

《午夜歌手》，台北：九歌出版社，1995年。

《零度以上的风景》，台北：九歌出版社，1996年。

《开锁》，台北：九歌出版社，1999年。

《北岛诗歌集》，海口：南海出版公司，2003年。

《结局或开始》，武汉：长江文艺出版社，2008年。

《守夜》，香港：牛津大学出版社，2009年。

另出版有散文集《失败之书》、《时间的玫瑰》、《蓝房子》、《青灯》、《午夜之门》、《城门开》，译诗集《索德格朗诗选》、《北欧现代诗选》，访谈与演讲集《古老的敌意》，中短篇小说集《归来的陌生人》等。

回 答

卑鄙是卑鄙者的通行证，
高尚是高尚者的墓志铭。
看吧，在那镀金的天空中，
飘满了死者弯曲的倒影。

冰川纪过去了，
为什么到处都是冰凌？
好望角发现了，
为什么死海里千帆相竞？

我来到这个世界上，
只带着纸、绳索和身影，
为了在审判之前，
宣读那被判决了的声音：

告诉你吧，世界，
我——不——相——信！
纵使你脚下有一千名挑战者，
那就把我算做第一千零一名。

我不相信天是蓝的；
我不相信雷的回声；

我不相信梦是假的；
我不相信死无报应。

如果海洋注定要决堤，
就让所有的苦水都注入我心中；
如果陆地注定要上升，
就让人类重新选择生存的峰顶。

新的转机和闪闪的星斗，
正在缀满没有遮拦的天空，
那是五千年的象形文字，
那是未来人们凝视的眼睛。

宣 告
——献给遇罗克

也许最后的时刻到了
我没有留下遗嘱
只留下笔，给我的母亲
我并不是英雄
在没有英雄的年代里
我只想做一个人

宁静的地平线
分开了生者和死者的行列
我只能选择天空
决不跪在地上
以显出刽子手们的高大
好阻挡那自由的风

从星星的弹孔里
将流出血红的黎明

结局或开始
——献给遇罗克

我，站在这里
代替另一个被杀害的人
为了每当太阳升起
让沉重的影子像道路
穿过整个国土

悲哀的雾
覆盖着补钉般错落的屋顶
在房子与房子之间
烟囱喷吐着灰烬般的人群

温暖从明亮的树梢吹散
逗留在贫困的烟头上
一只只疲倦的手中
升起低沉的乌云

以太阳的名义
黑暗在公开地掠夺
沉默依然是东方的故事
人民在古老的壁画上
默默地永生
默默地死去

啊,我的土地
你为什么不再歌唱
难道连黄河纤夫的绳索
也像绷断的琴弦
不再发出鸣响
难道时间这面晦暗的镜子
也永远背对着你
只留下星星和浮云

我寻找着你
在一次次梦中
一个个多雾的夜里或早晨
我寻找春天和苹果树
蜜蜂牵动的一缕缕微风

我寻找海岸的潮汐
浪峰上的阳光变成的鸥群
我寻找砌在墙里的传说
你和我被遗忘的姓名

如果鲜血会使你肥沃
明天的枝头上
成熟的果实
会留下我的颜色

必须承认
在死亡白色的寒光中
我,战栗了
谁愿意做陨石
或受难者冰冷的塑像
看着不熄的青春之火
在别人的手中传递
即使鸽子落在肩上
也感不到体温和呼吸
它们梳理一番羽毛
又匆匆飞去

我是人
我需要爱
我渴望在情人的眼睛里
度过每个宁静的黄昏

在摇篮的晃动中
等待着儿子第一声呼唤
在草地和落叶上
在每一道真挚的目光上
我写下生活的诗
这普普通通的愿望
如今成了做人的全部代价

一生中
我曾多次撒谎
却始终诚实地遵守着
一个儿时的诺言
因此,那与孩子的心
不能相容的世界
再也没有饶恕过我

我,站在这里
代替另一个被杀害的人
没有别的选择
在我倒下的地方
将会有另一个人站起
我的肩上是风
风上是闪烁的星群

也许有一天
太阳变成了萎缩的花环

垂放在
每一个不屈的战士
森林般生长的墓碑前
乌鸦,这夜的碎片
纷纷扬扬

履 历

我曾正步走过广场
剃光脑袋
为了更好地寻找太阳
却在疯狂的季节
转了向,隔着栅栏
会见那些表情冷漠的山羊
直到从盐碱地似的
白纸上看见理想
我弓起了脊背
自以为找到表达真理的
唯一方式,如同
烘烤着的鱼梦见海洋
万岁!我只他妈喊了一声
胡子就长出来
纠缠着,像无数个世纪

我不得不和历史作战
并用刀子与偶像们
结成亲眷,倒不是为了应付
那从蝇眼中分裂的世界
在争吵不休的书堆里
我们安然平分了
倒卖每一颗星星的小钱
一夜之间,我赌输了
腰带,又赤条条地回到世上
点着无声的烟卷
是给这午夜致命的一枪
当天地翻转过来
我被倒挂在
一棵墩布似的老树上
眺望

乡 音

我对着镜子说中文
一个公园有自己的冬天
我放上音乐
冬天没有苍蝇
我悠闲地煮着咖啡

苍蝇不懂什么是祖国
我加了点儿糖
祖国是一种乡音
我在电话线的另一端
听见了我的恐惧

在天涯

群山之间的爱情

永恒,正如万物的耐心
简化人的声音
一声凄厉的叫喊
从远古至今

休息吧,疲惫的旅行者
受伤的耳朵
暴露了你的尊严

一声凄厉的叫喊

零度以上的风景

是鹞鹰教会歌声游泳
是歌声追溯那最初的风

我们交换欢乐的碎片
从不同的方向进入家庭

是父亲确认了黑暗
是黑暗通向经典的闪电

哭泣之门砰然关闭
回声在追赶它的叫喊

是笔在绝望中开花
是花反抗着必然的旅程

是爱的光线醒来
照亮零度以上的风景

苏绍连
（1949年生）

台中县人，台中师范专科学院毕业，长期在母校沙鹿国小担任教师，现已退休。

1968年诗人和好友成立"后浪诗社"。1971年，他是"龙族诗社"的创办人之一。当时有感于台湾日益恶劣的处境，知识分子开始重新反思台湾的身份认同，包括对过度西化的批判，对回归中国传统的呼吁，以及对本土现实的关怀。这三个议题在诗坛上则呈现在一场激烈的"现代诗论战"上。《龙族诗刊》的宣言标榜："敲我们自己的锣，打我们自己的鼓，舞我们自己的舞。"它标志着台湾现代诗史上的一座里程碑；在龙族及其他诗社的共同努力下，本土意识成为主流，引导了台湾现代诗未来二十年的发展方向。1992年苏绍连和同侪诗人合创《台湾诗学季刊》，一贯秉持本土精神。多年来他在网络上用"米罗·卡索"的笔名写作，展现各种诗歌实验。

苏绍连的六十首"惊心散文诗"创作于1974年8月至1978年2月之间，是商禽之后第一位将散文诗再度带上高峰的诗人。他继承了商禽的叙述体和超现实风。相比之下，苏绍连的散文诗更惊悚魔幻，故事性较低，也没有精神超越的企图。因此，他不是对前辈诗人的模仿，而能在文学史上独树一格。

出版诗集：

《茫茫集》，彰化：大昇出版社，1978年。

《河悲》，台中：台中县立文化中心，1990年。

《惊心散文诗》，台北：尔雅出版社，1990年。

《童话游行》，台北：尚书文化出版社，1990年。

《隐形或者变形》，台北：九歌出版社，1997年。

《我牵着一匹白马》，台中：台中市立文化中心，1998年。

兽

我在暗绿的黑板上写了一只字"兽",加上注音"ㄕㄡˋ",转身面向全班的小学生,开始教这个字。教了一整个上午,费尽心血,他们仍然不懂,只是一直瞪着我,我苦恼极了。背后的黑板是暗绿色的丛林,白白的粉笔字"兽"蹲伏在黑板上,向我咆哮,我拿起板擦,欲将它擦掉,它却奔入丛林里,我追进去,四处奔寻,一直到白白的粉笔屑落满了讲台上。

我从黑板里奔出来,站在讲台上,衣服被兽爪撕破,指甲里有血迹,耳朵里有虫声,低头一看,令我不能置信,我竟变成四只脚而全身生毛的脊椎动物,我吼着:"这就是兽!这就是兽!"小学生们都吓哭了。

(1974)

吊在天花板的电扇

一只蜻蜓,细长的尾巴尖端黏住天花板,头垂向客厅中央,四片薄纱一样的透明翅叶,坚持着水平,砰然,就旋转起来。四张沙发椅坐着二个玻璃杯,玻璃杯里有我和唯一的客人,均是很苦很苦地在旋转。

客人是雌的,终于摆出蜻蜓点水的姿势,产卵在玻璃杯中,我哭了,在皮肤上,起一阵阵荡漾。

一九七四・九・二十二

录影机

我把那孩子的影子录入录影机里。每天,我把那孩子播放出来,他便走向我,以一种孤独的音符走向我。我倒退,向后倒入我自己的影子里,那孩子便从我的身上走过,以一种回响的姿势消失而去。

后来,我牵着那孩子走在录影带上,踏着声音,一面走,一面倒转自己的影子。

一九七五・九・十八

混血儿

又绉又黄的上午,我找到我的姓名聚族在肤色不明的户籍簿里，被另外一个姓名紧紧抱着，我向那个姓名喝斥："苏绍连！你为什么要抱住我的姓名？"那姓名"苏绍连"三字吓得放开了手，而掩脸悲泣起来，不一会儿，我的名字也跟着流泪，泪湿了那本户籍簿。

只因"苏绍连"三字没有其人，才会依附我的名字，依附我的国籍，依附我的传统，依附我的血缘，而我是多么不该将之摒弃啊！

一九七五・十・十九

生　日

我跪在日历里，祈求时间的队伍不要通过世界大地图，不要通过年龄的战场，啊！不要通过我生日的小蛋糕，踩熄那些红蜡烛。

只是生命的手要撕日历，一张一张撕着，撕到我跪着的那一张，我便叹了一声，站成一支会流泪的红蜡烛，在许多红蜡烛中摇曳，烛光牵着烛光，紧紧牵着，……不要放松。

一九七五・十一・十四

芒 克
(1950年生)

本名姜世伟，1950年11月生于沈阳。后随父母迁居北京。中学就读于北京三中。1969年，与同学根子、多多等到河北白洋淀插队，1970年开始写诗。1976年1月回到北京。1978年底与北岛等创办文学刊物《今天》，在80年代诗歌、文学革新运动中起到重要作用。此后过着没有固定职业的"流浪者"生活。80年代后期和90年代初，与杨炼、唐晓渡等创办诗歌"民刊"《幸存者》、《现代汉诗》。除诗歌外，出版有长篇小说《野事》，随笔集《瞧，这些人》等。

芒克早期诗作，可以看到对错谬时代的压力做出的强烈反应；诗里的自然景色，以及有关耕种、成熟、收获等的描写，寄托着少年对美、温情的幻梦，也成为政治批判的隐喻。后来的作品《群猿》、《没有时间的时间》，更多涉及破败，生命、时间空洞化的危机主题。他的诗突出之处，是丰盈的感性，是自然、真挚诗情中的大胆、"野性"的想象。率真和任性，既是他的生活态度，也是诗的主导风格。2004年开始，芒克的兴趣更多转向绘画，在北京、杭州等地举办过多次个人画展。

出版诗集：
《心事》自印，1978年12月。
《阳光中的向日葵》南宁：漓江出版社，1988年。

《芒克诗选》北京：中国文联出版公司，1989年。
《今天是哪一天》，北京：作家出版社，2001年；
《诗探索金库·芒克卷》，北京出版社，2001年；
《芒克的诗》（蓝星诗库），北京：人民文学出版社，2009年。

阳光中的向日葵

你看到了吗
你看到阳光中的那棵向日葵了吗
你看它,它没有低下头
而是在把头转向身后
它把头转了过去
就好像是为了一口咬断
那套在它脖子上的
那牵在太阳手中的绳索

你看到它了吗
你看到那棵昂着头
怒视着太阳的向日葵了吗
它的头几乎已把太阳遮住
它的头即使是在没有太阳的时候
也依然在闪耀着光芒

你看到那棵向日葵了吗
你应该走近它
你走近它便会发现
它脚下的那片泥土
每抓起一把
都一定会攥出血来

1983

灯

灯突然亮了
只见灯光的利爪
踩着醉汉们冷冰冰的脸
灯,扑打着巨大翅膀
这使我惊愕地看见
在它的巨大翅膀下面
那些像是死了的眼睛
正向外流着酒……

灯突然亮了
这灯光引起了一阵骚乱
就听醉汉们大声嚷嚷
它是从哪儿飞来的
我们为什么还不把它赶走
我们为什么要让它来啄食我们
我们宁愿在黑暗中死……

晚 年

墙壁已爬满了皱纹

墙壁就如同一面镜子
一位老人从中看到了一位老人
屋子里静悄悄的。没有钟
听不到嘀嗒声。屋子里
静悄悄的。但是那位老人
他却似乎一直在倾听着什么
也许,人活到了这般年岁
就能够听到—— 时间
——它就像是个屠夫
在暗地里不停地磨刀子的声音
他似乎一直在倾听着什么
他在听着什么
他到底听到了什么

死后也还会衰老

地里已长出死者的白发
这使我相信,人死后也还会衰老

人死后也还会有噩梦扑在身上
也还会惊醒,睁眼看到

又一个白天从蛋壳里出世

并且很快便开始忙于在地上啄食

也还会听见自己的脚步
听出自己的双腿在欢笑在忧愁

也还会回忆,尽管头脑里空洞洞的
尽管那些心里的人们已经腐烂

也还会歌颂他们,歌颂爱人
用双手稳稳地接住她的脸

然后又把她小心地放进草丛
看着她笨拙地拖出自己性感的躯体

也还会等待,等待阳光
最后像块破草席一样被风卷走

等待日落,它就如同害怕一只猛兽
会撕碎它的肉似的躲开你

而夜晚,它却温顺地让你拉进怀里
任随你玩弄,发泄,一声不吭

也还会由于劳累就地躺下,闭目
听着天上群兽在争斗时发出的吼叫

也还会担忧,或许一夜之间
天空的血将全部流到地上

也还会站起来,哀悼一副死去的面孔
可她的眼睛还在注视着你

也还会希望,愿自己永远地活着
愿自己别是一只被他人猎取的动物

被放进火里烤着,被吞食
也还会痛苦,也还会不堪忍受啊

地里已经长出死者的白发
这使我相信:人死后也会衰老

多 多
(1951年生)

原名栗世征，1951年生于北京，1969年到白洋淀插队，1970年代初开始写诗，通常被认为是"白洋淀诗群"的代表性诗人之一。1989年多多旅居国外，曾先后任伦敦大学汉语教师，加拿大纽克大学、荷兰莱顿大学驻校作家，在荷兰生活多年。2004年，他回国定居，被聘为海南大学文学院教授。

相对于同代的芒克、北岛等诗人，多多迟至80年代后期，才得到诗歌界较多的关注与谈论，在一定程度上，这与他独特的写作风格与主题相关。他的诗较早回避了政治对抗性的抒情方式，倾向于在大自然严酷的背景中，书写阴郁而挣扎的生命感受。在修辞上，他擅长使用大跨度的经验组织，粉碎日常生活的外在痂壳，在一个句子中形成奇崛的、超现实的张力。除了追求语言的强度，多多也十分重视诗行的音乐性，通过一些独特句式、词汇的复沓使用，形成回旋又紧张的内在节奏。在当代诗人中，多多被看作是在"诗艺上孤独而不倦的探索"的代表，但其飞腾的想象、桀骜不驯的感受力，其实包含了更为丰富的历史内涵，尤其是对田野、马匹等农业自然文明意象的反复书写，不仅触及"文革"前后的集体性记忆，也呈现出流落异国之后，诗人力图挖掘自身文化根源的努力。

出版诗集：

《阿姆斯特丹的河流》，太原：北岳文艺出版社，2000年。

《多多诗选》，广州：花城出版社，2005年。

手 艺
——和玛琳娜·茨维塔耶娃

我写青春沦落的诗
（写不贞的诗）
写在窄长的房间中
被诗人奸污
被咖啡馆辞退街头的诗
我那冷漠的
再无怨恨的诗
（本身就是一个故事）
我那没有人读的诗
正如一个故事的历史
我那失去骄傲
失去爱情的
（我那贵族的诗）
她，终会被农民娶走
她，就是我荒废的时日……

1973

北方闲置的田野有一张犁让我疼痛

北方闲置的田野有一张犁让我疼痛
当春天像一匹马倒下，从一辆
空荡荡的收尸的车上
一个石头做的头
聚集着死亡的风暴

风暴的铁头发刷着
在一顶帽子底下
有一片空白——死后的时间
已经搁下他的脸：
一把棕红的胡子伸向前去
聚集着北方闲置已久的威严

春天，才像铃那样咬着他的心
类似孩子的头沉到井底的声音
类似滚开的火上煮着一个孩子
他的痛苦——类似一个巨人

在放倒的木材上锯着
好像锯着自己的腿
一丝比忧伤纺线还要细弱的声音
穿过停工的锯木场穿过

锯木场寂寞的仓房
那是播种者走到田野尽头的寂寞

亚麻色的农妇
没有脸孔却挥着手
向着扶犁者向前弯去的背影
一个生锈的母亲没有记忆
却挥着手——好像石头
来自遥远的祖先……

1983

登 高

度过了想象的震荡
斜阳,存于高处的建筑
重把黄昏的铜臂擦亮
俯瞰人间灯笼冲动地走动
节日,闪耀它的片片红瓦
令记忆的号手昏迷
一万年,就蹲伏在那里;

穿行红色海洋夺目的风暴
到达轨迹的顶点,辉煌

在那里搬运它的劳动
在无限宝藏的重压下
巨笼失火,于一口大笼内焚烧
一日将尽的疲劳
一点一点,一下一下
钟声向四野散开沉寂的长发……

1983

春之舞

雪锹铲平了冬天的额头
树木
我听到你嘹亮的声音

我听到滴水声,一阵化雪的激动:
太阳的光芒像出炉的钢水倒进田野
它的光线从巨鸟展开双翼的方向投来

巨蟒,在卵石堆上摔打肉体
窗框,像酗酒大兵的嗓子在燃烧
我听到大海在铁皮屋顶上的喧嚣

啊,寂静

我在忘记你雪白的屋顶
从一阵散雪的风中,我曾得到过一阵疼痛

当田野强烈地肯定着爱情
我推拒春天的喊声
淹没在栗子滚下坡的巨流中

我怕我的心啊
我在喊:我怕我的心啊
会由于快乐,而变得无用!

1985

在英格兰

当教堂的尖顶与城市的烟囱沉下地平线后
英格兰的天空,比情人的低语声还要阴暗
两个盲人手风琴演奏者,垂首走过

没有农夫,便不会有晚祷
没有墓碑,便不会有朗诵者
两行新栽的苹果树,刺痛我的心

是我的翅膀使我出名,是英格兰

使我到达我被失去的地点
记忆,但不再留下犁沟

耻辱,那是我的地址
整个英格兰,没有一个女人不会亲嘴
整个英格兰,容不下我的骄傲

从指甲缝中隐藏的泥土,我
认出我的祖国——母亲
已被打进一个小包裹,远远寄走……

1989-1990

我读着

十一月的麦地里我读着我父亲
我读着他的头发
他领带的颜色,他的裤线
还有他的蹄子,被鞋带绊着
一边溜着冰,一边拉着小提琴
阴囊紧缩,颈子因过度的理解伸向天空
我读到我父亲是一匹眼睛大大的马

我读到我父亲曾经短暂地离开过马群

一棵小树上挂着他的外衣
还有他的袜子,还有隐现的马群中
那些苍白的屁股,像剥去肉的
牡蛎壳内盛放的女人洗身的肥皂
我读到我父亲头油的气味
他身上的烟草味
还有他的结核,照亮了一匹马的左肺
我读到一个男孩子的疑问
从一片金色的玉米地里升起
我读到在我懂事的年龄
晾晒谷粒的红房屋顶开始下雨
种麦季节的犁下拖着四条死马的腿
马皮像撑开的伞,还有散于四处的马牙
我读到一张张被时间带走的脸
我读到我父亲的历史在地下静静腐烂
我父亲身上的蝗虫,正独自存在下去

像一个白发理发师搂抱着一株衰老的柿子树
我读到我父亲把我重新放回到一匹马腹中去
当我就要变成伦敦雾中的一条石凳
当我的目光越过在银行大道散步的男人……

1991

依旧是

走在额头飘雪的夜里而依旧是
从一张白纸上走过而依旧是
走进那看不见的田野而依旧是

走在词间,麦田间,走在
减价的皮鞋间,走到词
望到家乡的时刻,而依旧是

站在麦田间整理西装,而依旧是
屈下黄金盾牌铸造的膝盖,而依旧是
这世上最响亮的,最响亮的

     依旧是,依旧是大地

一道秋光从割草人腿间穿过时,它是
一片金黄的玉米地里有一阵狂笑声,是它
一阵鞭炮声透出鲜红的辣椒地,它依旧是

任何排列也不能再现它的金黄
它的秩序是秋日原野的一阵奋力生长
它有无处不在的说服力,它依旧是它

一阵九月的冷牛粪被铲向空中而依旧是
十月的石头走成了队伍而依旧是
十一月的雨经过一个没有了你的地点而依旧是

依旧是七十只梨子在树上笑歪了脸
你父亲依旧是你母亲
笑声中的一阵咳嗽声

牛头向着逝去的道路颠簸
而依旧是一家人坐在牛车上看雪
被一根巨大的牛舌舔到

    温暖啊，依旧是温暖

是来自记忆的雪，增加了记忆的重量
是雪欠下的，这时雪来覆盖
是雪翻过了那一页

    翻过了，而依旧是

冬日的麦地和墓地已经接在一起
四棵凄凉的树就种在这里
昔日的光涌进了诉说，在话语以外崩裂

    崩裂，而依旧是

你父亲用你母亲的死做他的天空
用他的死做你母亲的墓碑
你父亲的骨头从高高的山冈上走下

   而依旧是

每一粒星星都在经历此生此世
埋在后园的每一块碎玻璃都在说话
为了一个不会再见的理由，说

    依旧是，依旧是

1993

舒 婷
（1952年生）

本名龚佩瑜，1952年生于福建漳州石塘镇，长期居住在厦门鼓浪屿。1969年到闽西山区插队落户时开始写诗。1972年回厦门后，当过多种工种的临时工。1979年诗作开始在《今天》、《诗刊》等刊物发表。在20世纪80年代初，她被看作"朦胧诗"派的代表诗人，她的作品在"朦胧诗"论争中经常被作为褒、贬"朦胧诗"的引例。1981年到福建省文联从事专业创作。舒婷的诗，延续、"复活"了新诗在当代中断的委婉、忧伤的流脉。由于许多读者对这一"传统"的深刻记忆，也由于"文革"后对温情的普遍性渴望，她的诗在当时大受欢迎，拥有广泛的读者。被放大了的历史责任在个体承担上产生的压力，女性尊严和个体价值，幽微曲折的心理情感状态，是她主要触及的方面。常采取直接抒情和对话式的倾诉的方式，语言清新。假设、转折等的句式，是经常用来表达曲折心理的手段。1982年以后，曾有一段时间搁笔。重新写作之后，诗风有了趋于沉稳的变化，但作品数量减少，更大兴趣转向散文写作。

出版诗集：

《双桅船》，上海文艺出版社，1982年。

《舒婷顾城抒情诗选》，福州：福建人民出版社，1982年。

《会唱歌的鸢尾花》，成都：四川文艺出版社，1986年。

《始祖鸟》,福州:海峡文艺出版社,1991年。

《舒婷的诗》(蓝星诗库),北京:人民文学出版社,1994年。

另出版有散文集《心烟》、《秋天的情绪》、《露珠里的"诗想"》、《预约私奔》、《柏林,一根不发光的羽毛》、《Hi,十七岁》以及《舒婷诗文自选集》、《舒婷文集》(1—3卷)。

寄杭城

如果有一个晴和的夜晚,
也是那样的风,吹得脸发烫;
也是那样的月,照得人心欢;
呵,友人,请走出你的书房。

谁说公路枯寂没有风光,
只要你还记得那沙沙的足响;
那草尖上留存的露珠儿,
是否已在空气中消散?

江水一定还那么湛蓝湛蓝,
杭城的倒影在涟漪中摇荡。
那江边默默的小亭子哟,
可还记得我们的心愿和向往?

榕树下,大桥旁,
是谁还坐在那个老地方?
他的心是否同渔火一起,
漂泊在茫茫的江天上?

1971. 5

致橡树

我如果爱你——
绝不像攀援的凌霄花
借你的高枝炫耀自己；
我如果爱你——
绝不学痴情的鸟儿
为绿阴重复单调的歌曲；
也不止像泉源
长年送来清凉的慰藉；
也不止像险峰
增加你的高度，衬托你的威仪。
甚至日光，
甚至春雨。
不，这些都还不够！
我必须是你近旁的一株木棉，
作为树的形象和你站在一起。
根，紧握在地下，
叶，相触在云里。
每一阵风过，
我们都互相致意，
但没有人
听得懂我们的言语。
你有你的铜枝铁干，

像刀,像剑,
也像戟;
我有我的红硕花朵,
像沉重的叹息,
又像英勇的火炬。
我们分担寒潮、风雷、霹雳,
我们共享雾霭、云霞、虹霓。
仿佛永远分离,
却又终生相依。
这才是伟大的爱情,
坚贞就在这里:
不仅爱你伟岸的身躯,
也爱你坚持的位置,脚下的土地!

还 乡

我发誓,我的文字并没有巫术。
像一片云,一棵树,我用沉默对你们说话。
——契斯华夫·弥沃舒《献辞》

今夜的风中
似乎充满了和声
松涛、萤火虫、水电站的灯光

都在提示一个遥远的梦
记忆如不堪重负的小木桥
架在时间的河岸上
月色还嬉笑着奔下那边的石阶吗
心颤抖着，不敢启程

　　不要回想，不要回想
　　流浪的双足已经疲倦
　　把头靠在群山的肩上

仿佛已走了很远很远
谁知又回到最初出发的地方
纯洁的眼睛重像星辰升起
照耀我，如十年前一样
或许只要伸出手去
金苹果就会落下
血液的瀑布
使灵魂像起了大火般雪亮

　　这不是真的，不是真的
　　青春的背影正穿过呼唤的密林
　　走向遗忘

1981. 4. 29

神女峰

在向你挥舞的各色花帕中
是谁的手突然收回
紧紧捂住了自己的眼睛
当人们四散离去,谁
还站在船尾
衣裙漫飞,如翻涌不息的云
江涛
　　　高一声
　　　　　　低一声

美丽的梦留下美丽的忧伤
人间天上,代代相传
但是,心
真能变成石头吗
为眺望远天的杳鹤
而错过无数次春江月明

沿着江岸
金光菊和女贞子的洪流
正煽动新的背叛
　　与其在悬崖上展览千年
　　不如在爱人肩头痛哭一晚

1981. 6

惠安女子

野火在远方,远方
在你琥珀色的眼睛里

以古老部落的银饰
约束柔软的腰肢
幸福虽不可预期,但少女的梦
蒲公英一般徐徐落在海面上
呵,浪花无边无际

天生不爱倾诉苦难
并非苦难已经永远绝迹
当洞箫和琵琶在晚照中
唤醒普遍的忧伤
你把头巾一角轻轻咬在嘴里

这样优美地站在海天之间
令人忽略了:你的裸足
所踩过的碱滩和礁石
于是,在封面和插图中
你成为风景,成为传奇

1981.4

零 雨
（1952 年生）

本名王美琴，台北县人，台大中文系毕业后赴美深造，在威斯康星大学获得东亚文学硕士。曾应邀到哈佛大学做访问学者，现任教于宜兰大学。

写小说的零雨 1982 年主编复刊的《现代诗》，自此才开始写诗。她继承了早期现代派的精神，写知性的诗，富于存在主义式的思考。她的语言独特，有意避免细腻的抒情（尤其是作为对女诗人的期待），摒弃曲折的隐喻。相反的，她的诗倾向于冷峭和抽象，用干净朴实的语言叙述一段段进行中的旅途：那是历史和家族之旅，也是穿越世界与自我的步行之旅。《缝隙》可说是一首"论诗诗"，甚至是诗人自述。诗里的主要动词意象包括："穿过"房间、巷弄、街道，用笔"种花"，"倾听"流浪人，最后是"投向"墙与墙之间的缝隙。全诗几乎不用形容词，直到倒数第二行才有两个非隐喻性的形容词。好比画里的"负面空间"，诗人欲捕捉的是流动于实物之外的节奏和意义。

出版诗集：

《城的联作》，台北：现代诗季刊社，1990 年。
《消失在地图上的名字》，台北：时报出版公司，1992 年。
《特技家族》，台北：现代诗季刊社，1996 年。
《木冬咏歌集》，台北：唐山出版社，1999 年。
《关于故乡的一些计算》，台北：零雨出版，2006 年。
《我正前往你》，台北：唐山出版社，2010 年。

大荒年
——旅途·1996

1
记忆中母亲的河
绕过弯口三棵树
向前推进

林子里遍布
整个世代的棘篱

2
往东吗?河水
不,他们如今往南,或者
往西,或者往北
——洪汛已然成熟
这是季节的咒语
向外寻求对话

在充满误解的路上
每一条路都是一个出口

3
即使我们闭口不言

他们仍不让我们沉默
用云头的风驱赶我们喊叫
用尖酸的雨鞭打我们流泪

但一切都在无声之中
他们还没看清我们结的疤
在脚踝，在膝背，在喉头
甚至蹿高（啊，日日蹿高——）
到了眼窝……

4
我们投奔的方向
是干涸的旱地

如一口颓圮的鸣笛
因躯体不完而放弃声响

而那就是导引，就是我们
即将到达的居所
只因残芜也指出一种尊严

5
逃荒的人已经上路了
我们遇到屈原
他并未衰老，只与常人无异

想必他已学习——
付出诚恳,天真与热血
却只剩手掌的河水
漫过臂膀,颈项,头顶,天空
才想起,我们并未学习
在水中生存

邪恶的浪花,灿烂的
水之波纹,闪亮的链条
把我们紧紧围绕
成为一群走过地狱的刺猬

只有孩童,还能瘸着双腿
(那过早过多的疮痕啊)
到列车室对人们行礼,唱诵
像已历千劫的僧人
毫不畏缩,伸出双手

他们结过疤的眼睛
如此晶亮有神

6
那么,我们不是过于软弱
便是过于坚强——只因
我们使用孩子
取来的财富……

屈原此时也流泪了
他从孩子眼中看到自己
他并未衰老，只是如此褴褛

7

逃荒的人已经上路了
几个世代以来，熟悉的脸孔
都在队伍里面
我们的母亲也在其中

母亲，帮我解开绳索
就在上游呜咽的急流中
我扮演了一个拉纤人
是你给我这条绳索
捆绑我，免于流离
免于震颤天穹的倾斜

母亲，帮我解开
这令人不解的符码
纵使灼身的太阳已经炙下
黑白分明的疤痕
如一纸隐形的法院封条
缠绕我裸露的躯体

8
大荒年，一个误解的年代

是因被误解而逃亡
抑或因逃亡而被误解

（—— 一切都来不及厘清了——）
最初的誓愿，顺河而下
古老的屋顶没入争吵，异端
一个崭新的界域，从四面八方
荡开，粗暴且无规律

而我们被激怒，被亵渎了
被裸身翻检，查验
盖上戳印，领取新的身份证
彼此燃烧眼中的焰火

然而母亲总是沉默
只有屈原严加拒绝
且快速离开我们

9

河水绕过弯口的三棵树
树上悬挂不明的漂流物
还有失去踪影的孩子

母亲更加衰老了
她的白发犹胜河水的速度

为了保持一份完整的大荒年记忆
她说,她始终没有说
她只是喃喃自语,微弱
如上苍的告白:这不是
大荒年哪,这不是
大荒年哪

她的眼睛绕过河水
绕过宽阔的大地

箱子系列——
我的记忆是四方形

把我丢在箱子里
那人走了

关于世界
我的记忆是四方形
关于荣誉。也是
爱情——蜷缩在角落
也是的

外面的世界,有关的传说

是这样的：也日渐变成
四方形
那么就给我一杯四方形
咖啡，给我一顿四方形
早餐。黄昏，必然也是
四方形。万一落日也生
成四方形，我的抽屉就
日趋完整

那人向我走来
打开箱子
我的世界跟他的世界
没有两样
我还是留在箱子里
我说
他的眼神惶惑如昔
不知该走向哪只箱子

缝　隙

我穿过花与玻璃
的房间

我穿过花香与
碎片的巷弄

我穿过
荆棘与刺的街道

找到笔在公园
木椅上

种下一朵昨日的黄
明日的花

想告诉别人
宇宙的圆与虚无

三只足的鼎

倾听流浪人闲聊
生活的褴褛

我决定投向你
那面墙与墙
之间的缝隙

朴实而且窄的
而且没有人通过

关于故乡的一些计算

要翻过几个山头
才能经过那个土地祠

要经过几个土地祠
才能出现那条小溪

要种几棵松树柏树
才能到达那片密林子

要生出几个黄板牙的村人
才能看到那个村落

要拿几块溪边的石头
黏上土角
才能变成房子

是谁长大之后就是祖父
几条狗能出去打猎
几只兽从深夜的山中扛回来

几只鸡构成一个
小有规模的黎明
几只鸭跟着竹篮子

去浣衣

是谁在钟敲三下时
成为女人,点起油灯
浸豆子
做豆腐
洗蒸笼
做年糕

是谁用竹枝子
撑开窗户
把山坡上的百合花
迎进屋来
(到底几枝百合花)

到底要翻过几个山头
追到雾,追到秋天的柚子
冬天的橘子

追到那个精算师
问他到底怎样
才算是故乡

陈义芝
（1953 年生）

祖籍四川，生于花莲，三岁时全家搬到彰化，台湾师范大学中文系学士，香港新亚学院文学硕士，高雄师大中文系博士。曾任中小学教师，1982 年进《联合报副刊》，曾兼任《联合文学》主编，1997 年担任副刊主任，直到 2007 年退休，现任教于台师大中文系。

陈义芝的作品融合了古典与浪漫、乡土与现代。《居住在花莲》回忆清寒的童年："父亲茫然的忙碌和母亲着急的痛苦，合成／一座仍要生活的十字架。"在生活十字架的重荷下，象征爱国主义的"梅花"枯萎了，神话电影《月宫宝盒》提供的逃避又是那么的短暂。《破烂的家谱》的背景是 1987 年台湾解严后诗人第一次踏上故乡的土地，探访从未见过面的亲人。此诗叙述的仿佛是一部当代中国简史：土改、韩战、饥荒……幸存下来的堂哥翻到家谱的第一页："从来万物本乎天"——中国人几千年的生存哲学，令人读之泫然。

《焚毁的家书》怀念 2003 年在加拿大艾德蒙顿意外丧生的爱子。悲痛没有止境，只因爱子之心无边无涯。读到"你父你母养育过你的生，现在仍养育着你的死"这句诗时，天下父母谁能不掉泪？

出版诗集：

《遥远之歌》，花莲：花莲县立文化中心，1993 年。

《不安的居住》，台北：九歌出版社，1998 年。

《我年轻的恋人》,台北:联合文学出版社,2002年。
《边界》,台北:九歌出版社,2009年。
《陈义芝诗精选集》,台北:新地文化艺术,2010年。
《掩映》,台北:九歌出版社,2013年。

居住在花莲

居住在花莲
我的父亲和逃离战场的梅花
我的母亲和神秘的月宫宝盒

梅花萎落在一则被俘的
流言，父亲脱下了军服
月宫宝盒打开时
母亲的电影也散场了
清冷的重庆街上父亲无赖地走着
虚旷的中华戏院母亲虚靡地坐着

居住在花莲
我的父亲和凄惶的同乡会
我的母亲和德国神父的天主堂

凄惶的同乡死在方言的辩论
遥远的天主死在牛油和奶粉罐里
还有我的哥哥和逃学的明义国小
我的姐姐和拜拜的城隍庙

哥哥在铁道上堆鸡蛋
姐姐在戏台下捡红辣椒

剩下父亲和愤激失声的四川话
母亲和锣鼓伴奏的哭调仔

居住在花莲
我的父亲和小小的杂货店
我的母亲和门前的橄榄树

小杂货店进出着柴米油盐，赊账的人
大橄榄树围聚着生老病死，清不掉的账单
父亲茫然的忙碌和母亲着急的痛苦，合成
一座仍要生活的十字架
在三天两头的饥饿中
在连续不止的地震里

老鼠躲在地瓜田
风起伏在绿海一样的甘蔗园
我看见我的哥哥徘徊在垃圾堆边
我的姐姐唱着妹妹歌
背着一具断了臂的洋娃娃

居住在花莲
我趿了一双胶鞋走去大街
抓了一副纸牌站在家门口
跟着父亲过河去山村换小米
跟着母亲去车站送红眼睛的小白兔

在唯一的小黑板上画星星
在山洞的这一头喊
花莲——坑道的另一头传出
年老的回声
我追赶风中的碎纸片颤动的铁铃铛
把玩伴的名字埋进后院土堆
撒泡尿小心地守护

睡着时看到
火光明灭的家

离开花莲，终于
越过山越过海
父亲到远方去垦荒地
离开他的同袍、回乡的梦
母亲到远方去帮佣
忘记她曾经是千金，翰林家的曾孙女

越过山越过海
哥哥到远方去读未完的小学
姐姐到远方去伤心地哭泣
我到远方去做什么呢

越过山越过海越过时间
到远方
在燃灯的隧道

乘暗夜的火车
回花莲
不断地翻捡啊翻捡
我的记忆

　　　　　　　　　　　　一九九二、十二

破烂的家谱

胡子拉碴那人头上扎条诸葛巾
两脚泥蹦蹦，是我堂哥
三十年没走离自家坐卧的山窝子
这一回，他陪我过江到县城
磕着旱烟管喃喃道：人气灭了
江轮调头时
忍不住一阵疾咳

人气灭了
腰粗的黄桷树砍了
黑沁沁的山林秃了
通向外面世界的石板路铲了
是的，四十年来电还是不通
村中年长的人愈来愈只有遗忘而
无记忆可收藏

四九年冬,他父亲被抛下无名的山沟
五三年,大兄死在鸭绿江东
隔年依次生下的娃儿
三个全是文盲
荒年啃枇杷树,嚼山上的都巴藤
肚子饿狠了就塞一坨一坨白土
如此幸存

在临江的红薯饭馆内
我为他点一道黄鳝、一盘炒腰花
他拿出那本破烂的家谱
指给我看
"从来万物本乎天……"

(1998)

焚毁的家书

我怎能再和你说话
和雪花飘落说,和冰河融溶说
和北纬五十三度杳冥的云烟
一条电话线一阵白杨林的乱风说
当六月十一日过后

满肚子话存进一张薄薄的磁片里
无法救活的你教我吞咽致命的
坚强,戴上冰冷的镣铐
无法救活你的悲伤,从此孤单地
孤单地,使我不再能说什么话

已不在同一个时代,我们
也告别了共有的时代。那曾经糅杂
异地相思,寄宿孤独,生活与课业的茫然
绑住天下父母的焦虑孩子的郁苦
而今都成了断讯的回忆
我只能去听长风的叹息霞光的叹息,此刻
海面叹息在靠近福隆的岩岸。一只大鸟
敛翅守护的灵鹫山擎住天空而环拥浪涛
这里是历二十一劫抵达的梵咒之城
我们相守的另一国度

除了经文炉香和对菩萨的跪拜
你已将一生得自父母的骨肉蜷缩进
一尺见方的骨坛,告别眼中泪心头血,告别
四季分明的异乡长夜最后的辗转
我们谁也说不出来的话

无声的告别是黎明初醒的天色,还是
旅途中的遗忘?是人群中惨然的笑

还是暗地里的惊慌与梦魇
在这里我怎能再和你说话
当袈裟也垂挂只剩游魂无声在走动

你父你母养育过你的生,现在仍养育着你的死
如风中白杨叶的战栗仍在艾德蒙顿初夏
从前你来的六月也是后来你走的六月
不再仆跌的道路不须打理的屋子
这小小的骨坛竟是你再生的摇篮

一只黑鹰飞在高寒的林梢像幽灵
你驾驶的红色跑车突然又闯进我梦里预警
那是重来探访的讯息吗?黎明的光
告诉我,我怎能再和你说话
说至死方休的话

(2004)

钟 鸣
（1953年生）

生于四川成都，1970年代前期曾在东北服兵役，1977年考入西南师范大学中文系，大学毕业后长居成都，先后做过大学教师、报社编辑，在成都创办私人博物馆野鹿苑，担任馆长。大学期间开始写诗，1982年创办诗歌民刊《次生林》，1989年发起创办诗歌民刊《象罔》，20世纪80年代后期起在随笔写作上也投入大量精力。

和他的随笔一样，钟鸣的诗有着闪烁着怪异想象力的历史趣味、一种"历史美感"，借助在诗中挪用典故、穿插史事，他着意追求文本风格的繁复，以抵制浪漫单调的抒情方式，与此同时，由于"关注日常事物潜伏的巨大寓意"，他在书写这类取自中西史籍或文学典故意象的题材时，往往融入了对现实经验的洞察，因而具有明显的寓言和讽喻色彩，从中可以见出他对当代世界、与种种权力体制（包括语言的权势机制）保持距离的冷峭、"旁观者"式的批判态度。不过，这种批判由于注入别致、时而玄奥的剖析，而增加了柔韧性，并具有心理学和社会学的深度。

出版诗集：

《中国杂技：硬椅子》，北京：作家出版社，2003年。

另出版有散文集《城堡的寓言》、《畜界·人界》、《徒步者随录》、《太少的人生经历和太多的幻想》、《窄门》、《涂鸦手记》，评论集《秋天的戏剧》，多文体作品集《旁观者》等。

中国杂技：硬椅子

1
当椅子的海拔和寒冷揭穿我们的软弱，
我们升空历险，在座椅下，靠慎微
移出点距离。椅子在重叠时所增加的
那些接触点，是否就是供人观赏的，
引领我们穿过伦理学的蝴蝶的切点？

或在百兽之首，本来就该有这样的形貌？
或是因为撂得太高而后倾斜的一种食物？
他们要爬得很高很高来赞美这种配给物。
这些攀登者，有那种让影子入木三分的
功夫吗？那得操练勇气，把鱼嘴上一块
晕斑看作是椅子的玄学者，非常狡猾地
给他们的一种软器械或一种哭诉的智慧。

当他们头脚倒置，像一只疯狂的蜘蛛，
把它的网和目光倾吐在股掌最细的脉络上，
血会逆流吗？轻身术会使人更加超然吗？

问问青铜制成的先知，他满口轻笑着的
肖形的浑天仪，是否就是那些青蛙，龙和星宿？
爬高者在椅子上，像侏儒般倒立，露出些破绽，看它是诗,天梯,还是椅子,或椅子上的木偶?

2
[皇帝最怕什么,椅子。]

椅子绷紧的中国丝绸,滑雪似地使他滑向
冬天,他专有的严冬。深邃的目光,将要
对付他,将他以运动来打扫,靠椅子和他
用准确音调说的错话,一种病的权力。

但,谁知道,人民该做些什么呢?
这些倾覆之下的免于自由的好心人,
非常死板的紧紧地盯住他的不清洁,

因此我们有责任让嘴和椅子光明磊落。
在皑皑而无雪的冷漠和空虚里,
在绷得像陶土一样的千人一面,
他坐出青绿,黄色,绛紫,制度,吃住软硬,

兼施暴力和仁慈。他以硬气功练出的头面,
能够发热,把经筵[1]像巨缸顶到我们的
头上,我们便有了读书月,有了丰雪兆年,

---

[1] 古时专为皇帝一个人讲解经传史鉴而特设的讲席称作经筵,始于宋代。——原注

我们的劳动和王的亲耕也将被认同,
文武嘴,笔直地出来,计较所得所失,
而王,在小事的交椅上则看到座次。

3
我们有"私"吗?公开后将不存在,
并非名义上这样。我们能否有被公开后
仍然存在的那种"私",那种恪守,
因传种的原理而被爱和它的狭义撬动?

其中,有许多隐秘是破解的,你相信它,
就能果腹。我们真有"私"吗,像椅子,
仅属于那攀缘之手,惟一的,非别的手,
不是所有的时候,也不会在别的椅背上,

或靠着它难以理解地步步高到风险和
众矢之的?在它私下沉落的光亮之中,
有轻抬的腕托给它永远被遗忘的轮廓,

如今,他们的脸,薄如椅子所感受的那层
地板的空响,扣人心弦,但,这是谁呢?

仅在一个初春短夜就让所有的人熬了
一千零一夜;一个处子裸露,大胆而无羞,
所有的女人便通感了他的裸露,是谁呢,

使得我们的面子像拼凑椅子的薄木板，
因为没有表情而被瓦解，让铁人和硬骨头，
从杂耍里走出来，而人间私事则成了"丑闻"？

4
她们练就一身的柔术，却使我们硬到底，
不像肋骨在我们体内，能恕罪，得救；
不像一株蔓，牵引着鸟和它定时而归的
幸福，灾难已降临，我们在蓝羽支的

微微的血浸中就看到了，但，此刻，
却是前所未有的宁静。她们也不像
夏季的雪，靠着攀缘和呼吸的高度就
耸起它的凌乱和溃散，让最细的颗粒，

流过躯体的死角，在我们的表演里，
像根很瘦的腰带拴住解闷的马戏团，
在那里，加重它的表演，而实际上，
她们只是像忍受服装一样忍受刺激，

跳七盘舞[1]，把锋利的钢剑舞成头饰，
与箱子一起身首异处，还可以
让醋把腰和对椅子的关照酸到脚跟，
一朵花就承受了她们全部的轻盈和美。

---

[1] 流行于汉代的一种舞蹈。——原注

她们的柔和使椅子像要一个软枕头
似的要她们,要她们灯火里的技艺,
要她们柔软胸部致命的空虚。

          1987

与阮籍对刺[1]

大人先生,来,亮出你的剑刺,招数,
某些可怕的习俗,只有剑能防范!
那道慷慨的光像一茎玉米,
轻轻一遥,我便跨上九野。

你只要嚷一声,一根血喉咙,
我便眼量无限,披发于巨海。
暗让小鸟几分吧,扑腾几尺,
又有何区别,再断几枝小枝?

莫真正抵御我的颤抖和残忍,
隐回松林中,登高而有所思。

---

[1]　阮籍,字嗣宗,三国魏文学家,著名的"竹林七贤"之一。——原注

两只袖笼扇起阵阵无聊,
鬼神们在风景里独坐高堂,

那可是你英姿的另一阕啊!
于是我知道了背叛,知道了
你不为美色所动,一架老牛车,
把精研的剑法载到路的尽头。

大人,你那支桑柘木做的弓,
可不可以祛掉玉成的无聊,
它笼罩过你的美髯,你的哀恸,
一只白眼烈日[1],一只青眼豆火。

我想随你拾回那柄象牙刀,
学学凤鸣。道人,步兵[2],大人,
无奈歌舞已去,欲火忽暗,
大家都在击刺时变为土灰,

恍惚曾修容一番。大人,先生,
咱俩在一面石镜里重扮逝者,
力克圣徒所犯的无聊的疾病,
来呀,来呀,我们相互划破手掌!

1993

---

[1] 阮籍常以"白眼"看待所谓"礼俗之士"。——原注
[2] 阮籍曾官至步兵校尉,世称阮步兵。——原注

曼德尔斯塔姆变形记

[我是个中国人,谁也不理解我。][1]

我是个鞑靼人,我要去阿塞拜疆。
你说我不是,至少不像,
那么,马拉-马拉威杨同志会开证明[2],
麻雀会写详细的说明书。

我从未换过名字,却激怒了他们
为什么呢,就因为我呀,
从不想成为他们当中任何一个[3],
他们在嘴上安了活塞,

机灵得吓死人,如果今天石头值钱,
那他们今天肯定就是石匠,
如果明天有世界性的超级厨师大会,
那他们会立刻拿起锅铲。

我的石板路一直铺到维京人那儿,

---

[1] 曼德尔斯塔姆:《第四篇散文》(Fourth Prose),见 *The Noise of Time and Other Prose Pieces*,Translated by C. Brown, Quartet Books, Limited, 1988。——原注

[2]《第四篇散文》中提到的人物。——原注

[3] 曼德尔斯塔姆有诗句:"不,我永远不是任何人的同时代人。"荀红军译,《外国文艺》,1986年,第5期。——原注

马儿迷失得十分厉害,
我抛弃了轭具,只有瞬间的快乐。
种马却用粪土变金蛋。

我凭的是罗马赋予建筑的耐力与厚重,
我有的是中国人的贫穷,
我就是想看到多有几只轻捷的燕子,
卸去那不必要的皮货。

我曾经痛苦万分,要寻找自家兄弟,
却看到羊在山路上急行军,
把山坡上的荒草毫不留情全都吃光,
羊在飞跑,麻雀最后冲刺。

面粉和桌子都遭到了恶鸟的故意歪曲[1],
铁匠在地平线上又知道什么?
马拉—马拉威杨告诉我们怎样才算好运。
肯定不是撒谎发羊癫疯。

"偶蹄目的朋友们"正口吐泡沫,每一句话,
付款都很昂贵,要让人尴尬相信

---

[1] 指希腊神话传说中的哈尔皮鸟。但丁的《神曲》,维吉尔《埃涅阿斯》都提到过这种鸟。这种鸟有鸟身,少女脸,肚子里不断流出污秽,以弄脏别人餐桌上的食物为手段,曾袭击过埃涅阿斯率领的特洛亚人,并预言他们将饿得吃掉自己的餐桌。——原注

这种口味，就是质地精良的风格让人消费
那就像阿拉伯人的驯马术，

要在黑灯瞎火的帐篷里尽情地施展，
但我宁可听原始的吐火罗语，
我情肯去乌拉尔山喝干燥的西北风，
宁愿在大海里把自己抛出。

我是个鞑靼人，要去亚美利亚[1]，
我要给女巫打个招呼，
要到蒙古帐篷去听那铮铮的马蹄铁，
看胆小鬼为什么会更市侩，

而且，还在狗的影子里追踪自己[2]。
我不是能逃出泥坑的天马，
但我也绝不是桌面上哗哗响的纸牌，
一阵狂风就给吹得偏倒。

我看到远方城市升起来的热腾腾的烟雾。
阿玛－塔人的眼睛黑得像葡萄干[3]。

---

[1] 曼德尔斯塔姆写有《亚美尼亚之旅》的散文和诗篇。——原注
[2] 曼德尔斯塔姆诗句："狗叫和狂风像他的影子一样使他害怕，把他猛吹，／那个人多么可怜，他自己已奄奄一息，／只得向他自己的影子乞求饶恕。"——原注
[3] 蒙古人的一支。——原注

而波斯人的眼珠子，因为石头的风化，
则像油煎鸡蛋，至于萨塔人[1]，

混杂的羊群在里面兴奋地奔跑，
鸟越飞越低，几乎
就触到筷子滚着的几个小雪球。
我拼命要跨过阿穆尔河[2]，

去看兴安岭的植被，还有河里的鱼镖。
我是带着新的地图册的蝴蝶，
我分不清萤火虫和碗里折射的星斗，
我是码头上没有伙伴的鸳鸯。

我要争取成为松果里月亮的爆破点，
而不是舞台上的哈姆雷特，
捧着本看图识字，便开始大谈人生，
我饮的是一股新鲜的力量。

我的黄皮肤蒙着自己的战鼓，
我完全能自己供氧，
难怪周围有那么多偷食的麻雀和懒人。
样子就像古代的飞涎鸟[3]。

---

[1] 乌兹别克人。——原注
[2] 即黑龙江。——原注
[3] 飞涎鸟是中国古代神话传说中的怪鸟，其唾液可织网捕杀。——原注

我是中国人,我的论据把你们折磨。
我爱这片土地甚于月份牌。
也甚于喉管里一架肥厚的留声机,
我痛恨鹦鹉,讨厌空虚。

于 坚
（1954年生）

生于云南昆明。1984年毕业于云南大学中文系。70年代初开始写诗，1979年开始在报刊上发表作品。1984年，和韩东、丁当等创办民间诗刊《他们》，被看作是"第三代诗"的代表人物之一。

80年代于坚的部分作品，以云南高原人文地理风俗为背景，写河流、高山的精神赠予，和对它们的敬畏和感恩。这种地域性坚持，在他后来的散文中有更突出的延续。他的诗影响最大的另一方面，是将日常生活经验重新带进诗歌。于坚认为，诗是具体生活本身，而不是对它的概括和提升；在这一点上，他有"反对隐喻"的说法，并经常以"非诗"的语言和体式，挑战僵化、陈腐矫作的诗歌观念和文本。在粗粝与细致、冷漠与激情、排斥"意义"与蕴涵哲理之间，既构成张力，也有着渗透与交织。在词语与现实关系上，"伤害"语言和"重建"语言是他想象力的根基。发表于90年代初的长诗《0档案》，以戏仿方法，来处理现代人生存面临的困境，深刻揭示现代社会政治制度与公共话语对个体的窥视，控制和对个人生命、心灵产生的扭曲。它的寓意是多重的，"既是对当代中国特殊生存情境的讽喻，也是对现代人类共同处境同情的理解，更是对诗本质的反思与展示"（奚密）。以文学方式介入现实问题，是于坚的志向，因而，诗歌之外，也有数量不少的散文随笔发表。

出版诗集：

《诗六十首》，昆明：云南人民出版社，1989年。

《对一只乌鸦的命名》，北京国际文化出版公司，1993年。

《一枚穿过天空的钉子》，台北：唐山出版社，1999年。

《于坚的诗》（蓝星诗库），北京：人民文学出版社，2000年。

《便条集》，昆明：云南人民出版社，2001年。

《在漫长的旅途中》，北京：作家出版社，2008年。

《我述说你所见》，北京：作家出版社，2013年。

出版的散文随笔集有：《棕皮手记》、《于坚人间随笔》、《于坚思想随笔》、《于坚大地随笔》、《于坚诗学随笔》、《火车记》、《老昆明》、《云南这边》、《暗盒笔记》、《众神之河》、《钉子》。《于坚集》1-5卷，收入他2004年之前大部分的诗、散文随笔和诗学论文。

尚义街六号

尚义街六号
法国式的黄房子
老吴的裤子晾在二楼
喊一声　胯下就钻出戴眼镜的脑袋
隔壁的大厕所
天天清早排着长队
我们往往在黄昏光临
打开烟盒　打开嘴巴
打开灯
墙上钉着于坚的画
许多人不以为然
他们只认识凡高
老卡的衬衣　揉成一团抹布
我们用它拭手上的果汁
他在翻一本黄书
后来他恋爱了
常常双双来临
在这里吵架　在这里调情
有一天他们宣告分手
朋友们一阵轻松　很高兴
次日他又送来结婚的请柬
大家也衣冠楚楚　前去赴宴

桌上总是摊开朱小羊的手稿

那些字乱七八糟

这个杂种警察一样盯牢我们

面对那双红丝丝的眼睛

我们只好说得朦胧

像一首时髦的诗

李勃的拖鞋压着费嘉的皮鞋

他已经成名了　有一本蓝皮会员证

他常常躺在上边

告诉我们应当怎样穿鞋子

怎样小便　怎样洗短裤

怎样炒白菜　怎样睡觉　等等

八二年他从北京回来

外衣比过去深沉

他讲文坛内幕

口气像作协主席

茶水是老吴的　电表是老吴的

地板是老吴的　邻居是老吴的

媳妇是老吴的　胃舒平是老吴的

口痰烟头空气朋友　是老吴的

老吴的笔躲在抽桌里

很少露面

没有妓女的城市

童男子们老练地谈着女人

偶尔有裙子们进来

大家就扣好钮子

那年纪我们都渴望钻进一条裙子
又不肯弯下腰去
于坚还没有成名
每回都被教训
在一张旧报纸上
他写下许多意味深长的笔名
有一人大家都很怕他
他在某某处工作
"他来是别有用心的，
我们什么也不要讲！"
有些日子天气不好
生活中经常倒霉
我们就攻击费嘉的近作
称朱小羊为大师
后来这只羊摸摸钱包
支支吾吾　闪烁其词
八张嘴马上笑嘻嘻地站起
那是智慧的年代
许多谈话如果录音
可以出一本名著
那是热闹的年代
许多脸都在这里出现
今天你去城里问问
他们都大名鼎鼎
外面下着小雨
我们来到街上

空荡荡的大厕所
他第一回独自使用
一些人结婚了
一些人成名了
一些人要到西部
老吴也要去西部
大家骂他硬充汉子
心中惶惶不安
吴文光　你走了
今晚我去哪里混饭
恩恩怨怨　吵吵嚷嚷
大家终于走散
剩下一片空地板
像一张旧唱片　再也不响
在别的地方
我们常常提到尚义街六号
说是很多年后的一天
孩子们要来参观

1984年6月

感谢父亲

一年十二月

您的烟斗开着罂粟花

温暖如春的家庭　不闹离婚

不管闲事　不借钱　不高声大笑

安静如鼠　比病室干净

祖先的美德　光滑如石

永远不会流血　在世纪的洪水中

花纹日益古朴

作为父亲　您带回面包和盐

黑色长桌　您居中而坐

那是属于皇帝教授和社论的位置

儿子们拴在两旁　不是谈判者

而是金钮扣　使您闪闪发光

您从那儿抚摸我们　目光充满慈爱

像一只胃　温柔而持久

使人一天天学会做人

早年您常常胃痛

当您发作时　儿子们变成甲虫

朝夕相处　我从未见过您的背影

成年我才看到您的档案

积极肯干　热情诚恳　平易近人

尊重领导　毫无怨言　从不早退

有一回您告诉我　年轻时喜欢足球

尤其是跳舞　两步

使我大吃一惊　以为您在谈论一头海豹

我从小就知道您是好人　非常的年代

大街上坏蛋比好人多

当这些异教徒被抓走、流放、一去不返
您从公园里出来　当了新郎
一九五七年您成为父亲
作为好人　爸爸　您活得多么艰难
交代　揭发　检举　告密
您干完这一切　夹着皮包下班
夜里您睡不着　老是侧耳谛听
您悄悄起来　检查儿子的日记和梦话
像盖世太保一样认真
亲生的老虎　使您忧心忡忡
小子出言不逊　就会株连九族
您深夜排队买煤　把定量油换成奶粉
您远征上海　风尘仆仆　采购衣服和鞋
您认识医生校长司机以及守门的人
老谋深算　能伸能屈　光滑如石
就这样　在黑暗的年代　在动乱中
您把我养大了　领到了身份证
长大了　真不容易　爸爸
我成人了　和您一模一样
勤勤恳恳　朴朴素素　一尘不染
这小子出生时相貌可疑　八字不好
说不定会神经失常或死于脑炎
说不定会乱闯红灯　跌断腿成为残废
说不定被坏人勾引　最后判刑劳改
说不定酗酒打架赌博吸毒患上艾滋病
爸爸　这些事我可从未干过　没有自杀
父母在　不远游　好好学习　天天向上

九点半上床睡觉　星期天洗洗衣服
童男子　二十八岁通过婚前检查
三室一厅　双亲在堂　子女绕膝
一家人围着圆桌　温暖如春
这真不容易　我白发苍苍的父亲

1987年12月21日

对一只乌鸦的命名

从看不见的某处
乌鸦用脚趾踢开秋天的云块
潜入我的眼睛上垂着风和光的天空
乌鸦的符号　黑夜修女熬制的硫酸
嗞嗞地洞穿鸟群的床垫
堕落在我内心的树枝
像少年时期在故乡的树顶征服鸦巢
我的手再也不能触摸秋天的风景
它爬上另一棵大树　要把另一只乌鸦
从它的黑暗中掏出
乌鸦　在往昔是一种鸟肉　一堆毛和肠子
现在　是叙述的愿望　说的冲动
也许　是厄运当头的自我安慰
是对一片不祥阴影的逃脱
这种活计是看不见的　比童年

用最大胆的手　伸进长满尖喙的黑穴　更难
当一只乌鸦　栖留在我内心的旷野
我要说的　不是它的象征　它的隐喻或神话
我要说的　只是一只乌鸦　正像当年
我从未在一个鸦巢中抓出过一只鸽子
从童年到今天　我的双手已长满语言的老茧
但作为诗人　我还没有说出过　一只乌鸦

深谋远虑的年纪　精通各种灵感　辞格和韵脚
像写作之初　把笔整支地浸入墨水瓶
我想　对付这只乌鸦　词素　一开始就得黑透
皮　骨头和肉　血的走向以及
披露在天空的飞行　都要黑透
乌鸦　就是从黑透的开始　飞向黑透的结局
黑透　就是从诞生就进入永远的孤独和偏见
进入无所不在的迫害和追捕
它不是鸟　它是乌鸦

充满恶意的世界　每一秒钟
都有一万个借口　以光明或美的名义
朝这个代表黑暗势力的活靶　开枪
它不会因此逃到乌鸦以外
飞得高些　僭越鹰的座位
或者降得矮些　混迹于蚂蚁的海拔
天空的打洞者　它是它的黑洞穴　它的黑钻头
它只在它的高度　乌鸦的高度
驾驶着它的方位　它的时间　它的乘客

它是一只快乐的　大嘴巴的乌鸦
在它的外面　世界只是臆造
只是一只乌鸦无边无际的灵感
你们　辽阔的天空和大地　辽阔之外的辽阔
你们　于坚以及一代又一代的读者
都是一只乌鸦巢中的食物
我断定这只乌鸦　只消几十个单词　就能说出
形容的结果　它被说成是一只黑箱
可是我不知道谁拿着箱子的钥匙
我不知道是谁在构思一只乌鸦藏在黑暗中的密码
在第二次形容中它作为一位裹着绑腿的牧师出现
这位圣子正在天堂的大墙下面　寻找入口
可我明白　乌鸦的居所　比牧师　更挨近上帝
或许某一天它在教堂的尖顶上
已窥见过那位拿撒勒人的玉体
当我形容乌鸦是永恒黑夜饲养的天鹅
一群具体的鸟　闪着天鹅之光　正焕然飞过我身
　　旁那片明亮的沼泽
这事实立即让我丧失了对这个比喻的全部信心
我把"落下"这个动词安在它的翅膀之上
它却以一架飞机的风度"扶摇九天"
我对它说出"沉默"　它却伫立于"无言"
我看见这只无法无天的巫鸟
在我头上的天空中牵引着一大群动词　乌鸦的
　　动词
我说不出它们　我的舌头被这些铆钉卡住

我看着它们在天空疾速上升　　跳跃
下沉到阳光中　　又聚拢在云之上
自由自在　　变化组合着乌鸦的各种图案

那日我像个空心的稻草人　　站在空地
所有心思　都浸淫在一只乌鸦之中
我清楚地感觉到乌鸦　　感觉到它黑暗的肉
黑暗的心　　可我逃不出这个没有阳光的城堡
当它在飞翔　　就是我在飞翔
我又如何能抵达乌鸦之外　　把它捉住
那日　当我仰望苍天　所有的乌鸦都已黑透
餐尸之族　我早就该视而不见　在在故乡的天空
我曾经一度捉住过它们　　那时我多么天真
一嗅着那股死亡的臭味　　我就惊惶地把手松开
对于天空　我早就该只瞩目于云雀　　白鸽
我生来就了解并热爱这些美丽的天使
可是当那一日　我看见一只鸟
一只丑陋的　有乌鸦那种颜色的鸟
被天空灰色的绳子吊着
受难的双腿　像木偶那么绷直
斜搭在空气的坡上
围绕着某一中心　　旋转着
巨大而虚无的圆圈
当那日　我听见一串串不祥的叫喊
挂在看不见的某处
我就想　说点什么

以向世界表白　我并不害怕
那些看不见的声音

1990年2月

读弗洛斯特

在离大街只有一墙之隔的住所
读他的诗是件不容易的事情
起先我还听到来访者叩门
犹豫着开还是不开
后来我已独自深入他的果园
我遇见那些久已疏远的声音
它们跳跃在树上　流动在水中
我看见弗洛斯特嚼着一根红草
我看见这个老家伙得意扬扬地踱过去
一脚踩在锄头口上　鼻子被锄把击中
他的方式真让人着迷
伟大的智慧　似乎并不遥远
我决定明天离开这座城市　远足荒原
把他的小书挟在腋下
我出门察看天色
通往后院的小路
已被白雪覆盖

1990年

坠落的声音

我听见那个声音的坠落　　那个声音
从某个高处落下　　垂直的　　我听见它开始
以及结束在下面　　在房间里的响声　　我转过身去
我听出它是在我后面　　我觉得这是在地板上
或者地板和天花板之间　　但那儿并没有什么松动
没有什么离开了位置　　这在我预料之中　　一切都
　是固定的
通过水泥　　钉子　　绳索　　螺丝或者胶水
以及事物无法抗拒的向下　　向下　　被固定在地板
　上的桌子
向下　　被固定在桌子上的书　　向下　　被固定在书
　面上的文字
但那在时间中　　在十一点二十分坠落的是什么
那越过挂钟和藤皮靠椅向下跌去的是什么
它肯定也穿越了书架和书架顶上的那匹瓷马
我肯定它是从另一层楼的房间里下来的　　我听见
　它穿越各种物件
光线　　地毯　　水泥板　　石灰　　沙和灯头　　穿越木
　板和布
就像革命年代　　秘密从一间囚房传到另一间囚房
这儿远离果园　　远离石头和一切球体
现在不是雨季　　也不是刮大风的春天

那是什么坠落　在十一点二十分和二十一分这段
　　时间
我清楚地听到它很容易被忽略的坠落
因为没有什么事物受到伤害　没有什么事件和这
　　声音有关
它的坠落并没有像一块大玻璃那样四散开去
也没有像一块陨石震动周围
那声音　相当清晰　足以被耳朵听到
又不足以被描述　形容或比画　不足以被另一双
　　耳朵证实
那是什么坠落了　这只和我有关的坠落
它停留在那儿　在我身后　在空间和时间的某个
　　部位

1991年8月

陈 黎
（1954年生）

本名陈膺文，花莲人，台湾师范大学英语系毕业，任教花莲女中多年，现已退休，专事写作，并主办花莲每年11月的"太平洋诗歌节"。除了诗和散文的写作，陈黎也与妻子张芬龄合译世界诗歌，出版译诗集多卷。

陈黎的作品丰富多元，堪称现代汉诗史上最杂糅的诗人。从政治讽刺到魔幻写实，从抒情咏怀到插科打诨，无所不包，无一不佳。近二十年来他表现了突出大胆的实验性，诸如双关语和谐音字，图像诗和排列诗，古典诗歌的镶嵌和古典典故的改写等等。然而，他并非一位标新立异的诗人，而是在为他庞大的题材寻找最贴切的有机形式。《战争交响曲》仅用四个字就深刻表达了战争无可避免带来的死亡。它巧妙地运用汉字象形和形声的双重特色，将图像诗的视觉效果发挥得淋漓尽致。在此同时，汉字的听觉效果强化并完成了反战主题的呈现，让内容和形式有了完美的结合。在朗诵最后一节诗时，诗人放慢速度，将"丘"拉得长长的，并加上欷歔的尾音。这样做的目的是让读者从"丘"联想到"秋"——秋天的肃杀和悲情。

类似于此，《腹语课》通过字体排列和汉字发音，模仿初学腹语的人如何吃力地发声说话。它提供了"有口难言"和"不可以貌取人"的双重图示。此诗也处理大陆和台湾之间的对比（大小）和差异（强弱）。近作《慢板》谱的是一首循环不已的旋律。通过动词的使用和意象的联想，诗人表现了祖母生活节奏的慢，和与之对比的周遭事物。将两者和谐统一的是一个童话般的世界：拟人化的花草树木，活泼的动物和小孩，云朵冰淇淋……一个简单狭小但是安全温暖的世界。在这个如梦的世界里，老人日复一日地过着。

出版诗集：

《动物摇篮曲》，台北：东林文学社，1980 年。

《家族之旅》，台北：麦田出版社，1993 年。

《小宇宙现代俳句一百首》，台北：皇冠文学出版有限公司，1993 年。

《岛屿边缘》，台北：皇冠文学出版有限公司，1995 年。

《猫对镜》，台北：九歌出版社，1999 年。

《苦恼与自由的平均律》，台北：九歌出版社，2005 年。

《轻／慢》，台北：二鱼文化事业有限公司，2009 年。

《我／城》，台北：二鱼文化事业有限公司，2011 年。

《妖／冶》，台北：二鱼文化事业有限公司，2012 年。

《朝／圣》，台北：二鱼文化事业有限公司，2013 年。

吠月之犬

时间让它的狗咬我们
它咬断我们的袖子,留下两三片
遗忘的破布
我们过街买糖,捡到一条被弃置的手臂
不敢确定是不是该把它投进最近的邮筒
也许正在旅行的我们的父母会在远方的旅店
收到它们
也许它就挂在火车站门口
播音器每隔五分钟播报一次:
"遗失手臂的旅客请到服务台认领"

我们不相信那些是离散多年的我们的亲友
童年的手帕,作业簿,爱人的
唇膏,胸罩,毕业证书
我们拿起那些掉了一地的玩具
听到它们说痛
月亮像一枚被邮戳模糊了的邮票贴在天空
我们用星光的原子笔写信,寄给上帝
他住在防空洞北边
而两个穿红裙子戴红帽子的飞快车小姐
推着手推车问他要不要买药

而那自然是苦的
但他还是送给我们一幅家庭照
被战争扶养的上校,黑肉鸨母
雄猫姬姬,终身不嫁的老处女阿兰
他们全都在那里,在时间的月台上
对着一只张眼瞪视的吠月之犬
等候与我们重新擦身而过
我们打开集邮簿,半信半疑地翻出
一枚枚似曾相识的叫声
也许这就是他们所说的家庭团圆

(一九九〇·十)

腹 语 课

恶勿物务误悟钨坞骛荔噁屿蕰甋痦迕垭芴
轧机婺骛垩汒连逦銮籾阢轧焐虺熰扤屼
(我是温柔的……)
屼扤熰虺焐轧阢籾矾銮逦连汒垩骛婺机轧
芴垭迕痦甋蕰屿噁荔骛坞钨悟误务物勿恶
(我是温柔的……)

恶饿俄鄂厄遏锷扼鳡蕰馀崞蛋搞圙轭貂貊
颚呃愕噩轭厄鹗垩谔蚖硾矴糯镙岖垮柜齵
萼咢哑崿搕诒阋颇塌揭颇阋诒搕崿哑咢萼

111

齵杍堨岋鏪檲砇蚭谔垩鹗陒轭噩愕呝颚
貁轵圙搞蛋薛馋蘁鱱扼锷遏厄鄂俄饿
（而且善良……）

一九九四·十

不卷舌运动

不卷舌
不打领结
不装腔作势
不繁文缛节

轻便自在的行动
让舌头成为简单的兽
踯躅踟蹰的蛇不要

戴不惯的首饰虫彳尸口
这话儿那话儿
可以不要

念念看：
石氏嗜诗，嗜食死尸，使十侍
适市，施施拾十四死狮

四狮尸实似石狮,十狮尸湿
似湿柿,石氏撕狮嘶嘶食
是狮,是尸,是史诗……
（ㄙˋㄙˊㄙˇㄙˊㄙˋㄙˊㄙˇㄙˊㄙˊㄙˊ
ㄙˊㄙˊㄙˊㄙˋㄙˋㄙˊㄙˊㄙˇ
ㄙˊㄙˊㄙˊㄙˋㄙˊㄙˊㄙˊㄙˊㄙˊㄙˊ
ㄙˊㄙˊㄙˊㄙˋㄙˊㄙˊㄙˊㄙˊㄙˊㄙˋ
ㄙˊㄙˊㄙˊㄙˊㄙˊㄙˊ……）

狮尸有两种,好的
绕口令,一如好的史诗
只有一种

不便秘
不臃肿
不违背历史
不排斥不卷舌

譬如说长（ㄔㄤ）　住（ㄗㄨ）　台湾
譬如说三民主（ㄗㄨˇ）义统一中（ㄗㄨㄥ）国

一九九五·七

一首因爱困在输入时按错键的情诗

亲碍的,我发誓对你终贞
我想念我们一起肚过的那些夜碗
那些充瞒喜悦、欢勒、揉情秘意的
牲华之夜
我想念我们一起淫咏过的那些湿歌
那些生鸡勃勃的意象
在每一个蔓肠如今夜的夜里
带给我饥渴又充食的感觉

侵爱的,我对你的爱永远不便
任肉水三千,我只取一嫖饮
我不响要离开你
不响要你兽性搔扰
我们的爱是纯啐的,是捷净的
如绿色直物,行光合作用
在日光月光下不眠不羞地交合

我们的爱是神剩的

一九九四·八

战争交响曲

兵兵兵兵兵兵兵兵兵兵兵兵兵兵兵兵兵兵
兵兵兵兵兵兵兵兵兵兵兵兵兵兵兵兵兵兵
兵兵兵兵兵兵兵兵兵兵兵兵兵兵兵兵兵兵
兵兵兵兵兵兵兵兵兵兵兵兵兵兵兵兵兵兵
兵兵兵兵兵兵兵兵兵兵兵兵兵兵兵兵兵兵
兵兵兵兵兵兵兵兵兵兵兵兵兵兵兵兵兵兵
兵兵兵兵兵兵兵兵兵兵兵兵兵兵兵兵兵兵
兵兵兵兵兵兵兵兵兵兵兵兵兵兵兵兵兵兵
兵兵兵兵兵兵兵兵兵兵兵兵兵兵兵兵兵兵
兵兵兵兵兵兵兵兵兵兵兵兵兵兵兵兵兵兵
兵兵兵兵兵兵兵兵兵兵兵兵兵兵兵兵兵兵
兵兵兵兵兵兵兵兵兵兵兵兵兵兵兵兵兵兵
兵兵兵兵兵兵兵兵兵兵兵兵兵兵兵兵兵兵
兵兵兵兵兵兵兵兵兵兵兵兵兵兵兵兵兵兵
兵兵兵兵兵兵兵兵兵兵兵兵兵兵兵兵兵兵

兵兵兵乓兵兵乓兵兵兵兵兵兵兵兵兵兵乓
兵兵兵兵兵乒兵兵兵乒兵兵兵兵兵乒兵兵乒
乒乒兵兵兵乓乓乒乒乒乒乒兵乒兵兵乒乓
兵乒兵乒乒乓乒乓乒乒乒乒乓乒乒乒乒乓
丘兵乒乒乓乒乒乓乒乓乒乒乒乒乒丘乒乒

丘丘丘丘丘丘丘丘丘丘丘丘丘丘丘丘丘丘丘丘丘丘
丘丘丘丘丘丘丘丘丘丘丘丘丘丘丘丘丘丘丘丘丘丘
丘丘丘丘丘丘丘丘丘丘丘丘丘丘丘丘丘丘丘丘丘丘
丘丘丘丘丘丘丘丘丘丘丘丘丘丘丘丘丘丘丘丘丘丘
丘丘丘丘丘丘丘丘丘丘丘丘丘丘丘丘丘丘 丘丘丘 丘
丘丘 丘丘丘丘 丘 丘 丘丘 丘丘 丘丘
丘丘 丘丘 丘 丘 丘 丘 丘丘丘 丘 丘
 丘丘 丘 丘丘 丘 丘 丘 丘 丘 丘
丘 丘丘 丘 丘 丘
 丘 丘 丘 丘 丘
 丘 丘

丘丘丘丘丘丘丘丘丘丘丘丘丘丘丘丘丘丘丘丘丘丘
丘丘丘丘丘丘丘丘丘丘丘丘丘丘丘丘丘丘丘丘丘丘
丘丘丘丘丘丘丘丘丘丘丘丘丘丘丘丘丘丘丘丘丘丘
丘丘丘丘丘丘丘丘丘丘丘丘丘丘丘丘丘丘丘丘丘丘
丘丘丘丘丘丘丘丘丘丘丘丘丘丘丘丘丘丘丘丘丘丘
丘丘丘丘丘丘丘丘丘丘丘丘丘丘丘丘丘丘丘丘丘丘
丘丘丘丘丘丘丘丘丘丘丘丘丘丘丘丘丘丘丘丘丘丘
丘丘丘丘丘丘丘丘丘丘丘丘丘丘丘丘丘丘丘丘丘丘
丘丘丘丘丘丘丘丘丘丘丘丘丘丘丘丘丘丘丘丘丘丘
丘丘丘丘丘丘丘丘丘丘丘丘丘丘丘丘丘丘丘丘丘丘
丘丘丘丘丘丘丘丘丘丘丘丘丘丘丘丘丘丘丘丘丘丘
丘丘丘丘丘丘丘丘丘丘丘丘丘丘丘丘丘丘丘丘丘丘
丘丘丘丘丘丘丘丘丘丘丘丘丘丘丘丘丘丘丘丘丘丘
丘丘丘丘丘丘丘丘丘丘丘丘丘丘丘丘丘丘丘丘丘丘

丘丘丘丘丘丘丘丘丘丘丘丘丘丘丘丘
丘丘丘丘丘丘丘丘丘丘丘丘丘丘丘丘

构 成

我豢养一个空间
用寂寞,用呼吸
两三个宝特瓶在地上
一条洗过的橘色内裤
在不锈钢条上滴 滴

我豢养橘子的气味
洗发精。滑翔翼
我豢养一个小写的单字
veronica：印有耶稣圣容之
布；一种斗牛的姿势（
斗牛士双足保持静止,同时将
所持之布徐徐转离攻击之牛）

我豢养挂着一条黑牛仔裤
一件蓝 T 恤的衣橱

我豢养一台等待输入海

以及波的罗列的手提电脑

我豢养一道缝隙：
隔离我和世界
通向悬在脐下的你的人间

我豢养一个最新、最小的国家
迂回、庞杂的建国史

慢　板

祖母坐在窗边
（那时她十七
岁，她说）
等候远方的云
缓缓移动到山头
成为她镜中的发
一只猫走过草地
（一只猪也会
但不是现在）
撞倒草地中央
她常坐的小藤椅
她打开收音机

收听雪的消息
但草地很绿
她突然想吃
香草冰淇淋
面包树站在草地
一头,整个下午
一动也不动
胡麻花站在草地
另一头,不时和
她的姊妹交头
接耳。祖母想
静默的树是诗
说话的花也是
她抬头,看到我
背着书包,穿过
草地,扶起小
藤椅,开门
进入屋子看到

祖母坐在窗边
(那时她十七
岁,她说)
等候远方的云
缓缓移动到山头
成为她镜中的发
一只猫走过草地

（一只猪也会
但不是现在）
撞倒草地中央
她常坐的小藤椅
她打开收音机
收听雪的消息
但草地很绿
她突然想吃
香草冰淇淋
面包树站在草地
一头，整个下午
一动也不动
胡麻花站在草地
另一头，不时和
她的姊妹交头
接耳。祖母想
静默的树是诗
说话的花也是
她抬头，看到我
背着书包，穿过
草地，扶起小
藤椅，开门
进入屋子看到

二〇〇六·三

杨 泽
（1954年生）

本名杨宪卿，台湾嘉义人，台大外文系学士及硕士，美国普林斯顿大学东亚文学系博士。毕业后任教于美国布朗大学，数年后回台，长期担任《中国时报·人间副刊》主编，曾在中国文化大学、东华大学等校兼课。

杨泽大学时代就跨入诗坛。1976年他和台大同学罗智成、廖咸浩、詹宏志等合组"诗文学社"，是"现代诗社"的前身，也是台大历史最悠久的文学社团。

1976年杨牧从美回台在台大外文系担任客座教授。杨泽不但上他的国学课，在诗的创作上更受到深刻的影响，包括他对文化中国的向往，并将它有机地融入自己的诗中。《仿佛在君父的城邦》里，一边是辉煌的故国（"玉的象征"，"剑的光芒"，"麟的存在"），一边是"倾圮的宗庙"，"没落的朝代"。怀抱理想的诗人思考历史而不禁兴感时忧国之情。到了1990年的《人生不值得活的》，青春时的理想主义似乎被沧桑的犬儒主义所取代。然而，诗中现在的"你"又何尝不是过去的"我"？自承是千败剑客的诗人又何尝能忘情于魔笛和独角兽？

出版诗集：

《蔷薇学派的诞生》，台北：洪范书店，1977年。

《远在君父的城邦》，台北：时报文化，1980年。

《人生是不值得活的》，台北：元尊文化出版社，1997年。

在风中

在风中独立的人都已化成风。

在风中,在落日的风中
我思索:一个诗人如何证实自己
依靠着风,他如何向大风歌唱?
除了——啊,通过爱
通过他的爱人,他的民族
他的年代,他如何在风中把握自己
有如琴弦在乐音中战栗、发声
与歌唱……

在风中独立思索的人都已化成风。

在风中,在落日的风中
我思索:一个人如何免于焦虑或渺茫
他的爱,他的爱如何得到一种崇高的表达?

除了——通过阳光
比大理石更坚实的光辉,通过季节通过群星
啊,远比命运更庄严的运行,他如何在
风中独立、思索,当
落日在风中,苍茫坠落无声……

在风中独立思索风的人都已化成风。

在风中,在落日的风中
假如他大声歌唱,他将唤回所有逝去的
歌者;站在他的四周,环绕
他像群星环绕宇宙的黑暗与空虚
歌唱光明,歌唱爱;
在风中,在落日的风中
假如他逆风流泪奔跑,大风
将与他并行,并为他悄悄拭去
所有的泪……

在毕加岛

在毕加岛,玛丽安,我看见他们
用新建的机场、市政大厦掩去
殖民地暴政的记忆。我看见他们
用鸽子与褴褛者装饰
昔日血战的方场吸引外国来的观光客……

在毕加岛,我在酒店的阳台邂逅了
安塞斯卡来的一位政治流亡者,温和的种族主义

激烈的爱国者。"为了
祖国与和平……"他向我举杯
"为了爱……"我嗫嚅地
回答,感觉自己有如一位昏庸懦弱的越战逃兵
(玛丽安,我仍然依恋
依恋月亮以及你美丽的,无政府主义者的肉体……)

在毕加岛,我感伤的旅行的终点,玛丽安
我坐下来思想人类历史的鬼雨:
半夜推窗发现的苦难年代
我坐下来思想,在我们之前、之后
即将到来的苦难年代,千万人头
遽而落地,一个丰收的意象……
玛丽安,在旋转旋转的童年木马
在旋转旋转的唱槽上,我的诗
我的诗如何将无意义的苦难化为有意义的牺牲?
我的诗是否只能预言苦难的阴影
并且说——爱……

人生不值得活的

人生不值得活的。
稍早,也许

我就有了不祥的预感。
稍早,早于你幼兽般
动人的花纹,早于
暗中的木瓜树
高度完美的阳台与星
早于夜晚——属于所有情人的
魔笛和独角兽底夜晚;
当魔笛吹彻
魔笛终因吹彻小楼而转凉
号角重返那最后
与最初的草原黎明……

人生不值得活的。
稍早,我便有了如此预感。
稍早,早于我的相对
你的绝对——野兔般
诚实勇敢底爱欲本能
还有那(让人在在难以释怀)
驳杂不纯的气质
倾向感伤,倾向速度
也倾向,因梦幻而来的
一点点耽溺与疯狂

人生并不值得活的。
更早,早于书本
音乐及绘画—— 一开始

我就有了暗暗的预感。
绿光和蓝蔷薇
大麻烟卷与禅
我梦见你：电单车的女子
模仿图画里的无头骑士
拎着一头黑浓长发，朝
草原黎明疾驰离去……
当魔笛再度吹彻
魔笛终因吹彻而转寒
爱与死的迷药无非是
大海落日般——
一种永恒的暴力
与疯狂……

人生不值得活的。
在岸上奔跑的象群
大海及远天相偕老去前：
暗舔伤口的幼兽哪
只为了维护
你最早和最终的感伤主义
我愿意持柄为锋
做一名不懈的
千败剑客
土拨鼠般，我将
努力去生活
虽然，早于你的梦幻

我的虚无；早于
你的洞穴，我的光明——
虽然，人生并不值得活的。

(1990)

王小妮
（1955年生）

吉林长春市人。1974年4月中学毕业后，在吉林九台县农村插队。就读吉林大学中文系期间，与徐敬亚、吕贵品、刘晓波等发起组织《赤子心》诗社，开始写诗。毕业后曾任电影制片厂编剧，报刊编辑、记者，也一度离职居家。现任教于海南大学人文传播学院。

在20世纪七八十年代之交，王小妮一度被归入"朦胧诗人"行列。1985年南迁（此后大部分时间留居深圳）之后，诗歌写作出现很大变化，与诗界潮流也很少发生直接关联。重视直觉，说诗"绝不是深沉的、观念的产物"，说"必须像逃避病毒那样，抵御理念、潮流和时尚的侵入"。语言平实，自然，有意去象征化，却不单薄平淡。在90年代，有过"重新做一个诗人"的说法，表明了她在诗歌位置、诗人责任上所做的调整，有意识降低诗人和诗歌写作的"神化"想象。她的诗作，表现了在普通的生活中发现诗意，在混沌绵密的时间中"感觉空隙"的能力。因为"时间就是短的"，便尽力去展现那种把握"瞬间"的力量。整体而言，她的诗细致、柔韧，但也不可忽略其中锐利、疼痛的方面：这里容纳了个体所感应的时代性创伤，也透露了在抵抗腐败之气与盲昧之视时的贵族式骄傲。

出版诗集：

《我的诗选》，长春：时代文艺出版社，1989年。

《我的纸里包着我的火》，沈阳：春风文艺出版社，1997年。

《半个我正在疼痛》，北京：华艺出版社，2005年。

《有什么在我心里一过》，北京：作家出版社，2008年。

另出版有中短篇小说集《情人在隔壁》、《深圳的一百个女人》、《深圳的一百个股民》，长篇小说《人鸟低飞》、《方圆四十里》，散文随笔集《放逐深圳》、《世界何以辽阔》、《家里养着蝴蝶》等。

不认识的就不想再认识了

到今天还不认识的人
就远远地敬着他。
三十年中
我的朋友和敌人都足够了。

行人一缕缕地经过
揣着简单明白的感情。
向东向西
他们都是无辜。
我要留出我的今后。
以我的方式
专心地去爱他们。

谁也不注视我。
行人不会看一眼我的表情
望着四面八方。
他们生来
就不是单独的一个

注定向东向西地走。
一个人掏出自己的心
扔进人群

实在太真实太幼稚。

从今以后
崇高的容器都空着。
比如我
比如我荡来荡去的
后一半生命。

1988年8月　深圳

等巴士的人们

早晨的太阳
照到了巴士站。
有的人被涂上光彩。

他们突然和颜悦色。
那是多么好的一群人呵。

光
降临在
等巴士的人群中。
毫不留情地
把他们一分为二。

我猜想
在好人背后
黯然失色的就是坏人。

巴士很久很久不来。
灿烂的太阳不能久等。
好人和坏人
正一寸一寸地转换。
光芒临身的人正在糜烂变质。
刚刚猥琐无光的地方
明媚起来了。

神
你的光这样游移不定。
你这可怜的
站在中天的盲人。
你看见的善也是恶
恶也是善。

1993年4月　深圳

一块布的背叛

我没有想到

把玻璃擦净以后
全世界立刻渗透进来。
最后的遮挡跟着水走了
连树叶也为今后的窥视
文浓了眉线。

我完全没有想到
只是两个小时和一块布
劳动,居然也能犯下大错。
什么东西都精通背叛。
这最古老的手艺
轻易地通过了一块柔软的脏布。
现在我被困在它的暴露之中。

别人最大的自由
是看的自由。
在这个复杂又明媚的春天
立体主义走下画布。
每一个人都获得了剖开障碍的神力
我的日子正被一层层看穿。

躲在家的最深处
却袒露在四壁以外的人
我只是裸露无遗的物体。
一张横竖交错的桃木椅子
我藏在木条之内

心思走动。
世上应该突然大降尘土
我宁愿退回到
那桃木的种子之核。

只有人才要隐秘
除了人
现在我什么都想冒充。

1994.10 深圳

白纸的内部

阳光走在家以外
家里只有我
一个心平气坦的闲人。

一日三餐
理着温顺的菜心
我的手
漂浮在半透明的白瓷盆里。
在我的气息悠远之际
白色的米
被煮成了白色的饭。

纱门像风中直立的书童
望着我睡过忽明忽暗的下午。
我的信箱里
只有蝙蝠的绒毛们。
人在家里
什么也不等待。

房子的四周
是危险转弯的管道。
分别注入了水和电流
它们把我亲密无间地围绕。
随手扭动一只开关
我的前后
扑动起恰到好处的
火和水。

日和月都在天上
这是一串显不出痕迹的日子。
在酱色的农民身后
我低俯着拍一只长圆西瓜
背上微黄
那是我以外弧形的落日。

不为了什么
只是活着。
像随手打开一缕自来水。

米饭的香气走在家里
只有我试到了
那香里面的险峻不定。
有哪一把刀
正划开这世界的表层。

一呼一吸地活着
在我的纸里
永远包藏着我的火。

           1995.1 深圳

杨 炼
（1955年生）

出生于瑞士，成长于北京，1970年代后期开始写诗，1983年初，以长诗《诺日朗》等作品在诗坛上产生广泛影响。1988年，应澳大利亚文学艺术委员会邀请，前往澳洲访问。随后，足迹遍及欧洲、美洲、澳洲，参加世界各地举办的文学、艺术、学术活动，诗歌与散文被译成二十多种语言出版，并获得许多国际性的文学奖项。

从20世纪80年代初开始，杨炼就专注于中国古典文化与当代诗歌的创造性联系，尝试利用《易经》等传统资源，书写一种具有历史、文化巨大包容性的长诗和组诗。1988年出国之后，他对于体系性"中华帝国幻象诗"的追求也一直延续下来，先后写出了《㦱》、《大海停止之处》、《同心圆》等规模可观的作品，以高度的思辨风格，构架文化和语言的宏大结构。自2005—2009年完成的《叙事诗》，被诗人看成是"思想上、诗学上的集大成之作"，试图"叙一人一家之事，而穿透这个'命运之点'，涵括二十世纪中国复杂的现实、文化，以至文学沧桑"。对于普通读者而言，要完整把握这些鸿篇巨制"幽深迂回、一唱三叹"的结构，可能有些困难，但在其中一首首独立的诗作中，仍能感受在宏大的时空、文化背景中，诗人构造幻象、展开冥思的能力。

出版诗集：

《礼魂》，中国青年诗人丛书，1985年。

《荒魂》，上海文艺出版社，1986年。

《黄》，北京：人民文学出版社，1989年。

《太阳与人》，湖南文艺出版社，1991年。

《杨炼作品：1992—1997》(包括诗歌卷与散文、文论卷)，上海文艺出版社，1998年。

《幸福鬼魂手记——杨炼新作1998—2002》，上海文艺出版社，2003年。

《艳诗》，台北倾向出版社，2009年。

《叙事诗》，北京：华夏出版社，2011年。

另外在中国台湾、香港，欧洲，澳大利亚等地出版有诗歌、散文、文论作品集多种。

飞 天

我不是鸟,当天空急速地向后崩溃
一片黑色的海,我不是鱼
身影陷入某一瞬间、某一点
我飞翔,还是静止
超越,还是临终挣扎
升,或者降(同样轻盈的姿势)
朝千年之下,千年之上?

全部经历不过这堵又冷又湿的墙
诞辰和末日,整夜哭泣
沙漠那麻醉剂的咸味
充满一个默默无言的女人
一小块贞操似的茫然的净土
褪色的星辰,东方的神秘

花朵摇摇欲坠
表演着应有的温柔

醒来,还是即将睡去?我微合的双眼
在几乎无限的时光尽头扩张,望穿恶梦
一种习惯,为期待弹琴
一层擦不掉的笑容,早已生锈

苔藓像另一幅壁画悄悄腐烂
我憎恨黑暗,却不得不跟随黑暗
夜来临。夜,整个世界
现实之手,扼住想象的鲜艳的裂痕

歌唱,在这儿
是年轻力壮的苍蝇的特长

人群流过,我被那些我看着
在自己脚下、自己头上,变换一千重面孔
千度沧桑无奈石窟一动不动的寂寞
庞大的实体,还是精致的虚无
生,还是死——我像一只摆停在天地之间
舞蹈的灵魂,锤成薄片
在这一点,这一片刻,在到处,在永恒

一根飘带因太久地垂落失去深度
太久了,面前和背后那一派茫茫黄土
我萌芽,还是与少女们的尸骨对话
用一种墓穴间发黑的语言
一个颤栗的孤独,彼此触摸
没有方向,也似乎有一切方向
渴望朝四周激越,又退回这无情的宁静
苦苦漂泊,自足只是我的轮廓
千年以下,千年以上
我飞如鸟,到视线之外聆听之外
我坠如鱼,张着嘴,无声无息

房间里的风景

三十二岁　听够了谎言
再没有风景能移进这个房间
长着玉米面孔的客人
站在门口叫卖腐烂的石头
展览舌苔　一种牙缝里磨碎的永恒

他们或你都很冷　冷得想
被呕吐　像墙上亵渎的图画
记忆是一小队渐弱的地址
秋之芒草　死于一只金黄的赤足
谁凭窗听见星群消失
这一夜风声　仿佛掉下来的梨子
空房间被扔出去

在你赤裸的肉体中徘徊又徘徊
肢解　如天空和水
湿太阳　受伤吼叫时忘了一切
再没有风景能移入这片风景
弄死你

直到最后一只鸟也逃往天上
在那手中碰撞　冻结成蓝色静脉
你把自己锁在哪儿

这房间就固定在哪儿　空旷的回声
背诵黑暗
埋葬你心里唯一的风景唯一的

谎言

大海停止之处

1
铺柏油的海面上一只飞鸟白得像幽灵

嗅到岸了　那灯塔就停在
左边　我们遇难之处

铺柏油的海面上一只锚是崩断的犁

一百年　以墓碑陡峭的程度
刷新我们的名字
在红色岩石的桌子旁被看着就餐
海水　碧绿松针的篝火让骸骨取暖
龇出满口锈蚀发黑的牙　跳舞

小教堂的尖顶被夹进每个八月的这一夜

死亡课上必读的暴风雨

那光就停在　更多死者聚集之处
锚链断了　锚坠入婴儿的号哭深处
情人们紧紧搂抱在柏油下

一百年才读懂一只表漆黑的内容

2
花朵的工事瞄准了大海
一只等待落日的啤酒杯　涂满金黄色
像嘴唇上逐渐加重的病情
那说话的　在玻璃中继续说话

那歌唱的　都被一把电吉他唱出
用十倍的音量封锁一个聋子
微笑　就是被录制的
食物　掰开手指

水手溺死的侧影　就逼近
在椅子和椅子之间变成复数
风和风是呼吸之间一摊咸腥的血迹
那被称为人的　使辞语遍布裂缝

石头雪白的脚踝原地踏步
使心跳的楼梯瘫痪

日子　既不上升也不下降就抵达了
最后的　醉鬼的　被反刍的　海

3
麻痹的与被麻痹裹胁的年龄
沉船里的年龄
这忘记如何去疼痛的肉体敞开皮肤
终于被大海摸到了内部

被洗净肝脏的一只白色水母
被腌熟的脸　牵制着上千颗星星
被海龟占领的床　仍演奏发亮的乐器

当月光无疑是我们的磷光
潮汐　不停地刮过更年幼的子宫
呼救停进　所有不存在的听觉

在　鲨鱼被血激怒前静静悬挂的一刹那

我们不动　天空就堆满铁锈
我们被移动　大海的紫色阴影紧握着
一百年　一双喷吐墨汁的手
摸　无力的与被无力实现的睡眠
耻辱　骑在灯塔上
摸　死者为沙滩遗留的自渎的肉体
飞鸟小小的弓把飞翔射入那五指

我们的灵柩不得不追随今夜

挖掘　被害那无底的海底
停止在一场暴风雨不可能停止之处

纪念一棵街角上的树

昨夜　我的诗移到街角上
扮演一棵树　挥舞
鬼魂那样猛转过脸来的小白花

踮起脚尖叫　空中遍布
闪烁晶莹的踝骨
唐代像盏灯倏地被拧亮

已经第几年　沿着红砖墙
拐弯就是故国　枝头
熟悉的血又找到替身

泼出成吨的水银色
不再怕凋谢　自涮洗春天的
一夜　树桩上袅袅的电锯声

王府井——颐和园

一阵风就吹裂春水　哪怕它绿遍千载
投井妃子的一颗颗珠宝嵌着媚态
漂流的湖面上　毒酒又斟满了玉杯
皇帝被一扇比丝还软的虚词屏风隔开
囚死之美太优雅　太贵　太颓废
公子哥儿用一个手势输给奴才
泥地上跪出的小坑渗漏嫩嫩的膝盖
风声依次把一盏盏宫灯掐灭

从东华门出去　梅兰芳窈窕的尾音
甩着他　前朝的海棠花和柏树林
沿着红砖墙的平行线为倾圮押韵
按下快门就是世纪　照片上的鬼魂
眨眼　吸走浸湿每个光圈的阴
历史的导游图错开一步　淫艳如内心
倒扣一只乌鸦抵消的不真实的人群
从神武门出去　小贩叫卖着黄昏

一只金丝雀藏在体内的音叉　惊动
湖岸的曲线　荷花的睡意　知春亭
换一艘炮舰（谁写的？）　该庆幸风铃
航程更远　垂柳的弦乐拂去海浪的冷

太后　办了敢阻挡玉如意的　倘若可能
也在子宫里办了他　罚那假象牙的天空
隐身的鸟爪在灰蒙蒙水面上邀请
他的柳絮迎向另一个时间　疾掠匆匆

翟永明
（1955年生）

生于四川，毕业于成都电讯工程学院，曾在某研究所工作。1981年开始发表诗歌作品，1990年赴美，1992年回国，现居成都，潜心写作的同时，与友人经营"白夜"酒吧，策划一系列文学、艺术，及民间影像活动，使得"白夜"成为成都著名的艺术场所。

从早期作品《女人》、《静安庄》开始，翟永明对"女性意识"的自觉书写，就是读者和批评家关注的焦点。这些作品往往采用内心倾诉的方式，聚焦于女性的成长和自我的挣扎，并伴随了神秘的想象和有距离的关照，在一定程度上，带有美国女诗人普拉斯式的自白风格。当然，翟永明也在一直追求变化，特别在20世纪90年代之后，自觉完成了风格的转换，逐渐"把普拉斯还给了普拉斯"，发展出一种细微而平淡的叙说手法，借用戏剧的空间构架，通过场景、语式的调动，来展示生活情境的繁多层次，对写作行为的沉思，往往也会渗透其中。近年来，在保持自我关注的一贯性同时，翟永明也在尝试"新变"，如勾连传统文人意趣与当代生活图景、在诗中处理敏感的社会问题等。

出版诗集：

《女人》，桂林：漓江出版社，1986年。

《一切玫瑰之上》，沈阳出版社，1989年。

《翟永明诗集》，成都出版社，1994年。

《黑夜中的素歌》,北京:改革出版社,1996年。

《称之为一切》,沈阳:春风文艺出版社,1997年。

《终于使我周转不灵》,石家庄:河北教育出版社,2002年。

《女人》,北京:作家出版社,2008年。

《十四首素歌》,南京大学出版社,2011年。

另外出版散文随笔集:《纸上建筑》、《坚韧的破碎之花》、《纽约,纽约以西》、《正如你所看到的》、《天赋如此》、《白夜谭》等。

土拨鼠

一

我的亡友在整个冬天使我痛苦
低低的黄昏　沉欲者的身姿
以及丰收　以及怀乡病的黑土上
它俊俏的面容

我认识那些发掘的田野
或者严肃的石头
带有我们祖先的手迹
在它暗淡的眼睛里
永远保留死者的鼓舞
它懂得夜里如何凄清
甚至我危险的胸口上
起伏不定的呼吸

"我早衰的知情者
在你微弱的手和人类记忆之间
你竭力要成为的那个象征
将把我活活撕毁"

我的旧宅有一副倾斜的表情
它菱形的脸有足够的迷信

于是我们携手穿行
灵魂的尖叫浮出水面
相当敏感　相当认真
如同漂亮女孩的纯洁地带

"你终究要无家可归
与我厮守　牵制我那
想入非非的理想主义爱情"

一个传说接近尾声
有它难耐的纯粹的嘴脸
一颗心接近透明
有它双手端出的艰苦的精神

我们孤独成癖　气数已尽
你与我共享
爱的动静　肉体的废墟
生命中不可企及的武器
乃是我们的营养

二
一首诗加另一首诗是我的伎俩
一个人加一个动物
将造就一片快速的流浪

我指的是骨头里奔突的激情

能否把它全身隆起?
午夜的脚掌
迎风跑过的线条

这首诗写我们的逃亡
如同一笔旧账
这首诗写一个小小的传说
意味着情人的痉挛
小小的可人的东西
把眼光放得很远
写一个儿子在梦里
秋冬的环境有土拨鼠
一个清贫者
和它双手操持的寂寞

我和它如此接近
它满怀的黑夜满载忧患
冲破我一次次的手稿
小小的可人的东西
在爱情中容易受伤
它跟着我在月光下
整个身体变白

这首诗叙述它蜂拥的毛
向远方发出脉脉的真情
这些是无价的:

它枯干的眼睛记住我

它瘦小的嘴在诀别时

发出忠实的嚎叫

这是一首行吟的诗

关于土拨鼠

它来自平原

胜过一切虚构的语言

1988年10月

小酒馆的现场主题

1

褐色和整个的夜

端上一小杯金汤力

周围多少的噪音掺橙汁

留给我一人　忍受那香精味

男人的话语总不那么如意

一只手拈起一片柠檬时

我盯住那强有力的喉结

但我只是　轻轻咽下一口酒

对你们说："什么也没有"

一些模糊的身影　背着光
整理他们的眼球　他们
将保证一个美学上级的勇气
他们的手指、音节
和着笑容在屋里飘来飘去
我不相信规则　因此我备受打击
当我带醉咽下一口唾沫
我仍要对你们说："没有"

一个声音对我耳语："有价值
　　　或无？或者终结……
　　　　全依赖你个人的世故……"
同一个声音在哼着一首
正当的歌曲
邻座的女孩嘤嘤而泣
多少双眼睛在吞啮她哭泣时的动人
她的美　是否连着
窗外整个黑夜的筋骨？

2
　　一男一女　配合着
　　饮干一杯金汤力
"请递给我一张手巾……"

　一个解闷的女郎不忠实

她的残酷的偶像
　　又一个美学上级过来了
　　分给她们奶嘴、奶瓶和
　　他永不成熟的观念
　　一只手从桌上抽回　久久
　　等待另一只　男的问
　　女的答　配合着
　　一小杯金酒加香橙

"请保留你的号召……
让我倾向晚年的洁癖"
女人的手端起她的微笑
端起她的心　饮一口"拒绝"

我向整个岁月倾倒我的本分
转动两颗好大的骰子
在我的眼球里　恳请你们
不要注视我由暴戾向平静
喷出的鼻息　男人们

"最后一次了"　她的音调
在意向上　与他的唇叠合在一起
她的嘴里含着　一个受伤的
中邪的诗句

作为情人　或仅是女宾

她想沉默时
　　整个的气温沉默达零
　　"请保留你机械的漠视……"
　　转动他两颗好大的骰子
　　在相机的眼球里
但是请不要将我装裱
用现代色情　或不加取舍的
绅士般的体贴

3
当长发掉落在粗呢桌布上
"请让我保留衰老的权利"
挺住一个青春的姿态
让我闲坐　在一群光嫩者中间

她们中间的全部　青春缠绵
使一桌灵魂出窍　当她们
绷紧那闪光白缎的皮肤
我愿意成为　窗外的夹竹桃
保有　危险而过时的另一种味道
把吃掉的口红　藏进
枯萎身躯的中央

那么，请从桌子的那一端　把死亡
换到我的侧面　请把
生理的写作放到另一端

请授权于衰老
把青春期的被内哭泣
换成座中的杯盏交错
请让我安静地　与死亡
倾心交谈

与死亡同桌　这一刻
我想了多年　也未想出
一个打火机点燃的如此局面
我们分坐两端　各执一副
象牙骨牌
须臾　从它粼粼青光的手上
扔出一张"绝望"
我回应一张"日月悠长"

当它打过来一张"不祥"
而我的判断　被自杀者的
能量和他头骨的凹陷
消费掉
请死亡洗牌　它会将
黑暗填满我晚年的厨房
那么　就让我将痛苦薄薄地说出
像吐出一口浊气那样方便地
吐出衰老的迹象　既不掩饰
也不夸张

打火机点燃少男少女的凸面　他们撮起的樱唇
并非吐出青春的毒药
他们顽皮的嘘声里
有着微暗的火光

4
一杯烈酒加冰端在
一些男人的手里　正如
一些烈焰般的言辞　横在
男人的喉咙
他们中间的全部
渴望成为幻觉的天空
偶尔浮动　显现、发射出美学的光芒

我满头的银线
此时着了火似的　反射出
鬓旁的蛇形耳坠和地面的月形刀
坐在高凳上的黑衣裁判
吹着口哨　睁开他的牡蛎眼睛
盯着我两手摊开的位置
"最后一次了"　我说
像吐出一口浊气
"什么也没有"

1996年11月

潜水艇的悲伤

九点上班时
我准备好咖啡和笔墨
再探头看看远处打来
第几个风球
有用或无用时
我的潜水艇都在值班
铅灰的身体
躲在风平的浅水塘

开头我想这样写：
如今战争已不太来到
如今诅咒　　也换了方式
当我监听　　能听见
碎银子哗哗流动的声音

鲜红的海鲜　　仍使我倾心
艰难世事中　　它愈发通红
我们吃它　　掌握信息的手在穿梭
当我开始写　　我看见
可爱的鱼　　包围了造船厂

国有企业的烂账　　以及

邻国经济的萧瑟　还有
小姐们趋时的妆容
这些不稳定的收据　包围了
我的浅水塘

于是我这样写道：
还是看看
我的潜水艇　最新在何处下水
在谁的血管里泊靠
追星族，酷族，迪厅的重金属
分析了写作的潜望镜

酒精，营养，高热量
好像介词，代词，感叹词
锁住我的皮肤成分
潜水艇　它要一直潜到海底
紧急　但又无用地下潜
再没有一个口令可以支使它

从前我写过　现在还这样写：
都如此不适宜了
你还在造你的潜水艇
它是战争的纪念碑
它是战争的坟墓　它将长眠海底
但它又是离我们越来越远的
适宜幽闭的心境

正如你所看到的：
现在　我已造好潜水艇
可是　水在哪儿
水在世界上拍打
现在　我必须造水
为每一件事物的悲伤
制造它不可多得的完美

1999年9月18日
2000年9月21日

新天鹅湖

舞台上，又搭好了云梯
男人们背着牛奶罐列队前行
这是他们惯有的战争场面

另一面，天鹅们也搭好了树巢
他们的四肢软软地耷下
这是他们喜爱的温柔场面

男人喜欢到处藏着枪
从腋下到底下　在全世界晃荡
男人也喜欢穿各类防弹背心

从胸前到裆前
把他们的幻想压扁了

年轻的男人就要起飞了
他们的八块肌肉　惹火得
像八片嘴唇
他们的黑色头皮与
长绒短裤帅呆了

年轻的男人只穿着羽毛
只骑在月亮的背上
只把身体递给
长翅膀的另一个家伙

八块肌肉的男人
皮肤渗出汗味　烟味和臭味
天知道为什么　他们
不是为我们准备的

2001年5月19日

关于雏妓的一次报道

雏妓又被称作漂亮宝贝

她穿着花边蕾丝小衣
大腿已是撩人
她的妈妈比她更美丽
她们像姐妹 "其中一个像羚羊"……

男人都喜欢这样的宝贝
宝贝也喜欢对着镜头的感觉

我看见的雏妓却不是这样
她十二岁 瘦小而且穿着肮脏
眼睛能装下一个世界
或者 根本已装不下哪怕一滴眼泪

她的爸爸是农民 年轻
但头发已花白
她的爸爸花了三个月
一步一步地去寻找他
失踪了的宝贝

雏妓的三个月
算起来快一百多天
三百多个男人
这可不是简单数
她一直不明白为什么
那么多老的，丑的，脏的男人
要趴在她的肚子上

她也不明白这类事情本来的模样
只知道她的身体
变轻变空　被取走某些东西

雏妓又被认为美丽无脑
关于这些她一概不知
她只在夜里计算
她的算术本上有三百多个
无名无姓　无地无址的形体
他们合起来称作消费者
那些数字像墓地里的古老符号
太阳出来以前　消失了

看报纸时我一直在想：
不能为这个写诗
不能把诗变成这样
不能把诗嚼得嘎嘣直响
不能把词敲成牙齿　去反复啃咬
那些病　那些手术
那些与十二岁加在一起的统计数字

诗、绷带、照片、回忆
刮伤我的眼球
（这是视网膜的明暗交接地带）
一切全表明：都是无用的
都是无人关心的伤害

都是每一天的数据　它们
正在创造出某些人一生的悲哀

部分地　她只是一张新闻照片
十二岁　与别的女孩站在一起
你看不出　她少一个卵巢
一般来说　那只是报道
每天　我们的眼睛收集成千上万的资讯
它们控制着消费者的欢愉
它们一掠而过　"它"也如此
信息量　热线　和国际视点
像巨大的麻布　抹去了一个人卑微的伤痛
我们这些人　看了也就看了
它被揉皱　塞进黑铁桶里

2002年4月21日

罗 智 成
（1955年生）

祖籍湖南，出生于台北，台大哲学系毕业。1982年赴美，就读于威斯康辛大学东亚系，次年获得硕士，在博士班肄业。曾担任《中国时报·人间副刊》编辑、《中时晚报·时代副刊》主任、电视节目制作人、电台节目主持人、杂志发行人、台北国际诗歌节主办人、香港光华新闻文化中心主任、"中央"通讯社社长等职，现任财团法人台港经济文化合作策进会董事。

在师大附中求学期间，罗智成就发表作品并组"附中诗社"，以"鬼雨书院"自号。除了写诗，他也从事绘画及书籍封面设计。从早期开始罗智成即用心营造一套坚实完整的美学系统，一个自给自足的小宇宙。诗是文字的炼金术，一场"乐此不疲的召灵游戏"，而诗人则是宇宙的主宰，文字的巫师。由此可见其承继了象征主义到高峰现代主义的美学传统。他的"黑色镶金的美学"高远脱俗，让人又惊艳又惊喜。《观音》仅短短四行，用具体却又不可尽解的意象群将实景——台北近郊观音山的夜景——提升到想象的制高点：黑白的颜色对比，烛群和星光的并列，柔美的女神和顽童"我"的亲密，在在相互呼应，建构了一个神秘绝美的世界。最后一行从"发下"到"星上"，再从星星联想到"大雪纷飞"，视野倏然开阔，静态意象也动了起来。每颗星星都是一个遥不可及的寒冷世界，但是通过"我"，它们和地球有了新的联系。

罗智成并不只擅长短诗。诗人自述："我的专长——思索"

(《一九七九》)。他对历史与文明的思考持续表现在多年来的作品里。如果"宝宝"、"梦"、"书房"象征理想,那么"打烊"了的书店、被"霪雨"淹没的城市则暗示人类文明的倾斜和沦陷。他的"梦"和商禽的"梦"都代表理想世界,但是两人的风格截然不同。"当一首崭新的诗作／把我举向星空"(《离骚》)——兼具浪漫主义情怀和现代主义美学的罗智成,深深地影响了几代台湾诗人。

出版诗集:

《画册》,台北:鬼雨书院,1975年。

《光之书》,台北:龙田,1979年初版;台北:天下远见出版有限股份公司,2000年。

《掷地无声书》,台北:远流出版事业,1989年。

《宝宝之书》,台北:远流出版事业,1989年。

《倾斜之书》,1982初版;台北:联合文学出版社,1999年。

《黑色镶金》,台北:联合文学出版社,1999年。

《梦中书房》,台北:联合文学出版社,2002年。

《梦中情人》,台北:印刻INK文学生活杂志,2004年。

《梦中边陲》,台北:印刻INK文学生活杂志,2007年。

《地球之岛》,台北:联合文学出版社,2010年。

《透明岛》,台北:联合文学出版社,2010年。

观 音

柔美的观音已沉睡稀落的烛群里,
她的睡姿是梦的黑屏风;
我偷偷到她发下垂钓,
每颗远方的星上都大雪纷飞。

山贼之歌

燕子衔来春天
在倾圮的山寨筑巢
清晨飞下屋檐
化身为汲水盥洗的少女
倔强的神采玲珑的身躯紧裹
耐远航的毅力。
打家劫舍回来
我总会和她相遇
而为前夜的荒唐行径心虚。
午后,她翩然降临
在挂壁的弓箭下
啄食我的睡意

使我辗转难眠
为她所叨絮的难解的秘密

我在此据地称王
在永恒时空与无谓生命交逼下
占一块化外之地
于艺术家的执著与陷溺里
豢养语言的家禽、意象的猛兽
嫉视他人智慧与愚行的秋收。
而日蹙的想象力
如圈了田的湖滨
搁浅了我逍遥的领域
招安的旗帜
也频频闯进梦里

我在此据地称王
妄想实现创作的无政府主义
紧紧守住自己。并
期待燕子的记忆
将使我一意孤行的反叛事业
延续下去。

一九八八年端午

耶律阿保机

但耶律阿保机比他同父异母的兄弟们更彪悍
扯住马鬃一口气就追上
落下的那来不及被许愿的
滚烫的星星；
徒手搏斗十个好手
像和宠妾周旋
有时逆着风
把风跑出一个大窟窿

他喜欢暴饮暴食和运动
用劲拍人家的肩膀
睡觉打鼾
兴致好时不在行地歌唱
伟大是足以承担缺陷的
那些并不伤害他的仁慈、诡狯与
从容

一面叫韩延徽他们出点子、搞汉化
一面用新推行的契丹大字写他
白话的情书与战书
"太阳底下至高无上的老子皇帝问候某某某"
信总是这样开头。

常把孙子和孙子的玩伴扛在肩上
让肮脏的手印盖满
金织的朝服
呵他们的痒
用笑声锻炼这些壮硕的小狼。
总是整齐地把地图卷好
并向地图或别人视线以外的地方
张望。
总是帮自己这个想法攻打上个想法
当他闷坐军帐沉思
像入地三尺的界碑
连时间也踌躇不前
因为他目光比箭凌厉
被射中的人只有屈服和
战栗

但耶律阿保机是宽大的
——那是强者
才能享有的德行
——所以他也不曾把皮鞭放弃⋯⋯

每一天，北地酷虐的风沙
剪着夕阳的金指甲
无惧那文明初启时的孤独
耶律阿保机领着爱马的族人

在中国早衰的历史
留下深深蹄印
偶尔也包含掳掠厮杀

"伟大总包含着
渺小的人格所不能承担的
冲突与杂质。"
队伍前头
他对后生们吹嘘
眉飞色舞,一边,在他们的血液里
抖擞前进……

梦中书房

不要理会我正编构的瞌睡场景
请轻声推门进来
握着仅有的孤独
谁都知道,孤独是阅读的锁钥……

我的书房里一直没有找到我要的那本书
也许还没有人把它写出来

但是许多人努力过了

那些丰盛而寂静的收藏就是证明：
名不见经传的帛书、竹简、纸草、羊皮、泥板以及
各式平装、精装与线装的苦心孤诣、
十八世纪的石版画、
十四岁记忆的霉味与尘埃、
去年深秋的蠹鱼、时空错乱的三叶虫
我的书房，唉，人类冷僻心灵的收容站

然而无由分说的盛宴情怀仍会
聚集、回响自那随手可及的
每个时代、每个文明的低语或独白
来自书房内外
无视我的愿望与企图
径自必然又偶然进行下去的历史
陷坐靠窗又靠近迦太基花瓶与模型飞船的扶椅上
我恣意参与或逃避历史……

我翻开一本桀骜不驯的书
落地窗外的热带雨林便遮住眼前的风景
蜥蜴以冷血调配斑斓的磷光
毒蛇陷身于体热交织的迷宫
杀戮、砍伐、交媾在高温中入神进行

我翻开一本落落寡欢的书
薄雾便侵蚀了落地窗外温带的针叶林
远方崖岸下的涛声执行着滨海庭园的宁静

有人在此待过并留下孤单的心情
但我一直没看清他的身影……

我的书房是
我的文明的边界
在室外
各式媒体犹在茹毛饮血
部落犹在草创文字
在室内
我以二十六种语言
纵横于各种光怪陆离的作品中
包括四种鸟语、四种猿猴语和两种鲸豚的方言

我的书房是
我的秘教圣堂
在此我看见幻象
得到安息与力量

我的书房时刻在扩充、衰败
像我另一个版本的
肉体
或灵魂
充实、迷人、被极力经营
也屡屡气馁于时间、历史必然的荒芜

梦中拖鞋

穿上它时
像裸身从冰冽的湖水中
游进天鹅绒的被窝里
像钻石回到首饰盒
沙堡回到涨潮的海中
秘密回到它的容器里

但是我没穿过它
只是虔诚地把它停靠床前
当我睡着时
它代替我下床、喝水、上厕所
等待你的到来

只要你来
穿上拖鞋
轻盈地在地板上滑行
我们仿佛就找到了最亲密、舒适的
相处模式
像钻石回到首饰盒
沙堡回到涨潮的海中
秘密回到它的容器里

它是我们永远接通着的话机
当我们厌倦于甜言蜜语
它
更像是我们共有的器官
因独立于我们体外
让世界
得以美满地
在我们体内进行

向 阳
（1955年生）

本名林淇瀁，台湾南投人，"中国文化大学"东方语文系日文组毕业。长期在媒体工作，1980年以后十四年在《中国时报》、《自立晚报》、《自立早报》担任副刊主编及总主笔等职务。1994年获得文化大学新闻研究所硕士，2003年获得政治大学新闻研究所博士。从媒体退休后转入学术界，目前任教于台北教育大学台文所，从事学术研究。

向阳高中时即开始写诗，办诗社诗刊。大学期间担任"华冈诗社"社长，大四时出版第一本诗集。早期作品以浪漫抒情为主。20世纪70年代，随着对本土身份的反思，对本土现实的关怀，诗人开始以闽南语写诗。1979年与同侪成立诗社"阳光小集"，强调"关怀现实"和"拥抱大众"两个创作方向。前者表现在"政治诗"的崛起；在戒严时代，诗人们勇于批判国民党政权，挑战多年以来的政治禁忌（如"二二八"事件）。后者受到1970年代中期校园民歌运动的启发，尝试将诗其他视听媒体结合起来，以推广民间。这两类活动都对1980年代以降的诗潮有重要影响。

《布袋戏》用台语写成。通过小弟弟的眼睛，描述姐姐和姐夫如何从认识到结婚，到姐夫外遇，婚姻触礁，以至终于和好如初，全家人皆大欢喜。诗人选择稚子"有限的视角"，用自己喜欢的台湾布袋戏的武打故事来看周遭世界，"大题小做"，益显生动有趣。

出版诗集：

《银杏的仰望》，台北：向阳出版，1980年。

《种籽》，台北：东大图书公司，1980年。

《十行集》，台北：九歌出版社，1984年。

《四季》，台北：汉艺色研出版社，1985年。

《土地的歌》，台北：自立晚报，1985年。

《岁月》，台北：大地出版社，1985年。

《心事》，台北：汉艺色研出版社，1987年。

《乱》，台北：印刻INK出版公司，2005年。

搬布袋戏的姐夫

彼一日,阿姊倒转来
带醃肠水果,带真济
好耍的物件,阮[1]最合意的
是姊夫爱弄的,一仙布袋戏尪[2]仔

有一年,庄里天公生
公厝的曝粟仔场,掌中剧团
做戏拜天公,阮最爱看的彼仙
为江湖正义走纵的,布袋戏尪仔

姊夫就是掌中剧团
搬布袋戏尪的头师,彼一年
姊夫的剧来庄里公演
锣鼓声中,西北派打倒东南派

阿姊彼时犹是
十七八岁的姑娘,有一日
走去剧团找弄戏的头师
娇声柔语,东南派拍赢西北派

---

[1] "阮"即我。——编者注
[2] "戏尪"即布袋戏用的玩偶。——编者注

爱看布袋戏的阮,只不过
知也东南派是正人君子,只不过
知也西北派是妖魔鬼怪,阮未了解
东南派哪着一定打赢西北派

时常缠着阿姊的阮,猜想
软心肠的阿姊就是东南派,猜想
弄戏尪的头师就是西北派,阮想未到
东南派哪会和西北派讲和

彼一年,头师变姊夫
阿姊转来的时阵带了很多戏尪仔
阮问阿姊:东南派有赢西北派否
阿姊笑一下,目屎[1]忽然滚落来

有一工,阿母带阮
去姊夫伊厝看阿姊,说是两人冤家
阮问阿母:东南派是不是输于西北派
阿母笑一下,目屎煞也滚落来

看着姊夫,姊夫越头做伊去
阮骂西北派妖魔鬼怪无良心
看着阿姊,阿姊犁头不讲话
阮笑东南派正人君子欠勇气

---

[1] "目屎"即眼泪。——编者注

想未到姊夫和阿姊忽然好起来
真奇怪冤家到尾煞会变亲家
阿母欢喜的搓阮的头,讲阮就是
彼仙,为江湖正义走纵的布袋戏尪仔

(1976)

立 场

你问我立场,沉默地
我望着天空的飞鸟而拒绝
答腔,在人群中我们一样
呼吸空气,喜乐或者哀伤
站着,且在同一块土地上

不一样的是眼光,我们
同时目睹马路两旁,众多
脚步来来往往。如果忘掉
不同路向,我会答复你
人类双脚所踏,都是故乡

(1984)

发现□□

□□被发现
在一九二〇年出版的
多份发黄而枯裂的新闻纸上

在历史嘲弄的唇边
□□业已湮灭
啄木鸟也啄不出什么
□□之中
空空　洞洞

在她飘移的裙缘
□□静候填充
骇浪怒潮左右窥伺
□□□□
懵懵　懂懂

在有限的四方框内
空空洞洞的□□
□□葡萄牙水手叫她 Formosa
□□荷兰赐她 Zeelandia 之名
□□郑成功填入明都平安
□□大清在其上设府而隶福建
□□弃民在此成立民主国

□□日本种入大和魂
□□现在据说是中国不可分割的肉
在无数的符号之中
懵懵　懂懂的□□

什么都是的□□
什么都不是的□□
犹似红桧，在浓浓雾中
找不到踏脚的土地
所有的鸟竞相插上羽翅
所有的兽争逐彼此足迹
发现□□成为一种趣味
寻找□□变做闲来无事的游戏

□□被复制
在一九九一年冬付梓的
以及部分被付之一炬的
选举公报中
□□被发现
在□□围起来的□□中
在空洞的□□里

□□以□□为名
终至于连□□也找不到了

(1994)

欧阳江河
（1956年生）

原名江河，生于四川省泸洲市，1975年中学毕业后有到农村插队、在军中服役等经历，1993年春至1996年冬居留美国，1997年秋自德国返回国内，定居北京，现为《今天》文学社社长。

欧阳江河的写作开始于20世纪70年代末期，80年代写出的长诗《悬棺》以及《汉英之间》、《玻璃工厂》等作品，引人注目，显示了极强的思辨品质及对"词"与"物"之间关系的敏感。90年代以后，诗人准确地把握到时代生活及精神氛围的总体变化，强调写作中的"本土气质"、"中年特征"、"知识分子身份"，以区别于80年代诸种青春的、极端的诗歌姿态。他这一阶段的作品，也多聚焦于广场、餐馆、时装店、海关、国际航班等一系列公共或跨界的空间，追寻一种"异质混成"的包容力，强调个人经验与公共现实的深度联系，非常广泛地将时事、政治、经济等因素纳入到诗中。与此相关的是，在修辞技法上，他也擅长在不同类型的语言间进行自由转换，形成诡辩的、"互否"的张力，将汉语可能的工艺性品质发挥到了极致。90年代末以后，欧阳江河曾一度停止了写作，主要精力转向其他方面，近年来又不断有新作推出，如2012年完稿的组诗《凤凰》就广受关注，在延续原有的修辞强力及广泛包容力的同时，也希图在一种超验的结构中，为当代生活给出一个总体性的精神造型。

出版诗集：

《透过词语的玻璃》，北京：中国改革出版社，1997年。

《谁去谁留》，长沙：湖南文艺出版社，1997年。

《事物的眼泪》，北京：作家出版社，2007年。

另著有文论及随笔集《站在虚构这边》。

手　枪

手枪可以拆开
拆作两件不相关的东西
一件是手,一件是枪
枪变长可以成为一个党
手涂黑可以成为另一个党

而东西本身可以再拆
直到成为相反的向度
世界在无穷的拆字法中分离

人用一只眼睛寻求爱情
另一只眼睛压进枪膛
子弹眉来眼去
鼻子对准敌人的客厅
政治向左倾斜
一个人朝东方开枪
另一个人在西方倒下

黑手党戴上白手套
长枪党改用短枪
永远的维纳斯站在石头里
她的手拒绝了人类

从她的胸脯拉出两只抽屉
里面有两粒子弹,一支枪
要扣响时成为玩具
谋杀,一次哑火

傍晚穿过广场

我不知道一个过去年代的广场
从何而始,从何而终。
有的人用一小时穿过广场,
有的人用一生——
早晨是孩子,傍晚已是垂暮之人。
我不知道还要在夕光中走出多远才能
　　停住脚步。

还要在夕光中眺望多久
才能闭上眼睛?当高速行驶的汽车
打开刺目的车灯。
那些曾在一个明媚早晨穿过广场的人,
我从汽车的后视镜看见过他们一闪即逝
　　的面孔。
傍晚他们乘车离去。

一个无人离去的地方不是广场,
一个无人倒下的地方也不是。
离去的重新归来,倒下的却永远倒下了。
一种叫做石头的东西
迅速地堆积,屹立,
不像骨头的生长需要一百年的时间,
也不像骨头那么软弱。

每个广场都有一个用石头垒起来的脑袋,
使两手空空的人们感到生存的
分量。以巨大的石头脑袋去思考和仰望,
对任何人都不是一件轻松的事。
石头的重量
减轻了人们肩上的责任,爱情和牺牲。

或许人们会在一个明媚的早晨穿过广场,
张开手臂在四面来风中柔情地拥抱。
但当黑夜降临,双手就变得沉重。
唯一的发光体是脑袋里的石头,
唯一刺向脑袋的利剑悄然坠地。

黑暗和寒冷在上升。
广场周围的高层建筑穿上了瓷和玻璃的时装。
一切变得矮小了。石头的世界
在玻璃反射出来的世界中轻轻浮起,
像是涂在孩子们作业本上的

一个随时会被撕下来揉成一团的阴沉念头。

汽车疾驶而过,把流水的速度
倾注到有着钢铁筋骨的庞大混凝土制度中,
赋予寂静以喇叭的形状。
过去年代的广场从汽车的后视镜消失了。
永远消失了——
一个青春期的,初恋的,布满粉刺的广场。
一个从未在账单和死亡通知书上出现的广场。
一个露出胸膛,挽起衣袖,扎紧腰带。
一个双手使劲搓洗的带补丁的广场。

一个通过年轻的血液流到身体之外,
用舌头去舔,用前额去下磕,用旗帜去覆盖
　　的广场。

空想的,消失的,不复存在的广场,
像下了一夜的大雪在早晨停住。
一种纯洁而神秘的融化
在良心和眼睛里交替闪耀,
一部分成为叫做泪水的东西,
一部分在叫做石头的东西里变得坚硬起来。

石头的世界崩溃了。
一个软组织的世界爬到高处。
整个过程就像泉水从吸管离开矿物,

进入蒸馏过的,密封的,有着精美包装的空间。
我乘坐高速电梯在雨天的伞柄里上升。

回到地面时,我抬头看见雨伞一样撑开的
一座圆形餐厅在城市上空旋转。
这是一顶从魔法变出来的帽子,
它的尺寸并不适合
用石头垒起来的巨人的脑袋。

那些曾经托起广场的手臂放了下来。
如今巨人靠一柄短剑来支撑。
它会不会刺破什么呢?比如,曾经有过的
一场在纸上掀起,在墙上张贴的脆弱革命?

从来没有一种力量
能把两个不同的世界长久地粘在一起。
一个反复张贴的脑袋最终将被撕去。
反复粉刷的墙壁,
被露出大腿的混血女郎占据了一半。
另一半是安装假肢,头发再生之类的诱人广告。

一辆婴儿车静静地停在傍晚的广场上,
静静地,和这个快要发疯的世界没有关系。
我猜婴儿车与落日之间的距离
有一百年之遥。
这是近乎无限的尺度,足以测量

穿过广场所经历的一个幽闭时代有多么漫长。

对幽闭的普遍恐惧，
使人们从各自的栖居云集广场，
把一生中的孤独时刻变成热烈的节日。
但在栖居深处，在爱与死的默默注目礼中，
一个空无人迹的影子广场被珍藏着，
像紧闭的忏悔室只属于内心的秘密。

是否穿过广场之前必须穿过内心的黑暗？
现在黑暗中最黑的两个世界合成一体，
坚硬的石头脑袋被劈开，
利剑在黑暗中闪闪发光。

如果我能用劈成两半的神秘黑夜
去解释一个双脚踏在大地上的明媚早晨——
如果我能沿着洒满晨曦的台阶
登上虚无之巅的巨人的肩膀，
不是为了升起，而是为了陨落——
如果黄金镌刻的铭文不是为了被传诵，
而是为了被抹去，被遗忘，被践踏——

正如一个被践踏的广场必将落到践踏者头上，
那些曾在明媚的早晨穿过广场的人，
他们的步伐迟早会落到利剑之上，
像必将落下的棺盖落到棺材上那么沉重。

躺在里面的不是我,也不是
行走在剑刃上的人。

我没想到这么多的人会在一个明媚的早晨
穿过广场,避开孤独和永生。
他们是幽闭时代的幸存者。
我没想到他们会在傍晚离去
　　　或倒下。

一个无人倒下的地方不是广场,
一个无人站立的地方也不是。
我曾经是站着的吗?还要站立多久?
毕竟我和那些倒下去的人一样,
从来不是一个永生者。

计划经济时代的爱情

时尚最终将垂青于那些
蔑视时尚的人。不是一个而是
一群儿女如云的官员,缓缓步下
大理石台阶,手电的光柱
朝上直立:两腿之间虚妄的
攀登。女秘书顺手拔下

充电器的金属插头,没有
再次插入。

阴阳相间,空心的塑料软管,
裹紧100根扭住的
散布在开端的清晰头发丝。电镀银
消退之后,女秘书对官员
的众多下属说:给每秒钟
3000立方米的水流量
安装100个减压开关。

硬的软了下来,老的
更老。顺着黑夜里
一道微弱的光柱往上爬——
硬币,纸币。家庭的流水账目,
一生积蓄像火焰在水底。

一个官员要穿过100间卧室,
才能进入妻子的,像蓄水池上升到唇边
那么平静的睡眠。录音电话里
传来女秘书带插孔的声音。
一根管子里的水,
从100根管子流了出来。爱情
是公积金的平均分配,是街心花园
耸立的喷泉,是封建时代一座荒废后宫
的秘密开关——保险丝断了。

时装街

　　从杂志封面看不出模特的腿
是染上香港脚的木头呢还是印度香
在旅途中形成的伦敦雾。海关在考虑美。
官员摘下豹纹滚边的墨镜：怎么连乌托邦
也是二手的？撕去封面后，模特的腿
还在原来那儿站着没动，只是两条
换成了四条。跛，在某处追上了跑。
　　那快嘴叫了辆三轮去逛时装街，
哦一气呵成的人称变化，满世界的新女性
新就新在男性化。穿得发了白的黑夜
在样样事情上留有绣花针。你迷恋针脚呢
还是韵脚？蜀绣，还是湘绣？闲暇
并非处处追忆着闲笔。关于江南之恋
有回文般的伏笔在蓟北等你：分明是桃花
却里外藏有梅花针法。会不会抽去线头
整件单衣就变成了公主的云，往下抛绣球？
　　云的裤子是棉花地里种出来的，转眼
被剪刀剪成雨：没拉链能拉紧的牛仔雨，
下着下着就晒干了，省了买熨斗的钱。
用来买鸭舌帽吗？帽子能换个头戴，
路，也可以掉过头来走：清朝和后现代
只隔一条街。华尔街不就是秀水街吗？

秧歌一路扭了过来。奇遇介乎卡其布
和石磨蓝之间，只能用一种水洗过的语言
去讲述，一种晒够了太阳的语言。
但丝绸的内衣却说着从没缩过水的
吴侬软语——手纺的，又短了两寸的风
一寸一寸在吹：没女人能这般女人。

　　礼貌刚好遮住了膝盖，不过裙摆
却脱了线，会不会是缝纫机踩得太快？
你简直就不敢用那肺病般的甩干机
去甩你的湿衬衣。皱巴巴的天空
像是池塘里捞起来似的晾在那里，
晾干之后，叠起来放成一叠。
没有天空能高过鞋带，除非那鞋
系不紧鞋带，露出各种脚趾的手电光。

　　难怪出过国的小女人把马蹄铁
往脚后跟钉。在内地，她们嫌卫生脏，
手洗过的衣裳，又用洗衣机重新洗。
但月光是肥皂洗出来的吗？要是衣裳
是牛奶和纸做的衣裳，哦要是
女人们想穿但必须洗一遍才穿。

　　请准许美直接变成纸浆。是风格
登台表演的时候了，你得选择说"再见"
还是说"不"。美貌在何种程度上是美德，
又在怎样的叫好声中准许坏？没有美
能够剩下美。因为时间以子弹的精确度
设计了时尚，而空间是纯粹的提问，被

扳机慢慢地向后扣。美留有一个括弧，
包括好奇心，包括被瞄准的在或不在，
全都围绕神秘的"第一次"舞蹈起来。

　　而那也就是最后一次。想想美也会衰老
也会胃痛般弯下身子。夜晚你吃惊地看到
蜡烛的被吹灭的衣裳穿在月光女士身上
像飞蛾一样看不见。穿，比不穿还要少。
是不是男人们乐于看到那脱得精光的
教条的裸体？而毫不动心的专业摄影师
借助性的冲突。使一个冒名和替身的世界
像对焦距一样变得清晰起来。但究竟是
看见什么拍下什么，不是拍下什么
他才看到什么：比如，那假钞，那钥匙？

　　突然海关就放行了。哦如果
港台人的意大利是仿造的，就去试试
革命党人的巴黎。瞧，那意识形态的
皮尔·卡丹先生走来了，以物质
起了波浪的跨国步伐，穿着船形领
或 V 字领的 T 恤衫。瞧那老派
殖民主义的全副武装，留够了清白
和体面，涂黑了天使，开口就讲黑话。
那敌我不分的黑，那男女同体的黑，
没有一个人能单独晒得那么黑。

　　太阳待着像个哑巴。

张曙光
（1956年生）

生于黑龙江望奎县，1982年从黑龙江大学中文系毕业后，担任过报社记者、出版社编辑。现为黑龙江大学中文系教授。1980年开始发表作品，但他受到诗歌界关注，迟至20世纪90年代中期。一方面是个人风格确立的时间，另一方面是生活、写作与诗歌种种潮流的边缘性距离。以陈述代替抒情，以日常生活细节代替"意象"；在朴素的"陈述"语调中，重视诗意的连贯、自然，创造由深思、冥想营造的氛围的整体感。雪在他的诗中不仅是背景或经验的实体，也是思绪、意义延伸的依据：有关空旷、温暖、虚无、死亡。对"记忆"的捕捉，使已逝的事物复活，是作为"失败者"获救以保持生命自足的凭据。但在感谢时间给予的同时，也因时间榨干鲜活记忆生成废墟而忧惧：《岁月的遗照》《尤利西斯》《陌生的岛屿》等，都显示了这种心理、情绪意向。他的这种精神漫游者的"悲观主义"的怀疑，还自省地涉及写作本身。张曙光还翻译了大量外国诗歌，出版有《切·米沃什诗选》《神曲》等。

出版诗集：

《小丑的花格外衣》，北京：文化艺术出版社，1998年。

《张曙光诗歌》，太原：太白文艺出版社，2007年。

《午后的降雪》，重庆大学出版社，2011年。

翻译、出版有《切·米沃什诗选》、但丁《神曲》等。

人类的工作

用整整一个上午劈着木柴。
贮存过冬的蔬菜。
封闭好门窗,
不让一丝风雪进来。
窗前的树脱尽的美丽的叶子
我不知道它是否会因此悲哀。
土拨鼠的工作人类都得去做
还要学会长时间的等待。

1985

给女儿

我创造你如同上帝创造人类。
我给了你生命,同时带给你
死亡的恐惧。
那一年春天,或是初夏,准确的时间
我已经无法记起——我四岁或者五岁
(如同你现在的年纪)
一位远道而来的客人

和我的爸爸谈论起西藏的农奴制
种种残酷的刑罚
以及农奴被活活剥皮。
那是中午,一个春天或初夏的中午,但
我感到悲哀
感到黑暗像细沙一样
渗入了我的心里。
我们的房门通向
阳光中一片绿色的草地。更远些
是一座废弃的木场:一些巨大的圆木
堆积在那里,并开始腐烂
我在医院的病理室看见用福尔马林浸
泡着的
人体的各个器官,鲜红而布满丝络
我差一点呕吐
仿佛一只无形的手扼止了我的呼吸。
后来我读到了有关奴隶制和中世纪的历史
读了《安妮·弗兰克日记》
后来我目睹了死亡——
母亲平静地躺着,像一段
不会呼吸的圆木。白色的被单
使我想到深秋一片寒冷的矢车菊
乞力马扎罗山顶闪亮的雪
海明威曾经去过那里
而母亲平静而安稳地躺着,展示出
死亡庄重而严肃的意义

或是毫无意义

那时你还没有出世

而且几乎在一次流产的计划中丧失存在的价值。

人死了,亲人们像海狸一样

悲伤,并痛苦地哭泣——

多少年来我一直在想,他们其实是在哭着自己

死亡环绕着每一个人如同空气

如同瓶子里福尔马林溶液

雪飞在一封信中问我:为什么

你的诗中总是出现死亡

我不知该如何回答。现在我已不再想着这些

并飞快地从死亡的风景中逃离

现在我坐在窗子前面

凝望着被雪围困的黑色树干

它们很老了,我祈愿它们

在春天的街道上会再一次展现绿色的生机

我将坐在阴影里

看着你在阳光中嬉戏

1986

尤利西斯

这是个譬喻问题。当一只破旧的木船

拼贴起风景和全部意义,惊鸟大批大批地
从寒冷的桅杆上空掠过,浪涛的声音
像抽水马桶哗哗地响着,使一整个上午

萎缩成一张白纸。有时,它像一个词
从遥远的海岸线显现,并逐渐接近我们
使黄昏的面影模糊而陌生
你无法揣度它们,有时它们被时间榨干

或融入整部历史。而我们的全部问题在于
我们能否重新翻回那一页
或从一片枯萎的玫瑰花瓣,重新
聚拢香气,追回美好的时日

我想象着老年的荷马,或詹姆士·乔伊斯
在词语的岛屿和激流间穿行寻找着巨人的城堡
是否听到塞壬的歌声?午夜我们走过
黑暗而肮脏的街道,从树叶和软体动物的

空隙,一支流行歌曲,燃亮
我们黯淡的生活,像生日蛋糕的蜡烛
我们的恐惧来自我们自己,最终我们将从情人回到妻子
冰冷而贞洁,那带有道德气味的历史

香根草

有时,你的优美像刀锋
划过我的皮肤。当四月的香根草
以一种崭新的姿式摇曳
来吧,让我们穿过天空和果树
在明亮而平缓的气流中滑翔
好多年……滑翔是空气中的
自由运动,或是对运动的否定
但我们无法返回自身
喘息而闪烁,像一条鱼。而我们只是些植物
在历史的间歇中生长,并被欲望所引导
没有滑翔,滑翔是我们全部愉快的思想
它最终将返回我们,像一只手戴上命运的手套
那么来吧,穿过篱笆和起重机的阴影
穿过纠结的蓝色线条,上升
并吐出红色的果实

岁月的遗照

我一次又一次看见你们,我青年时代的朋友

仍然活泼，乐观，开着近乎粗俗的玩笑
似乎岁月的魔法并没有施在你们的身上
或者从什么地方你们寻觅到不老的药方
而身后的那片树林，天空，也仍然保持着原来的
形状，没有一点儿改变，仿佛勇敢地抵御着时间
和时间带来的一切。哦，年轻的骑士们，我们
曾有过辉煌的时代，饮酒，追逐女人，或彻夜不眠
讨论一首诗或一篇小说。我们扮演过哈姆雷特
现在幻想着穿过荒原，寻找早已失落的圣杯
在校园黄昏的花坛前，追觅着艾略特寂寞的身影
那时我并不喜爱叶芝，也不了解洛厄尔或阿什贝利
当然也不认识你，只是每天在通向教室或食堂的小路上
看见你匆匆而过，神色庄重或忧郁
我曾为一个虚幻的影像发狂，欢呼着
春天，却被抛入更深的雪谷，直到心灵变得疲惫
那些老松鼠们有的死去，或牙齿脱落
只是偶尔发出气愤的尖叫，以证明它们的存在
我们已与父亲和解，或成了父亲，
或坠入生活更深的陷阱。而那一切真的存在
我们向往着的永远逝去的美好时光？或者
它们不过是一场幻梦，或我们在痛苦中进行的构想？
也许，我们只是些时间的见证，像这些旧照片
发黄，变脆，却包容着一些事件，人们
一度称之为历史，然而并不真实

在汉斯酒店的午餐聚会

选择这家酒店作为聚会的场所并不是因为它的名字也不是因为它的黑啤酒，只是出于一种习惯一种因袭。事实上我们最初只是出于偶然才选中了它：它的名字和它的黑啤酒。但从此在我们的记忆和历史中有了它的名字和它的黑啤酒。

这是一个秘密吗？也许是也许不是。我们被秘密警察跟踪被色情狂偷窥我们的举止被针孔摄像机复制，时间和空间在无限增殖。增殖或繁衍。如同当初我们的影像在显影液逐渐清晰地变成一具具水淋淋的尸体。风景和树影。午后的光线强烈得使影子消失，但没有人为此负责。我们的日子变成一张张底片在时间中逐渐模糊。

哦自由是一个多少迷人的字眼我们在牢笼里歌唱。萨义德们向着以色列哨所扔着石头当他成为一个阿拉伯裔的美国公民手里拿着美国移民局颁发的绿卡。在自由社会中挥霍着自由或在专制社会中歌颂着专制。冰淇淋在融化。沉默开始说话。枫树或橡树在雨天散发出潮湿的气味烟雾使我们看不清彼此的面孔。喝了太多的黑啤酒我们的泪水变成了黑色。但我们为什么要流泪？为了黑非洲的孩天们而在矿井里的工人同样是黑色，当然这是由人工造成。让我们再一次举杯，我们的泪水是黑的。还有煤和石油。

2008-3-24

有关陶渊明

我们真的羡慕陶渊明吗?我们究竟会
羡慕他些什么?人们总是向往那些
无法实现的事情。但事实上,有时它们
很容易做到,只要你真的想做,或真的去做
但问题是,我们究竟会羡慕他些什么?
一个酒鬼,一个近似的乞丐,一个不识时务
辞掉官职回到老家种地的人。这事情并不难
远远超过办一张去美国的签证,美国
或是他妈的老欧洲——但除了他却很少有人
这样做过,一千多年一直是这样,我是说
真正地回到老家种地。因此也许我们
还要给他加上一个傻瓜的名号——
他会天真到种秫去酿酒,而不是直接
从经销商那里去获取。他锄地,在傍晚
扛着锄头回家,露水打湿了他的裤脚
那滋味并不好受。我曾经短期干过一些农活
耕地,锄草,收割麦子,我在里面找不到
任何诗意(只是充满了倦意)。所幸的是还有
月亮陪着他回家,像一只狗。但那不是李白的月亮
也不是苏东坡和姜夔的月亮。他只是不经意地看到——
鸟儿们归巢,虫子们在草丛鸣叫,求偶。那月亮
占据了天空,有时比人脸还要大。

2010. 8. 2

柏 桦
（1956年生）

生于重庆，1982年毕业于广州外国语学院英语系，1986年为四川大学中文系研究生，攻读19、20世纪西方文学思潮专业，但次年（1987）退学，曾先后在重庆、南京等地的高校教授英文，1992年辞职后长居成都。2004年起任教于西南交通大学艺术与传播学院。大学期间开始写诗，1985年创办诗歌民刊《日日新》。在1980年代，柏桦的诗表现出一种"白热"的抒情天赋，它一方面浸染着颓废和唯美的色彩，具有善感、怀旧的挽歌气质，和"将迷离的诗意弹射进日常现实深处的本领"，另一方面，在即兴的爆发式的写作形态中，又呈现出神经质的、极具震惊效果的语言风格。在柏桦的自剖中，这种富于内在紧张感的抒情性源自于"毛泽东时代"的影响，故而在写作中也时有将政治（或极端事件）美学化，及对某种盲目、自毁的激情充满暧昧渴望的表达；这体现在《琼斯敦》等诗中。

20世纪90年代初起，柏桦写诗渐少，有十余年时间几近搁笔。近年重新开始写作后，有意识地处理历史和记忆的题材，主张"逸乐"的诗学，并且发展出一种文体解散、文史杂糅的写作实验。颓废、怀旧的抒情气质仍然有所延续，但已少有以往那种内在的张力。

出版诗集：

《表达》，南宁：漓江出版社，1988年。

《望气的人》,台北:唐山出版社,1999年。

《往事》,石家庄:河北教育出版社,2002年。

《水绘仙侣:1642—1651:冒辟疆与董小宛》,北京:东方出版社,2008年。

《演春与种梨》,西宁:青海人民出版社,2009年。

《山水手记》,重庆大学出版社,2011年。

《史记:1950-1976》,台北:酿出版,2013年。

另出版有回忆录《左边:毛泽东时代的抒情诗人》,评论集《今天的激情》,多文体作品集《一点墨》等。

表 达

我要表达一种情绪
一种白色的情绪
这情绪不会说话
你也不能感到它的存在
但它存在
来自另一个星球
只为了今天这个夜晚
才来到这个陌生的世界

它凄凉而美丽
拖着一条长长的影子
可就是找不到另一个可以交谈的影子

你如果说它像一块石头
冰冷而沉默
我就告诉你它是一朵花
这花的气味在夜空下潜行
只有当你死亡之时
才进入你意识的平原

音乐无法呈现这种情绪
舞蹈也不能抒发它的形体
你无法知道它的头发有多少

也不知道为什么要梳成这样的发式
你爱她,她不爱你
你的爱是从去年春天的傍晚开始的
为何不是今年冬日的黎明?

我要表达一种细胞运动的情绪
我要思考它们为什么反叛自己
给自己带来莫名的激动和怒气

我知道这种情绪很难表达
比如夜,为什么在这时降临?
我和她为什么在这时相爱?
你为什么在这时死去?

我知道鲜血的流淌是无声的
虽然悲壮
也无法溶化这铺满钢铁的大地

水流动发出一种声音
树断裂发出一种声音
蛇缠住青蛙发出一种声音
这声音预示着什么?
是准备传达一种情绪呢,
还是表达一种内含的哲理?

还有那些哭声
那些不可言喻的哭声

中国的儿女在古城下哭泣过

基督忠实的儿女在耶路撒冷哭泣过

千千万万的人在广岛死去了

日本人曾哭泣过

那些殉难者,那些怯懦者也哭泣过

可这一切都很难被理解

一种白色的情绪

一种无法表达的情绪

就在今夜

已经来到这个世界

在我们视觉之外

在我们中枢神经里

静静地笼罩着整个宇宙

它不会死,也不会离开我们

在我们心里延续着,延续着

不能平息,不能感知

因为我们不想死去

1981. 10

李后主

遥远的清朗的男子

在977年一个细瘦的秋天
装满表达和酒
彻夜难眠、内疚
忠贞的泪水在湖面漂流

梦中的小船像一首旧曲
思念挥霍的岁月
负债的烟
失去的爱情的创伤
一个国家的沦落

哦,后主
林阴雨昏、落日楼头
你摸过的栏杆
已变成一首诗的细节或珍珠
你用刀割着酒、割着衣袖
还用小窗的灯火
吹燃竹林的风、书生的抱负
同时也吹燃了一个风流的女巫

1986 暮春

琼斯敦

孩子们可以开始了

这革命的一夜
来世的一夜
人民圣殿的一夜
摇撼的风暴的中心
已厌倦了那些不死者
正急着把我们带向那边

幻想中的故人
穿梭般地袭击我们
我们的公社如同斯大林格勒
空气中充满纳粹的气味

热血旋涡的一刻到了
感情在冲破
指头在戳入
胶水广泛地投向阶级
妄想的耐心与反动作斗争

从春季到秋季
性急与失望四处蔓延
示威的牙齿啃着难挨的时日
男孩们胸中的军火渴望爆炸
孤僻的禁忌撕咬着眼泪
看那残食的群众已经发动

一个女孩在演习自杀

她因疯狂而趋于激烈的秀发
多么亲切地披在无助的肩上
那是十七岁的标志
唯一的标志

而我们精神上初恋的象征
我们那白得炫目的父亲
幸福的子弹击中他的太阳穴
他天真的亡灵仍在倾注：
信仰治疗、宗教武士道
秀丽的政变的躯体

如山的尸首已停止排演
空前的寂静高声宣誓：
度过危机
操练思想
纯洁牺牲

面对这集中肉体背叛的白夜
这人性中最后的白夜
我知道这也是我痛苦的丰收夜

1987. 12

1966 年夏天

成长啊,随风成长
仅仅三天,三天!

一颗心红了
祖国正临街吹响

吹啊,吹,早来的青春
吹绿爱情,也吹绿大地的思想

瞧,政治多么美
夏天穿上了军装

生活啊!欢乐啊!
那最后一枚像章
那自由与怀乡之歌
哦,不!那十岁的无瑕的天堂

1989. 12. 26

现　实

这是温和，不是温和的修辞学
这是厌烦，厌烦本身

呵，前途、阅读、转身
一切都是慢的

长夜里，收割并非出自必要
长夜里，速度应该省掉

而冬天也可能正是夏天
而鲁迅也可能正是林语堂

1990. 12. 11

忆故人

很久以前，一到秋天
雾气就会沾湿你的衣服
你的身体也会由轻变重……

常常,你在想什么呢?
我在想,我曾有过人的诗才
同时还有秀美的牙齿

多年后,当我老了
我又打开一本你年少时读过的书
看到几处幼稚而热忱的记号

我感到吃惊!是你写的吗?
这时室内恍惚,静如青春
一股怜意流入我的心胸

灯光幽幽,并非空空
似有一个人影坐在我的对面
似墙上那幅画像正窸窣作响

            2010. 8. 6

顾 城
（1956—1993）

生于北京，1969年随父下放山东农村，1974年回到北京，做过木工、油漆工、报刊编辑等。"文革"期间开始写诗，1979年诗作开始在《今天》《诗刊》等刊物发表。1987年5月起旅居欧洲，1988年接受新西兰奥克兰大学亚语系聘请，讲授中国文学，后辞职隐居于奥克兰的激流岛。1993年10月8日，在激流岛杀害妻子谢烨之后自杀身亡，成为20世纪90年代初的重要文化事件。

顾城在1980年代常被称作"童话诗人"，他以一个"任性的孩子"的感觉，以大量来自自然界的意象铺展梦境、想象和幻想，语言明净，常运用谣曲的风格，创造出一个纯美的、带有"彼岸"色彩的诗的世界。这种诗歌面貌的形成，可追溯到他少年时代孤寂的乡村生活，和对法布尔、安徒生、洛尔迦的阅读，也与"文革"造成的创伤经验有关，诗中蕴含着与现实世界的紧张关系。大自然在他的诗中既是理想世界的一部分，也是一个疏离于世俗世界的面具。在他的诗中始终有一种忧郁，并在后来衍生出对死亡的神秘预感。出国之后，他逐渐发展出他的明显受到佛教和老庄思想影响的"自然哲学"，诗却越发破碎和晦涩，后期的组诗《城》和《鬼进城》，映射了他对故乡北京的记忆，也是日益激化的现实困境与精神冲突的产物。这种困境与冲突，在相当程度上导致了他和妻子谢烨最终的生命悲剧。

出版诗集：

《舒婷顾城抒情诗选》，福州：福建人民出版社，1982年。

《黑眼睛》，北京：人民文学出版社，1986年。

《顾城诗集》，台北：新地出版社，1988年。

《顾城童话寓言诗选》，郑州：海燕出版社，1993年。

《海篮——顾城新诗自选集》，天津：百花文艺出版社，1993年。

《顾城诗全编》，上海三联书店，1995年。

《顾城的诗》，北京：人民文学出版社，1998年。

《走了一万一千里路》，北京十月文艺出版社，2005年。

《顾城诗全集》，南京：江苏文艺出版社，2010年。

另出版有散文集《顾城散文选集》、《顾城文选》（四卷），长篇小说《英儿》（与谢烨合著），多文体作品集《墓床》（与谢烨合著）等。

一代人

黑夜给了我黑色的眼睛,
我却用它寻找光明。

1979年4月

我是一个任性的孩子

也许
我是被妈妈宠坏的孩子
我任性

我希望
每一个时刻
都像彩色蜡笔那样美丽
我希望
能在心爱的白纸上画画
画出笨拙的自由
画下一只永远不会
流泪的眼睛
一片天空

一片属于天空的羽毛和树叶
一个淡绿的夜晚和苹果

我想画下早晨
画下露水
所能看见的微笑
画下所有最年轻的
没有痛苦的爱情
她没有见过阴云
她的眼睛是晴空的颜色
她永远看着我
永远,看着
绝不会忽然掉过头去

我想画下遥远的风景
画下清晰的地平线和水波
画下许许多多快乐的小河
画下丘陵——
长满淡淡的茸毛
我让它们挨得很近
让它们相爱
让每一个默许
每一阵静静的春天的激动
都成为一朵小花的生日

我还想画下未来

我没见过她,也不可能
但知道她很美
我画下她秋天的风衣
画下那些燃烧的烛火和枫叶
画下许多因为爱她
而熄灭的心
画下婚礼
画下一个个早早醒来的节日——
上面贴着玻璃糖纸
和北方童话的插图

我是一个任性的孩子
我想涂去一切不幸
我想在大地上
画满窗子
让所有习惯黑暗的眼睛
都习惯光明
我想画下风
画下一架比一架更高大的山岭
画下东方民族的渴望
画下大海——
无边无际愉快的声音

最后,在纸角上
我还想画下自己
画下一只树熊

他坐在维多利亚深色的丛林里
坐在安安静静的树枝上
发愣
他没有家
没有一颗留在远处的心
他只有,许许多多
浆果一样的梦
和很大很大的眼睛

我在希望
在想
但不知为什么
我没有领到蜡笔
没有得到一个彩色的时刻
我只有我
我的手指和创痛
只有撕碎那一张张
心爱的白纸
让它们去寻找蝴蝶
让它们从今天消失

我是一个孩子
一个被幻想妈妈宠坏的孩子
我任性

1981年3月

在这宽大明亮的世界上

在这宽大明亮的世界上
人们走来走去
他们围绕着自己
像一匹匹马
围绕着木桩

在这宽大明亮的世界上
偶尔,也有蒲公英飞舞
没有谁告诉他们
被太阳晒热的所有生命
都不能远去
远离即将来临的黑夜
死亡是位细心的收获者
不会丢下一穗大麦

1982年7月

是树木游泳的力量

是树木游泳的力量

使鸟保持它的航程
使它想起潮水的声音
鸟在空中说话
　　它说:中午
　　它说:树冠的年龄

芳香覆盖我们全身
长长清凉的手臂越过内心
我们在风中游泳
寂静成型
我们看不见最初的日子
最初,只有爱情

1985年5月

墓 床

我知道永逝降临,并不悲伤
松林间安放着我的愿望
下边有海,远看像水池
一点点跟我的是下午的阳光

人时已尽,人世很长
我在中间应当休息
走过的人说树枝低了

走过的人说树枝在长

> 1988年1月

鬼进城(选二)

(星期一)

鬼是些好人

他们睡觉　醒了

就看布告　游泳

那么高的在水边站着

在地下游出一片金子

翻鱼　翻跟斗　吹哭过的酒瓶子

他们喜欢看上边的东西

一把抓住金黄的

　　　　　　　树叶

鬼有时也会读:"毕竟他们原来认识"

然后把手放在文件下边

"这棵水边的老玫瑰"

他们齐声　吐出一片大烟雾

傍晚的人说

"该回家了"

他们一路灯影朦朦

鬼不说话　一路吹风

站上写　吃草　脸发青
一阵风吹得雾气翻滚

（星期三）

星期三进城
鬼想了半天
踩了自己的影子"砰"
　　　　　　　的一下
鬼发现自己破了个大洞
米花直往下流
　　大人五分　小孩三分
　　　再小的两分

鬼赶紧蹲下来补自己的衣服
又把马路补好
"砰"的一下　人也破了个大洞
　　　歌声直往上涌
再也没听过景春春的消息
到处爆发了游行
皇子开始收他冬天的衣服
你在桥上站着
　　　　　　汽车动处火车停
"相思主义的定义是
本来我早就想打了"
　　　　　　小孩
四面八方扔瓶子

夏 宇
（1956年生）

本名黄庆绮，祖籍广东，出生台北，毕业于"国立艺专"影剧科，曾任职于出版社和电视公司，长期居住法国。以笔名"童大龙"写散文，以"李格弟"、"李格菲"等笔名写歌词。163首歌词收入2010年出版的《这只斑马·那只斑马》，代表作之一是赵传的《我很丑可是我很温柔》。

1984年夏宇自费出版自己设计制作的第一本诗集《备忘录》，以其独特的语言、意象、形式和思维方式在诗坛造成轰动。第二本诗集《腹语术》有更成熟的表现，奠定了所谓"夏宇风"。第三本诗集《摩擦·无以名状》将《腹语术》里的诗剪成片段，随意组合后变成一组新诗。《粉红色噪音》将33首双语文本以黑色和粉色印在透明的赛璐珞上。英文诗（和一首法文诗）是由网络上搜寻来的片段拼凑组成，然后输入电脑软件"福尔摩斯"，自动翻译成中文。机器翻译的大量误读误译产生了许多意想不到的歧义、联想、幽默。

夏宇打破了过去诗歌——尤其是抒情诗和情诗——的语言模式，既不婉约，也不纯情。（这应该是现代汉诗史上"青春痘"第一次出现在诗里，看看"继续讨论厌烦"这样的诗名吧！）反之，我们看到的是一位大胆而腼腆，任性而脆弱的女子。她有着孩子般的单纯和狡猾，充满好奇心和叛逆性，容易受伤但又不免滥情。

《鱼罐头》和《腹语术》流露对婚姻作为一种压迫性的制度、

一道俗气的仪式的恐惧和抗拒。《小孩》两首写孩子的奇想自由与这"格言式"的成人世界多么格格不入。《粉红色噪音》环绕着三个主题：爱情、人生、写作，以"无厘头"的语言表现严肃的思考。

迥异于经典的现代主义对流行文化的扬弃和对物质文明的批判，夏宇代表1980年代以来台湾新生代诗人普遍对流行文化——广告、流行歌、爵士乐……——的坦然接受，对物质文明——城市的一切声光色影——的欢喜迷恋，并且自然地将它们糅合在作品里。在夏宇看似游戏的作品背后是一贯的诗理念。她要挑战的不只是诗的界限，更是语言的界限；她力图颠覆语言的公众意义，突破既定的语言表意模式，充分发挥语言在视觉听觉层面上的潜能。夏宇的作品既是解构性的（因之屡屡被归类为"后现代"），也有强大的创新和建构意图。

1980年代起夏宇创造了一个崭新的"无法自拔"的诗人形象，对后起诗人造成极大的影响。这不限于台湾、香港，更通过网络冲击了广大的华语诗坛。它的反面效应是，模仿夏宇几乎成了新生代诗人的一道魔咒。她的看似随意性、任性，她的"酷"，容易模仿但无法复制。如果后进不能有所突破，另辟蹊径，往往逃不过沦为二三流"小夏宇"的命运。

出版诗集：

《备忘录》，台北：夏宇出版，1984年。

《腹语术》，台北：夏宇出版，1990年。

《摩擦·无以名状》，台北：夏宇出版，1995年。

《Salsa》，台北：现代诗季刊社，1999年。

《粉红色噪音》，台北：诚品书店，2007年。

《这只斑马·那只斑马》，台北：夏宇出版，2010年。

《诗六十首》，台北：夏宇出版，2011年。

姜 嫄

厥初生民
时维姜嫄
生民如何
克禋克祀
以弗无子

——《诗经·生民》

每逢下雨天
我就有一种感觉
想要交配　繁殖
子嗣　遍布
于世上　各随各的
方言
　　宗族
立国

像一头兽
在一个隐秘的洞穴
每逢下雨天

像一头兽
用人的方式

甜蜜的复仇

把你的影子加点盐
腌起来
风干

老的时候
下酒

(1980)

鱼罐头——给朋友的婚礼

鱼躺在番茄酱里
鱼可能不大快乐
海并不知道

海太深了
海岸也不知道

这个故事是猩红色的
而且这么通俗

所以其实是关于番茄酱的

(1984)

腹语术

我走错房间
错过了自己婚礼。
在墙壁唯一的隙缝中,我看见
一切行进之完好。 他穿白色的外衣
她捧着花,仪式、
许诺、亲吻
背着它:命运,我苦苦练就的腹语术
(舌头那匹温暖的水兽　驯养地
在小小的水族箱中　蠕动)
那兽说:是的,我愿意。

小孩(一)

他们都不说话
在旋转救火车上
充满远方的心事

我突然愿意　此刻
他们都死去
不要长大
长成一模一样的邮票
于是在模糊的夜里
有人就将他们用力撕开
就有着毛毛的边
就全呈锯齿状的

小孩（二）

狼牙色的月光下
所有失踪小孩组成的秘密结社
他们终于都拥有一双轮鞋
用来追赶迫使他们成长的世界
有一座共同的坟
埋着穿不下的衣服鞋子和手套
吐一口口水把风筝的线放掉
张大了嘴他们经常
奇异突兀地笑着
切下指头立誓
无以计数的左手无名指指头
丢弃在冬日的海滨乐园

当短发在黎明的风中飘起　他们
会不屑地告诉你　一切　只是因为一个
许诺已久的远足在周日清晨
被轻易忘记

集体失踪的那一天设定为
年度的节庆
所有的小孩化妆成野狗回到
最后消失的街口　张望着
回不去了的那个家　远足和
远足前的失眠
牛奶盒上的寻人照片
为了长大成人而动用过的
100条格言

（1985）

翻　译

年老的僧侣翻译着经书
他五岁就出家了
许多事没有经历过
那些陌生的语言像他年轻时
梦见过的身体

他努力揣想那些字的意思　经年累月地
搜索自己的母语
找出对应的状态；
那些身体，他想
只要有机会抚摸过一次……

那身体，被一道强光紧紧包围着的
令他更懂得了些：
某些字完全无法翻译
置他于生离死别之境
而他是徒然地老了
翻不出来的
只好自行创作
但最好看起来像翻译一样
如果他曾抚摸过

刘克襄
(1957年生)

本名刘资愧,也用笔名"李盐冰"写作,台中县人,"中国文化大学"新闻系毕业,长期在《中国时报·人间副刊》任执行副主任。现已退休,专事写作。

刘克襄的写作涵括多种文类:除了诗,已出版四十余种散文、小说、论述、旅游文学、绘本等。多年来从事自然观察、历史旅行和古道探勘,纪录台湾花草虫鸟之美,勾勒台湾地理文史之风貌。年轻时就以鸟类生态为题材,因之又绰号"鸟人"。刘克襄是台湾最早也是最重要的自然写作作家。散文诗《热带雨林》感叹原生态的破坏,引当地向导的话:"没有声音,森林就会消失"——没有了鸟类,哪来的"鸟鸣山更幽"?结尾意象暗示诗人用自己微弱的力量来保护这片土地,读之令人动容。《希望》则表现乐观的一面,期盼未来地球人对生物的尊重。

除了自然写作,刘克襄也写犀利的社会政治批判。《遗腹子》好比一篇台湾简史:从日据时代到国民党白色恐怖时代,到当代的统独之争。此诗仿编年史的形式,用客观不带情绪的语言,写一代代台湾人的悲情。《革命青年》里的祖父是"二·二八事件"的幸存者,幻灭感让他人生再也无所追求,只是中规中矩地被动地活着。年轻的"我"充满了改革社会的抱负,研究欧洲社会主义,参与地下民主运动。他拒绝父亲要他留学的期待,但是十年后的"我"在外企上班,循着传统模式结婚生子。提到妻子时,他说:"她,不知道应该如何介绍",暗示对婚姻及其他社会成规的被动接受,包括存钱好将来送儿子出去留学。曾几何时,一度是"愤青"的"我",也变成他曾经叛逆的父亲,和他被现实驯服的祖父。几代人象征生命里悲哀的循环:从理想主义到保守主义,从激进到妥协。

出版诗集:

《漂鸟的故乡》,台北:前卫出版社,1984年。

《在测天岛》,台北:前卫出版社,1986年。

《小鼯鼠的看法》,台北:合志文化事业,1988年。

《最美丽的时候》,台北:大田出版社,2001年。

遗腹子

一八九〇年,……

一九一五年,遗腹子陈念中
喜欢讲中文,战死于噍吧哖

一九五一年,遗腹子陈立台
喜欢讲闽南语,自戕于一个小岛

一九八〇年,遗腹子陈合一
喜欢讲英文,病殁于异地

二〇一〇年,遗腹子……

(1983)

革命青年

我们村子到城里读书的师范生都失踪了
那一天,只有多桑仓皇回来
据说他是唯一幸存的。假如我没听错

那一年起,他开始变得抑郁寡欢
最后,娶妻生子。我懵然出世
长大时,祖母说我很像他

七〇年代末,我进入大学
也许是必须注定的历史命运吧
我好像接触了马库色,也可能认识过
社会主义。那是十分茫然的年代
我和同学印地下刊物
发传单。屡次被校方约谈
我也放弃出国。一切告诉我们
没有权利离开。难以理解的
多桑一直跟我有着激烈的争执

八〇年代末,一切仿佛再生,又似乎结束
我与一名女子结婚
她,不知道应该如何介绍
我正在一家跨国公司任职
有一间公寓,她为我生儿子
儿子,我已存了一百万
他将来可以留学深造

(1983)

希望

终有一年春天
我们的子孙会读到
头条新闻如下:
冬候鸟小水鸭要北返了
经过淡水河边的车辆
禁鸣喇叭

(1984)

热带雨林

在赤道与北回归线间的一个小岛旅行。潮湿而高温的绿,在空气中,不停地饱满。一连五日,我们穿过雨林。没有雪与草原,梦已失去冬眠。队里的鸟类学家来这儿寻找一种特有的角鸮,它已濒临绝种。每当夜幕低垂,我们便模仿它的鸣叫,但只听见自己微弱的声音,一去不回。当地的土著向导说,没有声音,森林就会消失。于是我又忧心地失眠了,整个晚上,竟是把脸颊贴着地球,并且伸出手臂,弯过去,紧紧抱着。

(1986)

小熊皮诺查的中央山脉

在夜里，火光使皱纹更深了
眼眶也陷进去，隐藏着
比悲悯还厚的眸光
你蹲坐在松垮的背袋
只剩炉架上烘烤的玉蜀黍
那是今夜以及一生的粮食

明晨要像只水鹿穿过针叶林
听听松萝悬垂的肃穆声音
中年白发的鹿野忠雄就是这样旅行的
从小把灵魂寄托给台湾
一个人背着三十年代，七访雪山
你也要朝一座没有回路的山脊出发
不留后代，只孤立起矮胖的身影
让头骨盖滚下碎石坡
那是樟树、桧木、铁杉逐一消失的地带
四百年的不安
仅存一片寒原的宁静
眼泪从鼻尖扑簌滑落
适进火焰熊熊的梦中
一个自然学家的一生
孤独啊孤独

让星鸦叫醒死亡
让石虎噬咬肉身
让冬夜掩埋灵魂

(1988)

王家新
（1957年生）

生于湖北均县（现丹江口市）。高中毕业后在乡下务农。1978年就读武汉大学中文系，组办诗社，参与大学生刊物《这一代》的编辑。1985至1990年任职《诗刊》（北京）。1992年旅居英国，1994年回国后先后任教于北京教育学院和中国人民大学中文系，现为中国人民大学中文系教授。

王家新20世纪80年代初就有作品发表。其个人风格的确立在八九十年代之交，特别是旅居欧洲之后。他对历史有自觉的"担当"，将自己的写作定位于对时代、对当代人生存状况的剖析、反思上。通过让那些肉体和精神上有"流亡"经历的诗人（如帕斯捷尔纳克、布罗茨基、保罗·策兰）发声，并与他们展开对话，来探索精神自由的困境和实现的可能性：这是他个人诗歌史的主脉。沉痛的独白语调，严肃且忧郁的自我角色，是他着意建构的诗人"姿态"。在时势重大变迁中，一代人过去的经验大多"被改写，被暖化或腐化"的情形下，他"保持着记忆的寒冷感"（耿占春）。并不是过分热衷技艺创新，但为了对现实复杂经验更具包容力，也尝试"诗片断系列"等形式。除了写诗，也持续关注当代诗学问题和诗坛现状，参与当代诗歌批评与诗歌秩序建构。对于当代诗的前景，他坚持诗歌写作、阅读的"世界背景"，强调域外诗歌参照是提升当代诗质量不可或缺的前提；为此，在诗歌翻译、外国诗人诗集编选，和诗歌翻译研究上也投入大量精力。

出版诗集：

《纪念》，武汉：长江文艺出版社，1985年。

《游动悬崖》，长沙：湖南文艺出版社，1997年。

《王家新的诗》（蓝星诗库），北京：人民文学出版社，2001年。

《未完成的诗》，北京：作家出版社，2008年。

《塔可夫斯基的树》，北京：作家出版社，2013年。

出版的诗歌随笔、诗论集有：《人与世界的相遇》、《夜莺在它自己的时代》、《对隐秘的热情》、《没有英雄的诗》、《坐矮板凳的天使》、《取道斯德哥尔摩》、《为凤凰找寻栖所——现代诗歌论集》、《雪的款待》。翻译并选编叶芝、保罗·策兰等的诗选、文集多种。

瓦雷金诺叙事曲
——给帕斯捷尔纳克

蜡烛在燃烧,
冬天里的诗人在写作;
整个俄罗斯疲倦了,
又一场暴风雪
止息于他的笔尖下;
静静的夜,
谁在此时醒着,
谁都会惊讶于这苦难世界的美丽
和它片刻的安宁;
也许,你是幸福的——
命运夺去一切,却把一张
松木桌子留了下来,
这就够了。
作为这个时代的诗人已别无他求。
何况还有一份沉重的生活,
熟睡的妻子,
这个宁静冬夜的忧伤,
写吧,诗人,就像不朽的普希金
让金子一样的诗句出现,
把苦难转变为音乐……
蜡烛在燃烧,

蜡烛在松木桌子上燃烧；
突然，就在笔尖的沙沙声中
出现了死一样的寂静
——有什么正从雪地上传来，
那样凄厉，
不祥……
诗人不安起来。欢快的语言
收缩着它的节奏。
但是，他怎忍心在这首诗中
混入狼群的粗重鼻息？
他怎能让死亡
冒犯这晶莹发蓝的一切？
笔在抵抗，
而诗人是对的。
我们为什么不能在这严酷的年代
享有一个美好的夜晚？
为什么不能变得安然一点，
以我们的写作，把这逼近的死
再一次地推迟下去？
闪闪运转的星空，
一个相信艺术高于一切的诗人，
请让他抹去悲剧的乐音！
当他睡去的时候，
松木桌子上，应有一首诗落成，
精美如一件素洁绣品……
蜡烛在燃烧，

诗人的笔重又在纸上疾驰,
诗句跳跃,
忽略着命运的提醒。
然而,狼群在长啸,
狼群在逼近;
诗人!为什么这凄厉的声音
就不能加入你诗歌的乐章?
为什么要把人与兽的殊死搏斗
留在一个睡不稳的梦中?
纯洁的诗人!你在诗中省略的,
会在生存中
更为狰狞地显露,
那是一排闪光的狼牙,它将切断
一个人的生活,
它已经为你在近处张开。
不祥的恶兆!
一首孱弱的诗,又怎能减缓
这巨大的恐惧?
诗人放下了笔。
从雪夜的深处,从一个词
到另一个词的间歇中,
狼的嗥叫传来,无可阻止地
传来……
蜡烛在燃烧,
我们怎能写作?
当语言无法分担事物的沉重,

当我们永远也说不清,
那一声凄厉的哀鸣
是来自屋外的雪野,还是
来自我们的内心……

1989　冬　北京

一个劈木柴过冬的人

一个劈木柴过冬的人
比一阵虚弱的阳光
更能给冬天带来生气

一个劈木柴过冬的人
双手有力、准确
他进入事物,令我震动、惊悚

而严冬将至
一个劈木柴过冬的人,比他肩胛上的冬天
更沉着,也更
专注

——斧子下来的一瞬,比一场革命
更能中止

我的写作

我抬起头来,看他在院子里起身
走动,转身离去
心想:他不仅仅能度过冬天

1989.11

帕斯捷尔纳克

不能到你的墓地献上一束花
却注定要以一生的倾注,读你的诗
以几千里风雪的穿越
一个节日的破碎,和我灵魂的颤栗

终于能按照自己的内心写作了
却不能按一个人的内心生活
这是我们共同的悲剧
你的嘴角更加缄默,那是

命运的秘密,你不能说出
只是承受、承受,让笔下的刻痕加深
为了获得,而放弃
为了生,你要求自己去死,彻底地死

这就是你,从一次次劫难里你找到我
检验我,使我的生命骤然疼痛
从雪到雪,我在北京的轰响泥泞的
公共汽车上读你的诗,我在心中

呼喊那些高贵的名字
那些放逐、牺牲、见证,那些
在弥撒曲的震颤中相逢的灵魂
那些死亡中的闪耀,和我的

自己的土地!那北方牲畜眼中的泪光
在风中燃烧的枫叶
人民胃中的黑暗、饥饿,我怎能
撇开这一切来谈论我自己?

正如你,要忍受更疯狂的风雪扑打
才能守住你的俄罗斯,你的
拉丽萨,那美丽的、再也不能伤害的
你的,不敢相信的奇迹

带着一身雪的寒气,就在眼前!
还有烛光照亮的列维坦的秋天
普希金诗韵中的死亡、赞美、罪孽
春天到来,广阔大地裸现的黑色

把灵魂朝向这一切吧,诗人
这是幸福,是从心底升起的最高律令
不是苦难,是你最终承担起的这些
仍无可阻止地,前来寻找我们

发掘我们:它在要求一个对称
或一支比回声更激荡的安魂曲
而我们,又怎配走到你的墓前?
这是耻辱!这是北京的十二月的冬天

这是你目光中的忧伤、探询和质问
钟声一样,压迫着我的灵魂
这是痛苦,是幸福,要说出它
需要以冰雪来充满我的一生

1990.12 北京

伦敦随笔(节选)

1
离开伦敦两年了,雾渐渐消散
桅杆升起:大本钟摇曳着
从一个隔世的港口呈现……
犹如归来的奥德修斯在山上回望,

你是否看清了风暴中的航程?
是否听见了那只在船后追逐的鸥鸟
仍在执意地与你为伴?

2
无可阻止的怀乡病,
在那里你经历一头动物的死亡。
在那里一头畜牲,
它或许就是《离骚》中的那匹马
在你前往的躯体里却扭过头来,
它嘶鸣着,要回头去够
那泥泞的乡土……

4
英格兰恶劣的冬天:雾在窗口
在你的衣领和书页间到处呼吸,
犹如来自地狱的潮气;
它造就了狄更斯阴郁的笔触,
造就了上一个世纪的肺炎,
它造就了西尔维娅·普拉斯的死
——当它再一次袭来,
你闻到了由一只绝望的手
拧开的煤气。

5
接受另一种语言的改造,

在梦中做客神使鬼差,
每周一次的组织生活:包饺子。

带上一本卡夫卡的小说
在移民局里排长队,直到叫起你的号
这才想起一个重大的问题:
怎样把自己从窗口翻译过去?

6
再一次,择一个临窗的位置
在莎士比亚酒馆坐下;
你是在看那满街的旅游者
　　和玩具似的红色双层巴士
还是在想人类存在的理由?
而这是否就是你:一个穿过暴风雨的李尔王
从最深的恐惧中产生了爱
——人类理应存在下去,
红色双层巴士理应从海啸中开来,
莎士比亚理应在贫困中写诗,
同样,对面的商贩理应继续他的叫卖……

7
狄更斯阴郁的伦敦。
在那里雪从你的诗中开始,
祖国从你的诗中开始;
在那里你遇上一个人,又永远失去她;

在那里一曲咖啡馆之歌
也是绝望者之歌;
在那里你无可阻止地看着她离去,
为了从你的诗中
升起一场百年不遇的雪……

11
在那里母语即是祖国,
你没有别的祖国。
在那里你在地狱里修剪花枝
死亡也不能使你放下剪刀。
在那里每一首诗都是最后一首,
直到你从中绊倒于
那曾绊倒了老杜甫的石头……

12
现在你看清了
那个仍在伦敦西区行走的中国人:
透过玫瑰花园和查泰莱夫人的白色寓所
猜测资产阶级隐蔽的魅力,
而在地下厨房的砍剁声中,却又想起
久已忘怀的《资本论》;
家书频频往来,互赠虚假的消息,
直到在一阵大汗中醒来
想起自己是谁……

你看到了这一切。
一个中国人,一个天空深处的行者
仍行走在伦敦西区。

13
需要多久才能从死者中醒来,
需要多久才能走出那迷宫似的地铁,
需要多久才能学会放弃,
需要多久,才能将那郁积不散的雾
在一个最黑暗的时刻化为雨?

15
临别前你不必向谁告别,
但一定要到那浓雾中的美术馆
在凡高的向日葵前再坐一会儿;
你会再次惊异人类所创造的金黄亮色,
你明白了一个人的痛苦足以照亮
一个阴暗的大厅
甚至注定会照亮你的未来……

1996.1　　北京

晚年的帕斯

去年他眼睁睁地看着
傍晚的一场大火
烧掉了他在墨西哥城的家
烧掉了他一生的珍藏
那多年的手稿和未完成的诗
那古老的墨西哥面具
和毕加索的绘画
那祖传的家具和童年以来
所有的照片、信件
那欢乐的拱顶,肋骨似的
屋椽,一切的一切
在一场冲天而起的火中
化为灰烬

那火仍在烧
在黑暗中烧
烧焦了从他诗中起飞的群鸟的翅膀
烧掉了一个人的前生
烧掉了多年来的负担
也烧掉了虚无和灰烬本身
人生的虚妄、爱欲
和未了的雄心

都在一场晚年的火中劈啪作响
那救火的人
仍在呛人的黑暗中呼喊
如影子一般跑动

现在他自由了
像从一场漫长的拷打中解脱出来
他重又在巴黎的街头坐下
落叶在脚下无声地翻卷
而他的额头,被一道更遥远的光照亮

2004

孙文波
（1956年生）

生于四川成都，1973年下乡插队。1976到1978年在陕西等地服兵役。退役后当过工人、编辑、记者。1985年开始诗歌创作。20世纪80年代后期和90年代，参与几种诗歌"民刊"（《红旗》、《九十年代》、《反对》、《小杂志》等）的创办。90年代以来，大部分时间居留北京。在祖国大陆90年代诗歌"叙事性"倾向的发生中，他和萧开愚的写作曾产生某种"范例"性影响。

孙文波诗歌显得有些"笨拙"，却厚重。"从身边的事物中发现需要的诗句"，是他坚持的方向；那些"看得见的事物"，是写作的"入口"和"通道"。但他并非"日常经验"的膜拜者。精确的观察和锐利的剖析，执著的历史关怀和人文视角，提升了所触及的琐碎生活细节的诗意质量。历史介入者与旁观者的双重角色，使他对现实的"颓败"之处感应敏锐。对时间的不信任常推导至"恶毒"的悲观主义，但归根结底，朴素生活本真的信仰，赋予作品以温情的底色。总体而言，他的诗朴素、亲切，与读者的"推心置腹"态度，物质、精神"流浪者"的自尊和漂泊体验，赋予他的诗可信赖的道德感。在叙述中，他追求那种缩放有致的节奏和语调。互异性质的语词（书面语、俚俗语、粗话、方言、政治语言、流行语……）的选择、安排、嘲讽、论辩、自省形成的控制力，平衡了"重"与"轻"，"大"和"小"，政治与美学的龃龉争战。他明白，对诗来说，不能缺少的还有"文本的快乐"。专题性写作是近来的兴趣，作品也增加了实验性的分量。

出版诗集：

《地图上的旅行》，北京：改革出版社，1997年。

《给小蓓的骊歌》，北京：文化艺术出版社，1998年。

《孙文波的诗》（蓝星诗库），北京：人民文学出版社，2001年。

《与无关有关》，重庆大学出版社，2011年。

另有诗论集《在相对性中写作》等。

六十年代的自行车（组诗选三）

序曲

早晨，赤裸着待在屋内，凉像薄纱
轻贴在皮肤上。点燃一支香烟，
我坐下来，把昨天没读完的书重新翻开；
爱尔兰小镇上，贝克特度过他的童年；
一九一六年，父亲带他到都柏林，
一场起义燃烧的大火让他惊恐，
嵌入他的记忆，成为一生都困扰他的情景。
我的童年：文化大革命。同样目睹了
很多混乱的事件：大街上呼啸的
汽车上挥舞枪的红卫兵，破四旧
推掉的皇城坝[1]。这些也深深嵌入

我的记忆。我还记得离家
半里多路的西乡中学[2]，一场武斗过后，
一个戴眼镜的红卫兵举枪射击
电杆上的瓷瓶，瓷瓶被击碎像鸟四处飞散；
也记得路边一辆废弃的卡车上的
被沥青裹住的尸体，在阳光下

---

[1] 仿北京紫禁城宫殿式建筑，成都人俗称皇城坝。——原注。
[2] 距我居住的铁路新村一里多路的一中学。——原注

发出的黑黝黝的光亮；以及我的母亲
作为产业军[1]的小头目被另一派通缉，逃到外地，
外婆从早到晚为她担惊受怕；如今
外婆已死去多年，可我仍能
看见她听到母亲逃跑时，脸上的表情。

文革镜像 *

一场武斗之后，二十几辆卡车
放下挡板，载着尸体在街上缓缓前进。
我怀着好奇的心情站在街角，
加入观望的人群，听人们谈论
子弹钻进人体如何像花一样炸开。
我眼前出现幻景：一朵朵花
从人的头顶、胸前、背部绽放。
我还注意到：在一辆车上，
从包裹的尸布露出的脚，一只穿着鞋，
另一只袜子烂着洞，露出脚趾。
它使我想起爷爷有一次告诉
我的话：人死时穿着什么，
到了阴曹地府，会一直那样穿戴。

---

[1] "文革"时成都一群众组织，因其观点被反对派称为"保皇派"，成员多为国营大工厂工人。——原注

* 一九六七年五月二十三日，成都一三二厂发生了四川省第一起动用枪支的大规模的武斗，死者好像达六十多人。我所看到的尸体游行就是这次武斗后的事。——原注

一本苏修小说的故事*

等了很久这本发黄卷边的书才到我的手中。
在夜晚上床后，躲进被窝，跳过
不认识的字，啃水果一样啃它。我体会到它的深奥；
有时仿佛进入一个洞穴，却不知怎么走下去。
常常我兴致正高，却迎来父亲的
叱咤："这么晚？还不关灯！"
我只好在黑暗中一遍遍猜测后面还能看到什么，
或者等父亲睡后再做贼似的重新翻开它。
一天，父亲不再容忍这样的事，把书付之一炬。
我站在黑黑的灰烬前呆若木鸡。
我的大脑里一个世界就此消失。
我不明白为什么父亲要这样，但我感到了他的怕，
好像书中藏着妖魔，会把我的魂摄去。
他怎知我的魂早已被摄去。
一次次，我在想象中返回已消失的书，在文字中行走；
它说城堡，我就走进城堡，
它说女主人公美丽，我就盯住她的身体。
它说战争，我的耳中就传来炮声。
一段时间，我成为另一个世界的常客。
一段时间，我希望我不是我。
一段时间，我像一个词而不是人。

---

* "文革"中对书籍的禁毁，使得我这一代人丧失了在最好的年龄阅读的机会。——原注

目前的形势和我的任务

他们走上街示威，我在旅行，
坐在飞驰火车上看窗外风景，
荒山，丑陋的农舍一闪而逝。
勾起我的思绪——很多年前，
我从下乡之地的车站，爬运煤货车，
想回到父母身边。中途被赶下车，
一身肮脏在车站月台徘徊，心里沮丧。
我为什么想到这样的过去，
而没去想现实中发生的事。
相比他们，我就像局外人。是这样吗？
心里知道当然不是。我早就告诉自己，
一切都会过去。有什么不能过去？
就像早年我没有钱，只能偷偷爬运煤车。
可是现在，我坐在高速列车上，
不是为了回家，是接受朋友邀请去玩耍。
我们还会驱车至另一座海边城市，
去眺望大海，欣赏水天一线，航船像
落叶——当然，我知道，就像每一次
面对大海，感到生命生生不息，
奥秘比比皆是。这一次我也会……

相对论

巨大反差：阳光下黑暗的话题，
把我们引向心灵的最深处。在那里，
有一些东西是不能触动的——分离，
或者死亡，总是把我们朝绝望的方向推，
为了应付它，需要我们彻底懂得虚无。
但是谁又能真正懂得。因此，我更愿意谈论
生活的表象。譬如今天，我愿意谈论
户外的阳光，明晃晃的光线下，
人们在矮树丛晒花花绿绿的衣裳。你看一下
这样的景象吧！我总是从中感受生活，
它们从来不哲学不神秘，不把人引向想象的黑暗中。
也许我可以因此告诉你：生活，是一次次洗涤，
在绝望时洗尽绝望；在沮丧时洗尽沮丧。
它使我哪怕冬日午后沿着河岸散步，
不论走在青石砌的小径，还是踏入枯黄草坪，
都在努力地寻找让心里轻松的感觉；
看见河水清亮非常享受，看见不知名的雀鸟
从树丛中飞起，也能从心底涌出喜悦。
或许，你会说这些仍然无法留住我们的生命，
死亡终将到来——死亡！我不否认它。
但我希望，活着时，享受活着的乐趣
——我知道死亡绝对，我们不过相对地活。

我与山相对,与水相对,与鸟相对
在相对中,用相对的喜悦,反对绝对。

孙维民
(1959 年生)

祖籍山东,出生于台湾嘉义,政治大学西洋语文学系学士,辅仁大学外文研究所硕士,成功大学英文系博士,现任教于台南远东科技大学。

孙维民的诗龄很长,早年得奖频频,但是他又是当代台湾诗坛最低调最内秀的诗人。这点跟他的诗风很符合。看似平淡无奇的语言,背后是令人惊艳和惊悚的敏锐和深邃。《一九八五年春》里的病人,"每天/针药,点滴,和医生/讨论细菌的未来与过去"。下一句完全出人意料:"终于熟悉了室友的性情/他的病史以及家庭"。至少有两点值得注意:第一,他谈细菌就好像在谈亲朋好友;第二,一个病得不轻的人却将注意力放在其他病人身上。直到结尾:"发现/自己或许并不那么悲哀",才点出诗人通过"移情"突破了自我的困境。

这首诗也透露出属于孙维民的"齐物论"——在他的世界里,自我和他人,人与物之间,没有本质的差异,更没有高下之别。"齐物论"也建立在吊诡的原则上:福祸相依,生死等值。《转车》里,错过固定搭乘的火车的上班族"突然想到全世界没有一人知道他的位置"。那是多么孤独的一个人,又是多么自由多么彻底解放的一种感觉!《三株盆栽和它们的主人》里的盆栽冷眼看人类的"低等";诗结尾主人变成了盆栽的"族类"——是死亡让他们彼此的生命有了本质上的联系。

死亡是孙维民诗里经常出现的题材：枯萎的树叶，飘落的花瓣，不断衰老的人。他的作品有一份醇厚的对人类、社会，甚至无力的语言的悲观。但是最终是诗给了诗人一个栖身之所在："我在我的幻想之内／干燥，清洁，温暖"(《浮生》)。

出版诗集：

《拜波之塔》，台北：现代诗季刊社，1991年。

《异形》，台北：书林出版有限公司，1997年。

《麒麟》，台北：九歌出版社，2002年。

《日子》，台南县：孙维民出版，2010年。

清晨掩埋

清晨,他走进雾气游荡的森林
鞋底压过落叶,虫蚁,焦枯的枝干。
他听到杂草在脚下绝望地惊呼
一条匍匐的藤蔓险些将他绊倒

在一只白鸟栖息的树下,他开始工作
铁铲掘开黑色的泥土
成群的山鼠麹草四散奔逃——
最后,他将满袋的恶梦埋下
他回到床榻的时候,蛇类
还在秘密的洞窟里沉睡。
他梦见遥远的恶梦像一堆婴孩
以植物生长的速度,剧烈地号哭

(一九八六·五)

一九八五春

那年春天,我忽然病了
病得有些严重。柳絮

在大气的酒液里浮沉
雀鸟掠过潮湿发亮的屋瓦
我却住在病房里,每天
针药,点滴,和医生
讨论细菌的未来与过去
终于熟悉了室友的性情
他的病史,以及家庭
蓝衣人员定时前来送饭
诅咒,清理一日的垃圾——
每天,直到出院。

每天,出院以前
我偶尔穿越黄昏的廊道
抵达杉树和玫瑰的小园
与其他的病人和亲人
一起坐在铁椅上。雀鸟
飞过雨丝和夕照,栖息
在各自的暗影里。我
终于熟悉了更多的细菌
它们的过去与未来,以及
现在的形象,发觉
自己或许并不那么悲哀——
我忽然病了,那年春天。

(1993)

转 车

由于某事他错过了每日黄昏乘坐的平快他从皮包取出火车时刻表（许多小小的数字和地名驯服地蹲踞在细窄的方格里）然后决定逆向而行先北上到较大的车站再等七分钟后的南下复兴

站在天光急遽稀薄的月台他的双腿因为白昼僵硬黑暗栖落此刻无需说话微笑的嘴巴还剩两分钟罢南下的火车即将驶来他突然想到全世界没有一人知道他的位置现在他已经脱离了例行路线甚至无法准时回家

在他背后体贴的夜色先靠近了仿若护卫一份完整的孤独一枚意外的自由闪烁如星

（1996）

蝉

假期就快结束，蝉将无言——
一个小学生骑着单车
穿越光明曲折的巷弄
他未听到，在三楼的阳台

我正激动而自私地许愿：
"这样的夏日可以坚持。
你也无需长大……"

(2002)

途 中

赠苏轼

风雨忽焉来自重组的方块字
我与你遂有了某种连结——
通勤列车仍然行驶，反复地
在岛屿西部，穿过北回归
窗上是难辨的晨光或夕照
啼啸奔跑如烈马、猿猴

我持续追踪你的谪迁路线
在黄州和儋州之间徘徊，揣想
海棠、青铜、惶恐滩、椰子冠……
像有惑的学生，惊骇于世道——
终究，我的流放还不够远
无法抵达你的胸襟，一轮明月

(2009)

吕德安
（1960年生）

出生于福建马尾，1978年就读福建工艺美术学校，1983年与同仁在福州创办"星期五"诗社，也在南京的民间诗刊《他们》上发表作品。1991年，他旅居美国，以作画为生，现居福建与纽约两地，写诗画画，并担任"影响力中国网"诗歌栏目主持。

对于修辞及经验强度的追求，是当代先锋诗歌总体风格之一种，吕德安的写作从一开始，就显出了独特性。在语言上，他尝试的是一种朴素简洁，但又富于变化的语感，去书写平凡生活中的各种细节，在谦恭的观察和沉思中，开掘出细节之中令人意想不到的内面。值得关注的是，他的诗多取材于某种地域性场景。比如，早期的诗作多与故乡福建马尾镇有关；1992年开始创作的长诗《曼凯托》，则以美国密苏里的一座小镇为题，初到美国时，他曾居住在这里；20世纪90年代中期，他在福州郊外的山上买下一块土地，自己建房，近两千行的长诗《适得其所》也由此产生。上述两首长诗有一定延续性，都采用稳定的两行诗的体式，以某个虚拟的人物为主线（"孙泰"和"陶弟"），如片段的日记一样，疏散、自如地展开，聚焦于自然风物，日常的起居、劳动、情感，以及人与环境之间多个侧面的伦理关联。间或闪现的宗教图式，则构成了长诗隐约的思想背景。

出版诗集：

《南方以北》，桂林：漓江出版社，1988年。

《顽石》，北京：中国工人出版社，2000年。

《适得其所》，重庆大学出版社，2011年。

八 月

把我带入你的园子
中午时分应该落下帷幕
这样再吩咐我进来
将坛坛罐罐收拾一遍
放在墙的缺陷和阴影里

一棵石榴树到了夏天的年龄
正是收获黄金的时候
每片叶子都厌倦似地
裹住一朵小小的梦幻的火焰
尽管实际上它已年近苍老

为了与喧闹的都市暂时分离
谁不愿借此啜饮片刻的欢乐
看一棵树的影子
如何随清风摇摆
垂挂着累累果实

你给我一根小竹竿
再指给我那边的梯子
让我把它从沉睡中拖出
两个尖梢透出树顶

爬上去把果子尽数敲落
你会看见地面上
坠落的石榴在舞蹈
一朵朵小小的火焰在舞蹈
在躲避一只手
你会看见我的臂膀闪耀
心中充满了神奇和敬意

(1987)

泥瓦匠印象

但是他们全是本地人,
是泥瓦匠中的那种泥瓦匠;
同样的动作,同样的谨慎,
当他们踩过屋顶,瓦片
发出了同样的碎裂声,
再小心也会让人听见;
而等他们终于翻开屋顶,
尘埃中仿佛已升到天上。
啊,都为了同一件事:翻身一遍。
他们来去匆匆,互相替代着面孔,
直到太阳落山才消失不见。

但这次他们却更像是我们的原型:
一个个,笨拙地爬过屋顶
无论从时间还是从动作
都像是已经过去了,又像
仍旧停留在夜里,
已经整整一个时代。

(1988)

鲸 鱼

冬夜,一群鲸鱼袭入村庄
静悄悄地占有了陆地一半
像门前的山,劝也劝不走
怎么样,就是不愿离开此地
黑暗,固执,不回答。干脆去
对准它们的嘴巴的深洞吼
但听到的多半是人自己的声音
用灯照它们的眼睛:一个受禁锢的海
用手试探它们的神秘重量
力量丧失,化为虚无,无边无际
怎么办,就是不愿离开一步
就是要来与我们一道生活
这些鲸鱼,虽说是两栖,有享受

空气的自由,爬行和村庄的月亮
甚至陆地的一半权力
但这些,并不能让我们
赶在死亡之前替它们招来潮汐

硕大的身躯在一场
拖延时间的哮喘病中
挨到了天亮,打开窗口,海
就在几米之外,但从它们的眼睛看
它们并不欢迎,它们制造了一次历史性
的自杀,死了。死加上它们自己的重量
久久地压迫大地的心脏
像门前的山,人们搬来了工具
人们像在挖土,但土会越挖越多
如果碰到石头(那些令人争议的骨头)
就取出,砌到墙上,变得不起眼
他们像挖洞从洞挖向洞
都朝着大海方向,还把鲸鱼
的脂肪加工成灯油,送给教堂
剩下的给家庭。四处,四处都散发着
鱼肉的腥味和真理的薄荷味
哪怕在今天,那些行动仍具有说服力
至少不像鲸鱼,它们夜一般地突然降临
可疑,而且令人沮丧

(1992)

解　冻

一块石头被认为待在山上
不会滚下来，这是谎言
春天，我看见它开始真正的移动
而前年夏天它在更高的山顶
我警惕它的每一丝动静
地面的影子，它的可疑的支撑点
不像梦里，在梦里它压住我
或驱赶我跌入空无一人的世界
而现在到处是三五成群的蜥蜴
在逃窜，仿佛石头每动一步
就有一道无声的咒语
命令你从世界上消失，带着
身上斑斑点点的光和几块残雪
而一旦石头发出呼叫，草木瑟瑟发抖
它那早被预言过的疯子本性
以及它那石头的苍老和顽固
就会立即显现，恢复蹦跳
这时你不能再说：继续
待在那里。你应该躲开
你会看见，一块石头古里古怪
又半途中碎成两半
最后是一个饥渴的家族

咕咚咕咚地到山底下聚会
在一条溪里。这是石头的生活
当它们在山上滚动,我看见它们
一块笔直向下,落入梯田
一块在山路台阶上,一块
擦伤了自己,在深暗的草丛
又在一阵柔软的叹息声中升起
又圆又滑,轻盈的蓝色影子
沾在草尖上犹如鲜血滴滴
我想,这就是石头,不像在天上
也不像在教堂可以成为我们的偶像
它们只是滚动着。一会儿这里一会儿那里,
在我们的梦中,在我们屋顶
(那上面画着眼睛的屋顶)
而正是这些,我们才得知山坡
正在解冻,并避免了一场灾难

(1993)

肖开愚
（1960年生）

生于四川省中江县，1979年中医学校毕业后，曾在家乡行医，后辗转于成都、上海等地，做过编辑、记者、大学老师，1989年与诗人张曙光、孙文波创办诗刊《反对》、《九十年代》。1997年旅居德国，在若干基金会的支持下写作，2005年回国，现为河南大学文学院教授。

在20世纪90年代"叙事性"、"及物性"的诗歌潮流中，肖开愚曾被看作是一个代表，但他有着独特的个人理路，在诗歌的可能性立场之外，从一开始就非常重视写作的社会伦理向度。为了"强有力地探索自己的感情"，他早期的作品，自觉疏远所谓"国际风格"，立足于熟悉的生活范围，非常广泛地呈现出八九十年代之交的社会感知与精神体验。长诗《向杜甫致敬》，可以说最充分地实现了这种抱负，从家庭、语言、城市、文艺、政治等诸多方面，展示出"另一个中国"的纷繁复杂的面貌。旅居德国之后，肖开愚的思考进一步转向对"传统"的挖掘，但与一般还原古典情境的努力不同，他关注的重点不简单在风格、审美的层面，而是力主重释儒家诗学的"道义"传统，将诗歌写作放置于社会、政治、伦理的广泛联动中，以培育某种伦理性的诗性人格。在近年来的作品中，他又尝试用诗歌的方式去考察当代中国的政治生活以及内地农村的变迁，在沉郁顿挫、翻新出奇的语言锤炼中，结合具体的社会评判和洞见。

出版诗集：

《动物园的狂喜》，北京：改革出版社，1996年。

《学习之甜》，北京：中国工人出版社，2000年。

《肖开愚的诗》，北京：人民文学出版社，2004年。

《此时此地》（诗文集），郑州：河南大学出版社，2008年。

《联动的风景》，重庆大学出版社，2011年。

艾伦·金斯堡来信

亲爱的,我跟你们国家的命运
　　——牡丹花——在一起。
　　我身边躺着一个人,这么软弱,可是这么有力。
　　他在我的眼睛里找到了几十幅《图兰多特》中
　　需要的布景画。
　　他打量着,并试图留住这些图画:它们像喉咙里的沉默
　　瞳孔里的黑夜,和耳朵里的政府,飘渺而缓慢。
啊,他的手臂舌!他的英语
　　带着方块字的棱角
　　有如一根山鸡的金黄羽毛。
　　他低低向我耳中灌气,
　　我像一只发抖的就要爆炸的气球。
　　他讲了一串古怪的汉语,而我感到我坐在汉语的肥皂上
　　滑行在污垢生活的泡沫中。
而我咀嚼过中国人吐出的菜渣。
　　在西安,李世民的首都,我参观过
　　那些小小的山丘,时间的呕吐物,
　　在八月的阳光下闪着阴冷的光亮。
　　我不明白历史家为什么给我们注射致幻剂,
　　而筑墓的工人就像时间,惊讶于皇后(或是女皇)的美丽
　　并用坟墓抓住她。
我拒绝可卡因的幻觉,我现在抓住了一头黑发的

中国人，他还说着我不懂得的汉语
百叶窗析进室内的光线
有着玫瑰的调侃的紫红色
他的面庞像是一截生嫩的萝卜，
Allen，他说，听起来像我说走调的汉语，爱情。
走调带给我们多少欢乐！加里·斯奈德，我的哥们
  登上王之涣架设的楼梯，看见光在平原
  绿色在山坡流淌，就像血液在北外礼堂凝固，溪水
  从他嘴里溅出。
  新美学的幼苗昂扬着湿漉漉的头颅。
啊，从旧金山的广场我逃离了混乱迷信的
  核弹头，大麻和妓女的小腹。汽车在公路上
  就像音符在线谱上。我跳着醉步舞逃离了
  图书馆，我逃离
我听见布莱克的老虎咆哮，从云层，从海水，
  从中国的上空。
我给长江写诗，它奇特的转折宽阔
  （巨大的奇妙）像一位早期书法家
  困倦时的恶作剧。
  我在甲板上眺望两岸的山峰，李白的山峰，
  光秃秃的山上有狮子和猿猴。
  李白！诗！神奇！
  李白，给我一个节奏！一个韵！一排波浪！
我是一个泪汪汪的爆破手？一个歌星？一个布道者？
  一个被战争遗弃的迷糊的自我主义者？
  你们的社会在跃进，跃进。

英雄钢笔，红旗拖拉机，

　　炼钢炉的火焰书写报刊的标题，

　　新的丑楼推倒旧的丑楼，

　　亲爱的，我是左派吗？

我是同性恋者。我的听众已体面地把我忘记。

　　我的灵魂里没有光。我的感情里没有和弦。

　　我的腿间没有速度。

　　1968年，我愿意是亨利·米肖，一个高级将领

　　1968年，我愿意在天安门城楼上朗诵诗

　　我从东方回到美国

　　出版了《行星消息：1961—1967》

　　年过四十，不想去伍德斯托克，我是红耶稣，我死了。

我在南加利福尼亚旅行，全部地投入生活。

　　我1950年就把自己发射出去了，我在所有的轨道上

而你们的道德观使世界为之腿软。

　　你们的饥饿使我们害羞。

　　你们的婚姻使我们淫荡。

　　我，"我"，实行全身麻醉。

　　我怀疑我去过东方。我怀疑我曾经吃素。

　　我离开了高速公路。

因为我厌恶我的声音，

我为抛弃它直至嗓子嘶哑。

我爱寺庙里讲经的声音。克制而虚无。

我愿意回到中国，在江西北部

　　一个河畔村安家，买两亩地，

　　酿一窖酒。

噢，克鲁亚克早死。

亲爱的，这封信到此为止。

他让我燃烧起来，六十几的老人

是一堆干柴。

来吧，欢迎你！我乐意与你交换国家，

交换年龄和一切。

他不愿意。他不知道汉语如何表达

我不在时的 chagrin。两年来他忘记了母语，忘光了。

我又将错过一次机会，纯粹地坐着。

我的母亲就是白热化地坐着

死去的。留给我一把钥匙。

我将开启

通向我……的小门。

了不起的他，啊，蠕动的皮肤，一块真实的三明治。

（让我亲吻你，中国的大地！）

来信！

你忠实的 Allen Ginsberg

一九九〇，一月二日 中江

下 雨

——纪念克鲁泡特金

这是五月，雨丝间夹着雷声，

我从楼廊俯望苏州河,
码头工人慢吞吞地卸煤,
而炭黑的河水疾流着;

一艘空船拉响汽笛,
像虚弱的产妇晃了几下,
驶进几棵洋槐的浓阴里;
雨下着,雷声响着。

另一艘运煤船靠拢码头,
"接住",船员扔船缆上岸,
接着又喊道:"上来!"
随后他跳进船舱,大概抽烟吧。

轻微的雷声消失后,
闪出一道灰白的闪电,
这时,我希望用巴枯宁的手
加入他们去搬运滴水的煤炭,

倒不是因为闪电阴暗的光线改变了
雨中男子汉们的脸膛,
他们可以将灌满了他们的全身的烧酒
赠给我

但是雨下大后一会
停住了,他们好像没有察觉。

我昔日冒死旅行就是为了今天吗?
从雨雾捕获勇气。

星期六晚上

匆匆进饭馆,要了碗面条。
两分钟吃完,显得很忙,对地板上
蹲着的黑猫也没有在意,它一直
巴结地叫着。小店里就两个人,
我和店家。他歪站在柜台边
冲着灭蝇器直笑,半冷淡地
应付我的不耐烦,好像赞同
这个晚上的枯燥。他认真地找零时,
我感到有事情可做的确重要。

所以到了街上,买份晚报,
(没新闻)车一停下,就上去了。
公共汽车的冷气开得过分,
我猛地一抖,赶紧把背靠在椅子上。
车里布满塑料、木渣和油漆的
怪味。车上没几个人,下雨,
谁还要出门呢?如果不是回家,
不是一个不可靠的念头驱使,

谁愿意花四张车票，垂着脑袋，
几乎睡着了穿过南京路呢？

一小时，一觉醒来，我赶紧
下车。"有点儿糟糕。"身后
一个人说。他专心于擦眼镜
坐过了站。我回头瞄了一眼，
公交车摇摇晃晃，驶入雨丝
夜色和霓虹灯混合的昏暗。
我知道，银行门口的小伙子
就是我要见的人。他短颈，
矮个，自称是个强盗，当然，
他已尽量地挖掘他的相貌。

我们在走进快餐店之前
就把几句话讲完了。要了冷饮
靠窗坐下，我们谈起相关的
几个当事人。他们的痛苦
在几个大学之间奔走。而且，
他们也习惯于轻松地嘲笑，
嘲笑自己的器官，迫不得已，
和各种计划的无聊。过一会儿，
他又斜眼看看窗街，困难地
与他脑中的那些街市比较。

他顺便提起他母亲的葬礼，

很多亲戚,很多鞭炮,很多
不认识的小孩,但很少时候
亲人们围着遗像交换悲哀。
他认为她的死结束了一场争吵。
我终于没有弄清是谁和谁,
决定把药物放进面包,她吃了
一个月,然后她最后地微笑。
我们恰当地沉默了一小会儿
看看已经把时间拖得够长,
就站起来告别:"下次吧!"

　一到街上,他就消失了。
时间还不晚,回家前不妨
逛逛街。又是那个不可靠的
坏念头,拽紧我。心儿直跳。
抽了支烟。甚至去电影院看了
节目表,片子好像都看过。一部
讲鸦片,一部离婚,另一部
讲我们中的一个战胜了感情。
我十岁得到的答案现在依然
调侃我的疑问:我属于我们。

因此,日子美好的标志就是
散步、洗澡,使用人称的
单数时慢吞吞地胡说八道。什么
意思呢?几条街,几个乐队,
演奏国歌和军乐。商店敞开的

大门涌出一股冷气。商店里,
两个姑娘在挑选胸衣。此刻,
我想回家。否则在高架桥下,
跟着气功师,就得学习用脚
抓背、打拳,反而用手走路。

职员们打着哈欠,提着电脑,
钻进出租车;高低楼房的灯光
开始熄灭。从弄堂里的酒吧
传来爵士乐的喝彩声。毕竟,
在这样的睡觉的时刻这么吵闹,
似乎一周的生活终于到了高潮。
其实很快,车到站了。现在,
夜深但夜色灰白,不是漆黑。
回到学校,我甚至看见路边
树林里,两个孩子走着拥抱。

一九九七,六月四日

破烂的田野

双性的农妇
我忍受着自己。
我忍受着坛坛罐罐的自己在月经不调的农田里。

我忍受着从农田向群山茁壮的农妇的毛发。

我忍受着她们的雄起,她们的不得已。

我忍受着她们的漫漫长夜和独自起床。

我忍受着她们看看而说不出话而唇舌干裂。

我忍受着她们对着机械的星空机械地玩麻将。

我忍受着她们中的长者用洗衣机回顾过去。

我忍受着她们中的少小用屁眼瞄准课本。

我忍受着她们中的笨蛋为下笨蛋而缴罚金。

我忍受着她们中的发廊妹回到老家开发廊。

我忍受着她们见菩萨就拜。她们的父亲在墙角抽烟和喘气。

  她们的丈夫和儿子在天知道什么地方打工和遭白眼。

  她们的身体献给了农田。她们只有颤颤巍巍的灵魂,

  无论真假,需要菩萨。

我忍受着她们不歌、不舞,不一切文艺。

我忍受着她们同性排斥、婆媳吵架、同伴断交、没完没了,

  比凶而不比美,村子和村子竞赛不平静和不平等,

  既不左,也不右,也不是一点儿也不色情。

我忍受着她们的沉静和暴力,她们收拾院子,打扮一番。

  烧香、报复和自杀,都在寂寞行刑之后。

我忍受着她们的表扬。她们浅薄得跟农田一个模样,以黑窟窿洞

  为机密,为产床,为一天二十四小时推动粮油和跳楼价。

我忍受着她们。我配不上再写下去。

我为什么要把风湿写成药酒,把痛骨写成甘蔗,把呻唤编成棉被。

  药酒、甘蔗和棉被已经过时,没人要了。

我配不上称她们祖母、母亲和姐妹,我配不上我的产地。
我配不上埋在山坡。她们配。她们会。她们必须。我忍受着。

谁解救了谁?
在郑州火车站失踪的老少人等,我知道他们的姓名,
不必看公安和解救小组的报告,我准确知道他们的下落,
我掌握他们的地址和去处,他们成千上万只是一个,
同一身心是同一个白痴,上同一伙临时就业的骗子的当,
骗子也是同一个可怜虫,一朝下岗黑心就变得雪白,
就去到山西的砖场,白痴得想不起反抗和今日何日。

他们是我们的语言负担不起的一种人。
他们没有喝光的他们自己的血,我们的语言负担不起。
他们挖的煤比他们具体得多,值钱得多。
他们的残肢断臂堆砌的高墙绝不刻录他们的厄运。
我们的杯子透明,窗户透明,我们的身体则相反。
他们的体温遗臭顽强得很,必须用水泥和涂料封得严实。

煤窑和砖场只是两个催泪的比喻,我们的多泪症并不严重,
无泪症患者行尸走肉不必提了,煤窑和砖场这里关闭,那
　里开张,
我们室内的可惜和敏感需要他们内心的统一麻木来平衡,
我们的素食等减肥措施企及不了他们的挨饿和萎缩,
我们的电视节目大为改善迫使我们意识我们的良心之大大,
我们讨论又讨论,批评又批评,又是正义又是捐赠,
我们喝矿泉水我们松弛下来我们付按揭,负疚成全生活的

水准，
所谓道德不就是修辞的整洁吗，我们碰巧会安排几个字。
因为碰巧认得几个字，拐上了另外一条路——不见得
真是另外的一条——没有像乐呵呵的妹夫去新疆挖煤，
在郑州被骗，在山西被黑，在各大媒体的头版被解救，
整理语言的风向，体体面面，我真的以为我是幸运的，
满肚子混账话再也说不出口，诸如他们是我的必然，
我是他们的幸运，他们邋遢所以不小心所以偶然地分身，
命运并不同苦，无为而治的鬼话和这样那样的外国语
去他的蛋，为我们的有感觉而羞耻，纯属无耻的羞耻。

孩子们
他们的父亲反抗命运在不同的工地卖命也许保住了手脚。
他们的母亲反抗命运在不同的洗浴中心卖淫存了不少钱。
他们的父亲和母亲不反结婚但为了孩子应该反反生育啊！
他们不是在正规医院里面正规出生的人。
他们的父母是他们的耻辱，他们是城市的毛病。
他们趴在母亲和姐姐的背上在过街天桥的上面和下面，
他们不仅仅是卖毛片的道具而且是毛片的一部分。
他们与苍蝇和死苍蝇老鼠和死老鼠一起长大。
他们在城乡接合部的铁道边眼睁睁地看着上访者趴着作废。
他们上非法的农民工子弟学校帮助一些正直的人找到
　　震撼的话题得意地开会，像我煞有介事地写文章，
　　出馊主意。
他们在很多有分量的场合扮演受苦的童星，
　　有时甚至出场接受鼓掌和泪水。

他们等待父母伤残或者幡然悔悟决定洗手的一天。
不管愿意不愿意，他们要跟扛着编织袋的父母回到乡下。
不管他们的父母积累了什么，乡下已经归属老弱病残。
不管他们的父母怎么想，他们在乡下无事可做。
他们的父母和他们同样，已经瞧不起乡下。对于地道的土气
　　他们实在是太洋气。他们建造的高楼不过是他们的墓碑，
　　他们毕竟住过城市领略过城市的警察的警棍。
他们自己毕竟被城市的孩子亲自蔑视过。
他们跟着洋气的父母住进县城。
他们见过的世面与城关镇的居民有得一拼。
他们的父母的积蓄不足以购买一个白衣领。
他们上不起重点学校。他们和本地的他们联合起来打老师。
他们的亲戚锈在农村。他们自己的椎骨死死地钉在不属于
　　他们的农村。
他们不过十来岁，历尽沧桑。
他们抓住什么就沉迷什么寻找一切变坏的机会。
他们冷看地地道道的农村孩子往死里做作业。
他们知道了不得考上一个坏大学高不成低不就终将回到乡
　　镇浪费终生。
他们知道命运就是现在打打架，将来打零工做小生意。
他们知道生活可能改善，命运反抗不起。
他们染了头发，刺了文身，熟练了流氓的脾气，仅此而已。
他们也想出出神只是没有地方。
他们待过的农村和城市是别人的他们要把这两种地方搬进
　　他们没有待过的城关镇所以流里流气横竖不是人。
他们满身老年病但还在尿床。

补充说明

我没有资格写这首颂诗。我不得不写。这几年我去过不同省份的农村，植被变好，地气变得粗鄙。乡村知识分子的生产链中断了。我保留着一点乐观，根据是各类学校的毕业生终将只能在县城和乡镇获得就业机会，他们和回乡的农民工及其子女不得不在这里建设他们的生活。等到农民工在乡镇安居乐业，过上人的日子，城市才能够坦然地称作他们留给城市人口的厚礼，而不是一个个庞大的记载辛酸与罪孽的遗迹。但愿这篇东西不会加入到对农民的剩余价值的再掠夺势力当中。我不反对用农民的不幸治疗知识分子和诗人的心理疾病，我不反对任何使得社会重视三农问题的舆论。我认为围绕县城全面建设乡镇生活是解决农民问题的唯一途径。我认同欧美的这一价值，作家成功的两个标志之一是住在乡下。我知道，无论如何描述都不过分的农民工最终安顿他们自己的时候，就是帮助我们实现这一价值的时候。我能够安心地接受这个未来吗？

二〇〇七，六月十七至六月十九日于开封

陈克华
（1961年生）

祖籍山东，出生于台湾花莲，毕业于台北医学院，1997—2000年在哈佛大学医学院从事研究，现任荣民总医院眼科主治医师。

陈克华的诗从早期的抒情诗发展为近二十年来全方位的题材和风格。他揭露现实生活的肤浅空洞，批判社会政治的黑暗不公，同时也探索情欲的辩证，发展同性恋美学的特色。他的诗充满了颠覆性，对于社会规范、体制、价值观，均保持质疑的态度。与此相辅相成的是他生猛大胆的语言。《婚礼留言》借用新娘的口吻对婚姻作为社会建制极尽讽刺之能事：婚姻和纯洁爱情无关，它不过是一张合法性交的许可证，一张长期饭票，甚至是一块遮羞布而已。《南京街志异》的特殊历史背景是越战时期许多美国士兵到台湾度假，造成小城酒吧林立的畸形现象。往往被人忽略的是那些美国大兵和酒吧女郎生的混血儿，他们得忍受多少嘲笑和歧视。诗里的混血儿用流利的本地粗口回骂，让人读来既痛快又心酸。

陈克华也是诗坛上罕见的全才。除了写诗，也写散文、小说、剧本、报告文学、影评、歌词（例如《台北的天空》）等。他还设计文学书籍封面，开过画展，出过摄影集和流行歌CD。

出版诗集：

《骑鲸少年》，台北：兰亭出版社，1982年。

《星球纪事》，台北：时报文化出版企业，1987年。

《我捡到一颗头颅》,台北:汉光文化事业,1988年。
《与孤独的无尽游戏》,台北:皇冠文学,1993年。
《我在生命转弯的地方》,台北:圆神出版社,1993年。
《欠砍头诗》,台北:九歌出版社,1995年。
《别爱陌生人》,台北:元尊文化,1997年。
《我·和我的同义词》,台北县:角立有限公司,2008年。
《BODY身体诗》,台北:基本书坊,2012年。

我们写诗的男人

我们,我们属于写诗的男人那种
只会为了文字发愁的,而忧愁
而矫作,而不自觉
猥亵起来的那种男人——这种属于性格的重塑
和命运,从此的撕裂;呵
原来,我们有诗的八字

我们身上都还保有,魔鬼吻过的胎记——
当舔舐的习惯养成
像匹自行疗伤的兽,临水鉴照的水仙
在绿格子的田地我们播下
自己的种子。不,精子

然后圆满的积木被推倒,我们争吵着推诿
久久怒视,生活的条与块——
我们记不起它原来的样子了
我们无心收拾

总是回到第一次,下着粟雨的夜
我无声哭着

京都遇雨

四月满城鬼在行走。
潦倒,萧索,而且急躁
而且泪下如雨——也终于成雨
在梦被惊醒的一个薄薄清晨——
雨潮湿了棉被里一条曲折向庙门的路径
肘膊撑不住的一场浅睡

在僧道贫穷朱门亦贫穷的雨里
花却繁华至极地
盛开成伞——此刻合该
是钟声撞破头颅
众人抱头疾走,的　疾雨片刻

钟逃亡向钟声息止的国界
淋湿的新鬼匆忙路过庙前
如碑小立——
死亡是碑上的俳句:
凡淋着泪,淋着刀子,铜钉与火油的
烦恼必得因此滋长

来。跟随我来
跟随着雨回归大海

无明之无尽汪洋,来吧——
想象雨点无声落在黑暗的水面
和平,静谧

如鬼夜哭
惊不破初春清晨的一场浅睡……

婚礼留言

我的至爱
今日我从你手中接过你赠予的指环
所值不赀
我将因此赋予
你合法使用我的尸的权利
你将喂食我以中餐西餐日本料理
韩国泡菜港式点心法国晚餐
当然,还有你的阴茎和精液
你的脚趾和体毛,
你的性病和菜花,爱人啊

我经济独立,学业有成,人格成熟
今日并成为你唯一的妻
我将自此否认我的手指曾经触碰过

其他同样鸭豹亢奋的阳具
不记得曾经被父亲染指
只仰慕你一人的喉结和体臭

我并不因此放弃节食和韵律操
肥皂剧与手淫
我曾经珍爱我的处女膜
辛勤锻炼阴道括约肌
但你我皆无法领会何谓童贞……
我的至爱
请接受我回赠你的皮鞭与烙铁
手铐刑具与润滑膏
(你为什么不是一名纳粹黑衫军官呢?)
在这纯白的婚礼上
我向往一名酷似你的多毛婴孩
他将揪紧我的奶头榨取其中乳汁
我将因此兴奋体验此生我的无上幸福

1994

蝴 蝶 恋

他的爱我,可谓已超出寻常友谊之外……
没有我,也许不至于出家。
　　　　　——夏丏尊·《弘一法师之出家》

我终究要走过这一生极尽繁华
然后证得万法
皆空。吾爱汝心
吾更怜汝色
以是因缘,情愿
历
千千万万
劫难,一如蝴蝶
迷途于花的暴风雨。
我必得时时如此自苦嚜
断食、断发、断念
呵,更得断去心头这朵美绝的想念
方得稍解体内
风起潮生的胸悸舌燥……

天心一捧不曾圆正的月轮
正如我亲手栽下的华枝不曾开满
痴者,识道未深……
蝴蝶辞别着春日的花
问花:难道对于自己的美你丝毫不自觉嚜

花兀自生灭。
千千万万朵生灭之间
我,不也是匆匆一瞥的临水照花人?
终究一生不过是场漫长的辞别

（愿他年同生安养共圆种智）[1]

我且舍下了情

我且舍下了痴

我且舍下了悲

我且舍下了欣

我且

（1993）

南京街志异

我看见我降生在这样一条街子：
因为三千里外的越战
而暴发起来的吧儿巷——
花莲的小姐妹们，旗袍叉开到腰上
是一个个因失恋而美丽起来的苏丝黄

我看见我降生在一具薄薄的子宫里
荒瘠的胎盘，退缩的眼珠子
过度松弛的阴道，呵呵
走起路来内八字的母亲

---

[1] 一九一八年弘一法师出家于杭州虎跑寺，半月后赠夏丏尊一幅字，写的是"楞严大势至念佛圆通章"，跋内末有"愿他年同生安养共圆种智"的话。——原注

曾是红极一时的小寡妇——一只白肤
金发的精虫以他年轻的茫然
突破了层层金子打造的贞操带
定居到她初次恋爱的下腹里去

于是我看见我体内揉杂着两种冲突的血液
当南京街不着痕迹地从良
我成为一只精虫误入的见证
那些善良清白的邻家孩子喊我：
哈啰 OK 叽里咕叽。
我总是温柔地回答：
干你老母驶你老母老鸡巴。

一九八五·五·六

瓦历斯·诺干
（1961年生）

出生于台中县和平乡自由村双崎社区，属于台湾原住民中的泰雅族，汉名吴俊杰，毕业于台中师专。目前在母校自由国小任教，并兼任静宜大学和成功大学台文所讲师，开授"台湾原住民文学赏析"的课程。

20世纪八九十年代，随着台湾的全面民主化和本土化，过去备受压抑的少数族群开始发出自己的声音，包括废除过去各种贬义的称呼，正名为"原住民"。瓦历斯·诺干积极投入原住民文化运动，于1990年创办《猎人文化》杂志，成立台湾原住民人文研究中心，书写诗、散文、报告文学、小说、文化论述多种文类，得奖无数。

瓦历斯·诺干早期用笔名"柳翱"写诗。1994年诗人和妻子（也是原住民作家，利格拉乐·阿［女乌］）放弃了多年的都市生活，回到出生的部落，推展部落文化重建工作。他也开始用泰雅族名字写作，描述部族生活，刻画族人经验。《小诗学堂》是瓦历斯·诺干为了教小学生写诗而创造的"二行诗"范例。根据诗人的说法："第一句是直观，第二句是你的想象。"1999年诗集《伊能再踏查》以日据时代日本人类学学者伊能嘉矩（1867-1925）的《台湾踏查日记》为蓝本，诗人顺着他百年前在台湾做田野调查的路径，书写原住民在这块土地上的历史足迹。

出版诗集：

《山是一座学校》，台中：台中县立文化中心，1994年。

《想念族人》，台中：晨星出版社，1994年。

《伊能再踏查》，台中：晨星出版社，1999年。

《当世界留下两行诗》，台中：布拉格文化，2011年。

部落牧师

日安,主耶稣。
虽然他们喝酒
还知道上教堂。
虽然老忘记礼拜日
还知道以你的名
训诫犯错的孩子。
虽然奉献金少一点
还知道低头忏悔。
虽然每次忏悔的主题
不外把钱交去喝酒

但是,主啊……
请原谅族人们的无知
因为族人真实
纯洁,阿门。

(1994)

在想象的部落

那时,我们又重回到历史的起点

天还未明,岛屿仍在沉睡
有麋鹿远来憩息,垂首饮水
部落的草舍有酿米酒的香味
围场上竹竿高高擎起
长老安坐上席等待祭典
孩童还在模仿猎人的行止
在场外仿佛追赶愤怒的山猪
空气沉稳地荡漾静穆的颜彩
只要第一只祭舞奋起
秋天我们将有丰美的收获

那时,我们又重回到历史的起点
溪流活泼地降下山谷
平原仍旧有翠绿的草地
谁也看不到炽热的烽火
族人敬重点律与祭典
夫妇严守亲爱的真义
长辈当如沉稳的山脉
我们有简单而朴素的律则
宛如森林里四季的递变
尊重大自然的心灵
肯定温和而复有情爱

我们又重回到爱的起点
丛林上演的弱肉强食
使族人慢慢摸索相互敬重
唯有疼惜自己的同胞

内心才充满无可言喻的喜乐
阳光无私的散放光芒
月亮温柔地照见黑夜
只有坦诚的相交相往
族人的繁衍才能更见茁壮
春天的声音在山林间回荡
过不久,雨水就要滋润部落

书 房

1. 拆信刀
山棱划开暗夜
秘密泄漏下来

2. 辞海
辞别宽阔的海洋之后
文字的陆地嶙峋升起

3. 回纹针
亲爱的,让我一次收拢
你一个坏习惯,好吗?

4. 桌子
世界失去了桌子,桌子就失去了文件

文件失去了签署,战争就失去了世界

5. 书
我很惊讶无人揭露人类最终的命运
凝缩成一本书里微不足道的蠹鱼

6. 光碟片
当地球成为一张薄薄的光碟,上帝
抽换银河系的命运就更加轻而易举

7. 抽屉
每个抽屉都是平行而独立的宇宙
父亲,我在哪个编码的抽屉里?

8. 笔记本
小绿人孩子兵　孕妇←狮子山　心爱的
夜晚 04:30 救援　海边　镇西堡

9. 电脑
云端系统,再升
级,就是天堂?

10. 答录机
缺席的公义
……你好吗?

酒的数学

站在地面上的空酒瓶
被灯光拉成番刀出鞘
每一刀——收割
一颗颗垂下的头颅
每一刀——收获
黑夜与白天的重量

空腹的酒瓶只有减法除法
加法乘法烟酒公司拿去了

韩 东
（1961年生）

生于南京。1969年8岁时，随父亲（小说家方之）"下放"苏北农村。1978年起就读山东大学哲学系，在校期间开始写诗。1982年毕业后，曾在西安、济南的大学任教。1985年和于坚、丁当等创办民间诗歌刊物《他们》。他1980年代的诗有很大影响，被看作是"第三代诗"的代表诗人之一。20世纪90年代初辞去"公职"，写作也主要转向小说、散文随笔，有多部中短篇和长篇小说出版，但仍时有诗作发表。

韩东的诗，缓和了历史和道德对当代诗歌的巨大压力，开放了诗面对日常生活的处理能力。他的诗体现了艺术对"具体性、自足性、一次性、现实性和不可替代性"的个体生命的重视。生活中习见、微小的细节因新鲜的体验而有了光泽。摒弃复杂的象征、隐喻系统，警惕矫揉造作和"知识化"，试图解放语言中沉积的文化负担。诗的整体呈现朴素、简洁、直接、清晰。对诗歌的"自我膨胀"的"破坏性"力量的警惕，让他在对事物"核心"的抵达、破解，与自我已知经验做出的干预的关系上，建立一种思想上的和美学上的平衡。在一般印象中，那些"反诗意"的、有解构意味的作品似乎是韩东的"代表作"，其实，这可能忽略了他更重要的，带有深挚哲理意味的"温柔的部分"。

出版诗集：

《白色的石头》，上海文艺出版社，1992 年。

《爸爸在天上看我》，石家庄：河北教育出版社，2002 年。

另出版有长篇小说《扎根》、《知青变形记》、《小城好汉之英特迈往》、《我和你》，诗文集《交叉跑动》，中短篇小说集《我的柏拉图》、《此呆已死》、《明亮的伤疤》、《韩东小说》、《树杈间的月亮》、《西天上》、《美元硬过人民币》，以及随笔散文集《韩东散文》、《爱情力学》等。

有关大雁塔

有关大雁塔
我们又能知道些什么
有很多人从远方赶来
为了爬上去
做一次英雄
也有的还来做第二次
或者更多
那些不得意的人们
那些发福的人们
统统爬上去
做一做英雄
然后下来
走进这条大街
转眼不见了
也有有种的往下跳
在台阶上开一朵红花
那就真的成了英雄
当代英雄
有关大雁塔
我们又能知道什么
我们爬上去
看看四周的风景

然后再下来

1982

我们的朋友

我的好妻子
我们的朋友都会回来
朋友们还会带来更多没见过面的朋友
我们的小屋子连坐都坐不下

我的好妻子
只要我们在一起
我们的朋友就会回来
他们很多人都是单身汉
他们不愿去另一个单身汉的小窝
他们到我们家来
只因为我们是非常亲爱的夫妻
因为我们有一个漂亮儿子
他们要用胡子扎我们儿子的小脸
他们拥到厨房里
瞧年轻的主妇给他们烧鱼
他们和我没碰三杯就醉了
在鸡汤面前痛哭流涕

然后摇摇晃晃去找多年不见的女友
说是连夜就要成亲
得到的却是一个痛快的大嘴巴

我的好妻子
我们的朋友都会回来
我们看到他们风尘仆仆的面容
看到他们浑浊的眼泪
我们听到屋后一记响亮的耳光
就原谅了他们

这些年

这些年,我过得不错
只是爱,不再恋爱
只是睡,不再和女人睡
只是写,不再诗歌
我经常骂人,但不翻脸
经常在南京,偶尔也去
外地走走
我仍然活着,但不想长寿

这些年,我缺钱,但不想挣钱

缺觉，但不吃安定
缺肉，但不吃鸡腿
头秃了，那就让它秃着吧
牙蛀空了，就让它空着吧
剩下的已经够用
胡子白了，下面的胡子也白了
眉毛长了，鼻毛也长了

这些年，我去过一次上海
但不觉得上海的变化很大
去过一次草原，也不觉得
天人合一
我读书，只读一本，但读了七遍
听音乐，只听一张CD，每天都听
字和词不再折磨我
我也不再折磨语言

这些年，一个朋友死了
但我觉得他仍然活着
一个朋友已迈入不朽
那就拜拜，就此别过
我仍然是韩东，但人称老韩
老韩身体健康，每周爬山
既不极目远眺，也不野合
就这么从半山腰下来了

2002. 8. 11

温柔的部分

我有过寂寞的乡村生活
它形成了我性格中温柔的部分
每当厌倦的情绪来临
就会有一阵风为我解脱
至少我不那么无知
我知道粮食的由来
你看我怎样把清贫的日子过到底
并能从中体会到快乐
而早出晚归的习惯
捡起来还会像锄头那样顺手
只是我再也不能收获什么
不能重复其中每一个细小的动作
这里永远怀有某种真实的悲哀
就像农民痛哭自己的庄稼

下午的阳光

下午的阳光透过窗帘
因为这所房子是新的

我们刚刚搬进来
阳光透过窗帘
变得很柔和
外面的天空暗淡下去了
它们还在这儿久久地逗留

坐着两个开始新生活的人
这是临时的
一条印花布的被面
此刻却显得有些陈旧
就像一件衣裳
多年没穿
又突然展现在你的面前

这也许就是阳光的妙用
它不改变事物
却让事物改变了自身

读薇依

她对我说：应该渴望乌有
她对我说：应爱上爱本身
她不仅说说而已，心里面也曾翻腾过

后来她平静了,也更极端了
她的激烈无人可比,言之凿凿
遗留搏斗的痕迹
死于饥饿,留下病床上白色的床单
她的纯洁和痛苦一如这件事物
白色的,寒冷的,谁能躺上去而不浑身颤抖?

"无论发生了什么事,至少宇宙是满盈的。"

2003. 5. 6

骆一禾
（1961—1989）

生于北京，曾随父母下放到河南农村，1979年考入北京大学中文系，1983年毕业后到《十月》杂志社工作，也同期开始发表作品。1989年5月31日，因辛劳过度突发脑溢血去世。在1980年代的诗歌氛围中，先锋诗人往往以卓著的语言才华、反叛的激情、激进的实验态度而引人注目，骆一禾却是一位具有学者气质的诗人，他对于诗歌的前景和文化形象，有着更多的思考，强调诗歌写作应该在文明觉醒与消长的视野中，破除现代"个体"的封闭，回到一种伟大的"共时体"中。他的长诗《世界的血》等与海子的长诗作品一道，构成了1980年代后期一次短暂的，却强劲有力的诗歌行动。长诗之外，骆一禾的抒情短诗，也往往具有宏大的造型感，多使用"原型"式的自然、文化意象，在崇高、峻急的语风中，拉开壮丽的内心思辨。

出版诗集：

《世界的血》，沈阳：春风文艺出版社，1990年。

《海子、骆一禾作品集》，南京出版社，1991年。

《骆一禾诗全编》，上海三联书店，1997年。

《骆一禾的诗》，北京：人民文学出版社，2012年。

凉 爽

秋天我又来到海边
蓝色波涛起伏,沿海平静
沿海的高坡明亮
炎热垂直升起
而我沿着凉爽下来
通过一所被遗忘的土红房子
冰凉的沙粒坚硬
盐分在步伐里磨出响声
这时海风吹来,太阳西去
堤岸一览无余
岛云红闪闪地独自变黑
一个人在那里成为无限
而道路布满阴影
在海浪浇湿的地方高崖耸峙
极顶有黄色石块

1988. 4. 4

为美而想

在五月里一块大岩石旁边

我想到美

河流不远,靠在一块紫色的大岩石旁边

我想到美　雷电闪在这离寂静不远的

地方

有一片晒烫的地衣

闪烁着翅膀

在暴力中吸上岩层

那只在深红色五月的青苔上

孜孜不倦的工蜂

是背着美的呀

在五月里一块大岩石的旁边

我感到岩石下面的目的

有一层沉思在为美而冥想

1988. 5. 23

黑　豹

风中,我看见一副爪子

站在土中,是

黑豹。摁着飞走的泥土,是树根

是黑豹。泥土湿润

是最后一种触觉

是潜在乌木上的黑豹,是

一路平安的弦子
捆绑在暴力身上
是它的眼睛谛视着晶莹的武器
邪恶的反光
将它暴露在中心地带
无数装备的目的在于黑豹

我们无辜的平安,没有根据
是黑豹,是真空里的
煤矿,是凛冽,是背上插满寒光
是四只爪子留在地上
绕着黑豹的影子　然后影子
绕着影子

天空是一座苦役场
四个方向
里,我撞入雷霆

咽下真空,吞噬着真空
是晒干的阳光,是晒透了太阳
是大地的复仇
一条张开的影子
像野兽一样动人,是黑豹

是我堆满粮食血泊的豹子内部
是我寂静的

肺腑

          1988. 6. 8 — 20

灿烂平息

这一年春天的雷暴
不会将我们轻轻放过
天堂四周万物生长，天堂也在生长
松林茂密
生长密不可分
留下天堂，秋天清杀，今年让庄稼挥霍在土地
      我不收割
留下天堂，身临其境
秋天歌唱，满脸是家乡灯火：
这一年春天的雷暴不会将我们轻轻放过

壮烈风景

星座闪闪发光
棋局和长空在苍天底下放慢

只见心脏，只见青花
稻麦。这是使我们消失的事物
书在北方写满事物
写满旋风内外
从北极星辰的台阶而下
到天文馆，直下人间
这壮烈风景的四周是天体
图本和阴暗的人皮
而太阳上升
太阳作巨大的搬运
最后来临的晨曦让我们看不见了
让我们进入滚滚的火海

1989. 5. 11

孟 浪
（1961年生）

生于上海吴淞。1982年毕业于上海机械学院。大学期间开始写诗，曾先后参与创办和主持编辑《MN》、《海上》、《大陆》、《北回归线》、《现代汉诗》等多种诗歌民刊。1993年参与创办海外文学人文杂志《倾向》，1995年秋应布朗大学之邀赴美国，任该校驻校作家。现居波士顿及香港。

孟浪的诗从20世纪80年代至今保持了大体一致的精神旨趣和风格面貌。他的诗大多为短诗，在超现实的意象切换与扭合中，始终能看到他对当代中国历史与现实的关切和反思，语言锋利、痛切，显示出强烈的批判指向，也造就了纯粹、激越的抒情品质。在他的很多作品里，有对权力、对现代文明的暴力体制的敏锐洞察，学校、医院、军队，是经常出现的"元素"性意象，在其中也表现出他对现实世界与个体自身的复杂性和悖反性的认识。

出版诗集：

《本世纪的一个生者》，南宁，漓江出版社，1988年。
《连朝霞也是陈腐的》，台北，唐山出版社，1999年。
《一个孩子在天上》，香港：紫罗兰书局，2004年。
《南京路上，两匹奔马》，北京：光明日报出版社，2006年。

连朝霞也是陈腐的

1
连朝霞也是陈腐的。

所以在黑暗中不必期待所谓黎明。

光捅下来的地方
是天
是一群手持利器的人在努力。

词语,词语
地平线上,谁的嘴唇在升起。

2
幸福的花粉耽于旅行
还是耽于定居,甜蜜的生活呵
它自己却毫无知觉。

刀尖上沾着的花粉
真的可能被带往一个陌生的地方
幸福,不可能太多
比如你也被派到了一份。
切开花儿那幻想的根茎

一把少年的裁纸刀要去殖民。

3
黑夜在一处秘密地点折磨太阳
太阳发出的声声惨叫
第二天一早你才能听到。

我这意外的闯入者
竟也摸到了太阳滚烫的额头
垂死的一刻
我用十万只雄鸡把世界救醒——

连朝霞也是陈腐的
连黎明对肮脏的人类也无新意。

4
但是,天穹顶部那颗高贵的头颅呵
地平线上,谁美丽的肩颈在升起!

1991

当天空已然生锈

当天空已然生锈

我也终于用双手抠出
一些云的尸骸
这一夜,我将头枕一朵白云而眠。

红太阳,愈来愈暗
红领巾,无望地飘扬在旧时代
整个国家的红药水
淡得不能再淡——

有人向血库又抬去几台吸泵
几代人的动脉被通通切开。

山梁在抽搐、蠕动
我无法避开大地垂死者
挡在面前的脊背
啊,天上下起了数万万人的指甲盖。

1993

无 题

一个孩子在天上
用橡皮轻轻擦掉天上唯一的一片云。

一个孩子在天上
像趴在一张属于他自己的图画纸上。

一个孩子在天上
用铅笔淡淡描出无数个孩子的样子。

一个孩子在天上
他的痛苦,他的欢乐,他的蔚蓝,无边无际。

一个孩子在天上
他还决定,他的一生
必须在此守望橡皮的残碑,铅笔的幼林。

哦,教员们在降临——
一个孩子在天上用双手紧紧按住永恒:
一个错误的词。

2000

无 题

在痕迹下面我们活着
证明着:我们活得不露痕迹。

因为疲倦,才拖曳出一条大山
大山自己拖曳出一个正在翻越它的人。

一百年已然过去了
但他仍无法接近那峰顶的绝望。

一条大水边长着一条村庄
他回来,他只有回来了。

他俯向水面,把去年传来的涟漪抚平
并告慰:在痕迹下面有人活着……

2000

陈东东
（1961年生）

生于上海，1984年毕业于上海师范大学中文系，1981年开始写诗，是《作品》《倾向》《南方诗志》等多种诗歌民刊的主要编者，亦曾任海外文学人文杂志《倾向》诗歌编辑。大学毕业后在上海先后做过中学教师、政府机关职员，1998年辞职专事写作。

陈东东的诗被公认为具有典型的"南方气质"，语言雅致、诗思细腻，在梦幻、唯美的笔调中略带颓废、病态的气息，早期的诗涸染着某种近于古典诗歌的韵味，而又传达出对美学现代性的自觉追求，其中可以见出欧洲超现实主义尤其是希腊诗人埃利蒂斯的影响。信任语言的虚构的力量，认为通过它可以创造出对抗和超逸于现实的另一个世界，同时，又视诗歌为对"内心的音乐"的演奏，因而非常注重音乐性，他在这方面用力甚深。进入20世纪90年代以后，社会环境的变迁，个人生活的际遇，在《解禁书》等作品中出现更多现实的经验和场景。不过，总体而言，他倾向于将现实经验与一些神话或原型结构相对照使之变形。此前已有显露的对诗歌中色情维度的探索，在1990年代之后，也有更深入的推进，这种色情性常与政治讽喻相关联，但也发展出某种语言本体论的意味。与早年以短诗为主不同，他后来更多采用组诗的形式。

出版诗集:

《海神的一夜》,北京:改革出版社,1997年。

《明净的部分》,长沙:湖南文艺出版社,1997年。

《即景与杂说》,北京:中国工人出版社,2000年。

《解禁书》,北京:作家出版社,2008年。

《夏之书·解禁书》,重庆大学出版社,2011年。

《导游图》,台北:秀威出版公司,2013年。

另出版有散文集《词的变奏》、《短篇·流水》、《黑镜子》等。

点 灯

把灯点到石头里去,让他们看看
海的姿态,让他们看看
古代的鱼
也应该让他们看看亮光
一盏高举在山上的灯

灯也该点到江水里去,让他们看看
活着的鱼,让他们看看
无声的海
也应该让他们看看落日
一只火鸟从树林里腾起

点灯。当我用手去阻挡北风
当我站到了峡谷之间
我想他们会向我围拢
会来看我灯一样的
语言

独坐载酒亭。我们该怎样去读古诗

江面上雾锁孤帆。清晨入寺
红色的大石头潮湿而饱满
像秋染霜叶
风吹花落
像知更鸟停进了阴影之手
这一些
这些都可能是他的诗句。在宋朝
海落见山石,一个枯水季节
尘昏市楼

但我却经历了一夜的大雨
红石块上
绿叶像无数垂死的
鱼,被天气浸泡得又肥又鲜
而树皮这时候依然粗糙,漂在池中
什么也不像
隔江望过去,过午的载酒亭依山静坐
我在其中
见江心里有一群撕咬的猛禽
翼翅如刀

我们也必须有刀一样的想法

在载酒亭
苏轼的诗句已不再有效
我独坐,开始学着用自己的眼睛
看山高月小

冬日外滩读罢神曲

喷泉静止,火焰正
上升。冬天的太阳到达了顶端
冬天的太阳浩大而公正
照彻、充满,如最高的信仰
它的光徐行在中午的水面

在中午的岸上,我合拢诗篇
我苏醒的眼睛
看到了水鸟迷失的姿态
(那白色的一群掠过铁桥
投身于玻璃和反光的境界……)

排遣愁绪的游人经过,涌向喷泉
开阔的街口
他们把照相机高举过顶
他们要留存

最后的幻影

钻石引导,火焰正
上升。俾特丽采使赞歌持续
在中午的岸上我合拢诗篇
我苏醒的眼睛
又看见一个下降的冬夜

八 月

八月我经过政治琴房,听见有人
反复练习那高昂的一小节

直升飞机投下阴影
它大蜻蜓的上半身
从悬挂着鸟笼的屋檐探出

我已经走远,甚至出了城
我将跃上高一百尺的水泥大坝
我背后的风
仍旧送来那高昂的一小节

郁金香双耳,幻想中一匹走兽的双耳

鳞光闪闪的鲱鱼的双耳
则已经被弹奏的手指堵塞

八月,我坐到大坝上
能够远眺琴房的屋脊
那直升飞机几乎跟我的双眉
齐平:它是否会骑上
高昂的一小节
——这像是蜻蜓爱干的事

解禁书(组诗选一)

4. 正午

光芒会增添圣像柱阴茎的
垂直程度。越洋电话里,
旧主人谈起了回楼往事。
老虎窗下的收音机播送,
一场足球赛进行着附加赛。

我几乎从我的镜像里脱开身。
在她的双乳间,我有过一个
附加动作。我有过一种被
限定的自由:让每一行新诗

都去押正午的白热化韵脚。

顶楼平台上冷却塔轰鸣。
太阳从江对岸攀登上高位。
我听到的裁判也许公平：
不在乎红牌罚下的球员，
对规则弹出中指说"我操！"

她也在工具间附和着"我操！"
当我的中指，滑过了那道
剖腹产疤痕，她恣意扭动，
像蜕去外壳的当下世界，
呈现给——未必保持安静和

孤独的禁中写作者。越洋电话里，
一片热带雨林正哗然，一位
过来人，正在叮嘱着"凡事
靠自己"。依稀有一声
终场哨响，收音机哑然……

那瞄准赛事的望远镜转向，
瞄准了新命运：一次对太阳的
超音速反动，一次飞降……
被放大的希望，在江对岸那么
清晰可触，——如果我动用的

语言是诗,是裸露的器官,没戴
保险套,是这个正午,是正午的
烈日,把回楼熔炼成我之期许,
像观察和沉思,——有关于罪愆、
信仰、玄奥莫测的正道和飞翔——

散布在一本合拢的词典里。

张 枣
（1962—2010）

生于湖南长沙，先后就读于湖南师范大学和四川外语学院，1986年赴德留学，在特里尔大学、图宾根大学求学，并获文哲博士学位。2006年回国，先后任教于河南大学和中央民族大学，2010年3月8日因肺癌病逝。大学期间开始写诗，在重庆读研究生时与柏桦等交往，在密切的诗艺交流中结下深厚的友谊，也确立起他独特的个人风格。

张枣的诗数量不多，而以精妙的技艺著称，这与他服膺于以诗为"手艺"、追求匠人般严格的写作观念有关，用他自己的话说，是"对语言本体的沉浸"，在这方面，可明显看到欧美现代主义诗学对他的影响。他诗歌的成就还表现于其他方面。从较早时起，他就怀有"从汉语古典精神中衍生现代日常生活的唯美启示"的诗歌方法的自觉，并以《镜中》、《何人斯》等作品，富有说服力地展现了这种转化能力。旅居海外之后，他在这一向度上继续推进，在更为复杂、综合的诗歌面貌和语言质地中，形成了他的基于"知音"观念的诗学。诗歌的声音从惯常的独白式转向对话式，对话的对象无论是友人、亲人、自我的分身或心仪的前世诗人、作家，都意味着一种知音般的存在，由此也造就一种柔和、恬美的音势与"表情"，使他的诗即使在书写某些具有悲剧性质的主题，以及加入较多叙事性成分时，都仍然显出一种令人难忘的灵动和轻盈。此外，张枣也极为关注诗的节奏、韵律，这在他的一些十四行组诗中有不凡的表现。

出版诗集：

《春秋来信》，北京：文化艺术出版社，1998年。

《张枣的诗》，北京：人民文学出版社，2010年。

另出版有散文集《张枣随笔选》，译诗集《最高虚构笔记：史蒂文斯诗文集》(与陈东飚合译) 等。

镜　中

只要想起一生中后悔的事
梅花便落了下来
比如看她游泳到河的另一岸
比如登上一株松木梯子
危险的事固然美丽
不如看她骑马归来
面颊温暖，
羞惭。低下头，回答着皇帝
一面镜子永远等候她
让她坐到镜中常坐的地方
望着窗外，只要想起一生中后悔的事
梅花便落满了南山

跟茨维塔伊娃的对话（十四行组诗）（节选）

C'est un chinois,ce sera lang.

——Tsvetajeva

1
亲热的黑眼睛对你露出微笑，

我向你兜售一只绣花荷包，
翠青的表面，凤凰多么小巧，
金丝绒绣着一个"喜"字的吉兆——
两个？NET，两个半法郎。你看，
半个之差会带来一个坏韵，
像我们走出人行道，分行路畔
你再听不懂我的南方口音；
等红绿灯变成一个绿色幽人，
你继续向左，我呢，蹀躞向右。
不是我，却突然向我，某人
头发飞逝向你跑来，举着手，
某种东西，不是花，却花一样
递到你悄声细语的剧院包厢。

2

我天天梦见万古愁。白云悠悠，
玛琳娜，你煮沸一壶私人咖啡，
方糖迢递地在蓝色近视外愧疚
如一个僮仆。他向往大是大非。
诗，于着活儿，如手艺，其结果
是一件件静物，对称于人之境，
或许可用？但其分寸不会超过
两端影子恋爱的括弧。圆手镜
亦能诗，如果谁愿意，可他得
防备它错乱右翼和左边的习惯，
两个正面相对，翻脸反目，而

红与白因"不"字决斗；人，迷惘，

照镜，革命的僮仆从原路返回；
砸碎，人兀然空荡，咖啡惊坠……

祖 母

1
她的清晨，我在西边正憋着午夜。
她起床，叠好被子，去堤岸练仙鹤拳。
迷雾的翅膀激荡，河像一根傲骨
于冰封中收敛起一切不可见的仪典。
"空"，她冲天一喉，"而不止是
肉身，贯满了这些姿势"；她蓦地收功，
原型般凝定于一点，一个被发明的中心。

2
给那一切不可见的，注射一针共鸣剂，
以便地球上的窗户一齐敞开。

以便我端坐不倦，眼睛凑近
显微镜，逼视一个细胞里的众说纷纭
和它的螺旋体，那里面，谁正头戴矿灯，

一层层挖向莫名的尽头。星星,
太空的胎儿,汇聚在耳鸣中,以便

物,膨胀,排他,又被眼睛切分成
原子,夸克和无穷尽?
      以便这一幕本身
也演变成一个细胞,一个地球似的细胞,
搏动在那冥冥浩渺者的显微镜下:一个
母性的,湿腻的,被分泌的"0";以便

室内满是星期三。
眼睛,脱离幻境,掠过桌面的金鱼缸
和灯影下暴君模样的套层玩偶,嵌入
夜之阑珊。

3
夜里的中午,春风猝起。我祖母
走在回居民点的路上,篮子满是青菜和蛋。
四周,吊车鹤立。忍着嬉笑的小偷翻窗而入,
去偷她的桃木匣子;
      他闯祸,以便与我们
对称成三个点,协调在某个突破之中。
圆。

悠 悠

顶楼,语音室。
　　　　　　秋天哐地一声来临,
清辉给四壁换上宇宙的新玻璃,
大伙儿戴好耳机,表情团结如玉。

怀孕的女老师也在听。迷离声音的
　　　　　　吉光片羽:
"晚报,晚报",磁带绕地球呼啸快进。
紧张的单词,不肯逝去,如街景和
喷泉,如几个天外客站定在某边缘,
拨弄着夕照,他们猛地泻下一匹锦绣:
虚空少于一朵花!

她看了看四周的
新格局,每个人嘴里都有一台织布机,
正喃喃讲述同一个
好的故事。
每个人都沉浸在倾听中,
每个人都裸着器官,工作着,

全不察觉。

1997

春秋来信

1
这个时辰的背面,才是我的家,
它在另一个城市里挂起了白旗。
天还没亮,睡眠的闸门放出几辆
载重卡车,它们恐龙般在拐口
撕抢某件东西,本就没有的东西。
我醒来。
　　　　　身上一颗绿扣子滚落。

2
我们的绿扣子,永恒的小赘物。

云朵,砌建着上海。
　　　　　　　我心中一幅蓝图
正等着增砖添瓦。我挪向亮处,
那儿,鹤,闪现了一下。你的信
立在室中央一柱阳光中理着羽毛——
是的,无需特赦。得从小白菜里,
从豌豆苗和冬瓜,找出那一个理解来,

来关掉肥胖和机器——
　　　　　　　我深深地

被你身上的矛盾吸引,移到窗前。
四月如此清澈,好似烈酒的反光,
街景颤抖着组合成深奥的比例。
是的,我喊不醒现实。而你的声音
追上我的目力所及:"我,

就是你呀!我也漂在这个时辰里。
工地上就要爆破了,我在我这边
鸣这面锣示警。游过来呀,
接住这面锣,它就是你错过了的一切。"

3
我拾起地上的绿扣子,吹了吹。
开始忙我的事儿。
　　　　　　静的时候,
窗下经过的邮差以为我是我的肖像;
有时我趴在桌面昏昏欲睡,
双手伸进空间,像伸进一副镣铐,

哪儿,哪儿,是我们的精确呀?
　　　　　　　　……绿扣子。

1997　赠臧棣

王 寅
（1962年生）

上海人，1984年毕业于上海师范大学中文系。20世纪80年代参加上海的大学生诗歌活动。大学毕业后主要从事报刊记者、编辑工作，诗歌写作断断续续。虽然作品在1980年代就被选入多种选本和合集，但个人第一本诗集（《王寅诗选》）迟至2005年才面世。对诗，他采取一种"不即"但也"不离"的态度。他将自己的写作，控制在有限度的，甚至封闭的区域里，与纷扰的社会现实与自我，保持一种"淡漠"、"观看"的距离。早期的诗，有内在的高贵的质地，语调平静、节制，透露出与自然，与神秘事物交流的飘逸，和在生命探索上的专注。1990年代初诗风曾一度发生很大变化；这种变化，与特殊时代变迁相关。平静、节制为急促、尖锐、痛楚的语词和节奏取代，优雅的诗质中有了"黑暗"的浓度，尽力囚禁的直接抒情、宣泄，以及抽象语词，因时势和内心的剧变而被释放；生命的不安全感成为一个时期的主题。

出版诗集：

《王寅诗选》，广州：花城出版社，2005年。

另有随笔集《刺破梦境》，苏州古轩出版社，2005年。

朗 诵

我不是一个可以把诗篇朗诵得
使每一个人掉泪的人
但我能够用我的话
感动我周围的蓝色墙壁
我走上舞台的时候,听众是
黑色的鸟,翅膀就垫在
打开了的红皮笔记本和手帕上
这我每天早晨都看见了
谢谢大家
谢谢大家冬天仍然爱一个诗人

开花的手杖

你把一个男人写给他爱人的诗
念给我听,而我又听得
这样入神
这表明战争结束了
而不是又有什么正在重新开始

风已经小了,鸟收拢翅膀
我仍在倾听
听着什么仍在发黑
仍在月下航行

新鲜的空气像一杯冰水
雪人在北方的天际下
如同星辰
闪闪发光

神　赐

你将如何感谢落日,天才
你将如何看待这些政治的玫瑰
这些毫无主见的春天
你将如何倾听时针的暴动
如何应付纸中的火
城市之下汹涌的河流

袖中的幻景
越过了合理和可信的界限
病人的目光和旗帜的狂笑
这样相似

承诺如此虚假
隐秘如此迅捷

忧伤的头骨,夏日的心
悲痛的芬芳,还有
天河那边孩子们的哭声

你又将如何才能回答

晚年来得太晚了

晚年来得太晚了
在不缺少酒的时候
已经找不到杯子,暮晚
再也没有了葡萄的颜色

十月的向日葵是昏迷的雨滴
也是燃烧的绸缎
放大了颗粒的时间
装满黑夜的相册

漂浮的草帽遮盖着
隐名埋姓的风景

生命里的怕、毛衣下的痛
风暴聚集了残余的灵魂

晚年来得太晚了
我继续遵循爱与死的预言
一如我的心早就
习惯了可耻的忧伤

西 川

（1963年生）

本名刘军，生于江苏徐州，1970年起在北京上小学、中学。1981年就读北京大学西语系英文专业。大学期间参与校园诗歌活动，与同在北大求学的骆一禾、海子成为挚友。大学毕业后，在新华通讯社工作。参与创办诗歌民刊《倾向》、《现代汉诗》。1993年开始任教于中央美术学院。

20世纪80年代的诗，重视抒情的纯净和节奏匀称的形式感，写爱情、愿望和对不可知的超验力量的敬畏。1980年代末发生的社会和个人"事变"，给他的写作带来巨大冲击，认为"语言的大门必须打开"，此后的诗歌应是"人道的诗歌、容留的诗歌、不洁的诗歌"："容留"生活的善恶美丑的"混生状态"，并引入悖论模式以形成"伪哲学"、"伪理性"的语言形态，这表现在《致敬》等长诗和组诗中。西川的诗，有对伦理尺度和精神超越性价值的关怀，强调诗歌写作上的深厚文化背景。诗歌方式主要不是呈现事物细节，而是借助冥想、回忆、虚构、穿越，以沟通不同时空的知识、情感和想象的源泉。诗中的"博学多识"和"经学"语调，建构了叙述者的那种独特的"先知"姿态。西川也致力国际诗歌交流活动以及外国诗歌翻译。海子去世之后，他在海子诗文的整理、编辑上作出重要贡献。

出版诗集：

《中国的玫瑰》，北京：中国文联出版公司，1991年。

《隐秘的汇合》，北京：改革出版社，1997年。

《虚构的家谱》，北京：中国和平出版社，1997年。

《西川的诗》（蓝星诗库），北京：人民文学出版社，1997年。

《大意如此》，长沙：湖南文艺出版社，1997年。

《深浅》（诗文录），北京：中国和平出版社，2006年。

《个人好恶》，北京：作家出版社，2008年。

《我和我》，北京：作家出版社，2013年。

散文随笔和诗学论著集有《让蒙面人说话》、《水渍》、《游荡与闲谈：一个中国人的印度之行》、《大河拐大弯》；译著有《博尔赫斯八十忆旧》、《米沃什词典》（与北塔合译）。主编《海子的诗》和《海子诗全编》。

在哈尔盖仰望星空

有一种神秘你无法驾驭
你只能充当旁观者的角色
听凭那神秘的力量
从遥远的地方发出信号
射出光来,穿透你的心
像今夜,在哈尔盖
在这个远离城市的荒凉的
地方,在这青藏高原上的
一个蚕豆般大小的火车站旁
我抬起头来眺望星空
这时河汉无声,鸟翼稀薄
青草向群星疯狂地生长
马群忘记了飞翔
风吹着空旷的夜也吹着我
风吹着未来也吹着过去
我成为某个人,某间
点着油灯的陋室
而这陋室冰凉的屋顶
被群星的亿万只脚踩成祭坛
我像一个领取圣餐的孩子
放大了胆子,但屏住呼吸

1985,1987,1988

造访

你的造访是一次月偏食
你带来的是不幸的问候
人们传说你在黄海上失踪
当一次鲨鱼袭击桅杆上
的月亮。现在你坦然走来
手里攥着粗挺的钓竿
好朋友,我有好多年不曾
梦见你,我为你准备的
茶、烟早已被别人用光
而你豪迈地爽朗地笑着
发出鲨鱼咬嚼船帮的声音
海水漂白了你的牙齿
一个问候你为我保存多年
在海底不曾被别人拿去

夕光中的蝙蝠

在戈雅的绘画里它们给艺术家
带来了噩梦。它们上下翻飞

忽左忽右；它们窃窃私语
却从不把艺术家吵醒

说不出的快乐浮现在它们那
人类的面孔上。这些似鸟
而不是鸟的生物,浑身漆黑
与黑暗结合,似永不开花的种籽

似无望解脱的精灵
盲目,凶残,被意志引导
有时又倒挂在枝丫上
似片片枯叶,令人哀悯

而在其他故事里,它们在
潮湿的岩穴里栖身
太阳落山是它们出行的时刻
觅食,生育,然后无影无踪

它们会强拉一个梦游人入伙
它们会夺下他手中的火把将它熄灭
它们也会赶走一只入侵的狼
让它跌落山谷,无话可说

在夜晚,如果有孩子迟迟不睡
那定是由于一只蝙蝠
躲过了守夜人酸疼的眼睛

来到附近,向他讲述命运

一只,两只,三只蝙蝠
没有财产,没有家园,怎能给人
带来福祉?月亮的盈亏退尽了它们的
羽毛;它们是丑陋的,也是无名的

它们的铁石心肠从未使我动心
直到有一个夏季黄昏
我路过旧居时看到一群玩耍的孩子
看到更多的蝙蝠在他们头顶翻飞

夕光在胡同里布下了阴影
也为那些蝙蝠镀上了金衣
它们翻飞在那油漆剥落的街门外
对于命运却沉默不语

在古老的事物中,一只蝙蝠
正是一种怀念。它们闲暇的姿态
挽留了我,使我久久停留
在那片城区,在我长大的胡同里

1991. 2

虚构的家谱

以梦的形式,以朝代的形式
时间穿过我的躯体。时间像一盒火柴
有时会突然全部燃烧
我分明看到一条大河无始无终
一盏盏灯,照亮那些幽影幢幢的河畔城

我来到世间定有些缘由
我的手脚是以谁的手脚为原型?
一只鸟落在我的头顶,以为我是岩石
如果我将它挥去,它又会落向
谁的头顶,并回头张望我的行踪?

一盏盏灯,照亮那些幽影幢幢的河畔城
一些闲话被埋葬于夜晚的箫声
繁衍。繁衍。家谱被续写
生命的铁链哗哗作响
谁将最终沉默,作为它的结束?

我看到我皱纹满脸的老父亲
渐渐和这个国家融为一体
很难说我不是他:谨慎的性格
使他一生平安;很难说

他不是代替我忙于生计,委曲逢迎

他很少谈及我的祖父。我只约略记得
一个老人在烟草中和进昂贵的香油
遥远的夏季,一个老人被往事纠缠
上溯300年是几个男人在豪饮
上溯3000年是一家数口在耕种

从大海的一滴水到山东一个小小的村落
从江苏一份薄产到今夜我的台灯
那么多人活着:文盲、秀才、
土匪、小业主……什么样的婚姻
传下了我?我是否游荡过汉代的皇宫?

一个个刀剑之夜、贩运之夜
死亡也未能阻止喘息的黎明
我虚构出众多祖先的名字,逐一呼喊
总能听到一些声音在应答;但我
看不见他们,就像我看不见自己的面孔

1993.9

降 落

飞越上帝的山脉、峡谷、星星点灯的

废墟、猫头鹰出没的坟冢，
你将降落如同一个灵魂降生，
从星辰的高度，带着另一个世界
理想的毒素，你将降落到一种命运当中。

上升的太阳甩下乌云般破败的屋舍，
忧患的城市黑夜过后必是一片鸟鸣。
满树的喜鹊，满河的污水
这是某些人的异乡、某些人的故土。
你将降落，回忆起你的出发——

能够记住的东西并不一定值得记住。
正是凡俗的世界给你以教训。
但即使最严酷的律法也会给生存
留有余地；你会被恶狗咬上一口
但和旧情相比这只是区区小事。

你必须有一个去处，有一个亲人，
你必须有一个名字，好生活在风沙之中。
一个有人居住的地方：一种语言，
一种类型的面孔。你小心避开的人群
将会要求打开你的箱子。

降落。跑道清洁。而那些惦念着起飞的
铁鸟，正在酝酿着它们的怒吼。
你松开安全带，看见了大地上的
第一个人：他刚刚醒来，

把运货小卡车开到飞机的尾部。

1995.7

恩 雅*

恩雅,你在屋檐下歌唱,就有人在天空
响应你的歌声;你在电车上歌唱
就有人追着电车狂奔,忘记了
好人应该回家,度过安分守己的一生

在你的歌声里,石头上涌出了泉水
肉体中伸展开枝丫。一堆堆篝火
像你一样变成蓝色,而蓝色的你
汗水干透,途遇财宝而不知

你唱出了一头饮水的豹子
你唱出了月亮和她的白血病
那些没有女儿的银行家忽然深感遗憾
因为你唱出了一个改邪归正的男人

---

* 恩雅,爱尔兰女歌手。——原注

张开嘴唇的花蕾把爱简化到沉默
可是恩雅,你动情歌唱的嘴唇谁敢亲吻?
你动情歌唱出的话语有了魔力
让一只深埋于粪土的马蹄铁焕发生命

你唱出了一株羊齿草的思想
于是你自己就变成这株羊齿草
被一个梦游人冰凉的脚丫践踏,却又被
一只羊羔扶起,犹豫再三舍不得吃掉

1995

重读博尔赫斯诗歌
——给 Anne

这精确的陈述出自全部混乱的过去
这纯净的力量,像水龙头滴水的节奏
注释出历史的缺失
我因触及星光而将黑夜留给大地
黑夜舔着大地的裂纹:那分岔的记忆

无人是一个人,乌有之乡是一个地方
一个无人在乌有之乡写下这些
需要我在阴影中辨认的诗句

我放弃在尘世中寻找作者，抬头望见
一个图书管理员，懒散地，仅仅为了生计
而维护着书籍和宇宙的秩序

              1997. 1

黄灿然
(1963年生)

出生于福建泉州，1978年移居香港，1988年毕业于广州暨南大学，现为香港《大公报》国际新闻编辑。黄灿然早期作品具有纯净的抒情和冥想气质，后来的写作常以市民的视角展开，逐渐收拢于特定的香港城市经验。由于长年在报社上夜班，他习惯了昼伏夜出，生活节奏与常人颠倒，与此相关，其诗也多取材于上下班途中的观察与感受，在地铁、巴士、公园等特定场景，细腻地刻画、反省身边的人情与世态。黄灿然的语言简洁、朴实，写诗的过程像与朋友拉杂谈天，其间又常常夹带丝丝温情及宽容的幽默感，使人感觉日常生活也可能包含了"奇迹"，正是这些微小的"奇迹"，连通了自我、世界及他人。在最近的作品中，他又试图摆脱迂回的修辞，追求一种表达上的率直，无论怎样变化，对生活内在伦理维度的关注，是他诗歌的基本底色。写诗之外，黄灿然还从事诗歌评论及翻译，著有评论集和外国诗歌译著多种。

出版诗集：

《世界的隐喻》，北京：文化艺术出版社，1998年。
《游泳池畔的冥想》，北京：中国工人出版社，2000年。
《我的灵魂》，重庆大学出版社，2011年。
《奇迹集》，广东人民出版社，2012年。
另著有评论集《必要的角度》、《在两大传统的阴影下》、《格拉斯的烟斗》，以及翻译集《巴列霍诗选》、《聂鲁达诗选》、《卡瓦菲斯诗集》、《里尔克诗选》、《见证与愉悦——当代外国作家文选》等多种。

小鼬鼠

你小鼬鼠的目光掩映在兰桂坊
华洋混杂的夏夜气氛中,在那里
人们站着或坐着,在"素尔"啤酒
和"佩里耶"矿泉水瓶的陈列中
遗忘彼此的身份,却又牢记着
心中那个不易辨认的小愿望。
想到家,想到前途,想到
不敢想的异国,或中国,或青春,
你便会感到阵阵莫名的失落,或
(后来你说)不知所措。你曾
委婉地把左手放在我的右肘上。
我没有作什么表示,而是除下眼镜,
向侍者要来纸绢拭擦。遗憾
已经来不及,一年已经过去,
我不知道你身在何处,夏夜
闷燃着,又该倒出潺潺的
啤酒和矿泉水。一颗星,
一缸鲤鱼,一片芭蕉叶——
它们提醒我:细节并不重要,
夏夜也不,兰桂坊也不。

(1996)

旅 行

把笔记本插在背囊最方便取出的边袋,
盛夏的旅行者心怀远方,心猿意马:
他想把他看到的看成他想看到的,
阳光在脊骨缝里闪耀,像一根刺。

在月光下,在江边,晚风夹着柳叶,
把初夏抚弄得如同初春,吐出芬芳的处女;
交通警察用敬礼的右手扶正墨镜
——对他来说,黑夜可能也是白天。

而城市站在高处,眺望乡村的槐树,
旅行者通过它的眼睛看到自己的根;
他打开三星级宾馆的铝窗,俯视街景
——对他来说,散心可能也是伤心。

致港务长

你的名字有一种裹着薄雾的感觉,
在一个烟雨迷朦的早晨:忧郁的船体

像人群一样穿行于你帽檐阴影下
寂寞的视野——女儿明亮的眼睛

从远方望着你和你的灰色楼房:
我从远方望着你们,仿佛
我是她的情人,在背后看她时
有一种被她抛弃的感觉。而我向往的

是你的梦想和历史,你潮湿的衣领
磨损的边缘:我从远方望着你
和你那座凝视大海的灰色楼房——
它的根伸入水底,诅咒陆地。

静水深流

我认识一个人,他十九岁时深爱过,
在三个月里深爱过一个女人,
但那是一种不可能的爱,一种
一日天堂十日地狱的爱　从此
他浪迹天涯,在所到之处待上几个月
没有再爱过别的女人,因为她们
最多也只是可爱、可能爱的;
他不再有痛苦或烦恼,因为没有痛苦或烦恼

及得上他的地狱的十分之一,
他也不再有幸福或欢乐,追求或成就,因为没有什么
及得上他的天堂的十分之一,
唯有一片持续而低沉的悲伤
在他生命底下延伸,
    像静水深流
他觉得他这一生只活过三个月,
它像一个旋涡,而别的日子像开阔的水域
围绕着那旋涡流动,被那旋涡吞没
他跟我说这个故事的时候,
是一个临时海员,有一个户外的酒吧
我在想,多迷人的故事呵,
他一生只开了一个洞,不像别人,
不像我们,一生千疮百孔

鸿 鸿
（1964年生）

本名阎鸿亚，祖籍山东，生于台湾台南，"国立艺术学院"戏剧系毕业，多年来活跃于小剧场、电影界和诗坛，并在台北艺术大学戏剧系任教。电影代表作包括剧情片《三橘之恋》、《人间喜剧》、《空中花园》、《穿墙人》，以及许多纪录片，多次在国际影展演出获奖。1991年鸿鸿与杨德昌等合写的电影剧本《牯岭街少年杀人事件》，获得金马奖最佳原著剧本奖。

鸿鸿少年时代即开始写诗。20世纪80年代曾主编复刊的《现代诗》，2002年起和夏宇、零雨、曾淑美、翁文娴等合办不定期的《现在诗》诗刊，2008年独立创办《卫生纸+》杂志，刊登诗、剧本、评论等。2004—2008年，2011—2013年担任台北诗歌节主办人。

鸿鸿的诗在平实的语言后面充满着瑰奇的想象力和素朴的感情。《城市动物园》里寻找同类的大象，最终绝望地死在气象台的楼顶。大象的"象"和想像的"像"来自同一字源，暗示现代文明里想象力的不受重视，正如城市人对大象的视而不见，终至它孤独地死去。同一组诗里的馋猪充满了活力、适应力、好奇心，但是它逃不过被做成肉酱罐头的命运。结语："生活中的一点惊讶／自此也随之消失"点出组诗的寓言主题。如果鸿鸿早期的作品带着童趣和浪漫，稍后的《花莲赞美诗》讽刺城市人在追求世外桃源的过程中不自觉地破坏了自然环境。这类现实议题在鸿鸿近年来的作品里比重日增。身为一位公众知识分子，他通过诗和抗议活动表达了对多种社会政治议题的关怀，不仅限于台湾本土（如反核），也放眼国际（如被压迫的少数民族）。《土制炸弹》谴责世界史上的种种不公，将被压迫的族群比喻为幼小无助的孤儿，他们的愤怒终将爆发。

出版诗集：

《黑暗中的音乐》，台北：曼陀罗创意工作室，1990 年。

《在旅行中回忆上一次旅行》，台北：唐山出版社，1996 年。

《与我无关的东西》，台北：鸿鸿出版，2001 年。

《土制炸弹》，台北：黑眼睛文化事业有限公司，2006 年。

《女孩马力与壁拔少年》，台北：黑眼睛文化事业有限公司，2009 年。

《仁爱路犁田》，台北：黑眼睛文化事业有限公司，2012 年。

城市动物园（选二）

1 独象
粗的
大的
模糊的
　　　一只
象

穿过城市
以雾的
方式

它轻轻抚触
每一件事物
但我们没有察知
它走后
才看到墙上留下的
印子

痕迹消隐
我们也就忘记
后来发现气象台楼顶
它的尸体

才知道它一直站在那里
等候着它的族群

2 馋猪

从养畜场逃逸后
就一直在垃圾堆讨生涯

后来乃直接进出医院
夺取食物

偶尔看到它在十字路口急窜
在小学厕所酣眠
在博物馆中游览
瞪着红眼
垂涎欲滴
我们都略感惊讶

可是啊
它也终究被逮住了
盖上红章
碾成碎屑
填入罐头
和它的同伴一样
分送到城市各处的超级商场

我们吃着餐桌上的肉酱

生活中的一点惊讶
自此也随之消失

与我无关的东西

如果我认识一个盛水果的钵它会是一个我所喜爱的钵
我喜爱它的透明将水果变形
我喜爱它摆在我的桌上尽管这是一张书桌
我喜爱它盛着各种颜色的水果有些新鲜有些摆得太久而不管吃不吃
水果组合的形状美妙或突兀
钵都无知地承受着
我喜爱它的无知
如果我认识一支表我会喜爱这支表
我喜爱长条形的表带被圆形的表面所打断
我喜爱它软趴趴贴在桌面上难以想象它箍紧手腕的神
　气模样
我喜爱它钉死的三根针各有各的速度原地转圈
尽管我完全不了解后面那些机械是怎么咬合
它也不了解我的生活怎么被它全盘切割
表仍无知地运转着
我喜爱它的无知

如果我认识一本字典我会不眠不休地喜爱它
喜爱它一丝不苟的排列顺序并把每一页塞得又满又紧
喜爱它叫得出一切有形无形事物的名称
喜爱它阖起时波浪般的封皮和脱线的书脊
喜爱它拥有无数钥匙却不需要锁孔也不必去开门
更不用搭理门后面是什么东西
我喜爱阅读每个陌生字眼的大量歧义从而忘却自己的
　复杂
我喜爱它的无知

（1997）

花莲赞美诗

感谢上帝赐予我们不配享有的事物：
花莲的山。夏天傍晚七点的蓝。
深沉的睡眠。时速100公里急转
所见倾斜的海面。爱
与罪。它的不义。
你的美。

新生活

架子上有三只苹果
它们让我看见海洋

我骑车到镇上带回新的面包
和鱼群一同穿过清晨的藻草

昨夜的诗集像熟睡的你
摊开在饱满完足的一页
不须增添任何一行

所以我也放下了笔
倾听潮汐在心中和后院的木瓜树中
一寸寸升高

土制炸弹

驱除红番
建立美利坚

驱除犹太人
建立德意志

驱除巴勒斯坦人
建立以色列

驱除鞑虏
建立中华

驱除所有杂质
才能提炼一首纯净的诗

那些不合韵脚的字
那些诗意薄弱的词

那些文字的尸堆
那些文字的难民营

那些文字的游击队
那些文字的反抗军

一个孤儿敲碎奶瓶
做土制炸弹

2005

诗 人 节

朗诵会上
他们在排队等杀头。一个一个
有的羞涩有的悲壮有的
死相难看。靠近些
还可以沾到飞溅的鲜血
他们抢着
死给我们看,有种骄傲
因为比所有人更早享有
身首异处的特权

我低头拨打
手机里你的号码
想证明
有的爱不必用死来收尾
有的秘密不必以鲜血表白
有的河水不必引桨横渡
即可掬饮她的美丽
(但浸湿的脚
得一整个冬天才能风干)

我同意
诗合当在黑暗里交换

音乐跟酒,电影跟黑道,诗跟情报
合当在这样寒冷的春夜
低矮的二楼
各怀鬼胎的人们
一排坐在沙发上
以物易物
钱是看不见的
钱都花光了
血是看不见的
出门前都流光了
救命的密码
藏在每个人手机里
破译完后
攻击的拦截的都已出发
诗就再也没有用武之地

2007

恋爱,但不谈恋爱

什么都不讲
只是默默排队
领取每周配给的口粮

像卷起的狗尾巴在阳光下闪亮
一个温柔的梦,一个奇迹
却不代表任何意义

像寄存在别人书包里的诗集
那些通往乐园或废墟的歧义,那些生锈的花
迟迟无法变成雪花飞落你掌心,并瞬间溶化

用整个夏天失眠
用整个秋天蹲在地上烤肉看月亮
用整个冬天度过一生

终于,我们有了整个春天恋爱
但别谈,什么都不说不写不看
春天不是读书天

2008

洛 枫
（1964年生）

本名陈少红，英文名Natalia Chan，出生于香港，获得香港大学学士及硕士，以及圣地亚哥加州大学比较文学博士，现任教于香港中文大学文化与宗教研究学系。1980年代洛枫和林夕、吴美筠、饮江等诗人合办《九分壹》。除了写诗，她的文化评论和电影研究——尤其是关于张国荣的评论——深受欢迎。

洛枫的作品以抒情为主调。《曲赋》用三个女性的古典典故写声音，不论是鸟鸣还是琵琶。结尾意象从有声归于无声："一针一针地／把锈坏的弦丝／绣进薄薄的荷包"，让人想象荷包藏了多少的寞落和凄清。《爱情连环图》别出心裁地将爱情比喻成通俗的连环图画故事：爱情是"鲜花与眼泪"，对白必须"易于记诵和感动"，你我都不过是约定俗成的"符号"而已。《自我藏尸的日子》纪念张国荣，全诗用"盒子"的封闭意象。拥挤的巴士，遵从市场法则运作的城市，车窗和报纸上图片的框框架架，都像盒子般的将人困在其中，连开放向海的港口都"逐渐收窄"。诗结尾，诗人宁愿回到内心的盒子，虽然那里黑暗无望，但是至少她可以做她自己。

出版诗集：

《距离》，香港：九分壹出版社，1988年。

《错失》，呼吸诗社，1997年。

《飞天棺材》，青文书屋，2006年。

曲 赋

是晨风[1]吗

无端拨响橘黄的窗纱

蝉薄的衣

肌骨冰寒

乌润的发骤然泻落如瀑河

你让银簪锵然着地

削葱的柔指

抚过冷硬的弦

便有高山流水

重重环绕

但剥落的栋梁

偏默然无语

是那年

京城来的女子吧

曾使沦落的青衫泣下

至今尤觉濡湿的韵句

---

[1] 晨风：诗经《秦风·晨风》："鴥彼晨风，郁彼北林。未见君子，忧心钦钦。如何如何，忘我实多。"汉魏乐府古辞《有所思》："秋风萧萧晨风飔，东方须臾高知之。"盖晨风，鸟名，即鹯，和鹞子是一类，羽毛青黄色，是一种凶猛而疾飞的鸟。

或许
相逢已成绝唱
而相识
也不过是嘈嘈切切的错弹

渔舟唱晚以后
你教细碎的时间串连
长长的关山
茫茫的月
塞外的昭君已经归来
披雪的胡裘却无人卸下
是惦记相送的叠唱
还是忘了十八是阳关

折断的银簪
枯黄的发根
一双裹着棉布的手
妆台的镜里
一针一针地
把锈坏的弦丝
绣进薄薄的荷包

爱情连环图

自遇上那天便注定
寄生人们伶俐的眼睛和舌头
像持续没有预告的连环图
—— 一切结束
　　　与开始无关

和你携手主演
空间常常无端被剪接
支离破碎的画面与布局
我的动作必须配合
情节整体的效果：
　　　不能在你没有回头的时候点头
　　　不能在你已经转身的时候弯身
你的对白也不能
逾越时间的速度
每个缓慢的表情只容许一句说话
叹号、句号或省略的记录
易于记诵和感动
逗号与冒号都是浪费篇幅的
我们的动作与对话
必须符合读者的性格和理解
爱情预设一元二次的方程式

——X是你　Y是我
　　X加Y等于鲜花与眼泪

我们定期出版消息：
　　　例如最近常常在书局见面。
　　　你曾经给我付过一次车费。
我们定期脱期
让读者制造高潮和猜疑——
　　　她的长发怎么剪断了？
　　　他的眼睛为何那么红？
我们不能控制销售的数量
正如无法禁止别人的嘴巴消费

连环图的策划者是一群敏锐的观察家
丰富的意念顺应市场的需要
替我们包装金碧辉煌的悲欢离合
涂涂画画又骗去一页空白
连环图的王国分工精密
零售的商人和读者各自负担不同的任务
巧制美妙的视觉美感
官能快感与生活利润

某天
我们也许会在报摊相遇
但不会相认
因为你我已被裱成符号

约定俗成
——开始既不轻易
　　结束更加困难

　　　　　　　　　　　　二十五、二、八八

午夜心跳
——给在天国游玩的张国荣

已经习惯夜里睡时插上耳机听歌
习惯在床上屈成蛇形的躯体不见天亮
习惯蜘蛛跟虫鸣与我何干
习惯闭上眼睛后有一个历久不散的黑点
但这夜仍被你呢喃的歌声摇醒
仍忍不住抓着悬浮的游丝追问
你离世后的日子过得怎样？
惯常只有微笑和凝视没有回应
你拨动中低音的手拉开房里犹豫的疏影
让月光漏入填满丝丝点点的空隙
你的笑和脸瞬即随半空相遇的冷暖气流
如你生前钟爱的兰花般分离聚散……
然后……再没有然后
不知不觉间闹钟用最激动的语音
送你再度远行

遗弃我于神经麻痹的边缘半身动弹不得
只能握着弯曲的足踝
那又冷又烫的电流刺痛幼细的指尖
却无法让我从陷落的床铺坐起
在重型货车驶过惹起的地面震动里
把捉自己刹那的心跳

(2006)

海 子
（1964—1989）

本名查海生，生于安徽怀宁县高河查湾的乡村。1979年就读北京大学法律系，大学期间开始写诗。毕业后任教于北京的中国政法大学。1989年3月26日，在山海关铁道卧轨自杀，年仅二十五岁。海子的诗歌写作和生命历程，在诗歌爱好者中产生了巨大反响，成为对抗物化世界的诗歌"神话"。短暂的七年写作中，留下三百多首短诗和几部长诗。抒情短诗具有单纯、质朴、流畅和充沛想象力的特征；不少作品，有抒情谣曲的风格。诗中幻象世界的营造，经常来自少年时期的乡村生活经验。村庄、月亮、麦子、少女等，在诗中成为有"原型"意味的形象。部分抒情诗，与他个人的悲剧性爱情经历有关。与1980年代诗歌的另一取向不同，他不迷信世俗化与"日常经验"，而将诗歌功能定位于复活人类文化、确立乌托邦式精神价值的抱负上。他关心、坚信的，是"那些正在消亡的而又必将在永恒的高度反射金辉的事物"（西川：《怀念》）。这一"用斧头饮水"、"在岩石上凿出窗户"的固执者，因此越来越无法消解"痛疼"的悲剧命运，逐渐放弃那种"母性、水质"的爱，而转向"父性、烈火般的复仇"。生命后期，他不满足于做一个靠天赋支持的感性诗人，而转向理想的"史诗"（"大诗"）写作，寻求感性与理性、个人体验与人类文化精神的融合，创作了被归入《太阳》总题的"七部书"（未完稿）。对这些作品，与他的挚友骆一禾的极高评价（"不是一种终结，一种挽歌，而带有朝霞艺术的性质")不同,诗歌界也有人持怀疑的态度。

出版诗集:

《土地》,沈阳:春风文艺出版社,1990年。

《海子的诗》(蓝星诗库),北京:人民文学出版社,1995年。

《海子诗全编》,西川编,上海三联出版社,1997年。

《海子诗全集》,西川编,北京:作家出版社,2009年。

亚洲铜

亚洲铜,亚洲铜
祖父死在这里,父亲死在这里,我也将死在这里
你是唯一的一块埋人的地方

亚洲铜,亚洲铜
爱怀疑和爱飞翔的是鸟,淹没一切的是海水
你的主人却是青草,住在自己细小的腰上,守住野花的
  手掌和秘密

亚洲铜,亚洲铜
看见了吗?那两只白鸽子,它是屈原遗落在沙滩上的白
  鞋子
让我们——我们和河流一起,穿上它吧

亚洲铜,亚洲铜
击鼓之后,我们把在黑暗中跳舞的心脏叫做月亮
这月亮主要由你构成

1984. 10

打 钟

打钟的声音里皇帝在恋爱
一枝火焰里
皇帝在恋爱

恋爱,印满了红铜兵器的
神秘山谷
又有大鸟扑钟
三丈三尺翅膀
三丈三尺火焰

打钟的声音里皇帝在恋爱
打钟的黄脸汉子
吐了一口鲜血
打钟,打钟
一只神秘生物
头举黄金王冠
走于大野中央

"我是你爱人
我是你敌人的女儿
我是义军的女首领
对着铜镜

反复梦见火焰"

钟声就是这枝火焰
在众人的包围中
苦心的皇帝在恋爱

1985. 5

死亡之诗（采摘葵花）
——给梵·高的小叙事诗：自杀过程

雨夜偷牛的人
爬进了我的窗户
在我做梦的身子上
采摘葵花

我仍在沉睡
在我睡梦的身子上
开放了彩色的葵花
那双采摘的手
仍像葵花田中
美丽笨拙的鸽子

雨夜偷牛的人

把我从人类
身体中偷走
我仍在沉睡
我被带到身体之外
葵花之外,我是世界上
第一头母牛(死的皇后)
我觉得自己很美
我仍在沉睡

雨夜偷牛的人
于是非常高兴
自己变成了另外的彩色母牛
在我的身体中
兴高采烈地奔跑

祖 国(或以梦为马)

我要做远方的忠诚的儿子
和物质的短暂情人
和所有以梦为马的诗人一样
我不得不和烈士和小丑走在同一道路上

万人都要将火熄灭　我一人独将此火高高举起

此火为大　开花落英于神圣的祖国
和所有以梦为马的诗人一样
我借此火得度一生的茫茫黑夜

此火为大　祖国的语言和乱石投筑的梁山城寨
以梦为上的敦煌　那七月也会寒冷的骨骼
如白雪的柴和坚硬的条条白雪　横放在众神之山
和所有以梦为马的诗人一样
我投入此火　这三者是囚禁我的灯盏　吐出光辉

万人都要从我刀口走过　去建筑祖国的语言
我甘愿一切从头开始
和所有以梦为马的诗人一样
我也愿将牢底坐穿

众神创造物中只有我最易朽　带着不可抗拒的死亡的速度
只有粮食是我珍爱　我将她紧紧抱住　抱住她在故乡生儿育女
和所有以梦为马的诗人一样
我也愿将自己埋葬在四周高高的山上　守望平静家园

面对大河我无限惭愧
我年华虚度　空有一身疲倦
和所有以梦为马的诗人一样
岁月易逝　一滴不剩　水滴中有一匹马儿一命归天

千年后如若我再生于祖国的河岸
千年后我再次拥有中国的稻田　和周天子的雪山　天
　　马踢踏
和所有以梦为马的诗人一样
我选择永恒的事业

我的事业　就是要成为太阳的一生
他从古到今——"日"——他无比辉煌无比光明
和所有以梦为马的诗人一样
最后我被黄昏的众神抬入不朽的太阳

太阳是我的名字
太阳是我的一生
太阳的山顶埋葬　诗歌的尸体——千年王国和我
骑着五千年凤凰和名字叫"马"的龙——我必将失败
但诗歌本身以太阳必将胜利

1987

面朝大海，春暖花开

从明天起，做一个幸福的人
喂马，劈柴，周游世界

从明天起,关心粮食和蔬菜
我有一所房子,面朝大海,春暖花开

从明天起,和每一个亲人通信
告诉他们我的幸福
那幸福的闪电告诉我的
我将告诉每一个人

给每一条河每一座山取一个温暖的名字
陌生人,我也为你祝福
愿你有一个灿烂的前程
愿你有情人终成眷属
愿你在尘世获得幸福
我只愿面朝大海,春暖花开

1989. 1. 13

最后一夜和第一日的献诗

今夜你的黑头发
是岩石上寂寞的黑夜
牧羊人用雪白的羊群
填满飞机场周围的黑暗

黑夜比我更早睡去
黑夜是神的伤口
你是我的伤口
羊群和花朵也是岩石的伤口

雪山　用大雪填满飞机场周围的黑暗
雪山女神吃的是野兽穿的是鲜花
今夜　九十九座雪山高出天堂
使我彻夜难眠

1989．1．16　草稿
1989．1．24　改

春天，十个海子

春天，十个海子全部复活
在光明的景色中
嘲笑这一个野蛮而悲伤的海子
你这么长久地沉睡究竟为了什么？

春天，十个海子低低地怒吼
围着你和我跳舞，唱歌
扯乱你的黑头发，骑上你飞奔而去，尘土飞扬
你被劈开的疼痛在大地弥漫

在春天，野蛮而悲伤的海子
就剩下这一个，最后一个
这是一个黑夜的孩子，沉浸于冬天，倾心死亡
不能自拔，热爱着空虚而寒冷的乡村

那里的谷物高高堆起，遮住了窗户
他们把一半用于一家六口人的嘴，吃和胃
一半用于农业，他们自己的繁殖
大风从东刮到西，从北刮到南，无视黑夜和黎明
你所说的曙光究竟是什么意思

1989. 3. 14凌晨3点——4点

臧 棣
（1964年生）

本名臧力，生于北京，1983年考入北京大学中文系，1997年毕业，获得博士学位，现任教于北京大学中文系。臧棣的诗，以技艺精湛著称，他善于从具体的、微观的生活情境出发，将强大的思辨能力，引申为一种敏锐、广泛的感受力，一种在不同经验质料之间发现关联的想象力。通过推论、转喻、类比、递进等方式，在他的笔下，每个句子都像一只打开的魔术盒子，包含了不断的惊喜，从而唤醒读者意识中麻木的部分，恢复对生活奥秘的洞察。另外，对生活世界的广泛接纳，并没有导致诗意的芜杂和混乱，臧棣有着出色的平衡能力，经过他的语言过滤，诸多"不纯"的因素，恰恰可以服务于某种"纯诗"的高蹈、优雅。

当然，在这种方式的背后，隐含了他的诗学立场：除了强调诗歌"技艺"的优先性价值之外，针对现代社会"祛魅"之后的人文景观，臧棣曾反复申辩诗歌的立场就是"不祛魅"，要主动在沉闷的历史之外，去承担一种想象力的高贵。这种极具抗辩色彩的态度，也使他一次次置身于争议的焦点。作为当代最为勤奋、高产的诗歌作者，臧棣近年来又在开掘一种新的"百科全书式"的诗歌，致力于"协会"、"丛书"两个系列的书写，并积累了数量可观的作品。在"协会"、"丛书"的冠名之下，世间万物仿佛获得了新的生命，可以展现出自我多重的面目与可能。

出版诗集：

《燕园纪事》，北京：文化艺术出版社，1998年。

《风吹草动》，北京：中国工人出版社，2000年。

《新鲜的荆棘》，北京：新世界出版社，2002年。

《宇宙是扁的》，北京：作家出版社，2008年。

《未名湖》，海南出版社，2010年。

《慧根丛书》，重庆大学出版社，2011年。

猜想约瑟夫·康拉德

驶向一座近海小岛，
这渔船用它那淳朴的器官
在海面上犁出一条开花的
浅沟：精细如我们

在春天的田野里所见到的。
有风像看不见的蜂群，
沿着它透明的深度
一路嗅着。站在甲板上

我们各个都像被追逐的人
——被听不到的声音。
而实际上，在这样的航线上
度周末，"很安全"——

那临时充当导游的人
对我们当中公认最漂亮的
女性也这样说。"这样的
航线就像拉链一样准确"。

如此说来，大海的表面
可以是一床被单。蔚蓝色的

遮掩之下,睡着所有的睡;
所有的睡似乎完成了

一个无畏的大神。相形
之下,死神显得次要了。
而在平行的另一条航线上,
一群夺目的海鸥在练习

正确的发音。不知谁掷出的
易拉罐偶尔会吸引住它们。
大海的交响乐的音量
长着乌托邦的喉结:它

必须用公里(公理)来计量
作为一种唤醒,长鸣的
汽笛无济于事。某一刻
比如说在鸣笛结束的时候

一群海鸥就像一片欢呼
胜利的文字,从康拉德的
一本小说中飞出,摆脱了
印刷或历史的束缚……

(1995.9)

未名湖

虚拟的热情无法阻止它的封冻。
在冬天,它是北京的一座滑冰场,
一种不设防的公共场所:
向爱情的学院派习作敞开。

他们成双的躯体光滑,但仍然
比不上它。它是他们进入
生活前的最后一个幻想的句号,
有纯洁到无悔的气质。

它的四周有一些严肃的垂柳:
有的已绿荫密布,有的还不如
一年读过的书所垒积的高度。
它是一面镜子,却不能被

挂在房间里。它是一种仪式中
盛满的器皿所溢出的汁液;据晚报
报道:对信仰的胃病有特殊的疗效。
它禁止游泳;尽管在附近,

书籍被比喻成海洋。毋庸讳言
它是一片狭窄的水域,并因此缩短了

彼岸和此岸的距离。从远方传来的
声响，听上去像湖对岸的低年级女生

用她的大舌头朗诵不朽的雪莱。
它是我们时代的变形记的扉页插图：
犹如正视某些问题的一只独眼，
另一只为穷尽繁琐的知识已经失明。

（1995.2　1996.4）

菠　菜

美丽的菠菜不曾把你
藏在它们的绿衬衣里。
你甚至没有穿过
任何一种绿颜色的衬衣，
你回避了这样的形象；
而我能更清楚地记得
你沉默的肉体就像
一粒极端的种子。
为什么菠菜看起来
是美丽的？为什么
我知道你会想到
但不会提出这样的问题？

我冲洗菠菜时感到
它们碧绿的质量摸上去
就像是我和植物的孩子。
如此,菠菜回答了
我们怎样才能在我们的生活中
看见对他们来说
似乎并不存在的天使的问题。
菠菜的美丽是脆弱的
当我们面对一个只有五十平方米的
标准的空间时,鲜明的菠菜
是最脆弱的政治。表面上,
它们有些零乱,不易清理;
它们的美丽也可以说
是由繁琐的力量来维持的;
而它们的营养纠正了
它们的价格,不左也不右。

1997. 10

蝶恋花

你不脆弱于我的盲目。
你如花,而当我看清时
你其实更像玉;

你的本色只是不适于辉映。
你是生活的渣子,
害得我寻找了大半生。

你不畏惧于我的火焰,
你发出噼啪声时,
像是有人在给
我们的语言拔牙。
而你咬疼我时,我知道
我不只是成熟于一块肉。

你用更多的怪僻
将我的人格彻底割裂,
你认为结局中
还有被忽略的线索。
你不仅仅是尖锐于我的隐瞒,
而是尖锐于我们全体的。

你不如你的正直,
正如我不如我的老练,
我偶尔会踉跄于你的转弯不抹角。
我弄潮于你的透湿,
而你不服气,因为那里的海浪
不是被蓝色推土机推着。

你不简单于我的理想。

你不燃烧,你另有元气。
你的轮廓倔强,但也会
融解于一次哭泣。
你透明于我的模糊,
你是关于世界的印象。

你圆润于我的抚摸——
它是切线运动在引线上。
你不提问于我的几何。
你对称于我的眼花,
如此,你几乎就是我的晕眩;
我取水时,你是桌上的水晶杯。

你尝试过各种
谨慎的方法,也不妨说
你紧身于清瘦之美。
你好吃但不懒做,
你的厨艺差不多都是
跟我学的,但你更成功。

你也成功于他们的混乱,
他们的神话。你甚至
骄傲于他们的全部困惑。
你拒绝利用他们的浑水,
虽然你酷爱摸鱼。
而他们的常识,你说,呸!

你多于我的丰收,
正如你用你的本色
多于我的好色。
你似乎永远少于我的碾磨:
你是比药面更细的品质;
如果有末日,你就是根治。

你不小于一,但你
仍然是例外。你结合于
我的高大,在枝条上颤悠时
如秋风中的鸟巢。
你只是不飞。你善走极端,
好像极端也是一条旅途。

你美于不够美,
而我震惊于你的不惊人,
即使和影子相比,你也是高手。
你不花于花花世界。
你不是躺在彩旗上;
你招展,但是不迎风。

你不是在百米开外,
你就近于他们所说的远方,
而我冲刺时,发现
蝴蝶在拖我的后腿;

我忿怒于前腿同样不准确,
不能像匹马那样腾空。

1999. 11

绝对审美协会

我蹲下来,我在等
细得像鞋带的蚯蚓说话。

我的四周是没膝高的油菜地,
自行车放倒一边,我像是已无路可迷。

成年后,每个人都声言
他们没见过会说话的蚯蚓。

这世界已足够小了,但我们还是
找不到你真正想要的东西。

蚯蚓先生,你知道你最渴望得到的
是什么吗?你身上的线

看上去太短小,像是主动邀请我们
把你当成一个诱饵。

而你的身材细长,很适合在地下跳探戈。
这也是我尊敬你的地方。

我为你准备的耐心甚至超过了
我为我的生活准备的耐心。

我不介意你的性别,假如我邀请你做我的诗神,
你会在意这首诗里干净得没有一点土吗?

2005年8月

万古愁丛书

在那么多死亡中,你只爱必死。
其他的方式都不过是
把生活当成了一杆秤。其实呢,
生活得越多,背叛也就越多。
稍一掂量,诗歌就是金钱——
这也是史蒂文斯用过的办法,
为着让语言的跳板变得更具弹性。
有弹性,该硬的东西才会触及活力。
围绕物质旋转,并不可怕,
它有助于心灵形成一种新的语速。

发胖之后,你害怕你的天赋
会从黑夜的汗腺溜走。
你想戒掉用淋漓左右灿烂,
但你戒不掉。你偏爱巧克力和啤酒,
但是,天赋咸一点会更好。
莴笋炒腊肉里有诗的起点。
小辣椒尖红,样子可爱得就像是
从另一个世界里递过来的一双双小鞋。
你猜想,无穷不喜欢左派。所以说,
干什么,都难免要过绝妙这一关。
不滋味,就好像雨很大,但床单是干的。
做爱一定要做到前后矛盾,
绝不给虚无留下一点机会。
没有人能探知你的底线。
心弦已断,虎头用线一提,像豆腐。
但是你说,我知道你在说什么。
我确实说过,我可不想过于迷信——
凡不可知的,我们就该沉默。
而你只勉强赞同诗应该比宇宙要积极一点。
人不能低于沉默,诗不能低于
人中无人。从这里,心针指向现实,
一个圆出现了:凡残酷的,就不是本质。
而一个圆足以解决缥缈。
稍一滚动,丰满就变成了完满,
晃动的乳房也晃动眼前一亮。
一个圆,照看一张皮。像满月照看

大地和道德。从死亡中掉下的
一张皮，使我再次看清了你。
凡须面对的，不倾心就不可能。
而一旦倾心，万古愁便开始令深渊发痒。

阿库乌雾
（1964年生）

汉名罗庆春，生于四川省凉山彝族自治州冕宁县，1986年毕业于西南民族学院少数民族语言文学系，现任教于西南民族大学彝学学院。1984年开始发表彝文新诗，1986年后从事彝、汉双语诗歌创作。

阿库乌雾是当代彝族诗人中很优秀的一位，他深谙彝族的歌诗传统，对汉语文学和文化也有较深入的了解，有着开阔的现代文化视野。他在写作中很自觉地探索"母语文化与汉语表述方式的深层凝合"，通过创造性地运用彝族经颂、神话、史诗等传统素材，对本民族文化的当代处境展开了深具忧患意识的思考，同时也有意识地为汉语诗歌输入一种异质性，这在他使用的蜘蛛、蚯蚓、鬼蝶等原型意象，和对汉语词汇不时加以拆分重构的修辞方式中有着尤为突出的表现。阿库乌雾也主张"颠覆"和重塑母语文学传统，对民族文化的"元叙述"进行"背叛"，对进入网络时代人类生存的矛盾和困境，也有敏锐的体察。

出版诗集：
《冬天的河流》（彝文），成都：四川民族出版社，1994年。
《走出巫界》，成都出版社，1995年。
《虎迹》（彝文），成都：四川民族出版社，1998年。
《阿库乌雾诗歌选》，成都：四川民族出版社，2004年。
另出版有散文集《神巫的祝咒》。

记 忆

雷击的古松腐朽前久久地站立
在一部衰竭的史诗里
我死命地吮吸最后的残血
那是怎样的残血呵
不是黑色　不是白色
更不是红色

我不敢相信
在世界的某一地
在人类生存栖身的任何方位
还会有这样玄冥的图画显示
还会流出这般古朴的
生命原初的汁液

那是雷电和雷电被缚的历史
那是六种有气血和六种
无气血的生物的世界
那是石级般铿锵的猴类谱系

无限网织的世界
那是女人跟动物私奔的世界
那是男人被任意放逐

成为兽中之兽的世界

那是生子不见父的世界

你的强大的磁力吸附着我的躯体

我的灵魂是高空落物上

永久黏滞的细羽

你枯糜的形体拒斥着我的颂辞

我的生命却经过无数次

自我发难之后

向这个日益昌盛的世界发难

唯有记忆胜过看家的猎狗

忠实而又忠实

1993年9月8日

蛛 经
——关于蜘蛛与诗人的呓语

电脑绘制出无数金色的蜘蛛

返回诗人童年的木屋

电脑脱销的日子迫近

蜘蛛无血

而蜘蛛肉丰

托梦表意

依然灵气活现

蛛多　蛛网多
道路与方向四通八达
线形的陷阱毫无破绽
人蜘蛛　气蜘蛛
语言蛛　图画蛛
诗人形同苍蝇
受困于一种成就

电网　磁网　信息网
情网　肉网　魂灵网
网状的毒汁无始无终

卷帙浩繁的国度
异类开始形成于
难以抒写的一纸空文
在全面叙述的时代
中断叙述

那些偷学汉语的少数民族
使一些汉字走向贫血
在蜘蛛的引诱下
诗人重新建立自身与语词的关系
在诗歌繁荣的时节
消灭诗歌

会令硕大的蛛卵爬满笔端

也象征一种收获

丰收的日子

可别忘了屈子

用永恒的饥饿

压迫着世界

粽子　是否是蛛卵

仍待考证

1996年10月12日

原 木

那时，城市的掌心早已成为鼠辈的巢穴。

电缆与高速公路，将鼠们的气息以梦游的方式传送到世界各地。那时——

草木皆兵呵草木皆兵！

你们以岩石般的意志负隅顽抗，因为刀耕火种，因为蛮野粗朴著称于世。

你们用木叶唱出天真的情歌，你们的性欲超凡脱俗，你们的宗教充满生殖的内涵。你们以对先祖的暗算换取子孙的繁茂。如今，你们丧失判别一切善恶的能力，你们深信生命无善无恶无枯无荣的格言，你们的语言成为经年的鸟巢，散发着衰微的死光。

刚直是你们的本性么？不！你们其实是一团弯曲盘错的藤蔓，你们的祖灵曾接受蜘蛛精血的浸透，你们惯于使用网络谱系的方式在大地上延伸属于你们自己的方位。

习惯旷日持久的等待与期盼之后，你们疯狂地涌入城市，并与城市格格不入。你们与城市失去距离的同时，遭遇新的距离，你们从此完全迷失返回家园的路径。

其实，大地上并不缺乏"家园"这粒果子，只要你们仍能自在地栖居于大地这棵老树。你们足迹的深度，是从你们离弃家园那天起始；你们灵魂的高度显示在你们无所适从的那一瞬间。

你们既是原木，又是钻入木心的蛀虫！

2001年岁末于蓉南武侯祠

母 语

船体与波涛相继触礁，伤亡人数在报道途中蛀空电缆，以缆绳建造的房屋开始出游。墨砚成为历史的乳头、键盘拖出陨星长长的尾巴完成翅膀之外又一生动的象征。

湖泊以娼妇自居，河流不再单向运行，大海掀起遮天蔽日的浪花，再度装点海洋生物生生灭灭的爱情。壮美，从来就不仅仅属于人类，正如土地不仅仅为耕耘而存在。

从"apkup vyt vy"到"阿库乌雾"再到"罗庆春"，

我的姓名的链环锈迹斑斑。温泉、血灾、模型、性竞技场、胎盘膏、基因、克隆，……养育生命的母语，衍生历史的母语；花开不败的母语，果实累累的母语；血肉模糊的母语，蚕食他人最终自我泯灭的母语！……

意念、方音、性潮、篝火，灵魂之翅跋涉于沙化之途程，坚执的躯壳注满泥砾，毛发脱落，毁林垦荒，火炬手与奥林匹克寿衣，术士与巫师同声祈祷：河床啊河床。

母语的灵柩通过城市下水道，进入网络中心。我的梦天彩旗飘飘……据悉，电脑终极康复软件在异地开发成功！

2002年3月26日凌晨

雷平阳
（1966年生）

生于云南昭通，1985年毕业于昭通师专中文系，现居昆明，供职于云南省文联。1990年代以来，"叙事性"已成为当代诗歌一个重要的特征，雷平阳的写作也不乏叙事的因素，"关心细小的事物对灵魂的影响"，但似乎又不是上述"风尚"影响的产物。事实上，聚焦于特定的地域经验，雷平阳的写法接近于某种"地方志"的传统，总是绕不开山水、密林、寺庙、虫鸣、父亲、墓地、疼痛、敬畏等关键词，他的诗也像一座博物馆，容纳了云南及周边地区的自然、风物、人事。突出的主题设定，往往会与一些既定的抒情模式相关，雷平阳却总能突破这些模式，旁逸斜出，灵活地写出各种生存的情态。在部分诗作中，他还会将平凡的事物纳入到一种神异的、超自然的气氛中，在空间的腾挪转化中，在自然和往事的重叠中，营造出一种丰厚的历史感。2000年之后，这种浓郁的地域色彩，使他受到了较为广泛的关注，甚至被看作是某种诗歌向度的代表。写诗之外，雷平阳还致力于散文创作，出版的多部作品，也大多与云南的风物相关。

出版诗集：

《雷平阳诗选》，武汉：长江文艺出版社，2006年。

《云南记》，武汉：长江文艺出版社，2009年。

另著有散文集《风中的群山》、《云南黄昏的秩序》、《像袋鼠一样奔跑》、《我的云南血统》、《大地有多重》、《雷平阳散文选集》等。

杀狗的过程

这应该是杀狗的
唯一方式。今天早上 10 点 25 分
在金鼎山农贸市场 3 单元
靠南的最后一个铺面前的空地上
一条狗依偎在主人的脚边,它抬着头
望着繁忙的交易区。偶尔,伸出
长长的舌头,舔一下主人的裤管
主人也用手抚摸着它的头
仿佛在为远行的孩子理顺衣领
可是,这温暖的场景并没有持续多久
主人将它的头揽进怀里
一张长长的刀叶就送进了
它的脖子。它叫着,脖子上
像系上了一条红领巾,迅速地
蹿到了店铺旁的柴堆里……
主人向它招了招手,它又爬了回来
继续依偎在主人的脚边,身体
有些抖。主人又摸了摸它的头
仿佛为受伤的孩子,清洗疤痕
但是,这也是一瞬而逝的温情
主人的刀,再一次戳进了它的脖子
力道和位置,与前次毫无区别

它叫着,脖子上像插上了
一杆红颜色的小旗子,力不从心地
蹿到了店铺旁的柴堆里
主人向它招了招手,它又爬了回来
——如此重复了5次,它才死在
爬向主人的路上。它的血迹
让它体味到了消亡的魔力
11点20分,主人开始叫卖
因为等待,许多围观的人
还在谈论着它一次比一次减少
的抖,和它那痉挛的脊背
说它像一个回家奔丧的游子

集体主义的虫叫

窃窃私语或鼓腹而鸣,整座森林
没有留下一丝空余。唯一听出的是青蛙
它们身体大一点,离人近一点
叫声,相对也更有统治力
整整一个晚上,坐在树上旅馆的床上
我总是觉得,阴差阳错,自己闯入了
昆虫世界愤怒的集中营,四周
无限辽阔的四周,全部高举着密集的

努力张大的嘴,眼睛圆睁,胸怀起伏
叫,是大叫,恶狠狠地叫,叫声里
翻飞着带出的心肝和肺。我多次
打开房门,走到外面,想知道
除了蛙,都是些什么在叫,为什么
要这么叫。黑黝黝的森林、夜幕
都由叫声组成,而我休想
在一根树枝上,找到一个叫声的发源地
尽管这根树枝,它的每张叶子,上面
都掉满了舌头和牙齿。我不认为
那是静谧,也非天籁,排除本能
和无意识,排除个体的恐惧和集体的
焦虑,我乐于接受这样的观点:森林
太大,太黑,每只虫子,只有叫
才能明确自己的身份,也才能
传达自己所在位置。天亮了
虫声式微,离开旅馆的时候,我听到了
一声接一声的猿啼。这些伟大的
体操运动员,在林间,腾挪,飞纵
空翻,然后,叫,也是大叫
一样的不管不顾,一样的撕心裂肺

青蚨记

子时,市声渐息,取《搜神记》
读至青蚨,日记录之——
"青蚨似蝉而稍大,母子不离,
生于草间,如蚕,取其子,
母即飞来……"有人做过实验
把子青蚨,携至千里之外,埋于厚土
其母肯定会哀鸣而至,伏在地表
心竭而死,神圣又神秘
青蚨催生的现实主义梦境不止一种
其中一种古已有之:把青蚨母子
严格分开,分别取其血,涂于钱币
以求钱分母子。之后,用子币购物
则留母币;将母币存于银行
或投资股市,则留子币。总之
凡是花出去的钱,不分母子
都会因为母子情深而纷纷飞回
这就意味着,只要我们欲壑难填
花钱如流水,天空中,青蚨
就会飞来飞去,循环不已

碧色寨的机器

旧时代的铁,风一吹
就是一个窟窿。不知名的野花和青草
扛着它们的腿、胳膊和心脏
若获浮财,喜气洋洋,朝着天空之家
快速地运送。掉下一堆螺丝和轴承
像上帝餐桌上落下的面包屑
上帝的牙齿一直没有停过,见山
嚼山,见水嚼水,机器端上餐桌
岂有不嚼之理?旁过的小屋中
住着90岁的女人肖雅清,她曾经是
上帝的俾女。这些机器,以前
她见过它们,喷着雾汽,在上帝的眼皮下
跑来跑去。那时候,它们意味着
目标、力量和革命,压断人腰
也用不着忏悔。肖雅清说:"我在等死,像铁
等了很久了。"她安静的力量比机器
还妖魅。是的,上帝至今
没有召回她的意思。她比铁还硬,每天还让她
爬一次山,山上埋着机器的主人——
一个法国工程师,上帝的另一个仆人
我到过那儿1910年前的教堂
上帝早就走掉了,堆着的另一些机器

似乎一直在暗中,力挺肖雅清
它们浑身抹着厚厚的黄油,知道主人是谁
却又不知道主人为何丢下它们,在哪儿闹革命

戈 麦
（1967—1991）

原名褚福军，生于黑龙江萝北县，1989年从北京大学中文系毕业后做过文学杂志编辑，1991年9月24日自沉于北京万泉河。1987年开始写诗，在短短四年间写诗二百余首，并留下少量小说和译诗。

戈麦的诗最初追求"智慧的机锋和淳厚的情感向束"的融合，以此摆脱同时代诗歌中泛滥的抒情方式，很多诗表达了他对这个世界，对人性，也对自己的深刻的失望，有浓重的厌世色彩，在冷峻的反讽与时而流露的感伤之间，构成了一种极具张力的抒情品格。逝世前一段时间的写作更富于实验性，不仅认为"诗歌直接从属于幻想"，而且每每将语言本身作为体验的对象，在繁复致密的语象所构建的幻象性空间中，映射出超迈而动荡的精神世界。戈麦诗的主要价值之一，是他那种精神自由的渴求和对现实的尖锐感受，连通了20世纪八九十年代之交社会文化转折期人文知识者普遍的心灵境遇，在看似"不及物"的表象之下，有着痛切、感人至深的力量。

出版诗集：

《彗星：戈麦诗集》，南宁：漓江出版社，1993年。

《戈麦诗全编》，上海三联书店，1999年。

《戈麦的诗》，北京：人民文学出版社，2012年。

誓 言

好了。我现在接受全部的失败
全部的空酒瓶子和漏着小眼儿的鸡蛋
好了。我已经可以完成一次重要的分裂
仅仅一次,就可以干得异常完美

对于我们身上的补品,抽干的校样
爱情、行为、唾液和远大理想
我完全可以把它们全部煮进锅里
送给你,渴望我完全垮掉的人

但我对于我肢解后的那些零件
是给予优厚的希冀,还是颓丧的废弃
我送给你一颗米粒,好似忠告
是作为美好形成的句点还是丑恶的证明

所以,还要进行第二次分裂
瞄准遗物中我堆砌的最软弱的部分
判决——我不需要剩下的一切
哪怕第三、第四、加法和乘法

全部都扔给你。还有死鸟留下的衣裳
我同样不需要减法,以及除法

这些权利的姐妹,也同样送给你
用它们继续把我的零也给废除掉

1989年末

未来某一时刻自我的画像

不能说:这时候的我就是现在的我
一块块火红的断砖在我的身后峭立着
而我像一根一阵风就能劈倒的细木
也不能说:这时候的我就不是现在的我
一根放在厚厚的棉絮上的尺子
与棉絮被抽走后留下的长度,不同

累积病患者的需求像瓷罐中的物品
不是被拿出,而是掷进后,如今准备了结
一枚枚幽魂般的硬币,在黑暗的光中
依次走出,每一次被隐藏得很深的顾虑
如今已被纷纷抖出,像魔术师
口袋中的鸽子,纸牌和鲜花,像魔鬼

像一笔坚硬的债,我要用全部生命偿还
我手中的筹码,由于气温过高
或自身的重量,飞了起来,云一样
像顶外星人的帽子,始终盛载着

我在那里面藏匿的所有情感和欢乐
有时我能在夜极深的时刻听到里面不停地抱怨

这些运动发生的时候,帽子中空无一物
我梦中的手,现实中的银行,空无一物
这样,生命就要受到结算
草秆上悬挂的腰被火焰一劈两半
两只眼睛,一只飞在天上,一只掉进洞里
我是唯一的表演者,观众们在周围复仇似地歌唱

1990. 4. 10

那些是看不见的事物(给西渡)

那些是看不见的事物
闪光的额头、木材、大雪和谷仓,
抱着玉米熟睡的妇人,
以及她大腿内侧的光泽,
婴儿和鹿、雨水中的一座空城。
我已经成为一个盲人,
双眼被生活填满了黑暗。
可我还没有看见过那些未来的日子,
它们就像雪夜中被抽走的船板,
我踩在上面——

对于我,诗歌是,一场空!

1990. 5. 10

我们背上的污点

我们背上的污点,永远无法去除
无法把它们当做渣滓和泥土
在适当的时机,将法官去除
从此卸下这些仇视灵魂的微小颗粒

它们攀附在我们年轻的背上,像无数颗
腐烂的牙齿被塞进一张美丽的口中
阳光下,一个麻脸的孩子
鼻翼两侧现出白天精神病的光芒

我们从世人的目光里看到我们脊背后的景象
一粒粒火一样的种子种进了我们优秀的脑子
像一大群污水中发臭的鱼子,在强暴者的
注目下,灌进了一名未婚处女的河床

主啊,还要等到什么时辰
我们屈辱的生存才能拯救,还要等到
什么时日,才能洗却世人眼中的尘土
洗却剧目中我们小丑一样的厄运

1990. 6. 14

梦见美(一)

在一颗星星的肉体里,我梦见美
发亮的植物菌攀附住皓白的岩面
它们微小的胃和发甜的口腔
食物的鼓乐此起彼伏,这是岩浆的美

在一枚野杏的果仁中,我梦见美
所有的小风在秋千上摇晃
雌雄同株或雌雄异株
花的基因也是蜂的基因,这是植物的美

在一只蜗牛的体内,我梦见美
一小杯淡红色的有机物盛放着
嘴偏向一侧的帽檐一直垂到体内
像细得不能再细的鹅管,这是基因的美

在一只公蜂的舌尖上,我梦见美
含羞的顶端用蜜液刷着异性的腹部
透明的子宫,那厚厚的墙哟
更小的蜂在那里漫游,这是生命的美

在一把匕首的刀刃上,我梦见美
一滴血像一个蛛网上挣扎着的肚子

刚刚有手枪一样的嫉妒瞄准过肚脐上
十环中核心的位置，这是性别的美

在一小块荒芜的石子上，我梦见美
一只高倍望远镜斜架在日光的炉子上
像是在洞穴中，栖息的白蛾窥见了
一秒钟内钵上绘出的图影，这是艺术的美

恋人呀，在你精心雕琢的指尖上，我梦见美
那是神在我们日常生活中留下的陀螺
总是有两个不倦的身体在二十个纹蜗内不停地游
一个对另一个的记忆印在了身体的其他部位，这是
　　时光的美

瓦尔特·惠特曼，你说你在梦里梦见
我在这世上回避了什么
还能够再梦见什么
在那些深藏不露的事物上，美是怎样复生的？

　　　　　　　　　　　　　　　　1991. 3. 28

西 渡
（1967年生）

原名陈国平，生于浙江浦江，1985年考入北京大学中文系，大学毕业后长期从事图书编辑工作。大学期间开始写诗，1986年开始发表作品，1996年以后兼事诗歌批评与研究。现居北京。

西渡早年的诗受到海子诗风的影响，常以明朗纯净的语言及谣曲形式承载幻美的抒情，后来逐渐增加了冷静、沉思的成分。在一些诗中，借经典作家或神话人物，表达对一种高贵的精神价值的执守和对从事精神劳作的命运的思考。自1990年代中期起，他的写作开始转向对日常生活的诗情的发现，以冷静的叙事性手法，展现当代现实复杂细腻的肌理。这些诗，尽管与他早期诗风貌明显有异，但也有着一以贯之的连接，它们虽偶有反讽的锋芒或悲哀的音调闪现，仍然明确地表露出对生活、对不完美的世界的肯定。

出版诗集：

《雪景中的柏拉图》，北京：文化艺术出版社，1998年。
《草之家》，广州：新世界出版社，2002年。
《连心锁》，北京：中国友谊出版公司，2005年。
《鸟语林》，海口：海南出版社，2010年。

另出版有诗歌评论集和专著《守望与倾听》《灵魂的未来》《壮烈风景：骆一禾论、骆一禾海子比较论》等。

颐和园里湖观鸦

仿佛所有的树叶一齐飞到天上
仿佛所有黑袍的僧侣在天空
默诵晦暗的经文。我仰头观望
越过湖堤分割的一小片荒凉水面

在这座繁华的皇家园林之西
人迹罕至的一隅,仿佛
专为奉献给这个荒寂的冬日
头顶上盘旋不去的鸦群呼喊着

整整一个下午,我独据湖岸
我拍掌,看它们从树梢飞起
把阴郁的念头撒满晴空,仿佛
一面面地狱的账单,向人世

索要偿还。它们落下来
像是从历史学中飞出的片片灰烬
我知道它们还要在夜晚侵入
我的梦境,要求一篇颂扬黑暗的文字

一个钟表匠人的记忆

诗歌是一种慢

——臧棣

1
我们在放学路上玩着跳房子游戏
一阵风一样跑过,在拐角处
世界突然停下来碰了我一下
然后,继续加速,把我呆呆地
留在原处。从此我和一个红色的
夏天错过。一个梳羊角辫的童年
散开了。那年冬天我看见她
侧身坐在小学教师的自行车后座上
回来时她戴着大红袖章,在昂扬的
旋律中爬上重型卡车,告别童贞

2
在世界的快和我的慢之间
为观察留下了一个位置。我滞留在
阳台上或一扇窗前,其间换了几次窗户
装修工来了几次,阳台封上了
为观察带来某些不同的参照:
当锣鼓喧闹把我的玩伴分批

送往乡下,街头只剩下沉寂的阳光
仿佛在谋杀的现场,血腥的气味
多年后仍难以消除。仿佛上帝
歇业了,使我和世界产生了短暂的一致

3
几年中她回来过数次,黄昏时
悄悄蹑进后门,清晨我刚刚醒来时
匆匆离去。当她的背影从巷口消失
我猛然意识到在我和某些伟大事物
之间,始终有着无法言喻的敌意
很多年我再没见她。而我为了
在快和慢之间楔入一枚理解的钉子
开始热衷于钟表的知识。在街角
出售全城最好的手艺:在我遇上
我的慢之前,那里曾是我童年的后花园

4
在我的顾客中忽然加入了一些熟悉
的脸庞,而她是最后出现的:憔悴、衰老
再一次提醒我快和慢之间的距离
为了安慰多年的心愿,我违反了职业
的习惯,拨慢了上海钻石表[1]的节奏

---

[1] 上世纪70年代,上海钻石表曾是财富、身份的标志,并被情人们当作爱情的信物。——原注

为什么世界不能再慢一点?我夜夜梦见
分针和秒针迈着芳香的节奏,应和着
一个小学女生的呼吸和心跳。而她是否听到?
玷污了职业的声誉,失去了最令人怀恋
的主顾:我多么愿意拥有一个急速的夜晚!

5

之后我只从记者的镜头里看到她
作为投资人为某座商厦剪彩,出席
颁奖仪式。真如我盗窃的机谋得逞
她在人群中楚楚动人,仿佛在倒放的
镜头中越走越近,随后是我探出舌头
突然在报上看到她死在旅馆的寝床上
死于感情破产和过量的海洛因:

       一个相当表面的解释

我知道她事实上死于透支,死于速度的衰竭
但为什么人们总是要求我为他们的
时间加速?为什么从没人要求慢一点?

6

这是我的职业生涯失败的开始
悲伤的海洛因,让我在钟表的滴答声里
闻到生石灰的气味:一个失败的匠人
我无法使人们感谢我慷慨的馈赠
在夏天爬上脚手架的顶端,在秋天
眺望:哪里是红色的童年,哪里又是

苍白的归宿？下午五点钟，在幼稚园
孩子们急速地奔向他们的父母，带着
童贞的快乐和全部的向往：从起点到终点
　　　此刻，我同意把速度加大到无限 [1]

1998. 6. 14—17

学校门口的年轻母亲

当他把你交给我的时候，你
曾是我丰盛的喜悦并使我
成长，当时我并不关心他
对你的将来是否感到忧虑。

而当我不得不把你交出去。
你却是我每日的忧愁：这个
充满疾患、灾祸和不公的人世
你要用幼小的身体一一度量。

去吧，孩子，松开妈妈的手，
去从歧视和不公中学会公正，

---

[1] 无限的速度在物理学上意味着时间的终止，对钟表匠意味着死亡。——原注

让苦难和灾祸教会你爱和同情,
从严酷的限制中拓展你的自由。

而我将一如既往地守候,即使
黑夜来临,满城升起灯火,
即使你永不归来,我从此失去你:
你就是我付出了一切的生活。

2002. 11. 02

消 息
——为林木而作

在乱哄哄的车站广场
我一边忍受人们的推挤
一边四处向人打听
一个戴荆冠的人。
人们用茫然回答我的贸然。
到处堆放的行李
把我绊倒,两个穿制服的人
粗暴地用胳膊把我挡开。
候车室里充斥着嗡嗡的废话、
遗弃的旧报纸、方便食品
和难闻的汗味儿。
谣言如蚊子逢人发表高见。

一个背着孩子的女人
反复向我伸手乞讨,
紧贴她的身后,像尾巴一样
是两个比她更肮脏的孩子。
小偷在人缝里钻来钻去。
除了他们,和蚊子
所有的人都在准备离去,
虽然他们的愿望互相指责
他们的方向互相诋毁。
入夜了,广场更加拥挤。
仍然没有消息。
变幻的时刻表上没有,
霓虹闪烁的广告牌上没有,
人们空虚的眼神中也没有。
人们打开行李,把广场
当成了临时的难民营。
只有星光,仿佛救赎
从偶然的缝隙间泄漏下来
带来远方旷野的气息。
我终于拿定主意,
在广场扎下根来,
决定用一生等候。
我仰面躺下,突然看到
星空像天使的脸
燃烧,广场顿时沸腾起来。

2009. 05. 14

桑 克
（1967年生）

原名李树权，生于黑龙江密山市。中学时代开始写诗并发表作品，1989年毕业于北京师范大学中文系，1992年起定居哈尔滨，从事报纸编辑工作至今。在写诗之余也兼事诗歌评论与翻译。

桑克写诗倡导"技术主义"，认为掌握、丰富诗歌写作的技术是当代诗人很重要的素质，这在他的诗歌中有明显的体现：对不同语体的戏仿，对微妙口吻、语气的拿捏，喜爱以戏剧化的情境达成间离抒情的效果……在活泼多样的修辞手段之下，可以看到一个机智，敏感，深具自审、自嘲意识的自我形象。对人性之恶、生命的悲剧性以及历史的黑暗的反复体味与探触，构成了这一自我形象的深度，也是他的诗中时而流露出感伤、激愤情绪的来源。在近年的诗中，戏剧化、面具化的成分有所减弱，而多了直接的，但更为复合性的抒情。

出版诗集：

《桑克诗歌》，太原：太白文艺出版社，2007年。

《桑克诗选》，武汉：长江文艺出版社，2007年。

《转台游戏》，重庆大学出版社，2011年。

《冬天的早班飞机》，北京：人民文学出版社，2012年。

另出版有译诗集《菲利普·拉金诗选》、《学术涂鸦：奥登轻体诗集》等。

雪的教育

"在东北这么多年
没见过干净的雪。
城市居民总这么沮丧。
在乡下,空地,或者森林的
树杈上,雪比矿泉水
更清洁,更有营养。
它甚至不是白的,而是
湛蓝,仿佛墨水瓶打翻
在熔炉里锻炼过一样
结实像石头,柔美像模特。
在空中的T形台上
招摇,而在山阴,它们
又比午睡的猫更安静。
风的爪子调皮地在它的脸上
留下细的纹路,它连一个身
也不会翻。而是静静地
搂着怀里的草芽
或者我们童年时代
的记忆和几近失传的游戏。
在国防公路上,它被挤压
仿佛轮胎的模块儿。
把它的嘎吱声理解成呻吟
是荒谬的。它实际上

更像一种对强制的反抗。
而我,嘟嘟囔囔,也
正有这个意思。如果
这还算一种功绩,那是因为
我始终在雪仁慈的教育下。

夜　歌

每天早晨,我都会死去。
每天午夜,我都会复活。
这时的霁虹桥,也和早晨不同。
这时的小教堂,也和早晨迥异。
我指的不仅是它的形式,
也有它丰富而深邃的内容。
我活过来,眼珠狡黠地一转。
我活过来,脚尖轻弹,在空中相互敲击。
霁虹桥,一会儿一无所有,一会儿充满亡魂。
而小教堂,一会儿生出小树,一会儿生出玫瑰。
我在街上独舞。
第一遍鸡叫,或者 Morning Call,我就死去。
绝不迟疑,死去——等着再次复活。
　　　死是容易的,复活也是。

自 慰

其实我是自由的。
随意走动,打盹,愤怒。
随时死去,上吊,割腕。
把黑暗变成鬼脸,把自己吓死。

其实我是自由的。
泪水不请自来。伤心别有颜色。
快乐的颜色。仔细看去,像一粒雀斑。
它如此有力,支撑你的脸。

其实我是自由的。
做梦,增加天气的温暖程度。
把手提起,把脚放下,像一枚羽毛
在空气中颤栗。一首诗阻挡一辆坦克。

其实我是自由的。
我背诵。我默诵。我默写。我……
我读书,我看报,我邀请
死人与活人争吵。我就站在死人这边。

2005. 2. 13　18:49

核桃树

那么遥远,莫斯科好像是已失去的青春。

——西默斯·希尼

六月是美妙的。暮春尚未湮没,
夏日既已开宴。合欢抖动
细小的羽毛;薄衫散发
诱人的香气。三三两两,走动或交谈。
吉他炫耀火焰的魅力。如果没有
足够的注释,如果不看列位的表情,
一切或许是美妙的,完美的。

我坐在核桃树下,从雅姆的雪中
探出脑袋。我面目紧张,如同
美景之中的行人。这是我的常春藤,
再过一个月,我即将与她告别。
去哪里我不知道。这是秘密
写在档案柜里的命运。痛楚而又安然,
或者称之为麻木更为妥帖。

雅姆嚼出生活的滋味。而我目睹
一架碧绿的直升机飞来。巨大的气旋
搅乱核桃叶的窃窃私语。我听见

男声呵斥,女声啜泣。我看见
飞行坚硬的曲线。舱门开启,鹅蛋
纷纷扔出,在空中爆裂,像复活节
散发黄色的烟。跑吧,拥抱吧。

琴声跟着潦草吧。我贪婪嗅着
如同跟在卡车后面追嗅汽油的童年。
我的嗜好不健康,但我喜欢——
当我醒来,我发现浓密的核桃树下
暮色翩然降临。女友坐在身边。
她抱着我的脑袋,流泪。
我说:哭什么,你瞧多么美妙的六月。

2006. 8. 13　12:03

自我鉴定

这些年,我是这样活着的:
躲闪,推诿,恰如其分的勇敢。
而真正勇敢的人全都死了。
如果把勇敢的语义抽去一部分,
那么此时此刻,我就是勇敢的化身。
勇敢地苟延残喘,勇敢地在没人的
时候嘀咕两句莎士比亚的独白。

要么李尔王，要么伊阿古。
出卖自己，或者出卖别人。
让玻璃的琴键在羊毛刷的弹奏之下
发出可耻的惊人的颂歌吧。
我不做可耻的羊毛刷，至少。
当然，我也不做可怜的玻璃。

2008. 7. 19　23:28

陈先发
（1967年生）

生于安徽桐城，1989年毕业于复旦大学，现供职于新华通讯社安徽分社。陈先发的诗，有一个较长的发展过程，依托特定的地域背景和文化传统，逐渐形成了独树一帜的风格。一般说来，他的诗不拘一格，散漫书写山水印象及世俗生活的片段，语风舒缓、平静，读起来却别有一种迂回、曲折的"理趣"，似乎有意识要在一种历史、文化的纵深中，对当下的个体生存形成绵密的关照。这种风格的取得，部分缘于他偏爱古今杂糅的跳荡视角，在经验的铺叙中，穿插文史思辨。在语言上，他也试图打破现代汉语的线性逻辑，恢复某种古汉语的缩减、柔韧，使其能自由穿插，机敏地建立关联，以求在陈旧处翻转出新意。

出版诗集：

《春天的死亡之书》，合肥：安徽文艺出版社，1994年。

《前世》，上海：复旦大学出版社，2005年。

《写碑之心》，武汉：长江文艺出版社，2011年。

另著有长篇小说《拉魂腔》。

丹青见

桤木,白松,榆树和水杉,高于接骨木,紫荆
铁皮桂和香樟。湖水被秋天挽着向上,针叶林高于
阔叶林,野杜仲高于乱蓬蓬的剑麻。如果
湖水暗涨,柞木将高于紫檀。鸟鸣,一声接一声地
溶化着。蛇的舌头如受电击,她从锁眼中窥见的桦树
高于从旋转着的玻璃中,窥见的桦树。
死人眼中的桦树,高于生者眼中的桦树。
被制成棺木的桦树,高于被制成提琴的桦树。

2004年10月

戏论关羽

月光白得,像曹营的奸细。两队人马厮杀
有人脸上,写着"死"字,潦草,还缺最后一笔。有人
  脸上
光溜溜地,却死过无数次。此战有欠风骨
因为关羽没来。他端坐镶黑边的帐篷,一册《春秋》
正读最酣处。此公煞是有趣:有人磨他的偃月刀
有人喂他的赤兔马,提刀像提墨. 只写最后一笔。

人在帐中,如种子在壳内回旋,湿淋淋地回旋,无止
　尽地
回旋。谨防种子长出地面的刀法,已经炼成,却
无人知晓。他默默接受了祖国为他杜撰的往事
嫂子爱着他,在秋后垂泪。戏子唱着他,脸上涂着油漆

2004年10月

可以缩小的棍棒

傍晚的小区。孩子们舞着
金箍棒[1]。红色的,五毛或六毛钱一根。
在这个年纪
他们自有降魔之趣

而老人们身心不定
需要红灯笼引路
把拆掉的街道逡巡一遍,祝福更多孩子
来到这个世界上

他们仍在否定。告诉孩子
棍棒可以如此之小,藏进耳朵里。

---

[1] 语出《西游记》。见第三回《四海千山皆拱伏,九幽十类尽除名》。——原注

也可以很大,搅得伪天堂不安。
互称父子又相互为敌

形而上的湖水围着
几株老柳树。也映着几处灯火。
有多少建立在玩具之上的知觉
需要在此时醒来?

傍晚的细雨覆盖了两代人。
迟钝的步子成灰。
曾记起新枝轻拂,
那遥远的欢呼声仍在湖底。

2009年3月

晚安,菊花

晚安,地底下仍醒着的人们。
当我看到电视上涌来
那么多祭祀的菊花
我立刻切断了电源——
去年此日,八万多人一下子埋进我的体内
如今我需要更多、更漫长的
一日三餐去消化你们

我深知这些火车站
铁塔
小桥
把妻子遗体绑在摩托车上的
丈夫们
乱石中只逃出了一只手的
小学生们
在湖心烧掉的白鹭,与这些白鹭构成奇特对应的
降落伞上的老兵们
形状不一的公墓
未完成的建筑们
终将溶化在我每天的小米粥里

我被迫在这小米粥中踱步
看着窗外
时刻都在抬高的湖面
我说晚安,湖面
另一个我在那边闪着臆想的白光
从体制中夺回失神的脸

我说晚安,
远未到时节的菊花。
像一根被切断电源的电线通向更隐秘的所在
在那里
我从未祈祷,也绝不相信超度

只对采集在手的事物
说声谢谢——
我深知是我亲手埋掉的你们
我深知随之而来的明日之稀

       2009年5月12日汶川地震一周年。

蓝 蓝
（1967年生）

本名胡兰兰，生于山东烟台乡村。后随父母移居河南。童年在山东、河南农村度过。先后就读深圳大学中文系和郑州大学新闻系，毕业后曾担任文学报刊编辑。1980年开始发表诗作。除诗之外，也有散文、长篇童话等作品发表。早期作品有童话气息，写对农村甜美和忧郁的记忆，语言朴素、清新，有对事物的温情、谦逊的观察和倾听，因而赋予事物以质感、温度。近年来更多切入社会生活中严峻、沉重的方面，体现了21世纪诗歌社会关怀的面向；也有部分作品捕捉女性的心灵搏动。细节的把握和内心体验，与对生存命题抽象隐喻的链接，是她诗艺追求的重要方向。

出版诗集：

《含笑终生》，天津：百花文艺出版社，1990年。

《情歌》，广州：接力出版社，1993年。

《内心生活》，沈阳：春风文艺出版社，1997年。

《睡梦睡梦》，石家庄：河北教育出版社，2003年。

另出版有《人间情书》、《滴水的书卷》、《飘零的书页》等散文集和《梦想城》、《大树快跑》、《坦克上尉歪帽子》等童话集。

在我的村庄

在我的村庄,日子过得很快
一群鸟刚飞走
另一群又飞来
风告诉头巾:
夏天就要来了。

夏天就要来了。晌午
两只鹌鹑追逐着
钻入草棵
看麦娘草在田头
守望五月孕穗的小麦
如果有谁停下来看看这些
那就是对我的疼爱

在我的村庄
烛光会为夜歌留着窗户
你可以去
因那昏暗里蔷薇的香气
因那河水
在月光下一整夜
淙潺不息

1990

野葵花

野葵花到了秋天就要被
砍下头颅。
打她身边走过的人会突然
回来。天色已近黄昏,
她的脸,随夕阳化为
金色的烟尘,
连同整个无边无际的夏天。

穿越谁?穿越荞麦花的天边?
为忧伤所掩盖的旧事,我
替谁又死了一次?

不真实的野葵花。不真实的
歌声。
扎疼我胸膛的秋风的毒刺。

1991

学习:那美和情欲的

　　那美和情欲的——

目光暧昧的轻触:槐树林的脖颈,一片
被虫子咬了缺口的叶子(大腿上
　　甜蜜的痣)　以及
几只麻雀在冬天洁白胸脯上
　　寂寥的叫声

　　那美和情欲的——
一条消失在腋窝紫色雾里的小径
背玉米的妇女额头上
　　被隐秘细尘填满的皱纹
三月,沿着芳香欲望的指引
一队蚂蚁爬出了春天的洞口

……啊,是的,我爱你白杨的身体,你迷人的
星空的嘴唇有着疯狂温存
　　永不停息的亲吻:

——那美和情欲的。

2001

火车,火车

黄昏把白昼运走。窗口从首都

摇落到华北的沉沉暮色中

……从这里,到这里。

道路击穿大地的白杨林
闪电,会跟随着雷
但我们的嘴已装上安全的消声器。

火车越过田野,这页删掉粗重脚印的纸。
我们晃动。我们也不再用言词
帮助低头的羊群,砖窑的滚滚浓烟。

轮子慢慢滑进黑夜。从这里
到这里。头顶不灭的星星
一直跟随,这场墓地漫长的送行
在我们勇气的狭窄铁轨上延伸

火车。火车。离开报纸的新闻版
驶进乡村木然的冷噤:
一个倒悬在夜空中
垂死之人的看。

2006. 12 — 2007. 9

许悔之
（1968年生）

本名许有吉，台湾桃园人，台北工专（今台北科技大学）化工科毕业。曾担任《中时晚报》、《自由时报》等副刊主编，及《联合文学》杂志及出版社总编辑，现主持有鹿文化事业有限公司和有鹿出版社。

许悔之的诗用词典雅而想象高亢狂烈。他自称"近乎佛教徒"，或者可以说他是一位精神上的信徒，对佛家哲学有深入的理解和认同。佛家说一切都是"苦空无常"，这点最具体而微地显现在肉身上。然而，没有"苦空无常"又何来慈悲大爱？没有肉身又何来舍弃觉悟？许悔之的许多诗正建立在这个吊诡上。诗人唱着"人间耽恋的歌"（《亮的天》）；他明白肉身这七情六欲的载体，上通天堂，下通地狱。他的诗也仿佛悬宕在两极之间，有一种爆发性的张力。近年来，诗人为几位佛教高僧编书出书，包括证严（慈济）法师、星云法师和果东法师的散文，亦可见证其精神取向。

出版诗集：

《阳光蜂房》，台北：尚书文化出版社，1990年。

《家族》，台北：号角出版社，1991年。

《肉身》，台北：皇冠文学出版有限公司，1993年。

《我佛莫要，为我流泪》，台北：皇冠文学出版有限公司，1994年。

《当一只鲸鱼渴望海洋》,台北:时报文化出版,1997年。
《有鹿哀愁》,台北:大田出版有限公司,2000年。
《亮的天》,台北:九歌出版社,2004年。
《遗失的哈达:许悔之有声诗集》,台北:联经出版公司,2006年。

荒废的肉体

趁我的头颅还美丽
将它砍去吧,提在手里
用力,用力地鼓击

不忍腐烂和生蛆
我荒废的肉体是这世间
被遗忘的法器

(1993)

欢 喜
——写给往生的父亲许英勇先生
  (一九四〇——一九九八)

我想,菩萨的病痊愈了
父亲,苦累到这里
终于止息
心是玛瑙,骨是黄金
眼是晶亮的琉璃
诸佛之所和风暖阳

菩萨牵着你

和风暖阳中菩萨
菩萨欢喜地牵着你
莫要回首了
若有托生
生于天上诸佛之所
于彼所在
妙乐随时响起

不再有刀兵、恶疾和恐惧
不再有飘堕、苦恼与死厄
南无释迦牟尼佛
南无地藏王菩萨
南无观世音菩萨摩诃萨
父亲你离开了
我流泪,却有说不出的欢喜

(1998)

瞬 间

飞行
在喜马拉雅的峰顶

我们巡守
瞬间
而过的一千年
飞行
再高一点
让我们结网
挡住那些从天幕中

不断坠落的星星

(1999)

香 气

握着一枝花
你来过我的房间
又走了

仅留下
淡淡的香气
此刻犹不忍散去

啊无边幸福
无间地狱

(1999)

有 鹿

天空持续燃放着
无声的火花
我们停步
牵着手
于彼大泽
和一只鹿对望
良久

有鹿
有鹿哀愁
食野之百合

(1999)

亮 的 天

昨夜我一人
被抛掷到彼处
感觉到一种
灭顶前的悲伤

我为那些被枷锁的灵魂

唱人间耽恋的歌

喑哑的他们

因之而无比轻畅

白昼之时,他们偶尔也住在

人的身体里面

活了亿万年

却长了鳃

所以无法被眼泪溺毙

明日,他们要迁移

深潜到更深更暗的梦海里

他们说蜡铸的翅膀

一样可以飞,飞向太阳

他们预言

所有认真受苦的眼泪

将汇集成为,另一座海洋

像神把虹放在云彩中

让一切有血肉的

都看见永恒的誓约

神立虹为记

他们送我到水边

祝福我将安然回到人间

他们送我,送到水边

那时才刚有,一点点亮的天

(二〇〇三年十二月二日)

唐 捐
（1968年生）

本名刘正忠，生于台湾嘉义，台湾大学文学博士，曾任《蓝星诗学》主编、《台湾诗学学刊》主编，现为台湾"清华大学"副教授。唐捐的诗，意象纷繁、形式狂放，往往变造古典，又不避污秽、屎尿，以浓稠炫目的文字，出入幽冥与人间，身体与灵魂，曾自称"像奉旨游览地狱的鸾生，一旦归来，振笔疾书；书之既毕，亟欲放空残酷的见闻而不能，惟有坐任奇景异象磨损自己的脑神经"。社会的观察、文化的思辨，以及欲望的奔突，由此不断转化为肢解、分裂、腐败的感官经验，渲染出一片暗黑又暴虐的文学景观。另外，他还擅长使用一种"庙会式文体"，吞噬古文、公文、新闻、咒符、歌词、广告、网络、武侠、文艺等多种语体，以"谐拟"的技巧撕裂又重构抒情的传统。他的名作《无血的大戮》，就与鲁迅《野草》等作品暗中勾连，会心的读者想必不难发现这一点。

出版诗集：

《意气草》，台北：诗之华出版社，1993年。

《暗中》，台北：文史哲出版社，1997年。

《无血的大戮》，台北：宝瓶文化公司，2002年。

《金臂勾》，台北：蜃楼出版公司，2011年。

《蚱哭蜢笑王子面》，台北：蜃楼出版公司，2013年。

另外有散文集《大规模的沉默》，论述《现代汉诗的魔怪书写》、《现代散文之旅》、《军旅诗人的异端性格》、《王荆公金陵诗研究》等。

无血的大戮

伪自由党主席 准风月堂堂主 降
我将开口且住口,谁将空虚或充实;
尸骨无乳幼吾幼,狗彘有嘴食人食。

天地僵持　在一场无宗旨的搏斗里
鸟在半空中冻住　没有人暗暗地死
没有人哭　哗哗跌落是千万颗好看的头颅
如狂风侵袭的果园　扣人心弦的骰子
引起一阵阵欢呼　我不禁有了沉酣的大欢喜
液态的笑声从眼眶里流出　没有人死没有人
嘤嘤地哭　这就是你常听人说的无血的大戮

（我梦见我爱过了的国度是一座设有产房的坟场,产妇们都在无声地大哭,无论怎样忍痛用力,只有枯尸从两胯间生出。我在墓地里惶惑地行走,看母亲们竭诚的哺乳。我愿意劝告她们莫要徒劳地喂养一个必死或竟已死的婴儿,却不能开口;我愿意用泪水替代她们徒劳的乳汁,却发觉自己也已经是死。）

这就是你常听人说的无血的大戮　岁月静好
　鬼酣神饱　硕鼠照样在庙堂里分赃布道

祭桌上照样卧着一头一头死不瞑目的猪
可怪是猫　还在神明的怀里快乐地吸奶
可怜是婴孩　只好到阴曹接受马面的安抚
我愿意为敌人戒酒　吞服鱼肝油
培养健康的身体　供死者安置他们的眼睛

瓶 中 婴

我再也不退出我黑暗的运命
浸泡着蚀骨的音乐
如瓶中婴，沉潜于某种独享的福马林。
我将继续默诵徒劳的符咒
以麻痹我对鬼神过盛的敬懔
如瓶中婴，用幻象哺乳自己的脑神经。

我再也不介入我痉挛的人生
闭锁门窗，如一座冰箱
用全身的肌肉冰住一颗火热的心。
我将继续默诵徒劳的符咒
十二个疯子在敲我的门
我将模仿慈悲的佛像，不闻亦不问。

我再也不爱，除非，我再也不恨

像此间最最资深的婴孩
吸奶一样,吸着世人捐赠的悲哀
我将继续默诵徒劳的符咒
像被群众唾弃的候选人
不断地对蟑螂壁虎蚂蚁发表演说

像瓶中婴
用纯真的笑容包裹腐烂的魂灵

像凝立的陀螺
用根部挺着旋转不休的地球

我的弟弟是狼人

不安的少年骑上不爽的机器狼
离开荒凉的城都来到繁华的草原
向前狂奔:130,150,170 km/hr……
啊,神经的末梢已悄悄钻入电瓶
他刚刚成熟的性器和灼热的火星塞
一起冒火。不安的血和不爽的油
以旷男怨女的姿态,激烈地交流
当时水里浸泡着一对明月,苍白肥肿
如溺者的乳房。于是他的心里开始

发毛脸上发毛胯下发毛胸腔发毛发毛
190，210，230 km/hr……他低俯上身
双腿夹得紧紧，不断挺进挺进
直到身体一时时陷落。嗷—呜——
天摇地颤，草原上涌出亢奋的野火

错　过

我已经错过了
许多大大小小的伤亡：危楼、玻璃碎片
明箭与暗枪、无关痛痒的交谈……
我也曾上下求索
如野雁徘徊于旷漠的天空
追逐一支剧毒的矢镞，如蚯蚓
钻出阴寒的黄泉
苦苦哀求一株仙人掌用力用力套弄它
使它亢奋、流血、死亡
——但我终于错过了
如蚊蚋将坚挺的口器
插入观音的圣像，拼命地吸吮再吸吮
终于
被檀香迷昏。隔日醒来
感到前所未有的羞愧与怅惘

哎
我错过了致命的一掌
错过了血腥与泪光
错过了被死神捉拿的机会
且将持续地错过　错过

陈 灭
（1969 年生）

本名陈智德，出生于香港，中学后赴台就读于东海大学中文系，回港在岭南大学获得中文系硕士和博士学位，现任香港教育学院中文系助理教授。

1990 年代陈灭参与《呼吸》、《诗潮》等诗刊的创办。除了创作，他也是一位重要的诗评家和编辑。他的评论涵括整段现代汉诗史，诗选则以香港本土为重点，梳理香港新诗的演变，让中国文学史更加完整。不论是诗还是评论，陈灭表现一贯缜密的思考和细腻的分析。他的诗常流露出"人群中的孤独"。在香港这个先进发达的国际都市，诗人看到的是繁华后面的荒谬，热闹后面的空虚。市场是唯一的游戏规则，简单的反抗或短暂的愤怒都拿它无可奈何，因为它已渗透日常生活的运作模式：信用卡、利息、预缴、透支……在这里文学是卖不出去的叉烧，而"税单就是诗歌"（《市场，去死吧！》）。在一个讲究高速度高效率的社会，诗人反其向而行，将注意力投向"低保真"和垃圾："垃圾也称自己为垃圾吗？""垃圾要在垃圾堆中／编辑自己的垃圾选集"（《垃圾研究》）。读者与诗人会心地一笑，也难免不带着一丝苦涩吧！

出版诗集：

《单声道》，香港：东岸书店，2002 年。

《低保真》，香港：麦穗出版有限公司，2004 年。

《市场，去死吧！》，香港：麦穗出版有限公司，2008 年。

Lo-fi

只是一道幽暗的阶梯,如果有人相信
两旁就会响起音乐那浮动的声响
像梯间昏暗得随时会离开原位的灯泡
它真是一盏灯吗?梯间多杂声的音乐
低保真的音响没有人怀疑那真确

转一个弯就到了,我的家
却是另一层楼的同一位置
暗绿色的铁闸前有犬吠
和青灰色的人影良久没有移动
没有消失。那真是一个人吗?

这就是了我淡青色的铁闸
我那唱机一样孤僻的家
每次我还未放下唱针
唱片已自行播放至跳线那一段
歌词在断续中透露它原有的意义

如果有一场暴雨在屋内
或者可以阻挡这行进中的房子
我还未翻开,手上那本书已读完
新闻未发生,报道员就讲述完了

我还未躺下就已天亮,还未拿起笔

就已填满了"我"字,多无聊
调大声一些再一些那老旧的扩音箱
每次重播之前总听见新的杂音
在巨大的失真中保留了一点仅余的原样
逐渐盖过原样自以为全部的声响

再一次,旋转唱片回到原处
播出远处的歌声,几乎听不见
腐朽的旧物还有一处比今日还新
真想知道尚未发生的下一分钟
真的想知道?放下磨损的唱针

播出缓慢的什么还有录音带
从沙哑的开端转动出十数个夜,每一次
总等待那一再翻录的下一分钟
听罢这首歌就好好地休息吧熄去灯
空白录音中有风,继续翻起窗帘

(24,07,2001)

强迫性购物症

商场电楼梯逐半音攀升

提高腔调的热烈惧怖,货品
人流。每一家店铺
倾泻而下的溪流
现在缓慢下去,生活
燃烧自己的叶片
站立在橱窗的火焰树,移动了
淘出所有的没有,却仍是有
亏空了世界还要向世界追讨

商场电楼梯的半音全滑落
他的工作才刚开展,到处
到处都有可以拥有的光
转一个弯就看见旋转木马
另一边有人搅动甜味的棉花糖
布幔后放映电影,缭绕烟雾
强光照射出街道、汽车、大厦
一个真实的世界

跳着慢三步的买卖,这世界
转了一个圈再一个圈
亏负了人群还要向人群讨债
以半音建筑的商场内
只有他感到昂扬又惧怖
人流随电楼梯攀升又倾泻,到处
到处是嫁娶又似送丧的行列
盛大又零落,热烈而孤单

现在缓慢下去,凝固了
只有他回复了自己固有速度
淘出所有的没有,却仍是有
亏空了世界还要向世界追讨

(20, 07, 2003)

废墟码头

是生活还是世界以恒久的耐性拍打
我们内心坚固而幽隐的码头?
潮退时露出了历史,是更深的伤痕
前进时潮涨,教我们又再退后
谁人扑通一声引身入海?
谁到沉没的船舱寻访失散的灵魂?

海水凝结了时流,只涌动渡海泳者
来自那同样涌动的年代,远远就能看见
盐味的海风带他们到终点那隐约的码头
把皇后的名字,逐一置换成自己的名字

从码头上岸的渡海泳者都湿透了
码头却即将干涸,海港蒸发了一部分
包装成蒸馏水,可以批发可以零售

到最后海水还真的凝结了时流
经过商场到干涸的码头上岸
只见一尊一尊渡海泳者铜像、自决者铜像以及
不由自主者铜像,墓碑一般的广场
无水之岸只停泊一叶无水之舟
城市从自我认定的沙漠里,干枯为真的沙漠

沙粒会否在大海飘浮,在岸边积聚?
小孩把沙粒又再堆砌成一座一座城堡
那理想,那以水和沙建造的乌托邦
什么记忆,什么集体组合的岛
我们十年积累的生活,像参加比赛
颁奖台上一次又一次的倒数
像积木,像由下而上的历史
那么随手一挥就推倒

(2007)

市场,去死吧!

家具首先被摧毁继而是家
桌椅与层架拆解变作的木条
好像老却的韶华在破镜中分散
接近了本源反倒认不出原样

空屋、荒地与一切逝者——认得
两眼朝贪恋的所在如放映幻灯

演说首先播放继而是它的市场
人们按指示收听又设法理解
最后自己变作巍巍的语言上路
谁人忽然晓得了愤怒
转眼又被愤怒的对象驯服

教师成为烧味斩件悬挂着
学生是产品这观念已过时
要度过今天首先要预缴部分
剩余的灵魂回程时再回赠给你

失去了信用唯有用信念支付利息
信念我了解但什么是利息？是怎么计算的？
还有月费、按金、罚款和成本效益
账单总充满诗意，而税单就是诗歌
为什么不问什么是生活？是怎么计算的？

市场去死吧但市场转瞬又反弹
所有坏消息市场都消化了
文学是卖不出的叉烧很容易理解
但什么是荒谬？是怎么计算的？
市场去死吧但市场反复偏软又向上
只有预缴已经透支的生命

惚恍身躯经过入闸机时好像听见
市场,去死吧!
但市场把去死又附送两倍优惠回赠给你

朱 朱
（1969年生）

生于江苏扬州，1991年毕业于华东政法学院，做过律师，后辞职专事写作，诗和随笔之外也从事艺术策展和艺术批评。长期居住于南京，近年也在北京生活。

朱朱自视为"一个为经验所限制的观察者"，而写诗则为了能获得一种"超尘世的凝视"。他的诗语言精确、克制，节奏坚实、平缓，有着优雅、内敛、水晶般澄澈的风格。很多诗与他成长、生活于其中的南方村镇和古都南京有关，闪烁着追忆和冥想的幽微的气息。他也擅长从文学典籍或历史人物中取材，通过诗歌想象加以重构，有的显示出对民族文明及人性的批判，这在组诗《清河县》中有出色的表现。他的有些作品，则是对艺术的意义与命运的沉思。近年的诗风格有所变化，诗行更为整饬，以往富于暗示性的表达为更加硬朗的陈述所代替。

出版诗集：

《驶向另一颗星球》，香港：溢华出版社，1994年。
《枯草上的盐》，北京：人民文学出版社，2000年。
《皮箱》，南宁：广西师范大学出版社，2005年。
《故事》，上海人民出版社，2011年。

另出版有散文集《晕眩》《空城记》，艺术批评文集《个案——艺术批评中的艺术家》《一幅画的诞生》《灰色的狂欢节——2000年以来的中国当代艺术》等。

厨房之歌

多么强大的风,
从对面的群山
吹拂到厨房里悬挂的围裙上,
屋脊像一块锈蚀的钟摆跟着晃动。

我们离街上的救护车
和山前的陵墓最远,
就像爱着围裙上绣着的牡丹,
我们爱着每一幅历史的彩图。

有水壶和几瓶酒,
水分被空气偷偷吸干的梨子,
还有谦恭地邻近水管的砧板。
在日光中,
厨房像野鸭梳理自己的羽毛。

厨房多么像它的主人,
或者他的爱人消失的手。
强大的风掀开了暗橱,
又把围裙吹倒在脚边。

刮除灶台边的污垢,

盒子被秋天打开的情欲也更亮了,
我们要更镇定地往枯草上撒盐,
将胡椒拌进睡眠。

强大的风
它有一些更特殊的金子
要交给首饰匠。
我们只管在饥饿的间歇里等待,
什么该接受,什么值得细细地描画。

1998. 10

青 烟

I

清澈的刘海;
发髻盘卷,
一个标准的小妇人。
她那张椭圆的脸,像一只提前
报答了气候的水蜜桃。

她的姿势比她的发型更僵硬
(画家、摄影师,还有鸨母围绕她
摆弄很久了,往后散开

把她留在那张小桌边。)

画家开始往调色板上挤颜料。
满嘴酒气的摄影师,一边打嗝一边按动快门
那声音不是轻微如试图理解或表达的咔嚓、咔嚓,
而是像熊大嚼玉米棒子。鸨母
讪讪地,唯一要等的是支票,支票。
在楼下,受阻的嫖客撂下话,坐黄包车而去!

她必须保持她的姿势至终,
跷起腿,半转身躯,一只手肘撑在小桌子上,
手指夹住一支燃烧的香烟(烟燃尽,
有人会替她续上一支,再走开)。在屋中
摄影师走来走去,画家盯住自己的画布,
一只苍蝇想穿透玻璃飞出,最后看得她想吐。

晚上她用一条包满冰的毛巾敷住手臂。

II

第二天接着干。又坐在
小圆凳上,点起烟。画家
和她低声交谈了几句,问她的祖籍、姓名。
摄影师没有来,也许不来了?
透过画家背后的窗,可以望见外滩。
江水打着木桩。一艘单桅船驶向对岸荒岛上。

某银行、先施公司和永安公司的招牌。
一辆电车在黄包车铃声里掣过。她
想起冠生园软软的坐垫,想着自己
不够浑圆的屁股,在上边翘得和黑女人一样高。
这时她忘记了自己被画着,往常般吸一口烟,

烟圈徐徐被吐出。
被挡在画架后面的什么哐啷的一声。
画家黑黝黝的眼窝再次对准了她,吓了
她一跳。她低下头扯平
已经往上翻卷到大腿根的旗袍。
这一天过得快多了。

Ⅲ
此后几天她感觉自己
不必盛满她的那个姿势,或者
完全就让它空着。

她坐在那里,好像套着一层
表情的模壳,薄薄的,和那件青花旗袍一样,
在模壳的里边——
她已经在逛街,已经
懒洋洋地躺在了一张长榻上分开了双腿
大声地打呵欠,已经
奔跑在天边映黄了溪流的油菜田里。

摄影师又出现过一次。
把粗壮奇长的镜头伸出
皮革机身,近得几乎压在她脸上,
她顺势给他一个微笑,甜甜的。

一台电唱机:
"蔷薇蔷薇处处开";
永春和派人送来,陪伴他们的工作。

IV
她开始跑出那个模壳,
站到画家的身边打量那幅画:
画中人既像又不像她,
他在她的面颊上涂抹了太多的胭脂,
夹烟的手画得过于纤细,
他画的乳房是躲在绸衣背后而不是从那里鼓胀,
并且,他把她背影里的墙
画成一座古怪的大瀑布
僵立着但不流动。
唯独从她手指间冒起的一缕烟
真的很像在那里飘,在空气中飘。

她还发现这个画家
其实很早就画完了这幅画,
在后来很长的一段日子里,每天
他只是在不停地涂抹那缕烟。

先　驱

他们当中有一个
尽管坐在轮椅上,仍然爱咆哮,
相信自己的每句话都是真理,
相信他远在异国的公寓房
有一天仍然会成为作战指挥部,
而更多的人厌倦了在芦苇荡里
不停地躲避缉私船那强烈光束的射击。
他们想要回到大街上,回到
褪色的地图上重点一盏日常的灯,
他们回来了,在一把旧伞中
撑开童年的天空,在深夜的广场上
候鸟般啜吸记忆的水洼……
哦,缺席得太久,而舞台
已经旋转到另一边,就像冷漠的车流
悬置起天桥上的卖艺人,当
你的眼神因为没有人能从你的脸上
记起昔日的世界而变得阴郁,
当你的指控不过是喃喃自语,伴随着
空旷的楼道中某处水管的滴答声,
当敌人在时光中变得隐形,
难以从正面再遭遇——
你必须忍受遗忘如同退休者

坐在公园的长椅上凝视枯叶的飞旋，
当梦想的奖章迟迟不颁发，
当荣誉的纪念碑注定在你生前建不成，
哦，先驱，别变节在永恒之前最后的几秒。

隐 匿

（1969年生）

本名许桂芳，台湾彰化人，高职毕业，现在经营位于台北淡水的"有河 book"书店。

隐匿的诗充满对人性的敏锐观察和对世界的爱恨。她爱猫（诗人自称"猫奴"），爱自然，爱诗；恨人性的贪婪自私，恨公式化行尸走肉的生活，恨对他人但尤其是对自己的虚伪。《宠／物》组诗通过猫的冷眼旁观，颠覆人和"宠物"之间所谓主从关系。猫好比一面镜子，反射出人的疏离空虚，"乏味与狭小"；主人"四肢着地"的意象诙谐地将人"降级"为猫的同类。

从陈黎到鸿鸿，从夏宇到隐匿，我们看到台湾现代诗发展的一条重要线索。他们的语言倾向口语，嬉笑怒骂，有一份随意感。他们的题材来自日常生活，充满了一般人认为琐碎或缺乏"诗意"的细节。他们代表的是一种新的美学态度：诗不是形而上的追求，而无处不在这个形而下的世界里，类似庄子说的，道"在蝼蚁，在稊稗，在瓦甓，在尿溺"。如果他们对诗的执着，对语言和形式的种种实验，非常的现代主义，他们将诗融入生活的每一个层面，让诗自由流淌在他们的生活里，又已走出现代主义的范畴。对这些诗人来说，"诗人"似乎太沉重，甚至是个贬义词；他们宁可如隐匿说的："我选择成为一个写诗的人，而不是诗人。"（《种种选择》）

出版诗集：

《自由肉体》，台北：有河文化事业，2008年。

《没有时间足够远——有河book玻璃诗2006—2009》，台北：有河文化事业，2009年。

《怎么可能》，台北：有河文化事业，2010年。

《牢狱》，台北：有河文化事业，2012年。

独门瘦身密技

那夜送你走了以后
我又变得更瘦了
因为有一半个我
扑身向你的怀里
想跟着你回家去

宠/物（选五）

1.
不知道那是多么巨大的空无急待填补
不知道那是多么深的寂寞无助
偶尔当他热切的注视
异常温柔的抚触
我庆幸自己不会使用他的语言和文字
而他是如此地爱我
即使只为了这个缘故
他是如此地爱我

2.

虽然只是最简单的日常生活
不知道为什么
他们却无法做到
于是他们面带微笑
偕同家人与亲友一起观赏
甚至公开照片在网路上
与陌生人分享
我欢快地进食
心无旁骛地睡着
自在地跳跃或者滑倒

4.

每天当我听见巷子口的脚步声
我便站在门口仰头等待
不仅仅是食物
还有他花了一整天生产出来的
全新的牢骚与痛苦
虽然在我看来
那些和过去的并无不同
似乎他闯荡在外的那个大千世界
比我局促于内的斗室
还要乏味与狭小

6.

只有在我堆满食物的碗里
他的存在才得以确认

在我逐日累积的脂肪之中
他终于感觉到脚踏实地了
甚至可以说是四肢着地

8.
我生病的时候
他拉扯头发大声啼哭的样子
似乎显示他身上的痛苦更甚于我
然而当我死去之后
他很快找到了代替的事物
不过那其实也是我
他永远都不会知道

（2009）

写诗是可耻的

奥茨维辛之后，写诗是可耻的。
八八风灾之后，写诗是可耻的。
只要还有人饿肚子，写诗是可耻的。
跟家人借钱不还的人，写诗是可耻的。
刚刚压死了两只蚂蚁的人，写诗是可耻的。
连字都写不好的人，写诗是可耻的。
不够孤独的人，写诗是可耻的。

一再地确认了各种羞耻之后,还要写诗。

我是可耻的。

不管怎样,我要写诗。

一再地确认,我要写诗……

除了写诗的羞耻,我不愿忍受其他的羞耻。

(2010)

土地公与诗

那是一间比起一座坟来大不了多少的土地公庙。隐藏在民宅与错落的阶梯巷弄之间,冷静而清香,长年亮着两盏红色的灯光,小小的桌上有时放着七七乳加巧克力,有时是旺旺仙贝,几株鲜花。

每次抄捷径经过那里,对我来说都是莫大的安慰,尤其是因为几步之外,就是疯狂的游客人潮,卡拉OK,令人作呕、难以下咽、毫无特色的观光区的小吃。

我居住在它附近并且经常路过看望它,也有几年的时间了。虽然我没有宗教信仰,但是每次经过时心里总存有敬畏之感,不知道为什么,我相信是它在守护着这一带的居民、猫咪、河流。我总是在心里默默地对它说话,有时是愉快的问候,更多的时候却是叹息:"您可知道,我是多么的苦啊……"像这样的抱怨着,不断累积土地公的压力,却从未停下脚步祭拜,也没有拿出过即使只是一颗糖果这样的供品。

曾经有三次,我不由自主地向它许愿。三次都立即后悔了,并要求收回这三个愿望。

第一次,我祈求它让位于它左上方的一家书店继续生存。但是当我在心里说出这个愿望后却立即了解,这件事对我来说不见得是好事,因此我改口说:"算了算了,如果它要倒就倒吧,当我没说。"

第二次,我祈求它让生病的猫咪恢复健康。当我说完这个愿望我立即感到疑惑:什么时候我成了一个长寿的拥护者呢?我立即取消了这个愿望。

第三次,我祈求它让我写出真正的好诗。但是这个念头才刚刚浮现,我自己就感到毛骨悚然了‼因为我深知,每一首好诗的由来都不是什么好事:屈辱、愤怒、绝望、无法了解的悲哀、剧烈的痛苦、挣脱不掉的枷锁……难道我要祈求这些吗?噢!算了、算了,就让一切顺其自然吧!我终于发觉我是一个无法祈求任何事物的人。

我之所以不断地向诗祈求,只因它从不让我如愿。

(2010)

席亚兵
（1971年生）

陕西宝鸡县人，先后就读于南京大学社会学系和北京大学西语系，1996年参加工作，现就职于《世界博览》杂志社。作为一位"年轻"的诗人，席亚兵的写作却有着一种特殊的"老成"，没有一般文艺气质的焦躁与苦闷，而更多贴近"温柔敦厚"的诗教传统。这具体表现在，他的诗从不脱离伦常日用，多以市民牢骚、业余休闲、内地旅行等为书写对象，又擅长在文言的紧缩与白话的松弛之间，灵活地调整节奏、语气，形成一种体贴入微的观察视角，讽刺中不乏温情，节制中洋溢了自喜，使得波澜不惊的生活细节，总是与丰腴的人生相知相伴。

出版诗集：

《春日》，世界知识出版社，2008年。

生活漫议
——或为《在延安文艺座谈会上的讲话》
发表六十周年

一

如果稍做窥探，每个人都是活的。
有人坐等着收 E-mail，
有人还没有自己的电脑。
这样由以分钟计、小时计，
到以天数计、月数计，
每完成一次交往都让人情绪不稳，
发生心理异常的可能增大。

我们培养各种依赖打发时光，
不妙，这正是致命的地方。
它们会把你拧成疙瘩，
挽得不死也不易解开。
反倒这时一个没有爱好的人，
掌握了精神的修养之道。
他拥有原生态绿色精神。

二

每当生活完全正常，
标准得可用单片机运行，

那回荡在室内的叹息声
及其变种形式就会增多。
他会不相信生活将继续这样下去,
他又占卜,又猜谜,要么
就放手让这段时间自己走尽。

港台电视连续剧, for example,
满集情感涟漪,波光粼粼。
它的节奏平稳,男女主人公
性格中正,发乎情,
止乎礼,却不行,
发生了无资风流的工作青年
与幼女交往的丢脸事情。

漫 兴

前几年,我曾喝了 10 斤一桶的西南玉米酒。
今年,又有幸喝到了地道的该地米酒。
入口多半时间像矿泉水,只在末段
像淘米水。从无强烈醉感,但
饮毕即昏昏思睡,
两三日神志不能全清。

不知从何时，我知道了
什么叫酒肉不分家。
每遇荤腥，都觉无酒难下。
后来我长时间只吃小米粥，
快要吃出延安精神。
我看电视上有人喝酒就想酒，
见书上有人喝酒就想酒，
不过，一人喝酒总在少数。

古人诗云："腥膻都不食，
稍稍觉神清。"好境界。
因为老是精力不济，我常
控制逾周不沾酒肉。
但那样扶起来的精神不敢遇
半丝烦乱。毕竟，
吃得好身体才真正强健。

仿一首迪斯科

游韩数日。既归，友人谈论间问曰："如何，韩国女的？"
乃以此为题有所吟。

我爱将希望埋葬，尽管它生生不息。

爱将内心填平,它总反映出深度。
不巧言就不令色吧,直到最后一刻,
坚持没有放弃放弃的姿态。

很简单,一笔勾销。
谁叫你一开始就来自泱泱大国,
又习惯了享受它最大的不当。
全部的潜意识
要全部出场,
在这小小的汉城之夜。

釜山,庆州,济州,莫不如此。
好在我早已明确
这时候最不适合做自己的个人了。

它的灯火,沉默地编织在高窗外。
清早,曙红的天色浸透寒意。
我只使用了这中高档生活
最原始的功用。
越过最后一分钟免税店之前,
它们一直将我悬浮在空中。

最优美的最优美。
最无味的最无味。
最遥远的最遥远。
最现场的最现场。

最不该多思的最不该多思。
最可分析的最可分析。

你的容貌可堪疑点。
腔调中有双乳的软度。
你 steal my heart，
过不了几天它还会回来。
漠漠雨丝擦亮街灯，
山城巷道上攀下坠。
天亮之时天气放晴，
农舍如庙旁边停着汽车。
广阔半岛山峦起伏，
无法同时看到两边的海岸。
人们纷纷走出森林，
沿着山脚线密密地定居。
道路缠绕着山腰，生活
流通，心情波动。
秘密陷入深渊，浪漫
结成硬壳。起飞着，
一切接受学者浓缩。

这是旅游的大省、年龄、心境

远游无处不销魂。

——陆游

这是旅游的大省、年龄、心境，
都是最合适的。
它们结合的每一个视野都像
是我一定不能错过的，
每个都像对我是唯一重要的。

乘火车进入，它能将可以一次
满足我的东西重复一千遍。
新春过后的丘陵只用菜花设色，
其他地方都还发黑，展览它
口琴孔般的二层楼房。
碰上一个大矿，像巨桃
被咬去一口，露出雪白的岩芯。

等转入公路，油菜花已在几日内衰老。
萝卜花正素雅。
春光明耀，使山岭驯服，
使沿路居住的人家懒洋洋
无所事事。让我们
只顾计算道路怎样盘旋到山顶
又盘旋而下，再上，再下，
即使合着眼也觉得不会将什么遗漏。

偏远到一定程度它不通车了。
落地间我们的步履和心情开始失重。
它以前方迷人的转弯

渐渐推出宽敞平浅的田野,
垂首静立着一些嘴唇触地的牲畜。
天黑前我们只需到达那个散发着余热的村寨。
如此闲情让女人们大为伤感,
好像想到了恩爱及它的残酷。

每次我们都不信任名胜,
每次它们都是空荡荡的。
哪里想到那是群山在奔驰中
突然停住,汪洋成湖。
再被夹紧,一直向那
曲折沍寒处纵深。
枯柴般的山岩,狰狞的石穴、莽藤,
犹如进入孟夫子竖排的五古诗行间,
虚无之感我真的开始感觉到了。

蒋 浩
（1971年生）

生于重庆潼南，1992年就读于西南师范大学历史系，毕业后先后在成都、北京、海南和乌鲁木齐等地做过报刊编辑、记者，图书装帧设计，大学教师等工作。2002年起创办《新诗》丛刊。现居海口。

在年青一代诗人中，蒋浩以对诗歌技艺的多样探索见称，前后风格有过多次变化。这种变化也与他在不同地域的游历和生活相重叠，很多诗是对这些"朝向自我的旅行"的记录，也展开了对广阔空间中时代生活的精细而充满机趣的观察，其中也不乏犀利的批判。他的诗常具深厚的情感，却每多致力于捕捉词与物、经验与故实之间的往还生发，近年来又借镜于古代典籍，一方面对乐府、歌行等传统诗歌体式加以仿写，一方面尝试融入文言语汇、句法以锻炼语言筋骨，而形成某种隐约的"古意"。

出版诗集：

《修辞》，上海三联书店，2005年。
《缘木求鱼》，海口：海南出版社，2010年。
《唯物》，台北：秀威出版公司，2013年。
另出版有散文集《恐惧的断片》。

随手写下的一首诗（给晋逸）

是的，我看见的每个人都是新人。
包括从前的恋人或情敌，
他们是那么新，仿佛刚刚才开始爱。
我不对自己失望，因为我
不能保证我今爱如初。
但我还是很高兴，真心祝福他们
是一对幸福长驻的比翼鸟。
只要我努力，我确信我能天天看见他们。
我愿意我这样翩翩获救。
我想他们一定也乐意见到我，
能看见比看不见当然要好。
因此，在这里，黄昏出门散步时，
我总要沐浴更衣，像去与他俩约会。
也许从来就没人真正注意过我，
海侧视我，一瞥一瞥的浪
也不会注意我。像通常所喻，
他们也把我整洁的头发看成待栖的鸟窝？
这又有什么关系呢？
这样的发现也说不上不好。
但我到底还只是一个人呀，
怎么能忍心看不见看见呢？

2003年9月17日，海甸岛

海的形状

你每次问我海的形状时,
我都应该拎回两袋海水。
这是海的形状,像一对眼睛;
或者是眼睛看到的海的形状。
你去摸它,像是去擦拭
两滴滚烫的眼泪。
这也是海的形状。它的透明
涌自同一个更深的心灵。
即使把两袋水加一起,不影响
它的宽广。它们仍然很新鲜,
仿佛就会游出两尾非鱼。
你用它浇细沙似的面粉,
锻炼的面包,也是海的形状。
还未用利帆切开时,
已像一艘远去的轮船。
桌上剩下的这对塑料袋,
也是海的形状。在变扁,
像潮水慢慢退下了沙滩。
真正的潮水退下沙滩时,
献上的盐,也是海的形状。
你不信?我应该拎回一袋水,
一袋沙。这也是海的形状。
你肯定,否定;又不肯定,

不否定?你自己反复实验吧。
这也是你的形状。但你说,
"我只是我的形象。"

2003年10月30日,海甸岛

六月二十八日重读《海的女儿》
纪念安徒生诞辰二百周年

这海中依然有鱼、船,天空
以及它们的倒影。我脚下的
海甸岛斜入它白沙的海底,
从水面到那里,有许多教堂的
尖塔,一个一个连起来,
像松林,流水在某处拐弯
造出些波峰浪谷。裸体的
赫拉克利特王子摆弄可爱的
纹花臀部来反射夕光。

鱼通过鱼的眼睛认识人的灵魂。
大海是一瓶亮晶晶的苦药水。

我找到些礁石,在句子间,
来自地心或海底晚霞的炼狱?
夜色奇妙地把它们融为一体。

我数出十五岁,是一颗珍珠;
心碎时,轻盈如水泡。而月亮的
标题叠进书页里,无须再发明:
星星吊起海之倒影,
"每一颗眼泪都使考验
我们的日子多加一天。"

2005年6月28日,海甸岛

开封行

* * *

小会计深埋地下数米,算出今日前朝
只隔一层水泥。天子凿龙池引未来飞船
升上铁塔,裁合欢被上的云装饰桑拿。
你请,你先请。且就诗论诗,不装卫生。
三轮车停就羊肉汤,两碗烩面,一把
大蒜,偏要风流得口臭。呵呵,帝国的
酒店壁上,赵家花鸟被雕成了金凤凰。
太学边的欸乃巷羞涩地皴出胸毛和枯笔。

* * *

台还在。我来,你先来。箫管变杨柳。
冒牌的你,太白,感染我鉴天波暗自美。
等一段刹车声剥开穆桂英涂鸦的器官,

十八般武艺，二十四桥，三十六不夜天，
吹拉弹唱，此公园本是瞎子晒谱勤王？
读书人多到大梁来更衣，饮杯中酒装嫩，
解古今追抚往昔，顺手给粉颈标句读：
月满一半，阴阳脸；钟敲三声，向日葵。

* * *
御街和繁塔之间，紧缺一座幽媾樊楼？
瓶上釉，衣上钩，裸体适合出演梆子戏。
宋江更像个戴绿帽的第三者？包文正
罚倒拔的柳梢头在梦里发短信，便携式
拔毛钳清理下巴上银行的裙带；花草
在绿化带丢失了花名册。电话打通黄河。
决堤后，这里被阉割，倒悬的写字楼，
随时想从脚下舀兰汤。而冠冕大于浴缸。

* * *
这里买票，郑州上车。我赶上艳阳天。
火车有意从远处路过这里，丢下点痉挛。
排窗如麻将，揉眼眶时，掉几块青砖。
我走，你还在。掉一些书袋：中庸当然
不如左道来得右派。看看，南边朱仙，
北边陈桥，进商丘就黑面。丢了克隆的
本我，过山东时，冷汗从后背涌出了
旧前景：曾经的三国志，未来的二人转？

2009年3月5日，海甸岛

韩 博
（1973年生）

生于牡丹江，1991年考入复旦大学，先后获法学士和文学硕士学位，毕业后定居上海，长期从事媒体工作。中学时代开始写诗，大学及毕业之后，在写诗之外也从事实验戏剧实践，编导过多部戏剧作品。

韩博较早就形成了他的个人风格。借助对事物、风景的观察以节制抒情，与现实经验之间也保持一种戏剧式的间离。即使在引入叙事性的因素时，也会在现实性的场景、细节的组织中引申出超现实的旨趣。由于职业关系和个人兴趣，他近些年在世界各地游历、探访，很多诗写于旅途之中；它们篇幅通常短小，在词句间的空白、裂隙中显出复杂、精微的肌理，既带着一些纪行诗的色彩，有对途中所见人事、风光机敏的观察与评论，又贯穿着时空变幻中对自我的反复辨识。

出版诗集：

《借深心》，北京：作家出版社，2007年。

《飞去来寺》，台北：秀威出版公司，2013年。

另出版有欧亚游记《他山落雨来》、《西风裁翡翠》等五种。

公共汽车·两姐妹

年长的一个,锯下
他的双腿。年幼的那个
把他装进麻袋
堆上阳台。看上去
他只是积雪中的一袋杂物

圆脸的一个,叉开双腿
像鸟儿张开翅膀。长脸的那个
栖落在座位上,左腿
压住右腿。她们的裙子冬夏两用
短得好似春光

年长的一个,捏着杯子
品味断腿中的收获
虽然不多,总算
能把酒杯斟满
还可以切上几片香肠和咸肉

圆脸的一个,打量着临座
他可能是位谢顶的上帝,在后半夜
降临。他说,要有光,她就有了
假发、皮靴、手袋、香水、内衣

和尽情聊天的移动电话

年幼的那个,也学着
把自己斟满,好像一截雨水淋透的松木
躺在菊花衰败的锯木厂
她爱上了满口粗话的劳动模范
下班之前。他把奖金塞进袜子

长脸的那个,今天很累
车厢里没有她的上帝
她想休息,去买本杂志
再给妈妈打个电话,就说
一位副教授向我求婚,我很犹豫

年长的一个,只想多飞一会儿
蒸馏酒的翅膀
刚刚张开。年幼的那个
还想插上红酒的羽毛,逗留在
客人拥挤的低矮天空

圆脸的一个,是位贫困的
天使,出差人间的隆冬
也要赤裸双腿。长脸的那个
还要献出肚脐,为了观察和微笑
为了陈列福音的样品

年长的一个,听到车轮
在窗外,踩过新雪
就像……二十年前,那个
只想打一个电话的夜晚
只想,不让肚脐着凉的夜晚

长脸的那个,似乎看到
北风挟着钢锯,为车窗
撒下一抹暗白的锯屑
公路起伏,生意清淡
晚景……不过就在杯中

年幼的那个,当然相信
上帝,以及貌似上帝,或与上帝
年纪相仿的夜半乘客
藏在袜底的奖金,逃不过
战胜了爱情的明眸

圆脸的一个,跨过杂物
的时候,差点摔倒,突然的刹车
接着是打滑,翻车,滚下公路
她坚持站着,想象着
一只鸟儿,怎样乔装成锯屑

(1998,上海)

沐浴在本城
——献给异乡人的家乡

细小的雪在暗处推动我。入口处的陌生男人
替代我走进浴室,他呼出的酒气,像鱼儿钻进大海
汇入扑面而来的,更多浴客呵出的积雨云。他甚至
坠入了行走的梦中,跷起拇指,夸赞多年不见
而仍能一饮而尽的谢黑桃。河水的温度
让他醒了一会儿,他以为梦见了火山
却发现只不过是冲浪池吞没了
自己。他坚持睁着眼走进桑拿房,舀起一瓢水
泼向木箱中的火山岩。尖声跳起的水汽
带给他难得的伤感——家乡占有了他的每一个假期
就像婚姻买断了忠贞的女人,直到她不再年轻。
他把湿毛巾蒙在脸上,绝不是因为羞愧,他觉得
自己早已过了那个年龄,他只是为了躲避热浪
能够呼吸,能够不去看身边那群搓泥的河马。
酒精被汗水一点一点挤出身体,他离开
堆满便便大腹的木凳,走向冰水池
但只伸进去一个手指,就打消了念头
他强调自己是温带的生物,应该在适宜的
水温里,完成进茶前的沐浴。

细小的雪覆盖了我和脚下农民承包的田埂。他们的女儿

待在二楼,他的对面,休息室入口的沙发上
这里是她们耕作的田埂。他的出现
让她们失望,他的脸上写着报纸上描述的未来
那是一桩乏味透顶的事,不允许任何一个男人专有的
女人,将被任何一个男人专有。相比之下
她们更欣赏跑来跑去,一心想为女客捏脚的茶童
那孩子嘴上刚冒出一层绒毛,却装着一肚子
谜语、笑料和段子,如果缺了他,这个世界
将是倒立的,就像一种挺艺术的姿势。她
离开顾镜自怜的她们,走向正在抠脚、喝茶的他
他不是一匹河马,但她坚信自己海豹般的姿势
能够让他搁浅,她的手指,弹奏了几下空气,又轻轻
划过他的锦囊,她要向他推销四十分钟
神圣的黑暗,帮助他,回到母亲为他缔造的黑暗中
让想象力为他施洗。他不是教徒,所能做的
只是胡乱夸奖,他搬出她所信服的人生巅峰的
化身:电影明星、歌星、模特、青春大使、形象代言人
而他自己只是个火车司机,明天就要下岗,就要跌入
人生的谷底。他为她们的牺牲而感慨,但无力购买
这半个人类的节日。她听到了她们吃吃的笑声,在背后
就像一堆爬上她脊背的蛇,而她的脚下踩着松软的
田埂,她和向日葵们站在一起,那是她父亲
亲手种下的,她的门齿上,还留着它们果实的痕迹。

细小的雪从内部挤压我。新续的菊花
在我黑暗的管道中流淌。写诗的时候,我

梦见了什么，一种魔法？一种叙述不是来自
主动者，而是来自被动者，它就孕育着避雷针的
魔力？我洗浴着，我蒸发着，我阴干着
我提着壶，我运着力，我掀开镜子，我取出帽子
我忍受着怪味、汗水、疲惫、厌倦，我点上
一枝烟，然后又掐灭，我失足跌进水池。
叙述与替代使我苏醒，我扳动了
流水的轴，它就在那里，它改变着冲刷的速度
它衡量着快乐的密度，它为肉体的田野作证
它是兰汤，它是时光，它就是容纳我衰老的浑浊。

（1999，上海）

登不上城墙的那一夜，雨

拐进瓮城的片刻，我听见
她敲打墙壁。她不是
一刻钟前，在秦淮河，翻转沙漏的
死鬼。她的指尖，向西
轻弹，那里是夜树下落汤的黑暗
没有台阶。对面的藏兵洞
藏纳的是避雨的黑暗。
我猜，她指的不是这些。
她叩击墙壁，指尖

继续向西,穿过竹海和武术
(几乎被我当成暗器一枚)
最终,点中地图上的
法国。一位六十岁的中国人
举起红酒庆贺,今天
不是他的生日,也没有
婚丧嫁娶,他在心里,却
吹吹打打,单手托起千斤闸。
雨点跌落护城河,我看不见的
水滴,隔着城门,敲打
反光的黑暗。她指的
就是这个,我猜,中国消失的地方
汉语在哑谜中凯旋。

2000年10月13日 南京
2000年10月21日 上海

极昼轮回小镇

夜晚被忘得太干净。
外国人观光,以为骑着
月光自行车,回到旅馆
才发现怀里抱着电视。

闭上眼睛也看不到黑暗。
墓地里的人，每逢夏天醒来，
眺望在外过夜的火车站。

乌鸦翻捡垃圾，喜鹊背起手
踱回警察局花园。大湖边，
晨跑的亚洲人忽然站住，她
在难民身份里停顿了片刻。

说：教堂。说：牛排……
她继续向前，雨越下越白，
看起来一切都有点曝光过度。

2002/5/29 瑞典维客舍
2002/7/11 上海

胡续冬
（1974年生）

本名胡旭东，出生于重庆，20世纪80年代随父母迁居湖北十堰，1991年考入北京大学中文系，历经本科、硕士、博士，现执教于北京大学外国语学院世界文学研究所。1992年在北大独特的诗歌氛围中开始写诗，后发起创办民间诗刊《偏移》，在当时的青年作者中，倡导一种将诗歌技能的习得与具体现实关注相结合的"偏移诗学"。他的诗有多种类型，其中最受关注的一类，并不采取深度隐喻的模式，而是充分施展偏移之后的"顽劣"热情，借助夸张的滑稽模仿、大跨度的意象组接，以及"重口味"方言、口语穿插，形成一次次的修辞爆炸，强有力地表现出剧烈变动时代中国的城市与内陆经验。当然，"狂欢"的风格并没有掩盖另外的面向，对情感、思念一类基本主题的关注，也一直贯穿在他的写作中。

2000年之后，随着漫游的足迹遍及各地，他又主动将异国、异地的风物广泛纳入到诗行，在移步换景中，展示一个"旅行"自我的多种可能。值得提出的是，这种不断跨越边际的努力，也表现在多方面的才能上：除了写诗，胡续冬还撰写专栏、主持节目、运营网站、策划诗歌及其他文化活动，其随笔作品受到广泛的欢迎。

出版诗集：

《日历之力》，北京：作家出版社，2007年。

《旅行/诗》，海口：海南出版社，2010年。

另著有随笔集《浮生胡言》、《去他的巴西》、《胡吃乱想》等。

回乡偶书

我自以为还说得来重庆话，
结果遭所有人当成成都人。
我因此回忆起一个词：张班子。
像个观光客，我满怀惊异地
看着这个三十多年来一直耸立在
我的各种档案里"籍贯"一栏
的城市：坡坡坎坎多得
让我的细脚杆也伟岸了起来，
新盖的高楼完全是本地哥特，
像玉皇大帝在乌云里包的二奶
把穿着丝袜的玉腿从天上
伸到了地下。但我最牵挂的，
还是在夜间辉煌的灯火之间
黑漆麻孔的地带：那是格外一个
隐形的城市，栀子花和黄角玉兰
赐福于那些香荫的小生活，
拐几道弯才拐得拢的危楼里，
老汉们打着成麻，棒棒们吃着
辣惨了的小面犒慰辛劳的一天，
洗头的妹儿多含一口鸭儿，就为
乡下的娃儿多挣了一口饭。
我这次来得黑背时，有一团火

把白天的交通整得稀烂。
我搭了一辆摩托，从罗汉寺
到两路口，要往滨江路走怨路。
在江边飞驰的时候，凶猛的江水
拍打着我的身世，我突然看到了
另一个我的一生：如果当年
我老汉没有当兵离开这里，
我肯定会是一个摩托仔儿，
叼着老山城，决着交警，每天都
活在火爆而辛酸的公路片里。

（2008/6/16，重庆）

安娜·保拉大妈也写诗

安娜·保拉大妈也写诗。
她叼着玉米壳卷的土烟，把厚厚的一本诗集
砸给我，说："看看老娘我写的诗。"
这是真的，我学生若泽的母亲、
胸前两团巴西、臀后一片南美、满肚子的啤酒
像大西洋一样汹涌的安娜·保拉大妈也写诗。
第一次见面那天，她像老鹰捉小鸡一样
把我拎起来的时候，我不知道她写诗。
她满口"鸡巴"向我致意、张开棕榈大手

揉我的脸、伸出大麻舌头舔我惊慌的耳朵的时候,
我不知道她写诗。所有的人,包括
她的儿子若泽和儿媳吉赛莉,都说她是
老花痴,没有人告诉我她写诗。若泽说:
"放下我的老师吧,我亲爱的老花痴。"
她就搁下了我,继续口吐"鸡巴",去拎
另外的小鸡。我看着她酒后依然魁梧得
能把一头雄牛撞死的背影,怎么都不会想到
她也写诗。就是在今天、在安娜·保拉大妈
格外安静的今天,我也想不到她写诗。
我跟着若泽走进家门、侧目瞥见
她四仰八叉躺在泳池旁边抽烟的时候,想不到
她写诗;我在客厅里撞见一个梳着
鲍勃·马力辫子的肌肉男,吉赛莉告诉我那是她婆婆
昨晚的男朋友的时候,我更是打死都没想到
每天都有肌肉男的安娜·保拉大妈也写诗。
千真万确,安娜·保拉大妈也写诗。凭什么
打嗝、放屁的安娜·保拉大妈不可以写
不打嗝、不放屁的女诗人的诗?我一页一页地翻着
安娜·保拉大妈的诗集。没错,安娜·保拉大妈
的确写诗。但她不写肥胖的诗、酒精的诗、
大麻的诗、鸡巴的诗和肌肉男的肌肉之诗。
在一首名为《诗歌中的三秒钟的寂静》的诗里,
她写道:"在一首诗中给我三秒钟的寂静,
我就能在其中写出满天的乌云。"

(2004/12/29 Brasília)

白猫脱脱迷失

公元568年,一个粟特人
从库思老一世的萨珊王朝
来到室点密的西突厥,给一支
呼罗珊商队当向导。在
疲惫的伊犁河畔,他看见
一只白猫蹲伏于夜色中,
像一片怛逻斯的雪,四周是
干净的草地和友善的黑暗。
他看见白猫身上有好几个世界
在安静地旋转,箭镞、血光、
屠城的哭喊都消失在它
白色的漩涡中。几分钟之后,
他放弃了他的摩尼教信仰。
一千四百三十九年之后,
在夜归的途中,我和妻子
也看见了一只白猫,约摸有
三个月大,小而有尊严地
在蔚秀园干涸的池塘边溜达,
像一个前朝的世子,穿过
灯影中的时空,回到故园
来巡视它模糊而高贵的记忆。
它不躲避我们的抚摸,但也

不屑于我们的喵喵学语,隔着
一片树叶、一朵花或是
一阵有礼貌的夜风,它兀自
嗅着好几个世界的气息。
它试图用流水一般的眼神
告诉我们什么,但最终它还是
像流水一样弃我们而去。
我们认定它去了公元 1382 年
的白帐汗国,我们管它叫
脱脱迷失,它要连夜赶过去
征服钦察汗、治理俄罗斯。

(2007/7/30,广州)

太太留客

昨天帮张家屋打了谷子,张五娃儿
硬是要请我们上街去看啥子
《泰坦尼克》。起先我听成是
《太太留客》,以为是个三级片
和那年子我在深圳看的那个
《本能》差球不多。酒都没喝完
我们就赶到河对门,看到镇上
我上个月补过的那几双破鞋

都嗑着瓜子往电影院走,心头
愈见欢喜。电影票死贵
张五娃儿边掏钱边朝我们喊:
"看得过细点,演的屙屎打屁
都要紧着盯,莫浪费钱。"
我们坐在两个学生妹崽后头
听她们说这是外国得了啥子
"茅司旮"奖的大片,好看得很。
我心头说你们这些小姑娘
哪懂得起太太留客这些龉龊事情,
那几双破鞋怕还差不多。电影开始,
人人马马,东拉西扯,整了很半天
我这才晓得原来这个片叫"泰坦尼克",
是个大轮船的外号。那些洋人
就是说起中国话我也搞不清他们
到底在摆啥子龙门阵,一时
这个在船头吼,一时那个要跳河,
看得我眼睛都乌了,总算挨到
精彩的地方了:那个吐口水的小白脸
和那个胖女娃儿好像扯不清了。
结果这么大个轮船,这两个人
硬要缩到一个吉普车上去弄,自己
弄得不舒服不说,车子挡得我们
啥子都没看到,连个奶奶
都没得!哎呀没得意思,活该
这个船要沉。电影散场了

我们打着哈欠出来,笑那个
哈包娃儿救个妍头还丢条命,还没得
张五娃儿得行,有一年涪江发水
他救了个粉子,拍成电影肯定好看
——那个粉子从水头出来是光的!
昨晚上后半夜的事情我实在
说不出口:打了几盘麻将过后
我回到自己屋头,一开开灯
把老子气惨了——我那个死婆娘
和隔壁王大汉在席子上蜷成了一坨!

           1998.9

王 敖
（1976年生）

生于山东青岛，1995年考入北京大学中文系，大学期间开始写诗，2000年赴美国读书，先后于华盛顿大学（圣路易斯）比较文学系、耶鲁大学东亚语言文学系获得硕士和博士学位，现任教于美国卫斯廉大学。

王敖的诗从较早起就显现出某种带有原型意味的想象力，由此生发出一种新颖别致的诗歌类型，它们有时近似于童话，有时又类乎寓言，展露着活泼、轻逸、充满奇趣的姿态。他的很多诗受到英语诗歌中"轻松诗"、"无意义诗"的影响，兼有得自现代音乐类型如爵士、摇滚的启发，表现出一种专注于语言自身的愉悦而形成的写作的即兴性——这些成为他的诗的突出特质。他的"绝句"诗有意识地接续和转化中国的抒情传统，力图"在几行之内迅速更新读者的感受力"，也产生了一定影响。

出版诗集：

《朋克猫》，北京：中国文联出版公司，1998年。
《绝句与传奇诗》，北京：作家出版社，2007年。
《王道士的孤独之心俱乐部》，南京大学出版社，2013年。
另出版有译文集《读诗的艺术》等。

糖 山

人不风流枉少年
　　　　　　　——《糖僧日记》

A
这棵树刚刚出现
腰还很软,
还没有合适的腰带,
赤着双脚,
穿着一半衣服
漩涡似的,看着我;美的发甜

还没有吃早饭。地板还很凉
窗还在,风的手语前出神
还没有什么,来得及消失;没有新烦恼吗

水龙头嘶嘶的笑,我忘了,该怎么收拢
手臂里颤动的翅膀,手摸着玻璃……到底是谁要飞啊

B
它们从树上落下来的时候
让我觉得,平静是一种重力,想不起自己
有多么年轻,仿佛,刚刚钻破了,一个彩色的牛角尖

就有了奖品。我用这些平衡在空气中的树叶
鉴定着宝石……但昨夜并没有雨水,我就在水里
过的夜;我知道那颗戒指上镶的东西,是巧克力

C
第一次从窗子里
往外看,就看见了一张天蓝色的脸
云雾似的笑,还有一棵树,在镜子的那一边,世界
 如此简单,
我睡不太醒,但我知道,什么是睁开眼
跟做梦不太一样,我的身体,比梦里要美

比影子要重一些。所以说我变了,变得不再想
用力地去飞,我更喜欢呼吸了……它扔给我糖,我就
 趴下去捡
什么都不必想,地板上的衣服,帮我系着纽扣
熨好的影子,捧着
蒸馏过的泪;云层在变厚,又奇迹般的变矮

D
也不是不想;让我有些凝固的
给我戴上绿手表的,把我变成树熊的
是接近静止的磨蹭,是剥开的糖纸

后来的一天早晨,就是现在,从我的臂弯中转出的

被我轻轻举起的,这棵树,就像一把小伞
当窗打开,蒲公英拉开了风的视野

我们离开……

我们的家,它就像一顶起伏中的帽子
甜蜜的滑行着,越来越高,雪白的糖山,倾斜着追着
　　我们,直到雪崩的气浪,把我们推的更遥远

2000

我曾经爱过的螃蟹

第一次出海的时候
我仅仅有现在一半的身高
舅舅把一顶海军军帽扣在我的脑袋上
然后跳到水里,跟随鱼群
去了哥伦比亚,失去了他
和他的指引,我很快就自由了
海里的火焰比绸缎还要柔软
有些亮光,来自我在压力中旋转的心跳
有只螃蟹来与我攀谈,它告诉我一个事实
几千年来,全世界的螃蟹都在向陆地迁移,这个过程
　　很慢

它们并不着急,它们随着潮汐跑上跑下,只是在前海
向前迈了很少的几步,它说它爱我,希望我们能够
分享这几个气泡,一起上岸,在秘密的岩石码头上
微笑着,我和几千只螃蟹握手,我希望和它们一样
把骨头长在皮肤的外面,在脆弱的时刻,用太阳能补
　充盔甲中的钙
我们开始登山
　　　　　崂山的背面铺着一层墨绿
我们用手臂和钳子,震撼着它的花岗脉
当我赤裸地站在山顶,看到月亮正被一个黑影钳住
夜晚滴着水,它们沉默着,爬到我的身体上,让我轻
　轻的渗出血

2001

绝　句

为什么,星象大师,你看着我的
眼珠,仿佛那是世界的轮中轮,为什么

人生有缺憾,绝句有生命,而伟大的木匠
属于伟大的钉子;为什么,给我一个残忍的答案?

2005

翻译颂

今年的初恋,仍然冷峭地,不存在
用星辰缀满凌晨的你,看不到,任何飞鸟的变幻
堕落的人已经回天,用琴弓喝退了旧爱

爱,就像翻译,是遗憾的艺术
你们的爱跨栏去了另一个时代

那里的海,盛产花果,而乡间
静止如草图上的外星,看到时已经逝去的,幻象的辉光
让你坚守恍然间,不可宽恕的天才

再有几个天空,每分钟的你,都会被冲上岸
而你的爱,留在飞快的钻石下,那是你们的色彩

2007

寄赠杜慕康、赵凤仪夫妇

微醉的淡金色,迷人的气泡,持久
悬钩子,玫瑰花束,白桃的香软,明澈

随着回味的弧线散去,仿佛花瓣竞争着飘远

微凉的柠檬金色,精致的气泡,微妙的
深湛,阿维泽的霞多丽,博姿的黑比诺,平衡
静夜无声的天鸡,震颤着地平线的变幻

品丽珠独特的青椒辛香,辛辣而细腻的丹宁
让那神色慌张的,曾经的酒神,游击在我们的周围

像漂流的小岛,我浮想着半空的月与雾,睡眠
是透窗的笼子,河童如种子撒进葡萄园,绿如你们的
　眼睛
当我听到敲门声,木质的抽象,回转的未来,告诉我,
　门

不止与房子有关,它就像原产地的木塞,打开时
有两条道路铺展,一条是光与寂寞,一条通向大水捧
　起的
田园诗——我无法选择,就像聂鲁达与佩索阿——站
　在我的左右
你们的龙凤船,带着诺亚获救的醉态上岸了,带上我
在低空晃悠着,就像搂着两棵树的吊床,偶尔变成过
　海的秋千

2008

杨佳娴
（1978年生）

台湾高雄人，政治大学中文系学士，台大中文系硕士及博士，现任教于"清华大学"。

作为新世代的代表诗人之一，杨佳娴同时活跃于网络世界和平面媒体。在她的诗里我们看到一种"纯粹"，一个纯净的抒情世界，来自她对世界和对诗的态度。诗中常见的动词如：找寻、搜寻、追寻、穿越、追踪、跋涉，以及与它们呼应的旅程、航行等意象。它们暗示一个生命和诗的过程，如《蜜比血甜》所说的："在焚诗自保的民主时代里／固执地犯法／书写，游行，穿越荆棘林／去拜访消逝的太阳"。"焚诗自保"是诗的态度，"去拜访消逝的太阳"是诗的理想。

杨佳娴的诗有落寞，有激越；有内敛，有狂放；有批判，有理想。在这喧嚣浮躁的时代，她的作品有一份"神闲气定"，正如《越台八八线访雾台》结尾所书。

出版诗集：

《屏息的文明》，台北：木马文化，2003年。

《你的声音充满时间》，台北：印刻INK出版社，2006年。

《少女维特》，台北：联合文学出版社，2010年。

你的声音充满时间

远远你从街那边过来
在梦中,我总是假装偶遇
听你的头发摩擦天色
宝蓝与雾金;听雪
阻碍大教堂钟声过河
听你用你的语言
碎瓦琉璃

是最后的星座,死一般地发光
是亡魂,博取土地的依恋
远远,时间从你那边过来
拿走旅人的鞋履
守候者的眼。一千零一夜
之外,说故事人都已睡去
唯有我毫不疲倦
准备和每一个梦中的你相遇

——诗名得自德语诗人Paul Celan(保尔·策兰)的《你的手充满时间》。
二〇〇四·二·二十二

渡 厄

蓝色边陲，钝旧的
墙头若老人之额
那肮脏、放弃的颜色
蝴蝶沿着碎玻璃舞蹈

雾中还有找不到路的马蹄
海上还有认不清风向
酒醉的水手

民谣佚散的年代
铜像衰败得比爱情更快
如何，我们如何通过
对废墟的采认析辨
把握那些已然被远远抛遗的

地心的阵痛……

二〇〇二·十二·二十五

越台八八线访雾台

二月,在大岛南方
竟闷热一如初夏了
我们思索着往高地去
去追踪那节节败退
冬天的行伍

路经几处小型市镇
新贴瓷砖透天厝或弃置
草地一角的货柜屋
电报条上农地脱售红招贴或
喷漆越南新娘咨询电话
不上工的男人们
未到中午就已聚入庙埕泡茶吸烟
公路上,它们是镶嵌在槟榔树丛中
一个一个灰色的梦

路更陡了,大倾斜岩壁在手边
我们已身在群山
被翻青浪,日头高照
是不吐香的金猊
坡峰上大块移动着
云陆的地图

为新栽的圣诞红、变叶木和黄脉莉桐
所包围的鲁凯部落
游客们开长长的公路来
下车涌向吃食与纪念品
石板屋前幼小的深肤的孩子
把玩着塑胶手枪，砰，砰砰，
只有一头野犬竖起耳朵
然后又懒散地伏下了

雾台今年好清晰
但这也是无妨的
没有人询问雾的行踪
没有人丈量山与云的距离
没能赶上冬天，我们擦着汗
望着枯涸的瀑布发
黄黑色水泥护栏上
一尾蜥蜴平目，静止，
带着索然的神气

（2007）

天使,倘若你已决定抛弃我

衣服是别人的
阳台是别人的
摆放在那里的梯子
粗手感的离岛明信片
有时候我害怕
终于我们只能在别人
梦里的图书馆度过
约定的冬日

度过每一天像是
又仔细地在树林里挖了一个洞
虽然,总有那么几分钟
迎着太阳站在青田街
我会盆栽那样
有不思索的快乐
看激情的书
见几个要被吹走的人
准备一趟其实
不比你漂亮的旅程
把说要带你去的地方
多去几次,仿佛替你去过了
这世界变成双倍

辽阔得像电影

礼物都准备好了
节庆计划
不同颜色标示的课表
下下一本书……
现在让我们一一刺破气球
让我们解散房间,果决
如午夜路灯周围
粉碎飞散的黑天使们

(2008)

题目取自杨牧《致天使》(时光命题)中的一句。

百年新诗选 上

时间和旗

洪子诚　奚　密　吴晓东
姜　涛　冷　霜　编选

生活·讀書·新知 三联书店

Copyright © 2015 by SDX Joint Publishing Company.
All Rights Reserved.

本作品版权由生活·读书·新知三联书店所有。
未经许可，不得翻印。

图书在版编目（CIP）数据

百年新诗选（上下）／洪子诚，奚密主编．—北京：生活·读书·新知三联书店，2015.7（2023.10 重印）
ISBN 978-7-108-05106-6

I．①百… Ⅱ．①洪… ②奚… Ⅲ．①诗集-中国-现代 Ⅳ．① I226

中国版本图书馆 CIP 数据核字（2014）第 168833 号

责任编辑	卫　纯
装帧设计	薛　宇
责任印制	董　欢
出版发行	生活·讀書·新知 三联书店
	（北京市东城区美术馆东街 22 号 100010）
网　　址	www.sdxjpc.com
经　　销	新华书店
印　　刷	北京隆昌伟业印刷有限公司
版　　次	2015 年 7 月北京第 1 版
	2023 年 10 月北京第 2 次印刷
开　　本	880 毫米 × 1092 毫米　1/32　印张 32.625
字　　数	619 千字
印　　数	5,001-8,000 册
定　　价	128.00 元（上下册）

（印装查询：01064002715；邮购查询：01084010542）

编选说明

如果可以将1917年1月号《新青年》刊发胡适的诗作为中国新诗的起点，那么，新诗确实已走了将近百年的路程。因应这一机缘，近年来，有多部带有总结、展示性质的新诗选集面世；它们或者是类乎"诗三百"的极简约形式，或者是十几卷本以至几十卷本的宏大规模。我们觉得，介乎这两者之间，应该有一种"适度"篇幅的选本作为补充。它是面向诗歌爱好者的、普及性的，但又为想了解新诗历史和现状的读者提供进一步深入的空间。在这样的选本里，对诗人和诗作有一定的包容量，能显示新诗历史和重要诗人的基本风貌，但也避免过分膨胀而让一般读者难以使用。自然，这样的选本也可以为学校的诗歌教育提供基本的参考资料。

这部诗选分上下两卷。共收入大陆、台湾和香港等地域的108位诗人的作品，诗选按照诗人生年顺序排列，以1949年为界划分上、下卷的收录范围。1949年在中国大陆，被看作现、当代文学分期的重要年份，但我们这里并没有这样的意思，大体上基于分量平衡上的考虑。

虽然编选者长期在大学从事新诗教育和研究，但是，选择哪些诗人和作品，仍然是编选工作中最大的挑战。编选者对新诗历史和美学自然拥有广泛共识，但差异和分歧仍不可避免。现在入选的诗人和作品，是在各自提出名单的基础上，经过反复磋商、协调的结果。

限于篇幅，作品以短诗为主，对长诗的选入持谨慎态度。由于主要不是服务于研究者和专业人员，因此，并不强调初刊本（或初版本），也不注明来源、出处。在作者修改而存在多种版本的情况下，由编选者自行确定"最佳"的版本。作品写作（发表）时间，除作者篇末自行注明的之外，在可以确定的情况下，我们用括号的方式尽量予以标明。

为了让读者对诗人的生平、创作历程和艺术特点有所了解，诗选将简要"导读"的撰写作为重要的组成部分，也提供可以扩充阅读的诗集目录。由于是分别撰写，导读文字的风格、详略并不一致。表达的看法，自是编选者的见解，但也综合、参考了新诗批评家的研究成果。

我们为这部诗选取了"时间和旗"与"为美而想"的

书名。他们来自新诗的某部诗集和某篇作品的名字。命名虽然带有偶然的因素,但也多少体现了我们对新诗与历史、时代的关联,以及新诗在艺术构型、探索走向上的某种理解。

  虽然编选的工作前后进行了两年多,相信仍存在许多问题,期望读者的批评建议,以便未来有可能再版的时候进一步修订。

2013年12月

  尽管在本书编选、出版阶段,我们和三联书店一直在尝试多方努力,希望取得入选诗人的出版授权,但迄今仍有部分本书诗人未能取得联系,请版权持有人见书后惠函三联书店,以便寄奉样书和稿酬。

编者
2015年1月28日

目 录

鲁 迅 ___ 001

秋夜 | 影的告别 | 求乞者 |
死火 | 墓碣文

周作人 ___ 010

画家 | 慈姑的盆 | 过去的生命

胡 适 ___ 014

鸽子 | 三溪路上大雪里一个红叶 |
十一月二十四夜 | 秘魔崖月夜

刘半农 ___ 018

铁匠 | 拟装木脚者语 |
一个小农家的暮

郭沫若 ___ 023

天狗 | 笔立山头展望 | 夜步十里松原 |
梅花树下醉歌 | 蜜桑索罗普之夜歌 |
日暮的婚筵

徐玉诺 ___ 031

海鸥 | 徐玉诺先生之地板 | 诗 |
日落之后 | 小羊

徐志摩 ___ 035

沪杭车中 | 石虎胡同七号 |
"这年头活着不易" | 再别康桥 |
黄鹂 | 火车擒住轨

闻一多 ___ 045

忆菊 | 秋之末日 | 烂果 | 忘掉她 | 死水 |
发现 | 天安门 | 闻一多先生的书桌

李金发 ___ 057

弃妇 | 里昂车中 | 寒夜之幻觉 |
律 | 红鞋人 | 有感

废 名 __ 068

掐花 | 妆台 | 灯 |
十二月十九夜 | 寄之琳

朱 湘 __ 074

早晨 | 葬我 | 采莲曲 | 雨景

戴望舒 __ 079

雨巷 | 我的记忆 | 深闭的园子 |
眼之魔法 | 印象 | 乐园鸟 | 我思想 |
我用残损的手掌

冯 至 __ 091

蛇 | "南方的夜" | 给几个死去的朋友 |
十四行集(选五)

李广田 __ 101

窗 | 乡愁 | 地之子 | 唢呐 |
那座城

林 庚 __ 111

破晓 | 春天的心 | 春野 |
无题 | 夜深进行曲

艾 青 __117

芦笛 | 大堰河——我的褓姆 | 旷野 |
冬天的池沼 | 北方 | 我爱这土地 |
刈草的孩子 | 献给乡村的诗 | 黎明的通知

卞之琳 __147

春城 | 距离的组织 | 鱼化石 | 无题一 |
雨同我 | 尺八 | 断章 | 白螺壳

何其芳 __158

预言 | 花环 | 砌虫 | 扇 | 关山月 |
筵筷引

覃子豪 __167

沙漠的风 | 忆 | 贝壳 | 黑水仙 |
过黑发桥

辛 笛 __173

航 | 印象 | 寄意 | 手掌

纪 弦 __181

火灾的城 | 吠月的犬 | 画室 | 饮者 |
阿富罗底之死 | B型之血 | 在异邦

杜运燮 __ 189

恒河 ｜ 月 ｜ 乡愁 ｜ 露营 ｜ 滇缅公路

陈敬容 __ 201

陌生的我 ｜ 划分 ｜ 春晚 ｜ 出发 ｜ 律动

穆 旦 __ 210

童年 ｜ 在寒冷的腊月的夜里 ｜ 小镇一日 ｜
赞美 ｜ 诗八章 ｜ 旗 ｜ 我歌颂肉体

蔡其矫 __ 229

雾中汉水 ｜ 川江号子 ｜ 祈求 ｜ 突然出现 ｜
拉萨

郭小川 __ 237

甘蔗林——青纱帐 ｜ 乡村大道

郑 敏 __ 243

雕刻者之歌 ｜ 荷花 ｜ 树 ｜ 金黄的稻束

周梦蝶 __ 250

孤独国 ｜ 菩提树下 ｜ 囚 ｜ 孤峰顶上 ｜
约会 ｜ 树 ｜ 晚安！小玛丽 ｜ 我选择

吴兴华 __ 265

群狼 | SONNET | 给伊娃 | 西珈（选二）

绿 原 __ 273

雾 | 微雨 | 凯撒小传 |
给天真的乐观主义者们

牛 汉 __ 289

在牢狱 | 华南虎 | 沉默 |
悼念一棵枫树 | 麂子 | 蒙田和我

林亨泰 __ 301

哲学家 | 书籍 | 风景（之一）|
风景（之二）| 诞生

木 心 __ 307

五岛晚邮（之一）十二月十九夜 |
雪橇事件之后 | 陌生的国族 | 泡沫 |
从前慢

洛 夫 __ 314

生活 | 石室之死亡（选二）| 长恨歌 |
床前明月光 | 有鸟飞过 | 金龙禅寺 |
因为风的缘故

余光中 —— 328

我之固体化 | 双人床 | 如果远方有战争 |
民歌 | 乡愁四韵 | 公无渡河 | 高楼对海

管 管 —— 338

寂寞 | 空原上之小树呀 | 蝶 | 清明 |
蝉声这道菜

商 禽 —— 345

蚂蚁巢 | 手套 | 长颈鹿 | 鸽子 |
逃亡的天空 | 电锁 | 穿墙猫 | 雪 |
鸡 | 飞行眼泪 | 背着时间等时间

痖 弦 —— 355

春日 | 秋歌 | 土地祠 | 山神 | 盐 |
在中国街上 | 巴黎 | 坤伶 | 给桥 |
如歌的行板 | 一般之歌

马 朗 —— 373

车中怀远人 | 焚琴的浪子 |
五〇年车过湖南 | 逝

郑愁予 ___ 380

归航曲 ｜ 偈 ｜ 错误 ｜ 赋别 ｜ 残堡 ｜
山居的日子 ｜ 卑亚南蕃社 ｜ 厝骨塔 ｜ 山鬼

昌 耀 ___ 390

凶年逸稿 ｜ 鹿的角枝 ｜ 风景：涉水者 ｜
巨灵 ｜ 紫金冠 ｜ 拿撒勒人

蔡炎培 ___ 402

弥撒 ｜ 七星灯 ｜ 白发

方 旗 ___ 407

小舟 ｜ 海上 ｜ 守护神 ｜ 冬防 ｜
构成 ｜ 雪人 ｜ 戒指

白 萩 ___ 413

流浪者 ｜ 天空 ｜ 雁 ｜ 广场 ｜
昨夜 ｜ 路有千条树有千根

林 泠 ___ 419

不系之舟 ｜ 一张明信片·一九五五年 ｜
阡陌 ｜ 微悟 ｜ 非现代的抒情

西 西 —— 426

父亲的背囊 ｜ 长着胡子的门神 ｜
奏折 ｜ 绕着一棵树 ｜ 咏叹调 ｜
超级市场

杨 牧 —— 441

星是唯一的向导 ｜ 延陵季子挂剑 ｜
流萤 ｜ 让风朗诵 ｜ 瓶中稿 ｜ 孤独 ｜
有人问我公理和正义的问题 ｜ 却坐

吴 晟 —— 461

店仔头 ｜ 沉默 ｜ 稻草 ｜ 木麻黄 ｜
兽魂碑

鲁 迅
（1881—1936）

浙江绍兴人，原名周树人，笔名豫才，20世纪中国最重要的文学家与思想家。出版于1927年的散文诗集《野草》，是鲁迅作品中最为深奥也最为瑰丽的一部，可以说是孤独的心灵炼狱中熔铸的一部"哲学诗"。在断续写出的这一组文字中，鲁迅以"独语"的方式，创造了一个极为独特的抒情自我形象。这一形象当然是内面化的，但绝非封闭于自身，而是时刻保持一种紧张的觉醒，甚至处于不断的分裂和自我诘问当中，外部的客观世界也由是得到寓言式的呈现，升华、变形为一系列极具思辨张力的意象或场景，如"死火"、"病叶"、"彷徨于无地"、"无物之阵"、"抉心自食"等，充分表现了精神深处生与死、希望与绝望、光明与黑暗、存在与虚无之间的挣扎与纠缠。有关《野草》的思想和艺术，后人的解读已非常充分，但很少作为新诗来讨论，现在将其中部分作品选入诗选，在某种意义上，也代表了编者对新诗史的一种特定理解。

出版诗集：

《野草》，北新书局，1927年。

另著有小说集《呐喊》（北京新潮社1924年）、《彷徨》（北新书局1926年）、《故事新编》（上海文化生活出版社1936年），学术著作《中国小说史略》（北京新潮社1923年）及散文、杂文集多种。

秋 夜

在我的后园,可以看见墙外有两株树,一株是枣树,还有一株也是枣树。

这上面的夜的天空,奇怪而高,我生平没有见过这样的奇怪而高的天空。他仿佛要离开人间而去,使人们仰面不再看见。然而现在却非常之蓝,闪闪地䀹着几十个星星的眼,冷眼。他的口角上现出微笑,似乎自以为大有深意,而将繁霜洒在我的园里的野花草上。

我不知道那些花草真叫什么名字,人们叫他们什么名字。我记得有一种开过极细小的粉红花,现在还开着,但是更极细小了,她在冷的夜气中,瑟缩地做梦,梦见春的到来,梦见秋的到来,梦见瘦的诗人将眼泪擦在她最末的花瓣上,告诉她秋虽然来,冬虽然来,而此后接着还是春,胡蝶乱飞,蜜蜂都唱起春词来了。她于是一笑,虽然颜色冻得红惨惨地,仍然瑟缩着。

枣树,他们简直落尽了叶子。先前,还有一两个孩子来打他们别人打剩的枣子,现在是一个也不剩了,连叶子也落尽了。他知道小粉红花的梦,秋后要有春;他也知道落叶的梦,春后还是秋。他简直落尽叶子,单剩干子,然而脱了当初满树是果实和叶子时候的弧形,欠伸得很舒服。但是,有几枝还低亚着,护定他从打枣的竿梢所得的皮伤,而最直最长的几枝,却已默默地铁似的直刺着奇怪而高的天空,使天空闪闪地鬼䀹眼;直刺着天空中圆满的月亮,使月亮窘得发白。

鬼䀹眼的天空越加非常之蓝,不安了,仿佛想离去人间,避开枣树,只将月亮剩下。然而月亮也暗暗地躲到东边去了。而一无所有的干子,却仍然默默地铁似的直刺着奇怪而高的天空,一意要制他的死命,不管他各式各样地䀹着许多蛊惑的眼睛。

哇的一声,夜游的恶鸟飞过了。

我忽而听到夜半的笑声,吃吃地,似乎不愿意惊动睡着的人,然而四围的空气都应和着笑。夜半,没有别的人,我即刻听出这声音就在我嘴里,我也即刻被这笑声所驱逐,回进自己的房。灯火的带子也即刻被我旋高了。

后窗的玻璃上丁丁地响,还有许多小飞虫乱撞。不多久,几个进来了,许是从窗纸的破孔进来的。他们一进来,又在玻璃的灯罩上撞得丁丁地响。一个从上面撞进去了,他于是遇到火,而且我以为这火是真的。两三个却休息在灯的纸罩上喘气。那罩是昨晚新换的罩,雪白的纸,折出波浪纹的叠痕,一角还画出一枝猩红色的栀子。

猩红的栀子开花时,枣树又要做小粉红花的梦,青葱地弯成弧形了……我又听到夜半的笑声;我赶紧砍断我的心绪,看那老在白纸罩上的小青虫,头大尾小,向日葵子似的,只有半粒小麦那么大,遍身的颜色苍翠得可爱,可怜。

我打一个呵欠,点起一支纸烟,喷出烟来,对着灯默默地敬奠这些苍翠精致的英雄们。

一九二四年九月十五日

影的告别

人睡到不知道时候的时候，就会有影来告别，说出那些话——

有我所不乐意的在天堂里，我不愿去；有我所不乐意的在地狱里，我不愿去；有我所不乐意的在你们将来的黄金世界里，我不愿去。
然而你就是我所不乐意的。
朋友，我不想跟随你了，我不愿住。
我不愿意！
呜乎呜乎，我不愿意，我不如彷徨于无地。

我不过一个影，要别你而沉没在黑暗里了。然而黑暗又会吞并我，然而光明又会使我消失。
然而我不愿彷徨于明暗之间，我不如在黑暗里沉没。

然而我终于彷徨于明暗之间，我不知道是黄昏还是黎明。我姑且举灰黑的手装作喝干一杯酒，我将在不知道时候的时候独自远行。
呜乎呜乎，倘若黄昏，黑夜自然会来沉没我，否则我要被白天消失，如果现是黎明。

朋友，时候近了。

我将向黑暗里彷徨于无地。

你还想我的赠品。我能献你甚么呢？无已，则仍是黑暗和虚空而已。但是，我愿意只是黑暗，或者会消失于你的白天；我愿意只是虚空，决不占你的心地。

我愿意这样，朋友——

我独自远行，不但没有你，并且再没有别的影在黑暗里。只有我被黑暗沉没，那世界全属于我自己。

一九二四年九月二十四日

求乞者

我顺着剥落的高墙走路，踏着松的灰土。另外有几个人，各自走路。微风起来，露在墙头的高树的枝条带着还未干枯的叶子在我头上摇动。

微风起来，四面都是灰土。

一个孩子向我求乞，也穿着夹衣，也不见得悲戚，而拦着磕头，追着哀呼。

我厌恶他的声调，态度。我憎恶他并不悲哀，近于儿戏；我烦厌他这追着哀呼。

我走路。另外有几个人各自走路。微风起来，四面都是灰土。

一个孩子向我求乞，也穿着夹衣，也不见得悲戚，但是哑的，摊开手，装着手势。

我就憎恶他这手势。而且，他或者并不哑，这不过是一种求乞的法子。

我不布施，我无布施心，我但居布施者之上，给与烦腻，疑心，憎恶。

我顺着倒败的泥墙走路，断砖叠在墙缺口，墙里面没有什么。微风起来，送秋寒穿透我的夹衣；四面都是灰土。

我想着我将用什么方法求乞:发声,用怎样声调？装哑，用怎样手势？……

另外有几个人各自走路。

我将得不到布施，得不到布施心；我将得到自居于布施之上者的烦腻，疑心，憎恶。

我将用无所为和沉默求乞……

我至少将得到虚无。

微风起来，四面都是灰土。另外有几个人各自走路。

灰土，灰土，……

……………………

灰土……

一九二四年九月二十四日

死　火

我梦见自己在冰山间奔驰。

这是高大的冰山，上接冰天，天上冻云弥漫，片片如鱼鳞模样。山麓有冰树林，枝叶都如松杉。一切冰冷，一切青白。

但我忽然坠在冰谷中。

上下四旁无不冰冷，青白。而一切青白冰上，却有红影无数，纠结如珊瑚网。我俯看脚下，有火焰在。

这是死火。有炎炎的形，但毫不摇动，全体冰结，像珊瑚枝；尖端还有凝固的黑烟，疑这才从火宅中出，所以枯焦。这样，映在冰的四壁，而且互相反映，化为无量数影，使这冰谷，成红珊瑚色。

哈哈！

当我幼小的时候，本就爱看快舰激起的浪花，洪炉喷出的烈焰。不但爱看，还想看清。可惜他们都息息变幻，永无定形。虽然凝视又凝视，总不留下怎样一定的迹象。

死的火焰，现在先得到了你了！

我拾起死火，正要细看，那冷气已使我的指头焦灼；但是，我还熬着，将他塞入衣袋中间。冰谷四面，登时完全青白。我一面思索着走出冰谷的法子。

我的身上喷出一缕黑烟，上升如铁线蛇。冰谷四面，又登时满有红焰流动，如大火聚，将我包围。我低头一看，死火已经燃烧，烧穿了我的衣裳，流在冰地上了。

"唉，朋友！你用了你的温热，将我惊醒了。"他说。

我连忙和他招呼，问他名姓。

"我原先被人遗弃在冰谷中，"他答非所问地说，"遗弃我的早已灭亡，消尽了。我也被冰冻冻得要死。倘使你不给我温热，使我重行烧起，我不久就须灭亡。"

"你的醒来,使我欢喜。我正在想着走出冰谷的方法;我愿意携带你去,使你永不冰结,永得燃烧。"

"唉唉!那么,我将烧完!"

"你的烧完,使我惋惜。我便将你留下,仍在这里罢。"

"唉唉!那么,我将冻灭了!"

"那么,怎么办呢?"

"但你自己,又怎么办呢?"他反而问。

"我说过了:我要出这冰谷……"

"那我就不如烧完!"

他忽而跃起,如红彗星,并我都出冰谷口外。有大石车突然驰来,我终于碾死在车轮底下,但我还来得及看见那车就坠入冰谷中。

"哈哈!你们是再也遇不着死火了!"我得意地笑着说,仿佛就愿意这样似的。

一九二五年四月二十三日

墓碣文

我梦见自己正和墓碣对立,读着上面的刻辞。那墓碣似是沙石所制,剥落很多,又有苔藓丛生,仅存有限的文句——

……于浩歌狂热之际中寒;于天上看见深渊。于一切眼中看见无所有;于无所希望中得救。……

……有一游魂，化为长蛇，口有毒牙。不以啮人，自啮其身，终以殒颠。……

　　……离开！……

　　我绕到碣后，才见孤坟，上无草木，且已颓坏。即从大阙口中，窥见死尸，胸腹俱破，中无心肝。而脸上却绝不显哀乐之状，但蒙蒙如烟然。

　　我在疑惧中不及回身，然而已看见墓碣阴面的残存的文句——

　　……抉心自食，欲知本味。创痛酷烈，本味何能知？……

　　……痛定之后，徐徐食之。然其心已陈旧，本味又何由知？……

　　……答我。否则，离开！……

　　我就要离开。而死尸已在坟中坐起，口唇不动，然而说——

　　"待我成尘时，你将见我的微笑！"

　　我疾走，不敢反顾，生怕看见他的追随。

一九二五年六月十七日

周作人
(1885—1967)

  浙江绍兴人,五四新文化运动代表人物之一。周作人的文学成就,主要体现在散文小品方面,但在早期新诗史上,他的地位也不容忽视。胡适就曾称,与其他《新青年》时代的诗人相比,周氏兄弟的句法更为"欧化",能够"完全摆脱旧诗的镣铐",含义也更为曲折、隐晦。其中,周作人的《小河》,更是被称为新诗的"第一首杰作",以寓言的方式传达一种古老的隐忧,在立意与形式上都相当独特。周作人的新诗作品,后来收入诗集《过去的生命》中,这些诗读来清淡朴讷,远离热动的气息,往往隐含了诗人内心复杂的不安,在新诗中似乎也能另立一派。废名就认为周作人"有一个'奠定诗坛'的功劳",其重要性甚至可与胡适并举。

出版诗集:

  《过去的生命》,上海北新书局,1929年。

  另著有散文及批评集《自己的园地》(北京晨报社1923年)、《雨天的书》(北京北新书局1925年)、《谈龙集》(上海开明书局1927年)、《谈虎集》(上海北新书局1928年)等多种。

画　家

　　可惜我并非画家,
不能将一枝毛笔,
写出许多情景。——
两个赤脚的小儿,
立在溪边滩上,
打架完了,
还同筑烂泥的小堰。
　　车外整天的秋雨,
靠窗望见许多圆笠,——
男的女的都在水田里,
赶忙着分种碧绿的稻秧。[1]
　　小胡同口
放着一副菜担,——
满担是青的红的萝卜,
白的菜,紫的茄子,
卖菜的人立着慢慢的叫卖。
　　初寒的早晨,
马路旁边,靠着沟口,
一个黄衣服蓬头的人,

---

[1]　以上两节系夏间在日本日向道中所见。——原注

坐着睡觉，——
屈了身子，几乎叠作两折。
看他背后的曲线，
历历的显出生活的困倦。
　　这种种平凡的真实印象，
永久鲜明的留在心上，
可惜我并非画家，
不能用这枝毛笔，
将他明白写出。

九月二十一日

慈姑的盆

　　绿盆里种下了几颗慈姑，
长出青青的小叶。
秋寒来了，叶都枯了，
只剩了一盆的水。
清冷的水里，荡漾着两三根，
飘带似的暗绿的水草。
时常有可爱的黄雀，
在落日里飞来，
蘸水悄悄地洗澡。

十月二十一日

过去的生命

　　这过去的我的三个月的生命,那里去了?
没有了,永远的走过去了!
我亲自听见他沉沉的缓缓的一步一步的,
在我床头走过去了。
我坐起来,拿了一枝笔,在纸上乱点,
想将他按在纸上,留下一些痕迹,——
但是一行也不能写。
一行也不能写。
我仍是睡在床上,
亲自听见他沉沉的他缓缓的,一步一步的,
在我床头走过去了。

四月四日在病院中

胡 适
（1891—1962）

安徽绩溪人，20世纪中国最为重要的学者、知识分子、社会活动家之一。1917年，他在《新青年》上发表《文学改良刍议》，揭开了新文学以及五四新文化运动的序幕，新诗也是经由他的"发明"才得以诞生。他于1920年3月出版的《尝试集》，是新诗的开山之作，像一片化石那样，展现了"新诗"如何从"旧诗"、"白话诗"脱茧而出的历程。

胡适的诗平实晓畅，在后人的眼中，或许显得过于直白，形式上也尚未摆脱旧诗词的腔调，但在"诗体解放"的尝试中，他的写作的确展现了白话最初的活力，能用一个现代人的口吻，自由书写现代的思想和经验。在诗歌风格上，胡适追求"具体性"，希望诗能给人以"明显逼人的影像"，他的《湖上》、《鸽子》、《三溪路上大雪里一个红叶》等作品，文字简单，别有一种鲜明的意象之美。1930年代，还有人提出"胡适之体"的说法，以概括这种简单平实又有几分别致的诗歌美学。

出版诗集：

《尝试集》，上海亚东图书馆，1920年。
《尝试后集》，台湾远流出版公司，1986年。
另著有《胡适文存》（上海亚东图书馆1921年）、《胡适文存二集》（上海亚东图书馆1924年）、《胡适文存三集》（上海亚东图书馆1930年）等。

鸽 子

云淡天高,好一片晚秋天气!
有一群鸽子,在空中游戏。
看他们三三两两,
　　　回环来往,
　　　　夷犹如意,——
忽地里,翻身映日,白羽衬青天,十分鲜丽!

三溪路上大雪里一个红叶

雪色满空山,抬头忽见你!
我不知何故,心里狠欢喜;
踏雪摘下来,夹在小书里;
还想做首诗,写我欢喜的道理。
不料此理狠难写,抽出笔来还搁起。

　　　　　　　　六年十二月二十二日

十一月二十四夜

老槐树的影子
在月光的地上微晃；
枣树上还有几个干叶，
时时做出一种没气力的声响。

西山的秋色几回招我，
不幸我被我的病拖住了。
现在他们说我快要好了，
那幽艳的秋天早已过去了。

九，十一，二五。

秘魔崖月夜

依旧是月圆时，
依旧是空山，静夜；
我独自月下归来，——
这凄凉如何能解！

翠微山上的一阵松涛

惊破了空山的寂静。
山风吹乱了窗纸上的松痕,
吹不散我心头的人影。

       十二,十二,二十二。

刘半农
（1891—1934）

名复，字半农，江苏江阴人，1918年加入《新青年》群体，成为五四新文化运动的主将之一。后留学欧洲，主攻实验语音学，1925年获法国国家文学博士，归国后在北京大学国文系任教。在《新青年》时代的白话诗作者中，依照周作人的说法，刘半农和沈尹默是"具有诗人的天分"的两个，而在诗体的尝试方面，刘半农最为"活泼"、"勇敢"，在无韵诗、散文诗，以及用方言拟作的民歌之间，不断花样翻新。他擅长用平凡的口语，细致入微地写出现实的情境和生趣，对于所谓下层社会生活的描摹，也不同于一般的人道主义旁观，而是能捕捉到清新、素朴的诗意。名作《一个小农家的暮》就用简练的笔触，勾勒乡村生活的几幅剪影，将浓郁的抒情气息融入画面之中。在欧洲留学时期写下的《拟装木脚者语》，充满了谐趣，在不经意之间，记录了"一战"之后欧洲普通人的生活氛围。

出版诗集：

《瓦釜集》，北新书局，1926年。

《扬鞭集》，北新书局，1926年。

另著有《半农杂文》（北京星云堂书店1934年）、《半农杂文二集》（上海良友图书印刷公司1935年）等。

铁 匠

叮当！叮当！
清脆的打铁声，
激动夜间沉默的空气。
小门里时时闪出红光，
愈显得外间黑漆漆地。

我从门前经过，
看见门里的铁匠。
叮当！叮当！
他锤子一下一上，
砧上的铁，
闪着血也似的光，
照见他额上淋淋的汗，
和他裸着的，宽阔的胸膛。

我走得远了，
还隐隐的听见
叮当！叮当！
朋友，
你该留心着这声音，
他永远的在沉沉的自然界中激荡。
你若回头过去，

还可以看见几点火花,
飞射在漆黑的地上。

1919年9月,北京。

拟装木脚者语

欧战初完时,欧洲街市上的装木脚的,可就太多了。一天晚上,小客栈里的同居的,齐集在客堂中跳舞;不跳舞的只是我们几个不会的,和一位装木脚的先生。

灯光闪红了他们的欢笑的脸,
琴声催动了他们的跳舞的脚。
他们欢笑的忙,跳舞的忙,
把世界上最快乐的空气,
灌满了这小客店里的小客堂。

我呢?……
我还是多抽一两斗烟,
把我从前的欢乐想想;
我还是把我的木脚
在地板上点几下板,
便算是帮同了他们快乐,
便算是我自己也快乐了一场。

1920年3月27日,伦敦。

一个小农家的暮

她在灶下煮饭,
新砍的山柴,
必必剥剥的响。
灶门里嫣红的火光,
闪着她嫣红的脸,
闪红了她青布的衣裳。

他衔着个十年的烟斗,
慢慢地从田里回来;
屋角里挂去了锄头,
便坐在稻床上,
调弄着只亲人的狗。

他还踱到栏里去,
看一看他的牛,
回头向她说:
"怎样了——
我们新酿的酒?"

门对面青山的顶上,
松树的尖头,
已露出了半轮的月亮。

孩子们在场上看着月,
还数着天上的星:
"一,二,三,四……"
"五,八,六,两……"

他们数,他们唱:
"地上人多心不平,
天上星多月不亮。"

1921年2月7日,伦敦。

郭沫若
（1892—1978）

原名郭开贞，笔名沫若，四川乐山人，1921年与郁达夫、田汉等人创立了新文学史上第二个纯文学社团——"创造社"。郭沫若是个全才，在文学、戏剧、历史学、古文字学、考古学等方面都有相当的成就。他的新诗写作大致开始于1919年，那时他正在日本留学，远离新文学的发生现场。在某种意义上，这种"疏远"的位置造成了他新诗起点的独特性，新与旧、文言与白话的冲突，并不是他考虑的问题，诗歌强烈的抒情品质、对自我的真纯表现，以及超越性的哲学境界，更是他关注的重点。他的新诗最早发表于《时事新报·学灯》上，在编辑宗白华的激励下，很快进入了创作的"爆发期"，《凤凰涅槃》、《天狗》等作品，以激昂扬厉的风格、澎湃铺陈的句式、天马行空的想象震撼了当时的读者，呈现出一个大写的、无拘无束的抒情自我，也体现了"五四"一代人全新的时空感受；另外一些诗作，如《夜步十里松原》等，则词藻精美，意象奇警，甚至充满了唯美的"近代情调"，与一般早期新诗风格的素朴，也形成了强烈反差。他的诗集《女神》1921年出版之后，赢得了广泛的赞誉，闻一多就称："若讲新诗，郭沫若君的诗才配称新呢，不独艺术上他的作品与旧诗词相去最远，最要紧的是他的精神完全是时代的精神——二十世纪底时代的精神。"闻一多的判断显示出高度的概括性，他也确立了一种谈论方式，即：将新诗成立的根据与某种独特的精神气质联系起来（"时代精神"),它产生于现代历史的总体进程中,《女神》由是被看作对新诗现代性内涵的第一次全面展现。

主要诗集:

《女神》,上海泰东图书局,1921年。

《星空》,上海泰东图书局,1923年。

《瓶》,创造社出版部,1927年。

《前茅》,创造社出版部,1928年。

《恢复》,创造社出版部,1928年。

另著有论文集《文艺论集》(光华书局1925年),小说戏剧集《塔》(商务印书馆1926年)《落叶》(创造社1926年),戏剧集《三个叛逆的女性》(光华书局1926年)等文学及学术著作多种。

天　狗

我是一条天狗呀！
我把月来吞了，
我把日来吞了，
我把一切的星球来吞了，
我把全宇宙来吞了。
我便是我了！

我是月底光，
我是日底光，
我是一切星球底光，
我是 X 光线底光，
我是全宇宙底 Energy[1] 底总量！

我飞奔，
我狂叫，
我燃烧。
我如烈火一样地燃烧！
我如大海一样地狂叫！
我如电气一样地飞跑！

---

[1]　物理学所研究的"能"。——原注

我飞跑,

我飞跑,

我飞跑,

我剥我的皮,

我食我的肉,

我吸我的血,

我啮我的心肝,

我在我神经上飞跑,

我在我脊髓上飞跑,

我在我脑筋上飞跑。

我便是我呀!

我的我要爆了!

1920年2月初作

笔立山头展望 [1]

大都会的脉搏呀!

生的鼓动呀!

打着在,吹着在,叫着在,……

喷着在,飞着在,跳着在,……

---

[1] 笔立山在日本门司市西。登山一望,海陆船廛,了如指掌。

四面的天郊烟幕蒙笼了!
我的心脏呀,快要跳出口来了!
哦哦,山岳的波涛,瓦屋的波涛,
涌着在,涌着在,涌着在,涌着在呀!
万籁共鸣的 symphony,
自然与人生的婚礼呀!
弯弯的海岸好像 Cupid 的弓弩呀!
人的生命便是箭,正在海上放射呀!
黑沉沉的海湾,停泊着的轮船,进行着的轮
　　船,数不尽的轮船,
一枝枝的烟筒都开着了朵黑色的牡丹呀!
哦哦,二十世纪的名花!
近代文明的严母呀!

　　　　　　　　　　　　1920年6月间作

夜步十里松原

海已安眠了。
远望去,只看见白茫茫一片幽光,
听不出丝毫的涛声波语。
哦,太空!怎么那样地高超,自由,雄浑,清寥!
无数的明星正圆睁着他们的眼儿,
在眺望这美丽的夜景。

十里松原中无数的古松,
都高擎着他们的手儿沉默着在赞美天宇。
他们一枝枝的手儿在空中战栗,
我的一枝枝的神经纤维在身中战栗。

梅花树下醉歌
——游日本太宰府

梅花!梅花!
我赞美你!我赞美你!
你从你自我当中
吐露出清淡的天香,
开放出窈窕的好花。
花呀!爱呀!
宇宙的精髓呀!
生命的泉水呀!
假使春天没有花,
人生没有爱,
到底成了个什么世界?
梅花呀!梅花呀!
我赞美你!
我赞美我自己!
我赞美这自我表现的全宇宙的本体!

还有什么你?
还有什么我?
还有什么古人?
还有什么异邦的名所?
一切的偶像都在我面前毁破!
破!破!破!
我要把我的声带唱破!

蜜桑索罗普之夜歌[1]

无边天海呀!
一个水银的浮沤!
上有星汉湛波,
下有融晶泛流,
正是有生之伦睡眠时候。
我独披着件白孔雀的羽衣,
遥遥地,遥遥地,
在一只象牙舟上翘首。

啊,我与其学做个泪珠的鲛人,
返向那沉黑的海底流泪偷生,

---

[1] 蜜桑索罗普(misanthrope),厌世者。

宁在这缥缈的银辉之中,

就好像那个坠落了的星辰,
曳着带幻灭的美光,
向着"无穷"长殒!
前进!……前进!
莫辜负了前面的那轮月明!

1920年11月23日

日暮的婚筵

夕阳,笼在蔷薇花色的纱罗中,
如像满月一轮,寂然有所思索。

恋着她的海水也故意装出个平静的样儿,
可他嫩绿的绢衣却遮不过他心中的激动。

几个十二三岁的小姑娘,笑语娟娟地,
在枯草原中替他们准备着结欢的婚筵。

新嫁娘最后涨红了她丰满的庞儿,
被她最心爱的情郎拥抱着去了。

2月28日

徐玉诺
（1894—1958）

河南鲁山县人，1921年加入文学研究会，1922年他与文学研究会同人朱自清、周作人、俞平伯、叶绍钧等八人的诗合集《雪朝》出版，其中徐玉诺的作品选入的最多，他独特的诗风在当时也颇受瞩目。谈起他的诗歌，评论者大多会提及他家乡的惨祸带来记忆"酸苦"，由于经历过许多人生的磨难，他的诗作在题材、风格与主题上，都迥异于一般的新诗，色调压抑、凝重，乡村惨烈、破败的生存现实，得到浓墨重彩地呈现。然而，他的写作不只是社会乱象的反映，而是扩展为对个体生存处境的拷问。徐玉诺擅长使用散文化的长句，将自我放置于某种戏剧性的绝境中去审视，结合奇异的想象，在"黑暗"、"死亡"、"鬼"等主题的交替中，日常事物也成为命运的象征。从某个角度看，这种充满强度的写作，在1920年代的诗坛上独树一帜，但在后来的文学史上，似乎没有得到足够的重视和充分的讨论。

出版诗集：

《雪朝》（诗合集），商务印书馆，1922年。

《将来之花园》，商务印书馆，1922年。

《眷顾》，商务印书馆，1925年。

海 鸥

世界上自己能够减轻担负的,再没过海鸥了。

她很能把两翼合起来,头也缩进在一翅下,同一块木板似的漂浮在波浪上;

可以一点也不经知觉——连自己的重量也没有。

每逢太阳出来的时候,总乘着风飞了飞;

但是随处落下,仍是她的故乡——没有一点特殊的记忆,一样是起伏不定的浪。

在这不能记忆的海上,她吃,且飞,且鸣,且卧……从生一直到死……

愚笨的,没有尝过记忆的味道的海鸥呵!

你是宇宙间最自由不过的了。

一九二二,四,六

徐玉诺先生之地板

徐玉诺先生之地板才算奇怪的,……没法说;

不知道是他的脚小呀;也不知道是地板的木纤维的空
   间;

他走动起来,总是跳黑阱一般,一下一下都埋没在地板里。

诗

轻轻的捧着那些奇怪的小诗,
慢慢的走入林去;
小鸟们默默的向我点头,
小虫儿向我瞥眼。

我走入更阴森更深密的林中
暗把那些奇怪东西放在湿漉漉的草上

看呵,这个林中!
一个个小虫都张出他的面孔来,
一个个小叶都睁开他的眼睛来,
音乐是杂乱的美妙,
树林中,这里,那里,
满满都是奇异的,神秘的诗丝织着。

——五,八。

日落之后

当太阳一闪闪的被黑暗赶下西山去,
霎时世界就被黑暗占有了。
一般在光明里活动的东西
现在伏在黑影里一动也不动。
只有夜莺在深林里
畅情的高歌,
那晚香玉很新鲜的抬起头来,
像刚睡醒的青年爱人一般,
用指尖懒洋洋的搂了搂
额上披拂的游丝,
放出很新鲜很浓厚的芳香来。

小 羊

刚脱胎的一只小羊,
在她那愚笨
动不自主的跳浪里,
可以看出无限的尝试
灵魂还不熟识她的肉体。

徐志摩
（1897—1931）

原名章垿，浙江海宁人，1918年赴美留学，后又入英国剑桥大学。1923年回国后，曾主编《晨报副刊》，发起组织"新月社"、"新月书店"。在后人的印象中，徐志摩似乎只是一个浪漫的布尔乔亚诗人，用轻盈、柔美的语言书写爱情和理想。这样的判断在《雪花的快乐》、《偶然》、《沙扬娜拉》、《再别康桥》等作品中，的确会得到印证。他擅长使用长短错落、回环往复的句式，形成一种歌吟的节奏，情绪的低回、意象的精美，最为一般读者喜爱。但事实上，徐志摩的诗"泥沙俱下"，还有多种类型，如暴烈、粗伧的社会批判之作，如充满宗教虔敬的人生玄思等。他还灵活地将方言引入诗中，如《残诗》就用典型的"京白"写成，节奏铿锵，一气呵成。徐志摩后期的写作，逐渐转入怀疑、颓废的情调，在英国诗人哈代的影响下，往往书写人生惨淡的现场，保持一种"崛强的疑问"。另外，在诗体的借鉴与创制方面，他也有相当多的尝试，曾实验过"散文诗，自由诗，无韵体诗，骈句韵体诗，奇偶韵体诗"等杂多的形式。可惜在后来的接受中，读者往往关注他传奇的情感经历，对于他诗艺上多方面的成就，反而缺乏充分的认识。

出版诗集：

《志摩的诗》，中华书局，1925年。（新月书店1928年再版）
《翡冷翠的一夜》，新月书店，1927年。

《猛虎集》,新月书店,1931年。

《云游集》,新月书店,1932年。

另著有散文集《落叶》(北新书局1926年)《巴黎的鳞爪》(上海新月书店1927年)等。

沪杭车中

　　匆匆匆！催催催！
一卷烟，一片山，几点云影，
一道水，一条桥，一支橹声，
一林松，一丛竹，红叶纷纷；

　　艳色的田野，艳色的秋景，
梦境似的分明，模糊，消隐，——
　　催催催！是车轮还是光阴？
催老了秋容，催老了人生！

石虎胡同七号

我们的小园庭，有时荡漾着无限温柔：
善笑的藤娘，袒酥怀任团团的柿掌绸缪，
百尺的槐翁，在微风中俯身将棠姑抱搂，
黄狗在篱边，守候睡熟的珀儿，它的小友，
小雀儿新制求婚的艳曲，在媚唱无休——
我们的小园庭，有时荡漾着无限温柔。
我们的小园庭，有时淡描着依稀的梦景；

雨过的苍茫与满庭荫绿，织成无声幽冥，
小蛙独坐在残兰的胸前，听隔院蚓鸣，
一片化不尽的雨云，倦展在老槐树顶，
掠檐前作圆形的舞旋，是蝙蝠，还是蜻蜓？
我们的小园庭，有时淡描着依稀的梦景。

我们的小园庭，有时轻喟着一声奈何；
奈何在暴雨时，雨槌下捣烂鲜红无数，
奈何在新秋时，未凋的青叶惆怅地辞树，
奈何在深夜里，月儿乘云艇归去，西墙已度，
远巷薤露的乐音，一阵阵被冷风吹过——
我们的小园庭，有时轻喟着一声奈何。

我们的小园庭，有时沉浸在快乐之中；
雨后的黄昏，满院只美荫，清香与凉风，
大量的蹇翁，巨樽在手，蹇足直指天空，
一斤，两斤，杯底喝尽，满怀酒欢，满面酒红，
连珠的笑响中，浮沉着神仙似的酒翁——
我们的小园庭，有时沉浸在快乐之中。

"这年头活着不易"

昨天我冒着大雨到烟霞岭下访桂；
　　南高峰在烟霞中不见，
　　在一家松茅铺的屋檐前
　　我停步，问一个村姑今年
翁家山的桂花有没有去年开的媚，

那村姑先对着我身上细细的端详：
　　活像只羽毛浸瘪了的鸟，
　　我心想，她定觉得蹊跷，
　　在这大雨天单身走远道，
倒来没来头的问桂花今年香不香。

"客人，你运气不好，来得太迟又太早；
　　这里就是有名的满家弄，
　　往年这时候到处香得凶，
　　这几天连绵的雨，外加风，
弄得这稀糟，今年的早桂就算完了。"

果然这桂子林也不能给我点子欢喜：
　　枝上只见焦萎的细蕊，
　　看着凄惨，唉，无妄的灾！

为什么这到处是憔悴?

这年头活着不易!这年头活着不易!

西湖,九月。

再别康桥

轻轻的我走了,
　　正如我轻轻的来;
我轻轻的招手,
　　作别西天的云彩。

那河畔的金柳,
　　是夕阳中的新娘;
波光里的艳影,
　　在我的心头荡漾。

软泥上的青荇,
　　油油的在水底招摇:
在康河的柔波里,
　　我甘心做一条水草!

那榆荫下的一潭,
　　不是清泉,是天上虹

揉碎在浮藻间，
　　沉淀着彩虹似的梦。

寻梦？撑一支长篙，
　　向青草更青处漫溯，
满载一船星辉，
　　在星辉斑斓里放歌。

但我不能放歌，
　　悄悄是别离的笙箫；
夏虫也为我沉默，
　　沉默是今晚的康桥！

悄悄的我走了，
　　正如我悄悄的来；
我挥一挥衣袖，
　　不带走一片云彩。

十一月六日　中国海上

黄　鹂

一掠颜色飞上了树。
"看，一只黄鹂！"有人说。

翘着尾尖,它不作声,
艳异照亮了浓密——
像是春光,火焰,像是热情。

等候它唱,我们静着望,
怕惊了它。但它一展翅,
冲破浓密,化一朵彩云;
它飞了,不见了,没了——
像是春光,火焰,像是热情。

火车擒住轨

火车擒住轨,在黑夜里奔:
过山,过水,过陈死人的坟;

过桥,听钢骨牛喘似的叫,
过荒野,过门户破烂的庙,

过池塘,群蛙在黑水里打鼓,
过噤口的村庄,不见一粒火;

过冰清的小站,上下没有客,
月台袒露着肚子,像是罪恶。

这时车的呻吟惊醒了天上
三两个星,躲在云缝里张望:

那是干什么的,他们在疑问,
大凉夜不歇着,直闹又是哼,
长虫似的一条,呼吸是火焰,
一死儿往暗里闯,不顾危险,

就凭那精窄的两道,算是轨,
驮着这份重,梦一般的累坠。

累坠!那些奇异的善良的人,
放平了心安睡,把他们不论

俊的村的命全盘交给了它,
不论爬的是高山还是低洼,

不问深林里有怪鸟在诅咒,
天象的辉煌全对着毁灭走;

只图眼前过得,裂大嘴打呼,
明儿车一到,抢了皮包走路!

这态度也不错,愁没有个底;
你我在天空,那天也不休息,

睁大了眼,什么事都看分明,
但自己又何尝能支使运命?

说什么光明,智慧永恒的美,
彼此同是在一条线上受罪;

就差你我的寿数比他们强,
这玩艺反正是一片糊涂账。

闻一多
(1899—1946)

湖北浠水县人,现代诗人、学者、民主活动家,1912 年考入清华留美预备学校,在校期间开始新诗写作,与梁实秋等发起成立清华文学社。1922 年赴美留学,专攻美术专业,回国后在武汉大学、山东大学、清华大学等高校任教。1926 年,与徐志摩主编《晨报诗镌》,推动新诗格律化运动,后来被看作新月派诗人的领军人物。闻一多写诗,以"苦吟"著称,在用词、句法、情境等方面都精于锤炼,力避烂熟的表达,总是独出心裁地寻求语言的有力、奇警。他第一本诗集《红烛》,风格唯美、高蹈,自由体居多,充满了东方藻饰和浓烈的情感,《忆菊》《秋之末日》等篇章,色彩绚烂,显露了一位画家诗人的独到匠心。他的第二本诗集《死水》,可以看作自我修正的产物,语言更为洗练,将热烈的诗情浓缩于严谨的诗形中,完整实现了他的格律化主张,《死水》一诗通过"二字尺"与"三字尺"的组合,做到了"节的匀称和句的均齐",一直以来被看作现代格律诗的典范。其他作品,如《天安门》等,采用"戏剧独白体",模拟下层劳动者口吻,在新诗戏剧化方面颇具开创性。

出版诗集:

《红烛》,上海泰东书局,1923 年。
《死水》,新月书店,1928 年。
另著有《冬夜草儿评论》(与梁实秋合著,清华文学社 1922 年);《闻一多全集》(上海开明书店 1948 年)等。

忆 菊
——重阳前一日作

插在长颈的虾青瓷的瓶里,
六方的水晶瓶里的菊花,
攒在紫藤仙姑篮里的菊花;
守着酒壶的菊花,
陪着螯盏的菊花;
未放,将放,半放,盛放的菊花。

镶着金边的绛色的鸡爪菊;
粉红色的碎瓣的绣球菊!
懒慵慵的江西腊哟;
倒挂着一饼蜂窠似的黄心,
仿佛是朵紫的向日葵呢。
长瓣抱心,密瓣平顶的菊花;
柔艳的尖瓣攒蕊的白菊
如同美人底蜷着的手爪,
拳心里攫着一撮儿金粟。

檐前,阶下,篱畔,圃心底菊花:
霭霭的淡烟笼着的菊花,
丝丝的疏雨洗着的菊花,——
金底黄,玉底白,春酿底绿,秋山底紫,……

剪秋萝似的小红菊红儿；
从鹅绒到古铜色的黄菊；
带紫茎的微绿色的"真菊"
是些小小的玉管儿缀成的，
为的是好让小花神儿
夜里偷去当了笙儿吹着。

大似牡丹的菊王到底奢豪些，
他的枣红色的瓣儿，铠甲似的，
张张都装上银白的里子了；
星星似的小菊花蕾儿
还拥着褐色的萼被睡着觉呢。

啊！自然美底总收成啊！
我们祖国之秋底杰作啊！
啊！东方底花，骚人逸士底花呀！
那东方底诗魂陶元亮
不是你的灵魂底化身罢？
那祖国底登高饮酒的重九
不又是你诞生底吉辰吗？

你不像这里的热欲的蔷薇，
那微贱的紫罗兰更比不上你。
你是有历史，有风俗的花。
啊！四千年华胄底名花呀！

你有高超的历史,你有逸雅的风俗!

啊!诗人底花呀!我想起你,
我的心也开成顷刻之花,
灿烂的如同你的一样;
我想起你同我的家乡,
我们的庄严灿烂的祖国,
我的希望之花又开得同你一样。

习习的秋风啊!吹着,吹着!
我要赞美我祖国底花!
我要赞美我如花的祖国!
请将我的字吹成一簇鲜花,
金底黄,玉底白,春酿底绿,秋山底紫,……
然后又统统吹散,吹得落英缤纷,
弥漫了高天,铺遍了大地!

秋风啊!习习的秋风啊!
我要赞美我祖国底花!
我要赞美我如花的祖国!

一九二二年十月二十七日　美国芝城

秋之末日

和西风酗了一夜的酒,
醉得颠头跌脑,
洒了金子扯了锦绣,
还呼呼地吼个不休。

奢豪的秋,自然底浪子哦!
春夏辛苦了半年,
能有多少的积蓄,
来供你这般地挥霍呢?
如今该要破产了罢!

烂　果

我的肉早被黑虫子咬烂了。
我睡在冷辣的青苔上,
索性让烂的越加烂了,
只等烂穿了我的核甲,
烂破了我的监牢,
我的幽闭的灵魂

便穿着豆绿的背心,
笑迷迷地要跳出来了!

忘掉她

忘掉她,像一朵忘掉的花,——
　　那朝霞在花瓣上,
　　那花心的一缕香——
忘掉她,像一朵忘掉的花!

忘掉她,像一朵忘掉的花!
　　像春风里一出梦,
　　像梦里的一声钟,
忘掉她,像一朵忘掉的花!

忘掉她,像一朵忘掉的花!
　　听蟋蟀唱得多好,
　　看墓草长得多高;
忘掉她,像一朵忘掉的花!

忘掉她,像一朵忘掉的花!
　　她已经忘记了你,
　　她什么都记不起;

忘掉她,像一朵忘掉的花!

忘掉她,像一朵忘掉的花!
　年华那朋友真好,
　　他明天就教你老;
忘掉她,像一朵忘掉的花!

忘掉她,像一朵忘掉的花!
　如果是有人要问,
　　就说没有那个人;
忘掉她,像一朵忘掉的花!

忘掉她,像一朵忘掉的花!
　像春风里一出梦,
　像梦里的一声钟,
忘掉她,像一朵忘掉的花!

死 水

这是一沟绝望的死水,
清风吹不起半点漪沦。
不如多扔些破铜烂铁,
爽性泼你的剩菜残羹。

也许铜的要绿成翡翠,
铁罐上锈出几瓣桃花;
再让油腻织一层罗绮,
霉菌给他蒸出些云霞。

让死水酵成一沟绿酒,
飘满了珍珠似的白沫;
小珠们笑声变成大珠,
又被偷酒的花蚊咬破。

那么一沟绝望的死水,
也就夸得上几分鲜明。
如果青蛙耐不住寂寞,
又算死水叫出了歌声。

这是一沟绝望的死水,
这里断不是美的所在,
不如让给丑恶来开垦,
看他造出个什么世界。

发 现

我来了,我喊一声,迸着血泪,
"这不是我的中华,不对,不对!"
我来了,因为我听见你叫我;
鞭着时间的罡风,擎一把火,
我来了,那知道是一场空喜。
我会见的是噩梦,那里是你?
那是恐怖,是噩梦挂着悬崖,
那不是你,那不是我的心爱!
我追问青天,逼迫八面的风,
我问,拳头擂着大地的赤胸,
总问不出消息;我哭着叫你,
呕出一颗心来,你在我心里!

天 安 门

好家伙!今日可吓坏了我!
两条腿到这会儿还哆唆。
瞧着,瞧着,都要追上来了,
要不,我为什么要那么跑?

先生，让我喘口气，那东西，
你没有瞧见那黑漆漆的，
没脑袋的，蹶脚的，多可怕，
还摇晃着白旗儿说着话……
这年头真没法办，你问谁？
真是人都办不了，别说鬼。
还开会啦，还不老实点儿！
你瞧，都是谁家的小孩儿，
不才十来岁儿吗？干吗的？
脑袋瓜上不是使枪轧的？
先生，听说昨日又死了人，
管包死的又是傻学生们。
这年头儿也真有那怪事，
那学生们有的喝，有的吃，——
咱二叔头年死在杨柳青，
那是饿的没法儿去当兵，——
谁拿老命白白的送阎王！
咱一辈子没撒过谎，我想
刚灌上俩子儿油，一整勺，
怎么走着走着瞧不见道。
怨不得小秃子吓掉了魂，
劝人黑夜里别走天安门。
得！就算咱拉车的活倒霉，
赶明日北京满城都是鬼！

闻一多先生的书桌

忽然一切的静物都讲话了,
　　忽然间书桌上怨声腾沸:
墨盒呻吟道"我渴得要死!"
　　字典喊雨水渍湿了他的背;

信笺忙叫道弯痛了他的腰;
　　钢笔说烟灰闭塞了他的嘴,
毛笔讲火柴烧秃了他的须,
　　铅笔抱怨牙刷压了他的腿;

香炉咕喽着"这些野蛮的书
　　早晚定规要把你挤倒了!"
大钢表叹息快睡锈了骨头;
　　"风来了!风来了!"稿纸都叫了;

笔洗说他分明是盛水的,
　　怎么吃得惯臭辣的雪茄灰;
桌子怨一年洗不上两回澡,
　　墨水壶说"我两天给你洗一回"。

"什么主人?谁是我们的主人?"
　　一切的静物都同声骂道,

"生活若果是这般的狼狈,
　　倒还不如没有生活的好!"

主人咬着烟斗迷迷的笑,
　　"一切的众生应该各安其位。
我何曾有意的糟蹋你们,
　　秩序不在我的能力之内。"

李金发
（1900—1976）

原名李淑良，笔名金发，广东梅县人。1920年代初，他在法国留学，"受鲍特莱与魏尔伦的影响而做诗"，在不长的时间内写下《微雨》、《食客与凶年》、《为幸福而歌》三本诗集。这些作品寄回国内后，震动了当时的新诗坛，被认为"是国内所无，别开生面的作品"。李金发也得到了一个"诗怪"的称呼，成为初期象征诗派的代表人物。在风格、语言、意象、情调等诸方面，李金发的写作的确别开生面，他的诗中遍布了尸体、坟墓、枯骨、衰草、落叶、孤月、琴声、魔鬼等颓败意象，"触目尽是阴森恐怖的气氛"，充分体现了波德莱尔以降现代诗歌"审丑"的特点。他使用的语言，也多夹杂偏僻的字词和文言虚词，形成一种生涩拗口的陌生化效果，再加上诗行的展开极具跳跃性，意象的衔接十分随意，给人以支离破碎之感，甚至造成了一定的阅读障碍。朱自清曾用一个比喻来描述他的写法："仿佛大大小小红红绿绿一串珠子，他却藏起那串儿，你得自己穿着瞧。这是法国象征诗人的手法。"不容否认的是，李金发的诗歌在修辞上存在的一些问题，如语言雷同、结构松散等，也不能被技艺的新异性所掩盖。当然，他的诗集中不乏佳作，如《里昂车中》在光线的明暗变化中，捕捉瞬间的内心感触，并扩展出广大的世界幻象；《有感》则模拟魏尔伦《秋歌》中"跨行"的写法，将完整的句子打断成几行，短促的节奏带来一种警句的力度。

出版诗集:

《微雨》,北新书局,1925年。

《为幸福而歌》,商务印书馆,1926年。

《食客与凶年》,北新书局,1927年。

弃 妇

长发披遍我两眼之前,
遂隔断了一切羞恶之疾视,
与鲜血之急流,枯骨之沉睡。
黑夜与蚊虫联步徐来,
越此短墙之角,
狂呼在我清白之耳后,
如荒野狂风怒号,
战栗了无数游牧。

靠一根草儿,与上帝之灵往返在空谷里,
我的哀戚惟游蜂之脑能深印着;
或与山泉长泻在悬崖,
然后随红叶而俱去。
弃妇之隐忧堆积在动作上,
夕阳之火不能把时间之烦闷
化成灰烬,从烟突里飞去,
长染在游鸦之羽,
将同栖止于海啸之石上,
静听舟子之歌。

衰老的裙裾发出哀吟,
徜徉在邱墓之侧,

永无热泪,
点滴在草地
为世界之装饰。

里昂车中

细弱的灯光凄清地照遍一切,
使其粉红的小臂,变成灰白,
软帽的影儿,遮住她们的脸孔,
如同月在云里消失!

朦胧的世界之影,
在不可勾留的片刻中,
远离了我们
毫不思索。

山谷的疲乏惟有月的余光,
和长条之摇曳,
使其深睡。
草地的浅绿,照耀在杜鹃的羽上,
车轮的闹声,撕碎一切沉寂,
远市的灯光闪耀在小窗之口,
唯无力显露倦睡人的小颊,

和深沉在心之底的烦闷。

呵,无情之夜气,
蜷伏了我的羽翼。
细流之鸣声,
与行云之飘泊,
长使我的金发褪色么?

在不认识的远处,
月儿似勾心斗角的遍照,
万人欢笑,
万人悲哭,
同躲在一具儿,——模糊的黑影
辨不出是鲜血,
是流萤!

寒夜之幻觉

窗外之夜色,染蓝了孤客之心,
更有不可拒之冷气,欲裂碎
一切空间之留存与心头之勇气。
我靠着两肘正欲执笔直写,
忽而心儿跳荡,两膝战栗,

耳后万众杂沓之声,
似商人曳货物而走,
又如猫犬争执在短墙下,
巴黎亦枯瘦了,可望见之寺塔
悉高插空际。
如死神之手,
Seine[1]河之水,奔腾在门下,
泛着无数人尸与牲畜,
摆渡的人,
亦张皇失措。
我忽而站立在小道上,
两手为人兽引着,
亦自觉既得终身担保人,
毫不骇异。
随吾后的人,
悉望着我足迹而来。

将进园门,
可望见岿峨之宫室,
忽觉人兽之手如此其冷,
我遂骇倒在地板上,
眼儿闭着,
四肢僵冷如寒夜。

---

[1] 巴黎的塞纳河。

律

月儿装上面幕
桐叶带了愁容,
我张耳细听,
知道来的是秋天。

树儿这样消瘦,
你以为是我攀折了
他的叶子么?

红鞋人
——在 Café 所见

杂沓的嬉笑里,
声音顿静寂了一阵;
人造的灯光,
闪烁了二次,
终显出眩眼之蓝黛,
万头引颃,
收叠了几分气息,

于是徐徐地，墙角里
红鞋的人蹑足来了，
深黑的花冠，
琅珰的环佩，
多色的胸褡，
如雨后新虹之工整；
稀薄的轻纱，
朦胧地似无力裹住乳儿，
几欲狂跳出轻纱以外；
头儿微侧，手在腰间驻扎；
用脚尖作拍，以是狂跳了，
从东角跑到西隅，
有时曲着背，张着两手，
一半嗤笑向人，如野人之骇愕，
但从不忘记脚的节奏，
俄顷乐人呼的一声，
舞的形势，亦顿变了，
tambourin 亦开始拍了，
吁，几裂耳膜之音，
四座的人益形担心，
觉得千金一刻来了，
红鞋人不过转着，转着，
终久旋转着，tambourin 拍得更形厉害，
劳作之热焰，
使伊心房跳荡；
眼里满装欲焚之火焰，

（多么好看之技
将如何去收场）！
但伊像忿怒的神气，
脚儿微带点停的意思，
拍的一声，倒了去了！僵卧着，如悲剧之殉教者，
手儿无力，
向地板上懒洋洋地摊着，
蓝黛之光，顿成黑暗，
像给人多少诗意和死之回想似的。
且希望一切是明了清白与超脱，
生命带点欢爱之影子，
火自然给我们季候的警告，
大焰之光导我们远去，
两个形体溶合在一个曲线里，
更何论什么色彩。
吁无关怀过去的朦胧，
且紧抱我一点，
使我感到幸福之始末。

有　感

如残叶溅
　　血在我们

脚上，

生命便是
　　死神唇边
　　　　的笑。

半死的月下，
　　载饮载歌，
　　　　裂喉的音
随北风飘散。
　　　　　吁！
　　抚慰你所爱的去。

开你户牖
　　使其羞怯，
　　　　征尘蒙其
　　　　　可爱之眼了。

此是生命
　　之羞怯
　　　　与愤怒么？
如残叶溅
　　血在我们
　　　　脚上。

生命便是
　　死神唇边
　　　的笑。

废 名
（1901—1967）

原名冯文炳，湖北黄梅人，1922年考入北京大学预科英文班，开始发表诗和小说。1925年10月，废名出版第一本短篇小说集《竹林的故事》。1929年，任北京大学国文系讲师。抗日战争期间回黄梅县教小学和中学。1946年回北大国文系任副教授。1952年调往吉林大学中文系任教授。

废名在现代诗歌史上是少数几个以数量很少的诗作赢得较多关注的诗人。有文学史家把废名看作现代派中最晦涩的诗人。1927年废名卜居北京西山，开始长达五年的半隐居式的生活，自谑为"走进象牙之塔"。诗中也常常出现"遗世"、"隐逸"、"禅定"一类出尘脱俗的意象，诗人自我拟设的形象也正是一个"深山里禅定"的悟道者。朱光潜称："废名先生富敏感的苦思，有禅家道人的风味。他的诗有一个深玄的背景，难懂的是背景。"这个深玄的背景，就是禅悟的背景，理趣的背景，他为现代诗坛提供了一种观念诗和心象诗，一种读者必须借助禅悟的功夫才能理解深玄奥义的理趣诗。这也是废名的诗之所以晦涩的原因。

禅悟与理趣也构成着废名诗歌的总体氛围，透露着诗人的审美及生存理想，也制约了诗歌的意象选择。废名酷爱的意象之一是"镜"，诗中也充斥着"镜子"的意象，构成了一个关于幻象人生与观念世界的总体象喻，镜象世界甚至胜于实在人生，其中有种把人生幻美化、观念化的审美意向。

倘单从诗歌体式上考察，废名的不足是显见的，语言过于散文化、白话化，打磨不够，有时尚不及小说语言精练。

出版诗集：

《水边》(合集)，北平：新民印书馆，1944年。

《招隐集》(诗文合集)，汉口：大楚报社，1945年。

《中国诗歌库·废名卷》，武汉：长江文艺出版社，1999年。

《废名集》(1—6卷，王风编)，北京大学出版社，2009年。

另著有短篇小说集《竹林的故事》、《桃园》、《枣》，长篇小说《桥》《莫须有先生传》《莫须有先生坐飞机以后》，诗论《谈新诗》，佛教研究著作《阿赖耶识论》等。

掐 花

我学一个摘华高处赌身轻
跑到桃花源岸攀手掐一瓣花儿,
于是我把它一口饮了。
我害怕我将是一个仙人,
大概就跳在水里淹死了。
明月出来吊我,
我欣喜我还是一个凡人,
此水不现尸首,
一天好月照澈一溪哀意。

二十年五月十三日

妆 台

因为梦里梦见我是个镜子,
沉在海里他将也是个镜子,
一位女郎拾去
她将放上她的妆台。
因为此地是妆台,
不可有悲哀。

二十年五月十六日

灯

深夜读书
释手一本老子道德经之后,
若抛却吉凶悔吝
相晤一室。
太疏远莫若拈花一笑了,
有鱼之与水,
猫不捕鱼,
又记起去年冬夜里地席上看见一只小耗子走路,
夜贩的叫卖声又做了宇宙的言语,
又想起一个年青人的诗句
鱼乃水之花。
灯光好像写了一首诗,
他寂寞我不读他。
我笑曰,我敬重你的光明。
我的灯又叫我听街上敲梆人。

十二月十九夜

深夜一枝灯,

若高山流水,
有身外之海。
星之空是鸟林,
是花,是鱼,
是天上的梦,
海是夜的镜子。
思想是一个美人,
是家,
是日,
是月,
是灯,
是炉火,
炉火是墙上的树影,
是冬夜的声音。

1936年

寄之琳

我说给江南诗人写一封信去,
乃窥见院子里一株树叶的疏影,
他们写了日午一封信。
我想写一首诗,
犹如日,犹如月,

犹如午阴,
犹如无边落木萧萧下,
我的诗情没有两个叶子。

朱 湘
（1904—1933）

字子沅，安徽太湖县人，出生于湖南沅陵县。1920年入清华大学，参加清华文学社活动，与饶孟侃（字子理）、孙大雨（字子潜）、杨世恩（字子惠）三位校园诗人并称"清华四子"。朱湘初期的诗，风格纤细，特别一些极端的小诗，能出人意表地捕捉刹那诗兴。1926年，他参与闻一多、徐志摩主编的《晨报诗镌》，着力于诗歌格律化的实践，诗风"工稳美丽"，辞藻和意象偏向"古典与奢华"，在诗歌音乐性方面的成就，尤为显著，用沈从文的话来说，"于外形的完整与音调的柔和上，达到一个为一般诗人所不及的高点"。他颇为自得的《采莲曲》一诗，就采用民歌的形式，长短错落的诗行，配合悦耳的音调，有效地模拟出小舟在水中摇摆的动态。另外，在长篇叙事诗的写作方面，朱湘也留下了探索的痕迹，《王娇》《猫诰》等是其中的名作。1927年赴美留学后，他更进一步尝试十四行等多种西方诗体，其第三本诗集《石门集》有较为集中的展示。

出版诗集：

《夏天》，商务印书馆，1925年。

《草莽集》，开明书店，1927年。

《石门集》，商务印书馆，1934年。

另著有评论及散文集《文学闲谈》（北新书局1934年）、《中书集》（生活书店1934年）等。

早 晨

早晨：
黄金路上的丈长人影。

葬 我

葬我在荷花池内，
耳边有水蚓拖声，
在绿荷叶的灯上
萤火虫时暗时明——

葬我在马缨花下，
永作着芬芳的梦——
葬我在泰山之巅，
风声呜咽过孤松——

不然，就烧我成灰，
投入泛滥的春江，
与落花一同漂去
无人知道的地方。

十四，二，二。

采莲曲

　　小船呀轻飘,
杨柳呀风里颠摇;
　　荷叶呀翠盖,
荷花呀人样娇娆。
　　日落,
　　　微波,
金丝闪动过小河。
　　左行,
　　　右撑,
莲舟上扬起歌声。

　　菡萏呀半开,
蜂蝶呀不许轻来,
　　绿水呀相伴,
清净呀不染尘埃。
　　溪间
　　　采莲,
水珠滑走过荷钱。
　　拍紧,
　　　拍轻,
桨声应答着歌声。

藕心呀丝长，
羞涩呀水底深藏：
　　不见呀蚕茧
丝多呀蛹裹中央？
　　溪头
　　　采藕，
女郎要采又夷犹。
　　波沉，
　　　波升，
波上抑扬着歌声。

　　莲蓬呀子多：
两岸呀榴树婆娑，
　　喜鹊呀喧噪，
榴花呀落上新罗。
　　溪中
　　　采蓬，
耳鬓边晕着微红。
　　风定，
　　　风生，
风飔荡漾着歌声。

　　升了呀月钩，
明了呀织女牵牛；
　　薄雾呀拂水，
凉风呀飘去莲舟。

花芳
　　衣香
消溶入一片苍茫；
　　时静，
　　时闻，
虚空里袅着歌音。

十四，十，二四。

雨　景

我心爱的雨景也多着呀：
春夜梦回时窗前的淅沥；
急雨点打上蕉叶的声音；
雾一般拂着人脸的雨丝；
从电光中泼下来的雷雨——
但将雨时的天我最爱了。
它虽然是灰色的却透明；
它蕴着一种无声的期待。
并且从云气中，不知那里，
飘来了一声清脆的鸟啼。

十三，十一，二二。

戴望舒
（1905—1950）

浙江杭州人。1923年考入上海大学文学系，1925年转入震旦大学法文班，1932年至1935年留学法国，抗战后迁往香港，1942年被日寇逮捕入狱，在狱中写下了《我用残损的手掌》等诗作。在中国新诗史上，戴望舒是以较少的作品领袖一个诗歌流派的重要诗人。

1928年发表《雨巷》，被叶圣陶称为"替新诗的音节开了一个新纪元"。戴望舒也获得了"雨巷诗人"的称号。《雨巷》中循环、跌宕的旋律和复沓、回旋的音节，衬托了一种彷徨、徘徊的意境，传达了诗人寂寥、惆怅的心理情绪，从而间接地透露出痛苦、迷茫的时代氛围。但戴望舒本人并不喜欢这首诗，它的音乐美是戴望舒试图摈弃的。《望舒诗论》中说："诗不能借助音乐，它应该去了音乐的成分。"随后戴望舒诗歌创作的诗学重心转移到了"意象性"，在戴望舒30年代的诗作中得以普遍贯彻。

1932年戴望舒成为施蛰存主编《现代》杂志的主将，被称为"现代派"诗人群的领袖。诗作中屡屡出现的"辽远的国土"的意象也成为一个公设的象征性意象，构成一代青年诗人的精神寄托。《乐园鸟》即是现代派诗歌中最好的收获之一，"华羽的乐园鸟"是一代诗人的自我写照，而对天上的花园的荒芜的拟想则象征了诗人们"乐园梦"的破灭。戴望舒的诗中始终贯穿着对现代文明和现代性的感知和质疑，其失落和感伤也是现代的。

出版诗集:

《我底记忆》,上海:水沫书店,1929年。

《望舒草》,上海:现代书店,1933年。

《望舒诗稿》,上海杂志公司,1937年。

《灾难的岁月》,上海:星群出版社,1948年。

《戴望舒诗选》,北京:人民文学出版社,1957年。

《戴望舒诗集》,成都:四川人民出版社,1981年。

《戴望舒诗全编》,杭州:浙江文艺出版社,1989年。

雨 巷

撑着油纸伞,独自
彷徨在悠长,悠长,
又寂寥的雨巷
我希望逢着
一个丁香一样地
结着愁怨的姑娘。

她是有
丁香一样的颜色,
丁香一样的芬芳,
丁香一样的忧愁,
在雨中哀怨,
哀怨又彷徨;

她彷徨在这寂寥的雨巷,
撑着油纸伞
像我一样,
像我一样地
默默彳亍着,
冷漠,凄清,又惆怅。

她静默地走近

走近,又投出
太息一般的眼光,
她飘过
像梦一般地,
像梦一般地凄婉迷茫。

像梦中飘过
一枝丁香地,
我身旁飘过这女郎;
她静默地远了,远了,
到了颓圮的篱墙,
走尽这雨巷。

在雨的哀曲里,
消了她的颜色,
散了她的芬芳,
消散了,甚至她的
太息般的眼光。
她丁香般的惆怅。

撑着油纸伞,独自
彷徨在悠长,悠长
又寂寥的雨巷,
我希望飘过
一个丁香一样地
结着愁怨的姑娘。

我的记忆

我的记忆是忠实于我的,
忠实得甚于我最好的友人。

它存在在燃着的烟卷上,
它存在在破旧的粉盒上,
它存在在颓垣的木莓上,
它存在在喝了一半的酒瓶上,
在撕碎的往日的诗稿上,在压干的花片上,
在凄暗的灯上,在平静的水上,
在一切有灵魂没有灵魂的东西上,
它在到处生存着,像我在这世界一样。

它是胆小的,它怕着人们底喧嚣,
但在寂寥时,它便对我来作密切的拜访。
它底声音是低微的,
但是它的话是很长,很长,
很多,很琐碎,而且永远不肯休;
它底话是古旧的,老是讲着同样的故事,
它底音调是和谐的,老是唱着同样的曲子,
有时它还模仿着爱娇的少女底声音,
它底声音是没有气力的,
而且还夹着眼泪,夹着太息。

它底拜访是没有一定的,
在任何时间,在任何地点,
甚至当我已上床朦胧地想睡了:
人们会说它没有礼貌,
但是我们是老朋友。

它是琐琐地永远不肯休止的,
除非我凄凄地哭了,或是沉沉地睡了;
但是我是永远不讨厌它,
因为它是忠实于我的。

深闭的园子

五月的园子
已花繁叶满了,
浓荫里却静无鸟喧。

小径已铺满苔藓,
而篱门的锁也锈了——
主人却在迢遥的太阳下。

在迢遥的太阳下,

也有璀璨的园林吗?

陌生人在篱边探首,
空想着天外的主人。

眼之魔法

在你的眼睛的微光下,
迢遥的潮汐升涨:
玉的珠贝,
青铜的海藻,
千万只飞鱼之翅,
剪碎分而复合的
顽强的渊深的水。

无渚崖的水,
暗青色的水;
什么经纬度上的海,
我投身又沉溺
在以太阳之灵照射的诸太阳间,
在以月亮之灵映掩的诸月亮间,
在以星辰之灵闪烁的诸星辰间?
于是我是彗星,

有我的手,
有我的眼,
并尤其有我的心。

我晞曝于你的眼睛的
苍茫朦胧的微光中,
并在你上面,
在你的太空的镜子中,
鉴照我自己的
透明而畏寒的
火的影子,
死去的或冰冻的火的影子。
我伸长,我转着,
我永恒地转着,
在你的永恒之周围
并在你之中……
我是从天上奔流到海
从海奔流到天上的江河,
我是你每一条动脉,
每一条静脉,
每一个微血管中的血液,
我是你的睫毛,
(它们也在你的
眼睛的镜子里顾影)
你的睫毛,你的睫毛,
我是你,

因而我是我。

印 象

是飘落深谷去的
幽微的铃声吧,
是航到烟水去的
小小的渔船吧,
如果是青色的真珠:
它已堕到古井的暗水里。

林梢闪着的颓唐的残阳,
它轻轻地敛去了
跟着脸上浅浅的微笑。

从一个寂寞的地方起来的,
迢遥的,寂寞的呜咽,
又徐徐回到寂寞的地方,寂寞地。

乐 园 鸟

飞着,飞着,春,夏,秋,冬,
昼夜,没有休止,华羽的乐园鸟,
这是幸福的云游呢,
还是永恒的苦役?

渴的时候也饮露,
饥的时候也饮露;
华羽的乐园鸟,
这是神仙的佳肴呢,
还是为了对于天的乡思?

是从乐园里来的呢,
还是到乐园里去的,
华羽的乐园鸟,
在苍茫的青空中,
怎样辨识你的路途啊?

假使你是从乐园里来的,
可以对我们说吗,
华羽的乐园鸟,
自从亚当夏娃被驱后
那天上的花园已荒芜到怎样了?

我思想

我思想,故我是蝴蝶……
万年后小花的轻呼
透过无梦无醒的云雾,
来振撼我斑斓的彩翼。

一九三七年三月十四日

我用残损的手掌

我用残损的手掌
摸索这广大的土地;
这一角已变成灰烬,
那一角只是血和泥;
这一片湖该是我的家乡,
(春天,堤上繁花如锦障,
嫩柳枝折断有奇异的芬芳,)
我触到荇藻和水的微凉;
这长白山的雪峰冷到彻骨,
这黄河的水夹泥沙在指间滑出;
江南的水田,你当年新生的禾草

是那么细，那么软……现在只有蓬蒿；
岭南的荔枝花寂寞地憔悴，
尽那边，我蘸着南海没有渔船的苦水……
无形的手掌掠过无限的江山，
手指沾了血和灰，手掌粘了阴暗，
只有那辽远的一角依然完整，
温暖，明朗，坚固而蓬勃生春。
在那上面，我用残损的手掌轻抚，
像恋人的柔发，婴孩手中乳。
我把全部的力量运在手掌
贴在上面，寄与爱和一切希望，
因为只有那里是太阳，是春，
将驱逐阴暗，带来苏生，
因为只有那里我们不像牲口一样活，
蝼蚁一样死……那里，永恒的中国！

一九四二年七月三日

冯 至
(1905—1993)

原名冯承植,字君培,河北涿县人。1921年考入北京大学外文系,大学时代开始写诗,曾被鲁迅称为"中国最为杰出的抒情诗人"。1925年与同仁组织"沉钟社"。鲁迅曾这样评价"沉钟社"作者群:"那时觉醒起来的智识青年的心情,是大抵热烈,然而悲凉的。"在这一时期冯至的《昨日之歌》及《北游及其他》中,"热烈"而"悲凉"正构成了抒情风格的二重奏,是冯至既敏感又内敛的天性与"周围的无涯际的黑暗"共同塑造的结果。

冯至是少有的在两个历史阶段都有特出技艺的诗人。40年代的冯至贡献了被文学史家称为现代中国最佳诗集的《十四行集》,二十六首十四行诗追求的是里尔克所达到的境界:"使音乐的变为雕刻的,流动的变为结晶的,从浩无涯涘的海洋转向凝重的山岳。"这时期的冯至善于从普通意象中生发深刻的哲理,"倾听事物内部的生命","从充实的人性里面提炼出了最高的神性"。这种神性蕴涵在看似凡俗的事物中:原野的小路、初生的小狗,一队队的驮马,白茸茸的鼠曲草……这些事物都笼罩在诗人沉思的观照中而带有了哲理和启示意味。李广田说他是"沉思的诗人":"他默察,他体认,他把他在宇宙人生中所体验出来的印证于日常印象,他看出那真实的诗或哲学于我们所看不到的地方。"朱自清则说"闻一多先生说我们的新诗好像尽是些青年,也得有一些中年才好",并说冯至的《十四行集》"大概可以算是中年了"。

出版诗集:

《昨日之歌》,北平:北新书局,1927年。

《北游及其他》,北平:沉钟社,1929年。

《十四行集》,桂林明日社,1942年。

《冯至诗文选集》,北京:人民文学出版社,1955年。

《西郊集》,北京:作家出版社,1958年。

《十年诗抄》,北京:人民文学出版社,1959年。

《冯至诗选》,成都:四川人民出版社,1980年。

另著有散文集《山水》(文化生活出版社1947年),中篇小说《伍子胥》(文化生活出版社1946年)等。

蛇

我的寂寞是一条长蛇，
冰冷地没有言语——
姑娘，你万一梦到它时，
千万啊，莫要悚惧！

它是我忠诚的侣伴，
心里害着热烈的乡思：
它在想着那茂密的草原，——
你头上的，浓郁的乌丝。

它月光一般轻轻地，
从你那儿潜潜走过；
为我把你的梦境衔了来，
像一只绯红的花朵！

"南方的夜"

我们静静地坐在湖滨，
听燕子给我们讲讲南方的静夜。

南方的静夜已经被它们带来,
夜的芦苇蒸发着浓郁的情热。——
　　我已经感到了南方的夜间的陶醉,
　　　请你也嗅一嗅吧这芦苇丛中的浓味。

你说大熊星总像是寒带的白熊,
望去使你的全身都觉得凄冷。
这时的燕子轻轻地掠过水面,
零乱了满湖的星影。——
　　请你看一看吧这湖中的星象,
　　　南方的星夜便是这样的景象。

你说,你疑心那边的白果松
总仿佛树上的积雪还没有消融。
这时燕子飞上了一棵棕榈,
唱出来一种热烈的歌声,——
　　请你听一听吧燕子的歌唱,
　　　南方的林中便是这样的景象。

终觉得我们不像是热带的人,
我们的胸中总是秋冬般的平寂。
燕子说,南方有一种珍奇的花朵,
经过二十年的寂寞才开一次。——
这时我胸中忽觉得有一朵花儿隐藏,
它要在这静夜里火一样地开放!

给几个死去的朋友

一

我如今知道,死和老年人
并没有什么密切的关连,
在冬天我们不必区分
昼夜,昼夜都是一般疏淡;
反而是那些黑发朱唇
时时潜伏着死的预感,
你像是一个灿烂的春
沉在夜里,宁静而阴暗。

二

我们当初从远方聚集
到一座城里,好像只有
一个祖母,同一祖父的
血液在我们身内周流。
如今无论在任何一地
我们的聚集都不会再有,
我只觉得在的血里
还流着我们共同的血球。

三

我曾经草草认识许多人,
我时时想一一地寻找:
有的是偶然在一座树林
同路走过僻静的小道,
有的同车谈过一次心,
有的同席间问过名号……
你可是也参入了他们
生疏的队中,让我寻找。

四

我见过一个生疏的死者,
我从他的面上领悟了死亡:
像在他乡的村庄风雨初过,
我来到时只剩下一片月光——
月光颤动着在那儿叙说
过去风雨里一切的景象。
你的死觉是这般的静默
静默得像我远方的故乡。

—— 一九三七

十四行集（选五）

一

我们准备着深深地领受
那些意想不到的奇迹，
在漫长的岁月里忽然有
彗星的出现，狂风乍起：

我们的生命在这一瞬间，
仿佛在第一次的拥抱里
过去的悲欢忽然在眼前
凝结成屹然不动的形体。

我们赞颂那些小昆虫，
它们经过了一次交媾
或是抵御了一次危险，

便结束它们美妙的一生。
我们整个的生命在承受
狂风乍起，彗星的出现。

六
我时常看见在原野里

一个村童,或一个农妇
向着无语的晴空啼哭,
是为了一个惩罚,可是

为了一个玩具的毁弃?
是为了丈夫的死亡,
可是为了儿子的病创?
啼哭得那样没有停息,

像整个的生命都嵌在
一个框子里,在框子外
没有人生,也没有世界。

我觉得他们好像从古来
就一任眼泪不住地流
为了一个绝望的宇宙。

一五
看这一队队的驮马
驮来了远方的货物,
水也会冲来一些泥沙
从些不知名的远处,

风从千万里外也会
掠来些他乡的叹息:
我们走过无数山水,

随时占有,随时又放弃,

仿佛鸟飞翔在空中,
它随时都管领太空,
随时都感到一无所有。

什么是我们的实在?
从远方什么也带不来?
从面前什么也带不走?

二一
我们听着狂风里的暴雨,
我们在灯光下这样孤单,
我们在这小小的茅屋里
就是和我们用具的中间

也生了千里万里的距离:
铜炉在向往深山的矿苗,
瓷壶在向往江边的陶泥,
它们都像风雨中的飞鸟

各自东西。我们紧紧抱住,
好像自身也都不能自主。
狂风把一切都吹入高空,

暴雨把一切又淋入泥土,

只剩下这点微弱的灯红
在证实我们生命的暂住。

二七

从一片泛滥无形的水里,
取水人取来椭圆的一瓶,
这点水就得到一个定形;
看,在秋风里飘扬的风旗,

它把住些把不住的事体,
让远方的光,远方的黑夜
和些远方的草木的荣谢,
还有个奔向无穷的心意,

都保留一些在这面旗上。
我们空空听过一夜风声,
空看了一天的草黄叶红,

向何处安排我们的思,想?
但愿这些诗像一面国旗
把住一些把不住的事体。

李广田
（1906—1968）

山东邹平人，号洗岑，笔名黎地、曦晨等。1929年考入北京大学外语系，读书期间开始写作诗歌、散文，是"汉园三诗人"之一。1935年回济南教书，主要从事散文创作，著有散文集《画廊集》、《银狐集》等。1941年秋赴昆明，在西南联大任教。抗战胜利后，先后在南开大学、清华大学任教。1952年后历任云南大学副校长、校长。

李广田在诗中表现出一个脚踏大地的形象。在汉园三诗人中，李广田更像一个"地之子"："我的脚却永踏着土地，／我永嗅着人间的土的气息。"《那座城》中所抒写的"城"，也都携上了一抹乡土性，是倾颓之地，却也是回忆之乡。怅惘和怀恋的情绪交织其间，表现出本土经验和感受在拒斥与眷恋，离弃与回归的矛盾犹疑之间的徘徊不定。这也正是旅居北京的诗人、作家对乡土的共性情怀。

李广田的《窗》则集中呈现出"汉园三诗人"所共享的一个典型形象：临窗的冥想者和眺望者的形象。这首诗感染人的是"我"的孤单怅然，耽于幻想而拙于行动，在漫长的等待和守候中度过了自己的青春年华。等待和怀想已成为诗人的一种典型姿态。"想"也构成了《流星》一诗的关键词，而诗中的"辽远"则带来一种冥想的氛围和阔大的境界。

卞之琳称李广田的诗"不大令人注意到其中有什么警句，却给人留下整个一片的有分量的印象"。这个特点使李广田的诗有一种浑然一体的总体感,和连贯的内在气韵。

出版诗集:

《汉园集》(合集),上海:商务印书馆,1936年。

《春城集》,北京:作家出版社,1958年。

《李广田诗选》,昆明:云南人民出版社,1982年。

另著有散文集《画廊集》、《银狐集》、《雀蓑集》、《圈外》、《回声》、《日边随笔》,长篇小说《引力》,文论《诗的艺术》、《创作论》、《文艺书简》等。

窗

偶尔投在我的窗前的
是九年前的你的面影吗?
我的绿纱窗是褪成了苍白的,
九年前的却还是九年前。

随微飔和落叶的窸窣而来的
还是九年前的你那秋天的哀怨吗?
这埋在土里的旧哀怨
种下了今日的烦忧草,青青的。

你是正在旅行中的一只候鸟,
偶尔的,过访了我这座秋的园林,
(如今,我成了一座秋的园林)
毫无顾惜地,你又自遥远了。

遥远了,远到不可知的天边,
你去寻,寻另一座春的园林吗?
我则独对了苍白的窗纱,而沉默,
怅望向窗外:一点白云和一片青天。

乡愁

在这座古城的静夜里,
听到了在故乡听过的明笛,
虽说是千山万水的相隔吧,
却也有同样忧伤的歌吹。

偶然间忆到了心头的,
却并非久别的父和母,
只是故园旁边的小池塘,
萧风中,池塘两岸的芦与荻。

地之子

我是生自土中,
来自田间的,
这大地,我的母亲,
我对她有着作为人子的深情。
我爱着这地面上的沙壤,湿软软的,
我的襁褓;
更爱着绿绒绒的田禾,野草,

嫘姆的怀抱。
我愿安息在这土地上,
在这人类的田野里生长,
生长又死亡。

我在地上,
昂了首,望着天上。
望着白的云,
彩色的虹,
也望着碧蓝的晴空。
但我的脚却永踏着土地,
我永嗅着人间的土的气息。

我无心于住在天国里,
因为住在天国时
便失掉了天国,
且失掉了我的母亲,这土地。

一九三三年春

唢 呐

卖鼠戏的人又走过了,
唔啦啦地吹着唢呐,

在肩上负着他小小的舞台。
我看见
远远的一个失了躯体的影子
啼泣在长街
作最后的徘徊。
今天是一个寂寞的日子,
连落叶的声息也没有了。
愈远,愈远,
只听到唢呐还唔啦啦地,
我是沉入在苍白的梦里,
哑了的音乐似
停息在荒凉的琴弦上,
像火光样睡眠
当火焰死时。

一九三一年十一月

那 座 城

那座城——
那座城可还记得吗?
恐怕你只会说"不",
像夜风
轻轻地吹上破窗幕,

也许你真已忘去了
好像忘去
一个远行的旧相识,
忘去些远年的事物。
而我呢,我是个历史家,
总爱翻
厚重的旧书叶
去寻觅
并指点出一些陈迹,
于是,我重又寻到了——
当木叶尽脱,木叶
飘零时
我重又寻到了
那座城:
城头上几点烟
像梦中几朵云,
石壁上染青苔,
曾说是
一碧沧州雨。
城是古老的了,
古老的,又狭小的,
年久失修的城楼,倾颓了,
正好让
鸱枭作巢,
并点缀暮秋的残照。
街道是崎岖的,

更没有多少行人，
多少喧哗，
或多少车马，
就在这冷落的街上，
不，就在这古老的城中吧，
偶然地，我们相遇了，
相遇，又相识，
偶然地
却又作别了，
很久很久，
而且也很远很远了吧，
你究竟到哪儿去了呢？
你可曾又落到了什末城中吗？
你曾说，"我要去漂大海"，
但大海我也漂过，
问去路
也只好任碧波，
是的，你又说
"随你到世界的边缘"，
但哪儿算世界的边缘呢？
就驾了这暮秋的长风
怕也难
寻出你一些儿踪影！
但我却总想到
那座城，
城上的晴天

和雨天,
雨天的泥途上,
两个人同打的
油纸伞,
更有那城下的松林,
林荫下的絮语和笑声,
那里的小溪,溪畔的草,
受惊的,草间的鸣虫…
每当秋天,
当一个阴沉的日子
或晚间,
偶然地,我便这样想到了。
是呢,都是偶然,
什末又不是偶然呢:
看一只寒蝉
坠地,
看一片黄叶
离枝,
看一个同路的陌生人
远隐了,
隐到了不可知的异域,
一席地,盖一片草,
作一个人的幽居。
这一切也都是偶然吧,
于是,偶然地
一切都完了,

沉寂了,
除非我还想:
几时再回到那座城去呢?
几时再回到那座城去呢?

林 庚
（1910—2006）

字静希，原籍福建闽侯，生于北京。1928年考入清华大学物理系，1930年转入清华大学中文系，与吴组缃、李长之、季羡林并称"清华四剑客"。1933年毕业后留校。1934年起在北平民国学院等校兼课，讲授中国文学史。"七七事变"后到厦门大学任教。1947年返京任燕京大学教授，1952年任北京大学教授。

林庚把诗看成是"宇宙的代言人"。林庚的不少诗作，都追求"语言的第一次的诞生"，传达生命的醒觉和新鲜感，也使林庚禀赋一种感受力和领悟力，有一颗充满颖悟和智慧的"诗心"。其中显示出的"创造性正是从捕捉新鲜的感受中锻炼语言的飞跃能力，从语言的飞跃中提高自己的感受能力，总之，一切都统一在新鲜感受的飞跃交织之中"。《破晓》中"如人间第一次的诞生"就是对这种新鲜感受的传达。林庚自述道："我这时忽然有一种无人知道的广漠博大的感受"，"我觉得自己仿佛是站在这世界初开辟的第一个早晨里"。闻一多称这首诗是"水到渠成"。

林庚也以新诗格律的思考和追求见长，但是格律并没有给他带来束缚和镣铐。《春天的心》中"春天的心如草的荒芜／随便的踏出门去"，"随便"两个字堪称诗眼，整首诗正表现出"随便的踏出门去"的适意感，而春天给人带来的兴奋、新鲜、冲动以及一点点茫然的情怀却在这随随便便的感受中脱颖而出。林庚的诗由此表现出一种清澈明快的风格，诗人追求新的格律形式，但清新的想象和敏锐的感受力仍冲破了格律的可能束缚，显示出一种别样的诗质。

出版诗集：

《夜》，北平：自费出版，开明书店代售，1933年。

《春野与窗》，北平文学评论社，1934年。

《北平情歌》，北平：风雨诗社，1936年。

《冬眠曲及其他》，北平：风雨诗社，1936年。

《问路集》（诗与诗论合集），北京大学出版社，1984年。

《林庚诗选》，北京：人民文学出版社，1985年。

《林庚诗文集》（第1—9卷），北京：清华大学出版社，2005年。

另著有《中国文学史》《诗人屈原及其作品研究》《天问论笺》、《诗人李白》、《唐诗综论》、《新诗格律与语言的诗化》等多部文学研究专著。

破晓

破晓中天傍的水声
深山中老虎的眼睛
在鱼白的窗外鸟唱
如一曲初春的解冻歌
(冥冥的广漠里的心)
温柔的水裂的声音
自北极像一首歌
在梦中隐隐的传来了
如人间第一次的诞生

春天的心

春天的心如草的荒芜
随便的踏出门去
美丽的东西随处可以拣起来
少女的心情是不能说的
天上的雨点常是落下
而且不定落在谁的身上
路上的行人都打着雨伞

车上的邂逅多是不相识的
含情的眼睛未必为着谁
潮湿的桃花乃有胭脂的颜色
水珠斜落在玻璃车窗上
江南的雨天是爱人的

春 野

春天的蓝水奔流下山
河的两岸生出了青草
再没有人记起也没有人知道
冬天的风那里去了
仿佛傍午的一点钟声
柔和得像三月的风
随着无名的蝴蝶
飞入春日的田野

无 题

一盆清丽的脸水

映着天宇的白云万物
我俯下去洗脸了
肥皂泡沫浮满了灰蓝色的盆
在一个清晨或一个傍晚
光渐变得微弱了的时候
我穿的盥衣是一件国货
华丽的镶边与长穗的带子
一块湖滨新买来的面帕
漂在水上如白净的船蓬
于是我想着一件似乎很怅惘的事
在把一盆脸水通通的倒完时

夜深进行曲

夜收拾多梦的记忆
古老的河床它安息
折起的衣襟轻轻的
乃成为祝福的园地
踏过那平平的草原
马说着青山的神秘
大树下求群的旅人
他们辨识着那时计

天青得像一个坟墓
迫寻梦寐的甜熟吗
一群的队伍低低的
绕过黑暗里的人家
从远远银河的声音
谁袄起昔日的沉重
他们有催眠的节拍
大地的人们在蠕动

五月里夜深的行列
他们浮过红的花叶
描绘那海的高潮吧
织成了更深的黑夜
异乡的情调在树下
留恋高岗的旅人吗
而行列是醒的群众
带去了夏季的变化

艾 青
（1910—1996）

原名蒋正涵，浙江省金华人。1928年考入国立杭州西湖艺术院绘画系。1929年赴巴黎勤工俭学。1932年初回国，7月因参加左翼美术运动被捕，在狱中创作了《大堰河——我的保姆》。抗战爆发后，辗转于汉口、重庆等地投入抗日救亡运动，1941年赴延安，任《诗刊》主编。中华人民共和国成立后，担任《人民文学》副主编、全国文联委员等职。

巴黎的生涯对艾青的诗艺具有决定性作用。他最喜欢的是比利时诗人凡尔哈仑，因其"深刻地揭示了资本主义世界的大都市的无限扩张和广大农村濒于破灭的景象"。继而塑造了艾青"暴乱的革命者"，与"耽美的艺术家"（杜衡语）的双重形象。抗战初期的艾青创作了他一生中最优秀的作品：《北方》、《向太阳》、《吹号者》、《旷野》、《土地》……"雪落在中国的土地上，／寒冷在封锁着中国呀……"让人们感受到抗战时期的中国曾经有过怎样历经困苦和沧桑的岁月，正是这种苦难与沧桑最终奠定了艾青的忧郁的诗绪。冯雪峰说："艾青的根是深深地植在土地上。"他的形象，最终定格为行吟在大地上，沉溺于田野的气息的"土地的歌者"。

艾青的诗中还有一种鲜亮与明朗的色调。《黎明的通知》宣告一个新时代即将来临。这首预言黎明的诗本身的风格也如黎明般清新，疏朗，使人仿佛呼吸到了清晨林间的空气。而诗人的形象，则从当年的"暴乱的革命者",变成了一个通知着黎明的"吹号者"。

出版诗集：

《大堰河》，上海：群众杂志公司，1936年。

《他死在第二次》，上海杂志公司，1939年。

《向太阳》，香港：海燕读书，1940年。

《北方》，文化生活出版社，1942年。

《旷野》，生活书店，1940年。

《吴满有》，新华书店，1943年。

《黎明的通知》，桂林文化供应社，1943年。

《愿春天早点来》，桂林诗艺社，1944年。

《雪里钻》，重庆：新群出版社，1944年。

《献给乡村的诗》，昆明：北门出版社，1945年。

《欢呼集》，北京：新华书店，1950年。

《宝石的红星》，北京：人民文学出版社，1953年。

《艾青诗选》，北京：人民文学出版社，1955年。

《黑鳗》，北京：作家出版社，1955年。

《春天》，北京：人民文学出版社，1956年。

《海岬上》，北京：作家出版社，1957年。

《归来的歌》，成都：四川人民出版社，1980年。

《艾青诗选》，北京：外文出版社，1982年。

《域外集》，石家庄：花山文艺出版社，1983年。

《艾青全集》（1—5卷），石家庄：花山文艺出版社，1991年。

另出版有理论《释新民主主义的文学》、《诗论》、《新诗论》、《艾青谈诗》，散文集《海恋花》、《绿洲笔记》等。

芦 笛

——纪念故诗人阿波里内尔

——J'avais un mirliton que je n'aurais pas échanger
   contre un bàton de maréchal de France.

                      ——G.Apollinaire

我从你采色的欧罗巴
带回了一支芦笛,
同着它,
我曾在大西洋边
像在自己家里般走着,
如今
你的"Alcool"是在上海的 Sâreté 里,
我是犯了罪的,
在这里
芦笛也是禁物。
我想起那支芦笛啊,
它是我对于欧罗巴的最真挚的回忆,
阿波里内尔君,
你不仅是个波兰人,
因为你
在我的眼里,
真是一节流传在蒙马特的故事,

那冗长的，
　　惑人的，
由玛格丽特震颤的褪了脂粉的唇边
吐出的堇色的故事。
谁不应该朝向那
白里安和俾士麦的版图
吐上轻蔑的唾液呢——
那在眼角里充溢着贪婪，
卑污的盗贼的欧罗巴！
但是，
我耽爱着你的欧罗巴啊，
波德莱尔和兰布的欧罗巴。
在那里，
我曾饿着肚子
把芦笛自矜的吹，
人们嘲笑我的姿态，
因为那是我的姿态呀！
人们听不惯我的歌，
因为那是我的歌呀！
滚吧，
你们这些会唱了马赛曲，
而现在正在淫污着
那光荣的胜利的东西！
今天，
我是在巴司提尔里，
不，不是那巴黎的巴司提尔。

芦笛并不在我的身边,
铁镣也比我的歌声更响,
但我要发誓——对于芦笛,
为了它是在痛苦的被辱着。
我将像一七八九年似的
向灼肉的火焰里伸进我的手去!
在它出来的日子,
将吹送出
对于凌侮过它的世界的
毁灭的咒诅的歌。
而且我要将它高高的举起,
以悲壮的 Hymne
把它送给海,
送给海的波,
粗野的嘶着的
海的波啊!

　　　　　　　　　　一九三三,三,二八。

大堰河——我的褓姆

大堰河,是我的褓姆。
她的名字就是生她的村庄的名字,
她是童养媳,

大堰河,是我的褓姆。

我是地主的儿子;
也是吃了大堰河的奶而长大了的,
大堰河的儿子。
大堰河以养育我而养育她的家,
而我,是吃了你的奶而被养育了的,
大堰河啊,我的褓姆。

大堰河,今天我看到雪使我想起了你:
你的被雪压着的草盖的坟墓,
你的关闭了的故居檐头的枯死的瓦菲,
你的被典押了的一丈平方的园地,
你的门前的长了青苔的石椅,
大堰河,今天我看到雪使我想起了你

你用你厚大的手掌把我抱在怀里,抚摸我;
在你搭好了灶火之后,
在你拍去了围裙上的炭灰之后,
在你尝到饭已煮熟了之后,
在你把乌黑的酱碗放到乌黑的桌子上之后,
在你补好了儿子们的,为山腰的荆棘扯破的衣服
　　之后,
在你把小儿被柴刀砍伤了的手包好之后,
在你把夫儿们的衬衣上的虱子一颗颗的掐死之后,
在你拿起了今天的第一颗鸡蛋之后,

你用你厚大的手掌把我抱在怀里，抚摸我。

我是地主的儿子，
在我吃光了你大堰河的奶之后，
我被生我的父母领回到自己的家里。
啊，大堰河，你为什么要哭？

我做了生我的父母家里的新客了！
我摸着红漆雕花的家具，
我摸着父母的睡床上金色的花纹，
我呆呆的看檐头的写着我不认得的
"天伦叙乐"的匾，
我摸着新换上的衣服的丝的和贝壳的钮扣，
我看着母亲怀里的不熟识的妹妹，
我坐着油漆过的安了火钵的炕凳，
我吃着研了三番的白米的饭，
但，我是这般忸怩不安！因为我
我做了生我的父母家里的新客了。

大堰河，为了生活，
在她流尽了她的乳液之后
她就开始用抱过我的两臂劳动了；
她含着笑，洗着我们的衣服，
她含着笑，提着菜篮到村边的
　结冰的池塘去，
她含着笑，切着冰屑悉索的萝卜，

她含着笑，用手掏着猪吃的麦糟，
她含着笑，扇着炖肉的炉子的火，
她含着笑，背了团箕到广场上去
　　晒好那些大豆和小麦，
大堰河，为了生活，
在她流尽了她的乳液之后，
她就用抱过我的两臂，劳动了。

大堰河，深爱着她的乳儿；
在年节里，为了他，忙着切那冬米的糖，
为了他，常悄悄的走到村边的她的家里去，
为了他，走到她的身边叫一声"妈"，
大堰河，把他画的大红大绿的关云长
　　贴在灶边的墙上，
大堰河　会对她的邻居夸口赞美她的乳儿；
大堰河曾做了一个不能对人说的梦：
在梦里，她吃着她的乳儿的婚酒，
坐在辉煌的结采的堂上，
而她的娇美的媳妇　亲切的叫她"婆婆"
…………
大堰河，深爱她的乳儿！

大堰河，在她的梦没有做醒的时候已死了。
她死时，乳儿不在她的旁侧，
她死时，平时打骂她的丈夫也为她流泪，
　　五个儿子，个个哭得很悲，

她死时，轻轻的呼着她的乳儿的名字，
大堰河，已死了，
她死时，乳儿不在她的旁侧。

大堰河，含泪的去了！
同着四十几年的人世生活的凄侮，
同着数不尽的奴隶的凄苦，
同着四块钱的棺材和几束稻草，
同着几尺长方的埋棺材的土地，
同着一手把的纸钱的灰，
大堰河，她含泪的去了。

这是大堰河所不知道的：
她的醉酒的丈夫已死去，
大儿做了土匪，
第二个死在炮火的烟里，
第三，第四，第五
在师傅和地主的叱骂声里过着日子，
而我，我是在写着给予这
　不公道的世界的咒语。
当我经了长长的飘泊回到故土时，
在山腰里，田野上
兄弟们碰见时，是比六七年前更要亲密！
这，这是为你，静静的睡着的大堰河
所不知道的啊！

大堰河,今天,你的乳儿是在狱里,
写着一首呈给你的赞美诗,
呈给你黄土下紫色的灵魂,
呈给你拥抱过我的直伸着的手,
呈给你吻过我的唇,
呈给你泥黑的温柔的脸颜,
呈给你养育了我的乳房,
呈给你的儿子们,我的兄弟们,
呈给大地上一切的
我的大堰河般的褓姆和她们的儿子,
呈给爱我如爱她自己的儿子般的大堰河。
大堰河,
我是吃了你的奶而长大了的
你的儿子,
我敬你
　　爱你!

雪朝,十四,一,一九三三。

旷 野

薄雾在迷濛着旷野啊⋯⋯

看不见远方——

看不见往日在晴空下的
天边的松林,
和在松林后面的
迎着阳光发闪的白垩岩了;
前面只隐现着
一条渐渐模糊的
灰黄而曲折的道路,
和道路两旁的
乌暗而枯干的田亩……

田亩已荒芜了——
狼藉着犁翻了的土块,
与枯死的野草,
与杂在野草里的
腐烂了的禾根;
在广大的灰白里呈露出的
到处是一片土黄,暗赭,
与焦茶的颜色的混合啊……
——只有几畦萝卜,菜蔬
以披着白霜的
稀疏的绿色,
点缀着
这平凡,单调,简陋
与卑微的田野。

那些池沼毗连着,

为了久旱
积水快要枯涸了；
不透明的白光里
弯曲着几条淡褐色的
不整齐的堤岸；
往日翠茂的
水草和荷叶
早已沉淀在水底了；
留下的一些
枯萎而弯曲的枝杆，
呆然站立在
从池面徐缓地升起的水蒸汽里……
山坡横陈在前面，
路转上了山坡，
并且随着它的起伏
而向下面的疏林隐没……
山坡上，
灰黄的道路的两旁，
感到阴暗而忧虑的
只是一些散乱的墓堆，
和快要被湮埋了的
黑色的石碑啊。

一切都这样地
静止，寒冷，而显得寂寞……
灰黄而曲折的道路啊！

人们走着,走着,
向着不同的方向,
却好像永远被同一的影子引导着,
结束在同一的命运里;
在无止的劳困与饥寒的前面
等待着的是灾难、疾病与死亡——
彷徨在旷野上的人们
谁曾有过快活呢?

然而
冬天的旷野
是我所亲切的——
在冷彻肌骨的寒霜上,
我走过那些不平的田塍,
荒芜的池沼的边岸,
和褐色阴暗的山坡,
步伐是如此沉重,直至感到困厄
——像一头耕完了土地
带着倦怠归去的老牛一样……

而雾啊——
灰白而混浊,
茫然而莫测,
它在我的前面
以一根比一根更暗淡的
电杆与电线,

向我展开了
无限的广阔与深邃……

你悲哀而旷达,
辛苦而又贫困的旷野啊……

没有什么声音,
一切都好像被雾窒息了;
只在那边
看不清的灌木丛里,
传出了一片
畏慑于严寒的
抖索着毛羽的
鸟雀的聒噪……

在那芦蒿和荆棘所编的篱围里
几间小屋挤聚着——
它们都一样地
以墙边柴木的凌乱,
与竹竿上垂挂的褴褛,
叹息着
徒然而无终止的勤劳;
又以凝霜的树皮盖的屋背上
无力地混合在雾里的炊烟,
描画了
不可逃避的贫穷……

人们在那些小屋里
过的是怎样惨淡的日子啊……
生活的阴影覆盖着他们……
那里好像永远没有白日似的,
他们和家畜呼吸在一起,
——他们的床榻也像畜棚啊;
而那些破烂的被絮,
就像一堆泥土一样的
灰暗而又坚硬啊……

而寒冷与饥饿,
愚蠢与迷信啊,
就在那些小屋里
强硬地盘据着……

农人从雾里
挑起篦箩走来,
篦箩里只有几束葱和蒜;
他的毡帽已破烂不堪了,
他的脸像他的衣服一样污秽,
他的冻裂了皮肤的手
插在腰束里,
他的赤着的脚
踏着凝霜的道路,
他无声地

带着扁担所发出的微响,
慢慢地
在蒙着雾的前面消失……

旷野啊——
你将永远忧虑而容忍
不平而又缄默么?

薄雾在迷濛着旷野啊……

1940年1月3日晨。

冬天的池沼

冬天的池沼,
寂寞得像老人的心——
饱历了人世的辛酸的心;
冬天的池沼,
枯干得像老人的眼——
被劳苦磨失了光辉的眼;
冬天的池沼,
荒芜得像老人的发——
像霜草般稀疏而又灰白的发;
冬天的池沼,

阴郁得像一个悲哀的老人——
佝偻在阴郁的天幕下的老人。

       1940年1月11日。

北　方

一天
那个科尔沁草原上的诗人
对我说：
"北方是悲哀的。"
不错
北方是悲哀的。
从塞外吹来的
沙漠风，
已卷去北方的生命的绿色
与时日的光辉
——一片暗淡的灰黄
蒙上一层揭不开的沙雾；
那天边疾奔而至的呼啸
带来了恐怖
疯狂地
扫荡过大地；
荒漠的原野
冻结在十二月的寒风里，

村庄呀，山坡呀，河岸呀，
颓垣与荒冢呀
都披上了土色的忧郁……
孤单的行人，
上身俯前
用手遮住了脸颊，
在风沙里
困苦了呼吸
一步一步地
挣扎着前进……
几只驴子
——那有悲哀的眼
　　和疲乏的耳朵的畜生，
载负了土地的
痛苦的重压，
它们厌倦的脚步
徐缓地踏过
北国的
修长而又寂寞的道路……

那些小河早已枯干了
河底也已画满了车辙，
北方的土地和人民
在渴求着
那滋润生命的流泉啊！
枯死的林木

与低矮的住房
稀疏地,阴郁地
散布在灰暗的天幕下;
天上,
看不见太阳,
只有那结成大队的雁群
惶乱的雁群
击着黑色的翅膀
叫出它们的不安与悲苦,
从这荒凉的地域逃亡
逃亡到
绿荫蔽天的南方去了……
北方是悲哀的
而万里的黄河
汹涌着混浊的波涛
给广大的北方
倾泻着灾难与不幸;
而年代的风霜
刻画着
广大的北方的
贫穷与饥饿啊。

而我
——这来自南方的旅客,
却爱这悲哀的北国啊。
扑面的风沙

与入骨的冷气
决不曾使我咒诅；
我爱这悲哀的国土，
一片无垠的荒漠
也引起了我的崇敬
——我看见
我们的祖先
带领了羊群
吹着笳笛
沉浸在这大漠的黄昏里；
我们踏着的
古老的松软的黄土层里
埋有我们祖先的骸骨啊，
——这土地是他们所开垦
几千年了
他们曾在这里
和带给他们以打击的自然相搏斗，
他们为保卫土地
从不曾屈辱过一次，
他们死了
把土地遗留给我们——
我爱这悲哀的国土，
它的广大而瘦瘠的土地
带给我们以淳朴的言语
与宽阔的姿态，
我相信这言语与姿态
坚强地生活在大地上

永远不会灭亡；
我爱这悲哀的国土，
　　　古老的国土
——这国土
养育了为我所爱的
世界上最艰苦
与最古老的种族。

1938年2月4日，潼关

我爱这土地

假如我是一只鸟，
我也应该用嘶哑的喉咙歌唱：
这被暴风雨所打击着的土地，
这永远汹涌着我们的悲愤的河流，
这无止息地吹刮着的激怒的风，
和那来自林间的无比温柔的黎明……
——然后我死了，
连羽毛也腐烂在土地里面。

为什么我的眼里常含泪水？
因为我对这土地爱得深沉……

1938，11月17日

刈草的孩子

夕阳把草原燃成通红了。
刈草的孩子无声地刈草,
低着头,弯曲着身子,忙乱着手,
从这一边慢慢地移到那一边……

草已遮没他小小的身子了——
在草丛里我们只看见:
一只盛草的竹篓,几堆草,
和在夕阳里闪着金光的镰刀……

一九四〇年八月十七日

献给乡村的诗

我的诗献给中国的一个小小的乡村——
它被一条山岗所伸出的手臂环护着。
山岗上是年老的常常呻吟的松树;
红叶子象鸭掌般挣开着的枫树;
高大的结着戴帽子的果实的榉子树
和老槐树,主干被雷霆劈断的老槐树;

这些年老的树在山岗上集成树林,
荫蔽着一个古老的乡村和它的居民。

我想起乡村边上澄清的池沼——
它的周围密密地环抱着浓绿的杨柳,
水面浮着菱叶、水葫芦叶、睡莲的白花。
它是天的忠心的伴侣,映着天的欢笑和愁苦;
它是云的梳妆台,太阳、月亮、飞鸟的镜子;
它是群星的沐浴处,水禽的游泳池;
而老实又庞大的水牛从水里伸出了头,
看着村妇蹲在石板上洗着蔬菜和衣服。

我想起乡村里幽静的果树园——
园里种满桃子、杏子、李子、石榴和林檎,
外面围着石砌的围墙或竹编的篱笆,
墙上和篱笆上爬满了茑萝和纺车花:
那里是喜鹊的家,麻雀的游戏场;
蜜蜂的酿造室,蚂蚁的堆货栈;
蟋蟀的练音房,纺织娘的弹奏处;
而残忍的蜘蛛偷偷地织着网捕捉蝴蝶。

我想起乡村路边的石井——
青石砌成的六角形的石井是乡村的储水库,
汲水的年月久了,它的边沿已刻着绳迹,
暗绿而濡湿的青苔也已长满它的周围,
我想起乡村田野上的道路——

用卵石或石板铺的曲折窄小的道路,
它们从乡村通到溪流、山岗和树林,
通过森林后面和山那面的另一个乡村。

我想起乡村附近的小溪——
它无日无夜地从远方引来了流水
给乡村灌溉田地、果树园、池沼和井,
供给乡村上的居民们以足够的饮料;
我想起乡村附近小溪上的木桥——
它因劳苦削瘦得只剩了一副骨骼,
长年地赤露着瘦长的腿站在水里,
让村民们从它驼着的背脊骨上走过。

我想起乡村中间平坦的旷场——
它是村童们的竞技场,角力和摔跤的地方,
大人们在那里打麦,掼豆,飏谷,筛米……
长长的横竹竿上飘着未干的衣服和裤子;
宽大的地席上铺晒着大麦、黄豆和荞麦;
夏天晚上人们在那里谈天、乘凉,甚至争吵,
冬天早晨在那里解开衣服找虱子、晒太阳;
假如一头牛从山崖跌下,它就成了屠场——

我想起乡村里那些简陋的房屋——
它们紧紧地挨挤着,好象冬天寒冷的人们,
它们被柴烟薰成乌黑,到处挂满了尘埃,
里面充溢着女人的叱骂和小孩的啼哭;

屋檐下悬挂着向日葵和萝卜的种子,
和成串的焦红的辣椒,枯黄的干菜;
小小的窗子凝望着村外的道路,
看着山峦以及远处山脚下的村落。

我想起乡村里最老的老人——
他的须发灰白,他的牙齿掉了,耳朵聋了。
手象紫荆藤紧紧地握着拐杖,
从市集回来的村民高声地和他谈着市情;
我想起乡村里最老的女人——
自从一次出嫁到这乡村,她就没有离开过,
她没有看见过帆船,更不必说火车、轮船,
她的子孙都死光了,她却很骄傲的活着。

我想起乡村里重压下的农夫——
他们的脸象松树一样发皱而阴郁,
他们的背被过重的挑担压成弓形,
他们的眼睛被失望与怨愤磨成混沌;
我想起这些农夫的忠厚的妻子——
她们贫血的脸象土地一样灰黄,
她们整天忙着磨谷,舂米,烧饭,喂猪,
一边纳鞋底一边把奶头塞进婴孩啼哭的嘴。

我想起乡村里的牧童们,
想起用污手擦着眼睛的童养媳们,
想起没有土地没有耕牛的佃户们,

想起除了身体和衣服之外什么也没有的雇农们,
想起建造房屋的木匠们、石匠们、泥水匠们,
想起屠夫们、铁匠们、裁缝们,
想起所有这些被穷困所折磨的人们——
他们终年劳苦,从未得到应有的报酬。

我的诗献给乡村里一切不幸的人——
无论到什么地方我都记起他们,
记起那些被山岭把他们和世界隔开的人,
他们的性格象野猪一样,沉默而凶猛,
他们长久地被蒙蔽,欺骗与愚弄;
每个脸上都隐蔽着不曾爆发的愤恨;
他们衣襟遮掩着的怀里歪插着尖长快利的刀子,
那藏在套里的刀锋,期待着复仇的来临。

我的诗献给生长我的小小的乡村——
卑微的,没有人注意的小小的乡村,
它象中国大地上的千百万的乡村。
它存在于我的心里,象母亲存在儿子心里。
纵然明丽的风光和污秽的生活形成了对照,
而自然的恩惠也不曾弥补了居民的贫穷,
这是不合理的:它应该有它和自然一致的和谐;
为了反抗欺骗与压榨,它将从沉睡中起来。

一九四二,九,七。

黎明的通知

为了我的祈愿
诗人啊,你起来吧

而且请你告诉他们
说他们所等待的已经要来

说我已踏着露水而来
已借着最后一颗星的照引而来

我从东方来
从汹涌着波涛的海上来

我将带光明给世界
又将带温暖给人类

借你正直人的嘴
请带去我的消息

通知眼睛被渴望所灼痛的人类
和远方的沉浸在苦难里的城市和村庄

请他们来欢迎我——

白日的先驱,光明的使者

打开所有的窗子来欢迎
打开所有的门来欢迎

请鸣响汽笛来欢迎
请吹起号角来欢迎

请清道夫来打扫街衢
请搬运车来搬去垃圾

让劳动者以宽阔的步伐走在街上吧
让车辆以辉煌的行列从广场流过吧

请村庄也从潮湿的雾里醒来
为了欢迎我打开它们的篱笆

请村妇打开她们的鸡埘
请农夫从畜棚牵出耕牛

借你的热情的嘴通知他们
说我从山的那边来,从森林的那边来

请他们打扫干净那些晒场
和那些永远污秽的天井

请打开那糊有花纸的窗子
请打开那贴着春联的门

请叫醒殷勤的女人
和那打着鼾声的男子

请年轻的情人也起来
和那些贪睡的少女

请叫醒困倦的母亲
和她身边的婴孩

请叫醒每个人
连那些病者与产妇

连那些衰老的人们
呻吟在床上的人们

连那些因正义而战争的负伤者
和那些因家乡沦亡而流离的难民

请叫醒一切的不幸者
我会一并给他们以慰安

请叫醒一切爱生活的人
工人,技师以及画家

请歌唱者唱着歌来欢迎
用草与露水所渗合的声音

请舞蹈者跳着舞来欢迎
披上她们白雾的晨衣

请叫那些健康而美丽的醒来
说我马上要来叩打她们的窗门

请你忠实于时间的诗人
带给人类以慰安的消息

请他们准备欢迎,请所有的人准备欢迎
当雄鸡最后一次鸣叫的时候我就到来

请他们用虔诚的眼睛凝视天边
我将给所有期待我的以最慈惠的光辉

趁这夜已快完了,请告诉他们
说他们所等待的就要来了

卞之琳

（1910—2000）

江苏海门人。1929年考入北京大学英文系，第二年开始写诗，1936年与李广田、何其芳合出诗集《汉园集》，被合称为"汉园三诗人"。抗战之后任教于西南联大，1947年赴英国牛津大学做研究员，1949年回到北京，先后任职于北京大学、中国社会科学院外文所等机构，从事外国文学的研究、评论和翻译。

与何其芳的自恋式的倾诉不同，卞之琳的诗歌更多地借鉴了T.S.艾略特的"思想知觉化"和"非个人化"的倾向，着迷于在诗中虚拟"戏剧性处境"。《断章》中单一的"你"和单一的"看风景人"都不是自足的，两者在看与被看的关系中才构成一个网络。卞之琳由此贡献了一种"情境的美学"，诗中营造的，常常是日常生活的场景和情境，但一经卞之琳点化，便蕴涵了丰富深长的回味和耐人咀嚼的人生哲理。其中隐含了将普通生活审美化的高超本领。《道旁》、《尺八》、《白螺壳》、《距离的组织》、《音尘》都是情境化的代表作。

早期的卞之琳自称"多少受到写了《死水》以后的师辈闻一多本人的熏陶"，多用口语，用格律体。着墨平淡，调子低沉，"冷淡盖深挚"，"玩笑出辛酸"，都是他的刻意为之。许多过去所谓"不入诗"的事物也纷纷进入了卞之琳的视野：小茶馆、闲人手里捏磨的一对核桃、冰糖葫芦、酸梅汤、扁担之类，都在一个观察者的眼中生发出诗意。到《春城》中，技巧更为成熟而繁复，并突出了反讽因素。诗中的"我是一只断线的风筝"一段,"故意用滥调嘲弄一般的情诗",是诗人当时大量运用的戏拟方法。诗中由此有着多重的声音和主体。这种情形更体现在《尺八》《白螺壳》《鱼化石》等诗中。

出版诗集:

《三秋草》,自印,1933年。

《鱼目集》,上海:文化生活出版社,1935年。

《汉园集》(诗集,与李广田、何其芳合著),上海:商务印书馆,1936年。

《音尘集》,北平:文楷斋,1936年。

《慰劳信集》,昆明:明日社,1940年。

《十年诗草》,桂林:明日社,1942年。

《翻一个浪头》,上海:平明出版社,1951年。

《雕虫纪历(1930—1958)》,北京:人民文学出版社,1979年。

另著有散文集《人与诗:忆旧说新》,文学评论、散文等合集《沧桑集》等。

春 城

北京城：垃圾堆上放风筝，
描一只花蝴蝶，描一只鹞鹰
在马德里蔚蓝的天心，[1]
天如海，可惜也望不见您哪
京都！——

倒霉！又洗了一个灰土澡，
汽车，你游在浅水里，真是的，
还给我开什么玩笑？

对不住，这实在没有什么；
那才是胡闹（可恨可恨）：
黄毛风搅弄大香炉，
一炉千年的陈灰
飞，飞，飞，飞，飞，
飞出了马，飞出了狼，飞出了虎，
满街跑，满街滚，满街号，
扑到你的窗口，喷你一口，
扑到你的屋角，打落一角，

---

[1] 仿佛厨川白村说过北京天蓝如马德里。——原注

一角琉璃瓦吧?——
"好家伙,真吓坏了我,倒不是
一枚炸弹——哈哈哈哈!"
"真舒服,春梦做得够香了不是?
拉不到人就在车磴上歇午觉,
幸亏瓦片儿倒还有眼睛。"
"鸟矢儿也有眼睛——哈哈哈哈!"

哈哈哈哈,有什么好笑,
歇思底里,懂不懂?歇思底里!
悲哉,悲哉!
真悲哉,小孩子也学老头子,
别看他人小,垃圾堆上放风筝,
他也会"想起了当年事……"
悲哉,听满城的古木
徒然的大呼,
呼啊,呼啊,呼啊,
归去也,归去也,
故都,故都奈若何!……

"我是一只断线的风筝,
碰到了怎能不依恋柳梢头?
你是我的家,我的坟,
要看你飞花,飞满城,
让我的形容一天天消瘦。"

那才是胡调,对不住;且看

北京城:垃圾堆上放风筝。
昨儿天气才真是糟呢,
老方到春来就怨天,昨儿更骂天
黄黄的压在头上像大坟,
老崔说看来势真有点不祥,你看
漫天的土吧,说不定一夜睡了
就从此不见天日,要待多少年后
后世人的发掘吧,可是
今儿天气才真是好呢,
看街上花树也坐了独轮车游春,
春完了又可以红纱灯下看牡丹,
(他们这时候正看樱花吧?)
天上是鸽铃声——
蓝天白鸽,渺无飞机,
飞机看景致,我告诉你,
决不忍向琉璃瓦下蛋也……

北京城:垃圾堆上放风筝。

四月十一夜

距离的组织

想独上高楼读一遍"罗马衰亡史",
忽有罗马灭亡星出现在报上。

报纸落。地图开,因想起远人的嘱咐。
寄来的风景也暮色苍茫了。
(醒来天欲暮,无聊,一访友人吧。)
灰色的天。灰色的海。灰色的路。
哪儿了?我又不会向灯下验一把土。
忽听得一千重门外有自己的名字。
好累呵!我的盆舟没有人戏弄吗?
友人带来了雪意和五点钟。

附 注

第二行　民国二十三年十二月十六日大公报国际新闻伦敦二十五日路透电:两星期前索佛克业余天文学者发现北方大力座中出现一新星,兹据哈华德观象台纪称,近两日内该星异常光明,估计约距地球一千五百光年,故其爆发而致突然灿烂,当远在罗马帝国倾覆之时,直至今日,其光始传至地球云。

第七行　民国二十三年十二月二十八日大公报史地周刊王同春开发河套记:夜中驰驱旷野,偶然不辨在什么地方,只消抓一把土向灯一瞧就知道到了那里了。

第九行　聊斋志异白莲教:白莲教某者山西人,忘其姓名,某一日,将他往,堂上置一盆,又一盆覆之,嘱门人坐守戒勿启视。去后,门人启之,视盆贮清水,水上编草为舟帆樯具焉。异而拨以指,樯手倾侧。急扶如故,仍覆之。俄而师来,怒责何违吾命。门人力白其无。师曰,适海中舟覆,何得欺我。

　　　　　　　　　　　　　　　　　　一月九日

鱼化石（一条鱼或一个女子说：）

我要有你的怀抱的形状，
我往往溶化于水的线条。
你真像镜子一样的爱我呢。
你我都远了乃有了鱼化石。

一九三六

无题一

三日前山中的一道小水，
掠过你一丝笑影而去的，
今朝你重见了，揉揉眼睛看
屋前屋后好一片春潮。

百转千回都不跟你讲，
水有愁，水自哀，水愿意载你。
你的船呢？船呢？下楼去！
南村外一夜里开齐了杏花。

三月

雨同我

"天天下雨,自从你走了。"
"自从你来了,天天下雨。"
两地友人雨,我乐意负责。
第三处没消息,寄一把伞去?

我的忧愁随草绿天涯:
鸟安于巢吗?人安于客枕?
想在天井里盛一只玻璃杯,
明朝看天下雨今夜落几寸。

　　　　　　　　　　　　　五月

尺八

象候鸟衔来了异方的种子,
三桅船载来了一枝尺八,
从夕阳里,从海西头。
长安丸载来的海西客
夜半听楼下醉汉的尺八,
想一个孤馆寄居的番客

听了雁声,动了乡愁,
得了慰藉于邻家的尺八,
次朝在长安市的繁华里
独访取一枝凄凉的竹管……
(为什么霓虹灯的万花间
还飘着一缕凄凉的古香?)
归去也,归去也,归去也——
象候鸟衔来了异方的种子,
三桅船载来一枝尺八,
尺八乃成了三岛的花草。
(为什么霓虹灯的万花间,
还飘着一缕凄凉的古香?)
归去也,归去也,归去也——
海西人想带回失去的悲哀吗?

断 章

你站在桥上看风景,
看风景人在楼上看你。

明月装饰了你的窗子,
你装饰了别人的梦。

白 螺 壳

空灵的白螺壳,你,
孔眼里不留纤尘,
漏到了我的手里
却有一千种感情:
掌心里波涛汹涌,
我感叹你的神工,
你的慧心啊,大海,
你细到可以穿珠!
我也不禁要惊呼:
"你这个洁癖啊,唉!"

请看这一湖烟雨
水一样把我浸透,
像浸透一片鸟羽。
我仿佛一所小楼
风穿过,柳絮穿过,
燕子穿过像穿梭,
楼中也许有珍本,
书叶给银鱼穿织,
从爱字通到哀字——
也脱空华不就成!

玲珑吗,白螺壳,我?
大海送我到海滩,
万一落到人掌握,
愿得原始人喜欢:
换一只山羊还差
三十分之二十八;
倒是值一只蟠桃。
怕叫多思者想起:
空灵的白螺壳,你
卷起了我的愁潮——

我梦见你的阑珊:
檐溜滴穿的石阶,
绳子锯缺的井栏……
时间磨透于忍耐!
黄色还诸小鸡雏,
青色还诸小碧梧,
玫瑰色还诸玫瑰,
可是你回顾道旁,
柔嫩的蔷薇刺上
还挂着你的宿泪。

　　　　　　　　五月

何其芳
（1912—1977）

四川万县人。1931年考入北京大学哲学系，读书阶段开始写作。1938年，赴延安鲁迅艺术学院，任文学系主任，中华人民共和国成立后长期担任中国社会科学院文学研究所所长的职务。

1936年由何其芳的《燕泥集》、卞之琳的《数行集》和李广田的《行云集》合成的诗集《汉园集》问世，三位青年诗人也获得了"汉园三诗人"的称号。卞之琳这样解释诗集的得名："我们一块儿读书的地方叫'汉花园'。……我们始终对于这个名字有好感，又觉得书名字取得老气横秋一点倒也好玩，于是乎《汉园集》。""汉园"的字样中因此流露着超出字面的东西：诗人的学院背景，"老气横秋"背后所暗示的遥远的传统氛围，诗人的存在方式。"汉园"诗人更倾向生活在文字的诱惑和远景里。何其芳就沉湎于纯美的语言形式的感悟和创造中，"坠入了文字魔障"。他的诗因而呈现出唯美主义色彩，有精致、妩媚、凄清的美感。《预言》化用了希腊神话中水仙之神那喀索斯与回声女神埃科的故事，模仿埃科的口吻，倾诉了对水仙之神的爱恋，歌唱的是青春、爱情以及与两者相伴的痛楚和怅惘情怀，连同何其芳的其他清新而忧郁的诗作，成为苦闷青春期的教科书。

何其芳的诗人气质来自于他的忧郁和孤独的天性。他常常"独自凭倚在长长的白石桥上，踯躅在槐荫下，或者冥坐幽暗的小窗前，常有一些微妙的感觉突然浮起又隐去"。何其芳耽于幻想的自恋倾向，诗中寂寞而忧郁的情怀给了他的诗绪和诗情以丰沛的滋养。

出版诗集：

《汉园集》(合集)，上海：商务印书馆，1936年。

《刻意集》(诗文合集)，上海：文化生活出版社，1938年。

《预言》，重庆：文化生活出版社，1945年。

《夜歌》，重庆：诗文学社，1945年。

《夜歌和白天的歌》，北京：人民文学出版社，1952年。

《何其芳诗稿1953—1977》，上海文艺出版社，1979年。

《何其芳诗全编》，杭州：浙江文艺出版社，1995年。

另著有散文集《画梦录》、《还乡日记》、《星火集》等。

预　言

这一个心跳的日子终于来临。
你夜的叹息似的渐近的足音
我听得清不是林叶和夜风私语,
麋鹿驰过苔径的细碎的蹄声。
告诉我,用你银铃的歌声告诉我
你是不是预言中的年轻的神?
你一定来自温郁的南方,
告诉我那儿的月色,那儿的日光,
告诉我春风是怎样吹开百花,
燕子是怎样痴恋着绿杨,
我将合眼睡在你如梦的歌声里,
那温馨我似乎记得又似乎遗忘。

请停下,停下你长途的奔波,
进来,这儿有虎皮的褥你坐,
让我烧起每一秋天拾来的落叶,
听我低低唱起我自己的歌,
那歌声将火光样沉郁又高扬,
火光样将落叶的一生诉说。

不要前行,前面是无边的森林,
古老的树现着野兽身上的斑文,
半生半死的藤蟒蛇样交缠着,

密叶里漏不下一颗星,
你将怯怯地不敢放下第二步,
当你听见了第一步空寥的回声。

一定要走吗,等我和你同行,
我的足知道每条平安的路径,
我将不停地唱着忘倦的歌,
再给你,再给你手的温存,
当夜的浓黑遮断了我们,
你可不转眼地望着我的眼睛。

我激动的歌声你竟不听,
你的足竟不为我的颤抖暂停,
像静穆的微风飘过这黄昏里,
消失了,消失了你骄傲的足音……
啊,你终于如预言所说的无语而来
无语而去了吗,年轻的神?

一九三一年秋

花 环
放在一个小墓上

开落在幽谷里的花最香,

无人记忆的朝露最有光,
我说你是幸福的,小铃铃,
没有照过影子的小溪最清亮。

你梦过绿藤缘进你窗里,
金色的小花坠落到你发上,
你为檐雨说出的故事感动,
你爱寂寞,寂寞的星光。

你有珍珠似的少女的泪,
常流着没有名字的悲伤,
你有美丽得使你忧愁的日子,
你有更美丽的夭亡。

九月十九日夜

砌 虫

听是冷砌间草在颤抖,
听是白露滚在苔上轻碎,
垂老的豪侠子彻夜无眠,
空忆碗边的骰子声,
与歌时击缺的玉唾壶。

是呵,我是南冠的楚囚
惯作楚吟:一叶落而天下秋。
撑起我底风帆,我底翅,
穿过日光穿过细雨雾
去烟波间追水鸟底陶醉。

但何处是我浩荡的大江,
浩荡,空想银河落自天上?
不敢开门看满院的霜月,
更心怯于破晓的鸡啼:
一夜的虫声使我头白。

(1934年)

扇

设若少女妆台间没有镜子,
成天凝望悬在壁上的宫扇,
扇上的楼阁如水中倒影,
染着剩粉残泪如烟云,
叹华年流过绢面,
迷途的仙源不可往寻:
如寒冷的月里的生物
每夜仰望这苹果形的星球,

猜在山谷的浓淡阴影下
居住着的是多么幸福。

十月十一日

关山月

今宵准有银色的梦了,
如白鸽展开着沐浴的双翅,
如素莲在水影里坠下的花片,
如从琉璃似的梧桐叶流到
积霜似的鸳瓦上的秋声。
但渔阳也有这银色的月波吗?
即有,怕也凝成玲珑的冰了,
梦纵如一只满帆顺风的船,
能驶到冻结的夜里去吗?

十月十一日

箜篌引

古今注:箜篌引者朝鲜津卒霍里子高妻丽玉所作

也。子高晨起刺船,有一白首狂夫被发提壶,乱流而渡,其妻随而止之,不及,遂堕河而死,于是援箜篌而歌曰:公无渡河,公竟渡河。堕河而死,当奈公何。声甚凄怆。曲终亦投河而死。子高还以语丽玉,丽玉伤之,引箜篌而写其声。

正午:河里船都挂起白帆时
我放下窗上的芦苇帘子。
Le soleil déteste la pensee。

放下窗上的芦苇帘子
我就在荒岛的岩洞间了。
但我倒底是被逐入海的米兰公
还是他的孤女,美鸾达?
美鸾达!我叫不应自己的名字。
暴风从远处卷来像怒涛
突然卷去了一天的晴朗,
难道是我自己的魔法?
难道满空飞着叫着的蝗虫
是我葫芦里散出的黄沙?

我倒想着十月伦敦的黄雾呢。
"太太,你厌倦了阳光和花吗?
你厌倦了阳光和树叶吗?
让我把车开得和船一样
驶行在雾的街道中像河上。

Maidens call it love-in-idleness
不要滴那花汁在我眼皮上,
醒来我第一眼看见的也许是
一头熊,一匹狼,一只猴子…

…干吗床头的草你老瘦瘦的?
问着问着一翻身和盆和盘
打下地了。打碎了梦了。
我正梦着一位小说里的女人呢。
(娜斯塔西亚,你幸福吗?
裂帛声撕扇子声能使你笑吗?)
我正梦着我是一个白首狂夫
被发提壶,奔向白浪呢。

卷起帘子来:看倒底是黑夜了
还是一半天黄沙埋了这座巴比伦。

覃子豪
(1912—1963)

覃子豪,四川广汉县人,1932年赴北平就读于中法大学,1935年赴日,在东京中央大学深造。抗日战争爆发后回国,从事战地新闻工作。1947年赴台,曾主编《自立晚报》的《新诗周刊》。1954年成立"蓝星诗社",主编《蓝星诗周刊》、《蓝星诗季刊》等。1963年,诗人因肝癌不幸英年早逝。

覃子豪写过一首《诗的播种者》,这个称呼也贴切地描写了他在现代汉诗史上的地位。在他的领导下,蓝星诗社以开放的沙龙形式,持自由创作的原则,吸引了不少战后台湾的中青年诗人。覃子豪曾涉入几场笔战,为文阐述他诗的理念。一方面他反驳学者对象征主义的误解和诬蔑,另一方面他也不赞成全面西化,强调新诗应具备中国传统精神。覃子豪的诗有明朗,有抽象;既带着浪漫主义的向往,也有象征主义的沉潜。晚期的《过黑发桥》意象纯熟,饶富韵味。诗中黑白意象成强烈对比:一边是原住民青年的黑发、蝙蝠,一边是白鹭鸶、"我"的白发。在这画面中诗人又加入黄色系列:黄昏、火焰、古铜镜。如果黄昏衬托着黑发是纯粹写景,作为隐喻它暗示焚烧青春,将青丝变成白发的岁月。结尾的对比总作一总结:中年的我"独行"于无人之境,孤独仿佛是他的宿命;而对那原住民青年来说,他迎向的是春天、黎明、海、爱情。

出版诗集：

《海洋诗抄》，台北：新诗周刊社，1953年。

《向日葵》，台北：蓝星诗社，1955年。

《画廊》，台北：蓝星诗社，1962年。

《覃子豪诗选》，香港：文艺风出版社，1987年。

沙漠的风

沙漠的风吹老了少年的心
在日光下我追逐着自己的梦影

梦影在遥远的天边散了
希望便长埋在枯瘠的荒郊

荒郊里听不着一丝儿鸟声
只留下一个静静的淡淡的黄昏

夜半,我被囚在疯人院里
描画着人生一切的甘蜜

(1934)

忆

我常常把记忆
沉入深深的海底
而在这失眠的夜里
我要把逝去的记忆

从被遗忘的海底捞起

记忆是珍珠
记忆是珊瑚
最愉快的记忆
像五色缤纷的鱼群
在墨绿色的海藻间游泳

(1950S)

贝 壳

诗人高克多说
他的耳朵是贝壳
充满了海的音响
我说
贝壳是我的耳朵
我有无数耳朵
在听海的秘密

(1952)

黑水仙

你是从何处来的
不可追求的会际,不可寻觅的遇合
不可等待,不可守候
在午寐梦土的岸上
初识你眼睛里的黑水仙
那焕然的投影
祛尽我一切欲眠之时的迷惑
第二自然,是不可捕捉的
不可思议的奥深
幻中的黑水仙
我欲皈依那绝对的纯粹
而我已溶入无限的明澈

金黄色的蕊,闪烁着奇妙的语言
是奥深的通知,释放我的苦恼
于你眼中的黎明?
纯粹、明澈的所在
只可遇合,不可寻觅
黑水仙,水之精灵
生长于潺湲的忘怀之河

(1962)

过黑发桥[1]

佩腰的山地人走过黑发桥
海风吹乱他长长的黑发
黑色的闪烁
如蝙蝠窜入黄昏
黑发的山地人归去
白头的鹭鸶,满天飞翔
一片纯白的羽毛落下
我的一茎白发
落入古铜色的镜中
而黄昏是桥上的理发匠
以火焰烧我的青丝
我的一茎白发
溶入古铜色的镜中
而我独行
于山与海之间的无人之境

港在山外
春天系在黑发的林里
当蝙蝠目盲的时刻
黎明的海就飘动着
载满爱情的船舶

---

[1] 黑发桥是台东去新港途中之一桥名。——原注

辛 笛
（1912—2004）

原名王馨迪，亦名王辛笛，笔名心笛、辛笛等。祖籍江苏怀安，生于天津市。1935年毕业于清华大学外文系。1936年至1939年，在英国爱丁堡大学研究英国文学，回国后任上海暨南大学、光华大学教授，后在上海银行界工作。新中国成立后，转入上海工业战线工作，并担任中国作协上海分会理事、上海分会副主席等职务。1981年与八位师友合出《九叶集》，成为"九叶派"诗人的一员。

辛笛30年代的诗作可以纳入戴望舒所领衔的现代派诗歌阵营，唯美，绚烂，《航》中的"黑蝶与白蝶"、弄着"银色的明珠"的"青色的蛇"有鲜明的印象主义的情趣，《寄意》中"我把碎裂的怀想散播在田原上／做了一个永远居无定所的人"，也使人联想到现代派诗人漂泊的主题。

到了40年代，辛笛自己最看重的诗是《手掌》，"沉思的肉"，"富于情欲而蕴藏有智慧"，是把思想的探索诉诸血肉的感情，暗含着诗人对身体性的发现与自觉，以及诗人在"一切的事物使我困扰"的无可把握年代中对于自我确证性以及稳定感的寻求。"沉思的肉"不仅是40年代诗人们惯用的"思想知觉化"诗艺方式的体现，更意味着诗人们对自我，对生命的根基的发现，身体因此成为诗人体验、感受和反思世界的出发点。这种融汇了肉感与思想的感性的抒情也表现在穆旦等人的诗中，唯在辛笛的《手掌》中达到了一种以理节情的相对和谐境地。因此九叶派另一个诗人唐湜称"这手正是一个'现代人'的理想,灵肉完全一致,情理完全合拍,体质丰厚,思路曲折"。

出版诗集:

《珠贝集》,上海:光明书局,1936年。

《手掌集》,上海:星群出版公司,1948年。

《辛笛诗稿》,北京:人民文学出版社,1983年。

《王辛笛诗集》,香港专业出版社,1989年。

《听水吟集》(旧体诗集),香港翰墨轩出版社,2002年。

《九叶集》(合集),南京:江苏人民出版社,1981年。

《八叶集》(合集),香港:三联书店,1984年。

出版散文集有《夜读书记》、《印象·花束》、《嬗嬛偶拾》,主编有《20世纪中国新诗辞典》。

航

帆起了
帆向落日的去处
明净与古老
风帆吻着暗色的水
有如黑蝶与白蝶

明月照在当头
青色的蛇
弄着银色的明珠
桅上的人语
风吹过来
水手问起雨和星辰

从日到夜
从夜到日
我们航不出这圆圈
后一个圆
前一个圆
一个永恒
而无涯涘的圆圈

将生命的茫茫

脱卸与茫茫的烟水

一九三四年八月海上

印 象

流　流
蒲藻低下头
微风摆着得意的手
满河的星子
涨得和天一般高
一似看花的老眼
逗出盛年时的笑
或是秋天的草萤
起落平林间
十五年前的溪梦
向我走来了

一个仲夏之夜
在大人的蒲扇下
听过往的流水说话
有时也听了
鬼的故事
红纱的灯笼

送我回家
灯笼后的影子
随着无尽的日月
也是那么
一晃一晃地
独自成长了
成长了
又来听流水的嗟嗟

一九三四年四月
一个自燕京回清华
多星的夜晚

寄 意（集N句）

远方有时时变更颜色的群山
人语中是充满异地声调的
我把破碎的怀想散播在田原上
做了一个永远居无定所的人

你给我带来了一纸轻寒
正是风打窗格的时候
远灯下如有水波
犬吠比昨宵更幽咽

告诉你昨夜我有梦了
想有平安在你心里
低声预说着梦好……
新的住处中有旧的心情
且仿效红蓼和牵牛吧
……但墙壁上的影子像花枝
春风吹过了一个个季节

一九三七年一月

手 掌

形体丰厚如原野
纹路曲折如河流
风致如一方石膏模型的地图
你就是第一个
告诉我什么是沉思的肉
富于情欲而蕴藏有智慧
你更叫我想起
两颊丛髭一脸栗色的水手少年
粗犷勇敢而不失为良善
咸风白雨闯到头
大年夜还是浪子回家

吉卜西女儿惯于数说你的面相
说那一处代表生命与事业
又那一处代表爱情与旅行
她编造出一套套宿命的故事
和二月百啭的流莺比美
无非想赚取你高兴中的一点慷慨
你若往往当真
岂不定要误事

我喜欢你刚毅木讷而并非顺从
在你中心
摆上一个无意义的不倒翁
你立刻就限制他以行动的范围
洒上一匙清水
你立刻就凹成照见自己的湖沼
轻轻放下你时可以压死蚊蚋蜉蝣
高高举起你时可以呼吸全人类的热情

唯一不幸的　你有一个"白手"类的主人
你已如顽皮的小学生
养成了太多的坏习惯
为的怕皮肉生茧
你不会推车摇橹荷斧牵犁
永远吊在半醒的梦里
你从不能懂劳作后甜酣的愉快

这完全是由于娇纵
从今我须当心不许你更坏到中邪
被派作风魔的工具
从今我要天天拼命地打你
打你就是爱你教育你
直到你坚定地怀抱起新理想
不再笃信那十个不诚实的
过于灵巧的
属于你而又完全不像你的
触须似的手指

一九四六年六月三十日黎明

纪 弦
（1913—2013）

纪弦本名路逾，祖籍陕西秦县，生于河北清苑，苏州美专毕业。1929年开始用笔名"路易士"发表诗作，在诗坛崭露头角。他和戴望舒、杜衡、徐迟等人结交，同属《现代》诗群，并参与《新诗》的创办。他个人也出版过《诗志》、《菜花》、《诗领土》等诗刊。1945年改名"纪弦"，1948年赴台，任教于成功中学。1953年在经济拮据的情况下独资创办《现代诗季刊》，很快成为战后新生代诗人聚集的写作园地。1956年成立"现代派"，发表《现代派六大信条》，强调新诗"是横的移植，而非纵的继承"，在当时和以后的数十年里备受质疑批评。1976年，纪弦移民美国，长期住在北加州，以一百零一岁高寿辞世。

透过《现代诗》，纪弦力图实践"新诗再革命"和"新的现代主义"，欲在新格律诗之外另辟蹊径，追求原创性和实验性。他的诗观总结在《现代诗》的社论里：第一，"诗是诗，歌是歌，我们不说诗歌"；第二，"内容决定形式"；第三，"知性的诗"。三者直指现代主义的核心理念。《现代诗》一方面有别于当时官方赞助的"反共文学"，另一方面亦有别于通俗的抒情诗和新格律体。纪弦发起的现代诗运动以"现代诗"取代了"新诗"一词，沿用至今，是台湾和中国大陆的一个区别。

作为诗人，纪弦的作品表现了强烈的个人意识和对现代文明的批判。《火灾的城》和《画室》既是毫不留情的自剖，也是对异化世界的谴责。这份孤独感贯穿纪弦的作品：早年的特立独行招到外界的误解嘲笑，晚年寄居外国因语言隔阂而带来疏离感。这点从他的自我比喻也可看出一斑："摘星的少年"，"槟榔树"，"孤独的狼"。纪弦的诗语言直白，意象鲜明，抒发一己情怀，偶亦作超现实式的奇想。它也带着浓厚的自传成分，诗人的身材特征（高而瘦、小胡子、嘴里刁根烟斗）与生活嗜好（爱猫、玫瑰和酒）皆频频入诗。

纪弦不但是现代汉诗史上最长寿的诗人，更是大陆新诗在台湾的播种者和现代主义风潮的引领人。他的个人魅力和使命感吸引了许多年青诗人，造就了现代汉诗史上的一个黄金时代。

出版诗集：

《摘星的少年》，台北：现代诗社，1963年。

《饮者诗钞》，台北：现代诗社，1963年。

《槟榔树集》甲、乙、丙、丁、戊，台北：现代诗社，1967年。

《纪弦自选集》，台北：黎明文化事业，1978年。

《晚景》，台北：尔雅出版社，1985年。

《半岛之歌》，台北：现代诗季刊社，1993年。

《宇宙诗钞》，台北：书林出版社，2001年。

《纪弦诗拔萃》，台北：九歌出版社，2002年。

火灾的城

从你的灵魂的窗子望进去,
在那最深邃最黑暗的地方,
我看见了无消防队的火灾的城
和赤裸着的疯人们的潮。

我听见了从那无限的澎湃里响彻着的
我的名字,爱者的名字,仇敌们的名字,
和无数生者与死者的名字。

而当我轻轻地应答着
说"唉,我在此"时,
我也成为一个可怕的火灾的城了。

(1936)

吠月的犬

载着吠月的犬的列车滑过去消失了。
铁道叹一口气。

于是骑在多刺的巨型仙人掌上的全裸的少女们的有个
　性的歌声四起了：
不一致的意义，
非协和之音。
仙人掌的阴影舒适地躺在原野上。
原野是一块浮着的圆板哪。
跌下去的列车不再从弧形地平线爬上来了。
但击打了镀镍的月亮的凄厉的犬吠却又被弹回来，
吞噬了少女们的歌。

（1942）

画　室

我有一间画室，那是关起来和一切人隔绝了的。在那里面，我可以对着镜子涂我自己的裸体在画布上。我的裸体是瘦弱的，苍白的，而且伤痕累累，青的，紫的，旧的，新的，永不痊愈，正如我的仇恨，永不消除。

至于谁是用鞭子打我的，我不知道；谁是用斧头砍我的，我不知道；谁是用绳子勒我的，我不知道；谁是用烙铁烫我的，我不知道；谁是用消镪水浇我的，我不知道。

我所知道的是在我心中猛烈地燃烧着有一个复仇的意念。

但是我所唯一可能并业经采取的报复手段,只是把我的伤痕,照着它原来的样子,描了又描,绘了又绘;然后拿出去,陈列在展览会里,给一切人看,使他们也战栗,使他们也痛苦,并尤其使他们也和我同样地仇恨不已。而已而已。

(1946)

饮 者

在以一列列酒坛筑就的城堡中,
我的默坐
是王者的风度。

在还早的众人的办公时间,
我欣然而至了:
唯一的,下午三点钟的饮者。

我向酒保要了最好的酒,
自斟自饮,从容地,
统治一个完整的纯粹的帝国。

我的离去和我的王朝的倾覆,

是当有第二个顾客踏进来,
并侵犯了我的伟大的孤独时。

（1947）

阿富罗底之死

把希腊女神 Aphrodite 塞进一具杀牛机器里去

  切成
  块状
把那些"美"的要素
抽出来
制成标本；然后
    一小瓶
    一小瓶

分门别类地陈列在古物博览会里，以供民众观赏
并且受一种教育

这就是二十世纪：我们的

（1957）

B型之血

浴罢于夏日之下午
躺着作片刻之小休
忽觉我这瘦瘦长长的躯体
多么像个耶稣
是可以被出卖的
是可以用钉子来钉的
则我的 B 型之血
亦是圣洁而高贵的
不许白流
岂可白流
那就让它流吧

(1961)

在异邦

在异邦的大街上走着,
边走边骂人,用国语,
而谁也听不懂,多好玩!

还有更好玩的哩——
那就是：
被遗弃了似的，
被放逐了似的，
被开除了似的，
被丢入了字纸篓似的，
被倒进了焚化炉似的，
和黑板上一个粉笔字被擦掉了似的

一种感觉。

（1999）

杜运燮
（1915—2002）

生于马来西亚霹雳州，高中时期回国，1939年秋天入昆明西南联大外国文学系。1942年开始任"美国志愿空军大队"（即"飞虎队"）和"中国驻印军"翻译，1945年从西南联大毕业。日本投降后，到重庆《大公报》任国际编辑一年，此后辗转于新加坡、中国香港，1951年到新华社国际部工作，直至1986年退休。

杜运燮的诗中不时地隐现着影响了40年代中国诗坛的英国诗人奥登的影子。奥登的诗喜欢高空俯瞰的视角，常常从飞行员的眼睛，或者鹰的视角打量世界。杜运燮的诗也体现了这一点。如《浮沫》："面对着山水人物，汽车，／我是火星派来的记者，在欣赏而怜悯这一切。""火星"的视野，带来的是兼容"欣赏"和"怜悯"的双重态度。《月》中俯瞰地球的月亮，获得的正是超越的视角。就像诗人自己所说，"站在极高的高度把握全局，洞察事物的深层的来龙去脉与本质"。

《月》也反映了杜运燮轻松诙谐的写作风格。唐湜在《杜运燮的〈诗四十首〉》中说，现代诗有两种不同的范畴："自我发掘的心理分析诗，借题发挥的咏物诗可以归入一个范畴；幽默的轻松诗，讽刺现实又刻画人物的浮绘诗可以归入另一范畴。"杜运燮虽然也擅长自我发掘的心理分析，但是他的幽默的轻松诗却更具有独异性。轻松诙谐的调子，与高空俯视的视角互为表里。同时诗中充斥的大量不和谐语汇和意象的蒙太奇组接，暗含一种反讽因素,这种反讽在杜运燮这里既是现代诗歌的诗学技巧,也是创作心态,更是一种看待历史和社会生活的态度。

出版诗集:

《诗四十首》,上海:文化生活出版社,1946年。

《南音集》,新加坡文学书屋,1984年。

《晚稻集》,北京:作家出版社,1988年。

《你是我爱的第一个》,马来西亚霹雳文艺研究会,1993年。

《杜运燮六十年诗选》,北京:人民文学出版社,2000年。

《海城路上的求索——杜运燮诗文选》,北京:中国文学出版社,1998年。

恒 河

朴质地以你魁梧的身躯,
丰沛的生命力获得神圣,
赢得人民的崇拜与信心,
没有河拥有更大的光荣。

无数悠久历史的多棱角的庙宇,
缀满你全身,四方虔诚的人民,
走向你,如走向家,投进
你温馨的怀抱如投向母亲。

你看过多少经你伸手沐浴后
纯洁的笑容,用那么多鲜花
献出他们的爱情,而到最后
再把躯体在你的面前火化,

投向你永远那么静穆的慈容;
你看他们的亲属朋友在旁边
欢送到遥远可找到幸运的地方
一般,望最后的桅影没入天边。

而杀戮和争吵,朝代的更易,
则有如梦魇,或一串模糊的日影,

从身旁驰过,仍然强健如昔日,
你只注视着你喜爱的景物与人民。

人民听不厌舞蹈的小铃铛,有过
狂欢的节日,也有深夜的呻吟,
如今那不息的呻吟穿越到四方,
在戮杀着的黑暗中那固执的呻吟。

痛嚎着像一只受伤的巨兽……
然而你知道,有你哺育着
喜马拉雅高照着的虔诚人民
将永远有自由沐浴的快乐。

月

年龄没有减少
你女性的魔力,
忠实的纯洁爱情,
(看遍地梦的眼睛)
今夜的一如古昔。

科学家造过谣言,
说你只是个小星,

寒冷而没有人色，
得到亿万人的倾心，
还是靠太阳的势力；

白天你永远躲在家里，
晚上才洗干净出来，
带一队亮眼睛的星子
徘徊，徘徊到天亮，
因为打寒噤才回去。

但谣言没有减少
对你的饥饿的爱情：
电灯只是电灯，你仍旧
利用种种时间与风景
激起情感的普遍泛滥：

一对年青人花瓣一般
飘上河边的草场，唱
好莱坞的老歌，背诵
应景的警句，苍白的河水
拉扯着垃圾闪闪而流；

异邦的兵士枯叶一般
被桥栏挡住在桥的一边，
念李白的诗句，咀嚼着
"低头思故乡"，"思故乡"，

仿佛故乡是一颗橡皮糖；

褴褛的苦力烂布一般
被丢弃在路旁，生半死的火
相对沉默，树上剩余的
点点金光就跳闪在脸上
失望地在徘徊寻找诗行；

我像满载难民的破船
失了柁在柏油马路上
航行，后面已经没有家，
前面不知有没有沙滩，
望着天，分析狗吠的情感。

今夜一如其他的夜，
我们在地上不免狭窄，
你有女性的镇静，欣赏
这一切奇怪的情感波澜，露着
孙女的羞涩与祖母的慈祥。

一九四四年（于印度）

乡　愁

雨后黄昏抒情的细笔
在平静的河沿迟疑；
水花流不绝：终敲出乡声，
桥后闲山是那种靛蓝。

行人都向着笑眼的虹，
家的路，牛羊随意摇铃铛
涉水，归鸟浮沉呼喝，云彩
在一旁快乐又忽然掩面啜泣。

母亲抱着孩子看半个月亮
在水里破碎的边沿，小窗灯火
从水底走近我，伤风的吠声里
有人带疲倦的笑容回到家门。

一九四四年（于蓝伽）

露　营

今夜我忽然发见

树有另一种美丽：
它为我撑起一面
蓝色纯丝的天空；

零乱的叶与叶中间
争长着玲珑星子，
落叶的秃枝挑着
最圆最圆的金月；

叶片飘然飞下来，
仿佛远方的面孔，
一到地面发出"杀"，
我才听见絮语的风。

风从远处村里来，
带着质朴的羞涩：
狗伤风了，人多仇恨，
牛群相偎着颤栗。

两只幽默的黑鸟，
不绝地学人打鼾，
忽然又大笑一声，
飞入朦胧的深山。

多少热心的小虫，
以为我是个知音，

奏起所有的新曲,
悲观得令我伤心。

"吉普"在我的枕旁,
枪也在,衣裤也在,
它们麻木地沉默,
但我不嫌那种忠实。

夜深了,心沉得深,
深处究竟比较冷,
压力大,心觉得疼,
想变做雄鸡大叫几声。

(于印度)

滇缅公路

不要说这只是简单的现实;
试想没有血脉的躯体,没有油管的
机器;你们该起来歌颂:就是他们,
(营养不足,半裸体,挣扎在死亡的边沿)
就是他们,冒着饥寒与疟蚊的袭击,
每天不让太阳占先,从匆促搭盖的
土穴草窠里出来,挥动起原始的

锹铲，不惜仅有的血汗，一厘一分地
为民族争取平坦，争取自由的呼吸。

歌唱呵，你们，就要自由的人民，
路给我们希望与幸福，而就是他们
（还带着沉重的枷锁而任人播弄）
给我们明朗的信念，光明闪烁在眼前。
我们都记得无知而勇敢的牺牲，
永在阴谋剥削而支持享受的一群，
与一种新声音在响，一个新世界在到来，
如同不会忘记时代是怎样无情，
一个浪头，一个轮齿都是清楚的教训。

看，那就是，那就是他们不朽的化身：
穿过高寿的森林，经过万千年风霜
与期待的山岭，蛮横如野兽的激流，
以及神秘如地狱的疟蚊大本营，……
就用勇敢而善良的血汗与忍耐
踩过一切阻挡，走出来，走出来，
给战斗疲倦的中国送鲜美的海风，
送热烈的鼓励，送血，送一切，于是
这坚韧的民族更英勇，开始欢笑：
"我起来了，我起来了，我已经自由！"

路永远使我们兴奋，都来歌唱呵！
这是重要的日子，幸福就在手头。

看它，风一样有力，航过绿色的田野，
蛇一样轻灵，从茂密的草木间
盘上高山的背脊，飘行在云流中，
俨然在飞机的坐舱里，发现新的世界，
而又鹰一般敏捷，画几个优美的圆弧
降落下箕形的溪谷，倾听村落里
安息前欢愉的匆促，轻烟的朦胧中
溢着亲密的呼唤，人性的温暖，
于是更懒散，沿着水流缓缓走向城市。

而，就在粗糙的寒夜里；荒冷
而空洞，也一样负着全民族的
食粮：载重车的黄眼满山搜索，
搜索着跑向人民的渴望；
沉重的橡皮轮不绝滚动着，
人民兴奋的脉搏，每一块石子
一样觉得为胜利尽忠而骄傲：
微笑了，在满足而微笑着的星月下面，
微笑了，在豪华的凯旋日子的好梦里。

征服了黑暗就是光明，它晓得；
你看，黎明红色消息已写在
每一片云上，攒涌着多少兴奋的头颅，
七色的光在忙碌调整布景的效果，
星子在奔走，鸟儿在转身睁眼，
远处沿着山顶闪着新弹的棉花，

滇缅公路得万物朝气的鼓励，
狂欢地引负远方来的货物，
上峰顶看雾，看山坡上的日出，
修路工人在草露上打欠伸，"好早啊！"

早啊！好早啊！路上的尘土还没有
大群的起来追逐，辛勤的农夫
因为太疲劳，肌肉还需要松弛，
牧羊的小孩正在纯洁的忘却中，
城里人还在重复他们枯燥的旧梦，
而它，就引着成群各种形状的影子
在荒废久年的森林草丛间飞奔：
一切在飞奔，不准许任何人停留，
远方的星球被转下地平线，
拥挤着房屋的城市已到面前，
可是它，不能停，还要走，还要走，
整个民族在等待，需要它的负载。

陈敬容
(1917—1989)

原名陈懿范,笔名蓝冰等。生于四川乐山。1932年春读初中时接触到五四新文学,开始学习写诗,后考入四川省立第一女子师范学校。1934年底只身离家前往北京,在北京大学和清华大学中文系旁听,开始发表诗歌和散文。1946年到上海,从事创作和翻译。1948年参与创办《中国新诗》杂志。1949年在华北大学学习,后从事政法工作。1956年任《世界文学》编辑,1973年退休。1981年与八位师友合出《九叶集》,成为"九叶派"诗人的一员。

在中国现代女诗人中,陈敬容是最具有思辨气质的。"流得最快的水／像不在流",这首《逻辑病者的春天》就充满辩证的精神。这种辩证性与诗人善于把自我对象化的自省意识有关。《陌生的我》即在诗中把自我"陌生化",变成一个拉开反思距离的"另一个陌生的存在",从而对自我的生存方式投以理性的和辩证的认知。

不同于30年代何其芳所代表的"现代派"诗人们自恋式的自我观照,陈敬容的诗中展现了40年代年青诗人们自我怀疑、自我审视的精神。他们不仅反思着身外的现实世界以及自我与现实的关系,同时更深刻地反思生命个体的存在状态。对自我的陌生化、疏离化的体验,与其说反映了一代诗人的虚无心态,不如说象征着自我意识的真正觉醒,也体现着历经战争与离乱的新一代诗人正视自我生存境遇,直面现实和历史的勇气。

出版诗集：

《交响集》，上海：星群出版社，1947年。

《盈盈集》，上海：文化生活出版社，1948年。

《九叶集》(合集)，南京：江苏人民出版社，1981年。

《陈敬容选集》(诗歌、散文合集)，成都：四川人民出版社，1983年。

《老去的是时间》，哈尔滨：黑龙江人民出版社，1983年。

《远帆集》(散文、诗选集)，广州：花城出版社，1984年，

《八叶集》(合集)，香港：三联书店，1984年。

陌生的我

我时常看见自己
是另一个陌生的存在
独自想着陌生的思想
当我在街头兀立
一片风猛然袭来
我看着一个陌生的我
面对着陌生的世界

许多熟习的事物
我穿的衣裳
我住的房屋
我爱读的书籍
我爱听的音乐
它们都不是真正属于我
就连我的五官四肢
我说话的声音
我走路的姿势
也不过是一般之中的
一个偶然

在空间里和时间里
我随时占有

又随时失去
我如何能夸说
给出什么我的所有
虽然人类舞台上
永在扮演取予的悲剧

我没有我自己
当我写着短短的诗
或是长长的信
我想试把睡梦里
一片太阳的暖意
织进别人的思想里去。

一九四七.十一.廿六于上海

划　分

我常常停步于
偶然行过的一片风
我往往迷失于
偶然飘来的一声钟
无云的蓝空
也引起我的怅望
我啜饮同样的碧意

从一株草或是一棵松

待发的船只
待振的羽翅
箭呵,惑乱的弦上
埋藏着你的飞驰
火警之夜
有奔逃的影子

在熟习的事物前面
突然感到的陌生
将宇宙和我们
断然地划分

一九四六·三·廿八于重庆

春 晚

燕子掠过去
想不起
谁家的窗子该绿了
古中国的屏风
淡墨的山水
临风飘拂的袍袖

远了,夕阳里一个短梦
有着蒙蒙的黄昏色

一片闹哄哄的寂静
仿佛无数小鼓
毫无理由地一阵擂响
却又极轻极轻
轻得载不住一粒灰尘
空洞的,无边际的惆怅
——杜撰的碑文

一九四七.五.八.

出 发

当夜草悄悄透青的时候
一个消息用低语传遍了宇宙

是什么在暗影里潜生
什么火,什么光,什么样的战栗的手?
呵,不要问;不要管道路
有多么陌生;不要记起身背后
蠕动着多少记忆的毒蛇
欢乐和悲苦,期许和失望……

踏过一道道倾圮的城墙
让将死的世纪梦沉沉地睡

当夜草悄悄透青的时候
一个消息用低语传遍了宇宙

时间的陷害拦不住我们
荒凉的远代不是早已曾有过
那光明的第一盏灯？残暴的
文明，正在用虚伪和阴谋
虐杀原始的人性；让我们首先
是我们自己：每一个蜕变
有各自不同的开始与完成

当夜草悄悄透青的时候
一个消息用低语传遍了宇宙

从一个点引伸出无数条线
一个点，一个小小的圆点
它通向无数个更大的圆
呵，不能叫狡猾的谎话
把我们欺骗；让我们出发
在每一个抛弃了黑夜的早晨

律 动

水波的起伏，
雨声的断续，
远钟的幽扬……

和灼热而温柔的
你底心的跳荡——

谁的意旨，谁的手呵
将律动安排在
每一个动作
拇一声音响？

宇宙呼吸着，
你呼吸着；
一株草，一只蚂蚁
也呼吸着。

停匀的呼吸，
停匀的幽咽，
停匀的歌唱——

谁的意旨，谁的手呵

将律动付与了
每一个"动"的意象?

宇宙永在着,
生命永在着,
律动,永在着;

而我心灵的窗上
每夜颤动着
你,我的永恒的星光!

         五,十六晨。

穆 旦
（1918—1977）

原名查良铮，祖籍浙江海宁。1935年入清华大学，读外文系。抗战时期随清华大学南迁西南联大，1940年8月留校任助教。1942年参加中国远征军，赴缅甸战场。1947年参加后来被称为"九叶诗派"的创作活动。1949年赴美攻读英美、俄罗斯文学。1953年回国，任教南开大学外文系。

穆旦的诗歌所获得的美学评价和历史评价往往是针锋相对的。有研究者视之为现代诗歌的第一人，也有同行把他看做二流诗人；有人认为"穆旦的胜利却在他对于古代经典的彻底的无知"，也有人指出穆旦的底里"潜存的是我们并不陌生的本土经验"……众说纷纭的判断源自穆旦诗歌所涵容的固有的复杂性，既是复杂的现代在创作中的体现，也是风云变幻的战争年代在诗中的投影。

穆旦的诗中，既有《赞美》、《在寒冷的腊月的夜里》这类延承艾青诗绪的作品，也有《我歌颂肉体》这类"用身体思想"的创作；既有在爱情诗的表象下，承载着对生命的黑暗域的探问的《诗八首》，也有针砭时弊反思历史的《控诉》；诗中也常常出现"主"的意象，看似表达了对上帝的皈依，但他"所达到的上帝也可能不是上帝，而是魔鬼本身"（王佐良语）。因此，《五月》中的戏拟的旧诗体与纯然现代汉语的并置才有一种触目惊心的反讽性，诗体和语言的猝然对照昭示的是穆旦创作图景的驳杂性、悖论性，很难以某种单一判断来穷尽。

出版诗集：

《探险队》，昆明：崇文印书馆出版，1945年。

《穆旦诗集（1939—1945）》，自费出版，1947年。

《旗》，上海：文化生活出版社，1948年。

《穆旦诗选》，北京：人民文学出版社，1986年。

《穆旦诗全集》，北京：中国文学出版社，1996年。

童 年

秋晚灯下,我翻阅一页历史……
窗外是今夜的月,今夜的人间。
一条蔷薇花路伸向无尽远,
色彩缤纷,珍异的浓香扑散。
于是有奔程的旅人以手,脚
贪婪地抚摸这毒恶的花朵,
(呵,他的鲜血在每一步上滴落!)
他青色的心浸进辛辣的汁液
腐酵着,也许要酿成一盅古旧的
醇酒?一饮而丧失了本真。
也许他终于像一匹老迈的战马,
披戴无数的伤痕,木然嘶鸣。

而此刻我停伫在一页历史上,
摸索自己未经世故的足迹
在荒莽的年代,当人类还是
一群淡淡的,从远方投来的影,
朦胧,可爱,投在我心上。
天雨天晴,一切是广阔无边,
一切都开始滋生,互相交融。
无数荒诞的野兽游行云雾里,
(那时候云雾盘旋在地上,)

矫健而自由，嬉戏地泳进了
从地心里不断涌出来的
火热的熔岩，蕴藏着多少野力，
多少跳动着的雏形的山川，
这就是美丽的化石。而今那野兽
绝迹了，火山口经时日折磨
也冷涸了，空留下暗黄的一页，
等待十年前的友人和我讲说。

灯下，有谁听见在周身起伏的
那痛苦的，人世的喧声？
被冲积在今夜的隅落里，而我
望着等待我的蔷薇花路，沉默。

1939年10月

在寒冷的腊月的夜里

在寒冷的腊月的夜里，风扫着北方的平原，
北方的田野是枯干的，大麦和谷子已经推进了村庄，
岁月尽竭了，牲口憩息了，村外的小河冻结了，
在古老的路上，在田野的纵横里闪着一盏灯光，
   一副厚重的，多纹的脸，
    他想什么？他做什么？

在这亲切的，为吱哑的轮子压死的路上。

风向东吹，风向南吹，风在低矮的小街上旋转，
木格的窗纸堆着沙土，我们在泥草的屋顶下安眠，
谁家的儿郎吓哭了，哇——呜——呜——从屋顶传过
　　屋顶
他就要长大了渐渐和我们一样地躺下，一样地打鼾，
　　　　从屋顶传过屋顶，风
　　　这样大岁月这样悠久，
　　我们不能够听见，我们不能够听见。

火熄了么？红的炭火拨灭了么？一个声音说，
我们的祖先是已经睡了，睡在离我们不远的地方，
所有的故事已经讲完了，只剩下了灰烬的遗留，
在我们没有安慰的梦里，在他们走来又走去以后，
　　　在门口，那些用旧了的镰刀，
　　　　锄头，牛轭，石磨，大车，
　　　静静地，正承接着雪花的飘落。

　　　　　　　　　　　　　　1941年2月

小镇一日

在荒山里有一条公路，

公路扬起身,看见宇宙,
像忽然感到了无限的苍老;
在谷外的小平原上,有树,
有树荫下的茶摊,
在茶摊旁聚集的小孩,
这里它歇下来了,在长长的
绝望的叹息以后,
重又着绿,舒缓,生长。

可怜的渺小。凡是路过这里的
也暂时得到了世界的遗忘:
那幽暗屋檐下穿织的蝙蝠,
那染在水洼里的夕阳,
和那个杂货铺的老板,
一脸的智慧,慈祥,
他向我说"你先生好呵,"
我祝他好,他就要路过
从年轻的荒唐
到那小庙旁的山上,
和韦护,韩湘子,黄三姑,
同来拔去变成老树的妖精,
或者在夏夜,满天星,
故意隐约着,恫吓着行人。
现在他笑着,他说,
(指着一个流鼻涕的孩子,
一个煮饭的瘦小的姑娘,

和吊在背上的憨笑的婴孩,)
"咳,他们耗去了我整个的心!"
一个渐渐地学会插秧了,
就要成为最勤快的帮手,
就要代替,主宰,我想,
像是无记录的帝室的更换。
一个,谁能够比她更为完美?
缝补,挑水,看见媒婆,
也会低头跑到邻家,
想一想,疑心每一个年青人,
虽然命运是把她嫁给了
呵,城市人的蔑视?或者是
一如她未来的憨笑的婴孩,
永远被围在百年前的
梦里,不能够出来!

一个旅人从远方而来,
又走向远方而去了,
这儿,他只是站站脚,
看一看蔚蓝的天空
和天空中升起的炊烟,
他知道,这不过是时间的浪费,
仿佛是在办公室,他抬头
看一看壁上油画的远景,
值不得说起,也没有名字,
在他日渐繁复的地图上,

沉思着，互扭着，然而黄昏
来了，吸净了点和线，
当在城市和城市之间，
落下了广大的，甜静的黑暗。
没有观念，也没有轮廓，
在虫声里，田野，树林，
和石铺的村路有一个声音，
如果你走过，你知道，
朦胧的，郊野在诱唤
老婆婆的故事，——
很久了。异乡的客人
怎能够听见？那是讲给
迟归的胆怯的农人，
那是美丽的，信仰的化身。
他惊奇，心跳，或者奔回
从一个妖仙的王国
穿进了古堡似的村门，
在那里防护的，是微菌，
疾病，和生活的艰苦。
皱眉吗？他们更不幸吗，
比那些史前的穴居的人？
也许，因为正有歇晚的壮汉
是围在诅咒的话声中，
也许，一切的挣扎都休止了，
只有鸡，狗，和拱嘴的小猪，
从它们白日获得的印象，

进出了一些零碎的
鼾声和梦想。

所有的市集的嘈杂，
流汗，笑脸，叫骂，骚动，
当公路渐渐地向远山爬行，
别了，我们快乐地逃开
这旋转在贫穷和无知中的人生。
我们叹息着，看着
在朝阳下，五光十色的，
一抹白雾下笼罩的屋顶，
抗拒着荒凉，丛聚着，
就仿佛大海留下的贝壳，
是来自一个刚强的血统。
从一个小镇旅行到大城，先生，
变换着年代，你走进了
文明的顶尖——
在同一的天空下也许
回忆起终年的斑鸠，
鸣啭在祖国的深心，
当你登楼，憩息，或者躺下
在一只巨大的黑手上，
这影子，是正朝向着那里爬行。

1941年7月

赞 美

走不尽的山峦的起伏,河流和草原,
数不尽的密密的村庄,鸡鸣和狗吠,
接连在原是荒凉的亚洲的土地上,
在野草的茫茫中呼啸着干燥的风,
在低压的暗云下唱着单调的东流的水,
在忧郁的森林里有无数埋藏的年代
它们静静地和我拥抱:
说不尽的故事是说不尽的灾难,沉默的
是爱情,是在天空飞翔的鹰群,
是干枯的眼睛期待着泉涌的热泪,
当不移的灰色的行列在遥远的天际爬行;
我有太多的话语,太悠久的感情,
我要以荒凉的沙漠,坎坷的小路,骡子车,
我要以槽子船,漫山的野花,阴雨的天气,
我要以一切拥抱你,你,
我到处看见的人民呵,
在耻辱里生活的人民,佝偻的人民,
我要以带血的手和你们一一拥抱,
因为一个民族已经起来。

一个农夫,他粗糙的身躯移动在田野中,
他是一个女人的孩子,许多孩子的父亲,

多少朝代在他的身边升起又降落了
而把希望和失望压在他身上,
而他永远无言地跟在犁后旋转,
翻起同样的泥土溶解过他祖先的,
是同样的受难的形象凝固在路旁。
在大路上多少次愉快的歌声流过去了,
多少次跟来的是临到他的忧患;
在大路上人们演说,叫嚣,欢快,
然而他没有,他只放下了古代的锄头,
再一次相信名词,溶进了大众的爱,
坚定地。他看着自己溶进死亡里,
而这样的路是无限的悠长的
而他是不能够流泪的,
他没有流泪,因为一个民族已经起来。

在群山的包围里,在蔚蓝的天空下,
在春天和秋天经过他家园的时候,
在幽深的谷里隐着最含蓄的悲哀:
一个老妇期待着孩子,许多孩子期待着
饥饿,而又在饥饿里忍耐,
在路旁仍是那聚集着黑暗的茅屋,
一样的是不可知的恐惧,一样的是
大自然中那侵蚀着生活的泥土,
而他走去了从不回头诅咒。
为了他我要拥抱每一个人,
为了他我失去了拥抱的安慰,

因为他,我们是不能给以幸福的,
痛哭吧,让我们在他的身上痛哭吧,
因为一个民族已经起来。

一样的是这悠久的年代的风,
一样的是从这倾圮的屋檐下散开的
无尽的呻吟和寒冷,
它歌唱在一片枯槁的树顶上,
它吹过了荒芜的沼泽,芦苇和虫鸣,
一样的是这飞过的乌鸦的声音
当我走过,站在路上踟蹰,
我踟蹰着为了多年耻辱的历史
仍在这广大的山河中等待,
等待着,我们无言的痛苦是太多了,
然而一个民族已经起来,
然而一个民族已经起来。

1941年12月

诗八章

1

你底眼睛看见这一场火灾,
你看不见我,虽然我为你点燃;

唉，那燃烧着的不过是成熟的年代，
你底，我底。我们相隔如重山！

从这自然底蜕变底程序里，
我却爱了一个暂时的你。
即使我哭泣，变灰，变灰又新生，
姑娘，那只是上帝玩弄他自己。

2
水流山石间沉淀下你我，
而我们成长，在死底子宫里。
在无数的可能里一个变形的生命
永远不能完成他自己。

我和你谈话，相信你，爱你，
这时候就听见我底主暗笑，
不断地他添来另外的你我
使我们丰富而且危险。

3
你底年龄里的小小野兽，
它和春草一样地呼吸，
它带来你底颜色，芳香，丰满，
它要你疯狂在温暖的黑暗里。

我越过你大理石的理智殿堂,
而为它埋藏的生命珍惜;
你我底手底接触是一片草场,
那里有它底固执,我底惊喜。

4
静静地,我们拥抱在
用言语所能照明的世界里,
而那未成形的黑暗是可怕的,
那可能和不可能的使我们沉迷,

那窒息着我们的
是甜蜜的未生即死的言语,
它底幽灵笼罩,使我们游离,
游进混乱的爱底自由和美丽。

5
夕阳西下,一阵微风吹拂着田野,
是多么久的原因在这里积累。
那移动了景物的移动我底心
从最古老的开端流向你,安睡。

那形成了树林和屹立的岩石的,
将使我此时的渴望永存,
一切在它底过程中流露的美
教我爱你的方法,教我变更。

6
相同和相同溶为怠倦,
在差别间又凝固着陌生;
是一条多么危险的窄路里,
我制造自己在那上面旅行。

他存在,听从我底指使,
他保护,而把我留在孤独里,
他底痛苦是不断的寻求
你底秩序,求得了又必须背离。

7
风暴,远路,寂寞的夜晚,
丢失,记忆,永续的时间,
所有科学不能祛除的恐惧
让我在你底怀里得到安憩——

呵,在你底不能自主的心上,
你底随有随无的美丽的形象,
那里,我看见你孤独的爱情
笔立着,和我底平行着生长!

8
再没有更近的接近,
所有的偶然在我们间定型;

只有阳光透过缤纷的枝叶
分在两片情愿的心上,相同。

等季候一到就要各自飘落,
而赐生我们的巨树永青,
它对我们的不仁的嘲弄
(和哭泣)在合一的老根里化为平静。

1942年2月

旗

我们都在下面,你在高空飘扬,
风是你的身体,你和太阳同行,
常想飞出物外,却为地面拉紧。

是写在天上的话,大家都认识,
又简单明确,又博大无形,
是英雄们的游魂活在今日。

你渺小的身体是战争的动力,
战争过后,而你是唯一的完整,
我们化成灰,光荣由你留存。

太肯负责任,我们有时茫然,
资本家和地主拉你来解释,
用你来取得众人的和平。

是大家的心,可是比大家聪明,
带着清晨来,随黑夜而受苦,
你最会说出自由的欢欣。

四方的风暴,由你最先感受,
是大家的方向,因你而胜利固定,
我们爱慕你,如今属于人民。

1945年5月

我歌颂肉体

我歌颂肉体:因为它是岩石
在我们的不肯定中肯定的岛屿。

我歌颂那被压迫的,和被蹂躏的,
有些人的吝啬和有些人的浪费:
那和神一样高,和蛆一样低的肉体。

我们从来没有触到它,

我们畏惧它而且给它封以一种律条,
但它原是自由的和那远山的花一样,丰富如同
　　蕴藏的煤一样,把平凡的轮廓露在外面,
它原是一颗种子而不是我们的奴隶。

性别是我们给它的僵死的诅咒,
我们幻化了它的实体而后伤害它,
我们感到了和外面的不可知的联系
　　　　和一片大陆,却又把它隔离。

那压制着它的是它的敌人:思想,
(笛卡儿说:我想,所以我存在。)
但什么是思想它不过是穿破的衣裳越穿越薄弱
　　越褪色越不能保护它所要保护的,
自由而活泼的,是那肉体。

我歌颂肉体:因为它是大树的根。
摇吧,缤纷的枝叶,这里是你稳固的根基。

一切的事物使我困扰,
一切事物使我们相信而又不能相信,就要得到
　　而又不能得到,开始抛弃而又抛弃不开,
但肉体是我们已经得到的,这里。
这里是黑暗的憩息,

是在这块岩石上,成立我们和世界的距离,

是在这块岩石上,自然寄托了它一点东西,
风雨和太阳,时间和空间,都由于它的大胆的
　　网罗而投在我们怀里。

但是我们害怕它,歪曲它,幽禁它;
因为我们还没有把它的生命认为我们的生命,
　　还没有把它的发展纳入我们的历史,
因为它的秘密远在我们所有的语言之外。

我歌颂肉体:因为光明要从黑暗站出来,
你沉默而丰富的刹那,美的真实,我的上帝。

1947年10月

蔡其矫
（1918—2007）

福建晋江人。幼年随家人侨居印尼，十一岁时归国。读中学时开始写诗。1938年到延安鲁艺文学系学习，次年到晋察冀边区从事教学、文化工作。50年代初曾执教于丁玲主持的中央文学讲习所。在50年代后期和60年代，因诗歌创作的"唯美主义"和"反现实主义"，多次受到批评。"文革"中一度被作为"现行反革命"流徙于闽西北山区八年，但没有放弃诗歌写作，作品在当地文学青年中流传，对后来朦胧诗人（如舒婷等）和朦胧诗运动产生积极影响。

从题材处理和艺术方法上看，蔡其矫的诗具有鲜明的"浪漫主义"特征。虽说部分作品也追求力、宏大、热烈，但总体而言，特别是后期诗作，表现了趋于柔美，侧重内心感情揭示的方向。他六七十年代的诗，有强烈的反抗强权、追求人的心灵自由的政治意识，人道主义是贯穿其间的伦理态度和精神线索。对女性，对山水的美的欣赏，在他的生活和诗作中占有重要地位；他爱旅行，爱女性美丽气质和容貌，也因此写了许多歌唱少女，歌唱自然风光，表现故乡人文地理、历史习俗的诗。六七十年代许多政治性作品，常使用直接陈述、议论的手段。后期则几乎是以严厉的态度排拒纯粹议论的侵入，而努力为自己的体验和情感寻找到恰当的意象。意象的组合，光和色的调配，直观和联想的飞跃等的和谐，是他所追求的目标。

出版诗集：

《回声集》，北京：作家出版社，1956年。

《涛声集》，上海：新文艺出版社，1957年。

《回声续集》，北京：作家出版社，1958年。

《祈求》，南京：江苏人民出版社，1980年。

《双虹集》，上海文艺出版社，1981年。

《生活的歌》，北京：人民文学出版社，1982年。

《蔡其矫诗选》，北京：人民文学出版社，1997年。

《蔡其矫诗歌回廊》（1—8卷），福州：海峡文艺出版社，2002年。

雾中汉水

两岸的丛林成空中的草地;
堤上的牛车在天半运行;
向上游去的货船
只从浓雾中传来沉重的橹声,
看得见的
是千年来征服汉江的纤夫
赤裸着双腿倾身向前
在冬天的寒水冷滩上喘息……
艰难上升的早晨的红日,
不忍心看这痛苦的跋涉,
用雾巾遮住颜脸,
向江上洒下斑斑红泪。

1957

川江号子

你碎裂人心的呼号,
来自万丈断崖下,
来自飞箭般的船上。

你悲歌的回声在震荡,
从悬岩到悬岩,
从漩涡到漩涡。
你一阵吆喝,一声长啸,
有如生命最凶猛的浪潮
向我流来,流来。
我看见巨大的木船上有四支桨,
一支桨四个人;
我看见眼中的闪电,额上的雨点,
我看见川江舟子千年的血泪,
我看见终身搏斗在急流上的英雄,
宁做沥血歌唱的鸟,
不做沉默无声的鱼;
但是几千年来
有谁来倾听你的呼声
除了那悬挂在绝壁上的
一片云,一棵树,一座野庙……

1958

祈 求

我祈求炎夏有风,冬日少雨;
我祈求花开有红有紫;

我祈求爱情不受讥笑,
跌倒有人扶持;
我祈求同情心——
当人悲伤
至少给予安慰
而不是冷眼竖眉;
我祈求知识有如泉源,
每一天都涌流不息,
而不是这也禁止,那也禁止;
我祈求歌声发自各人胸中
没有谁要制造模式
为所有的音调规定高低;
我祈求
总有一天,再没有人
象我作这样的祈求!

1975

突然出现

一下午的狂风暴雨
到黄昏还剩淅沥,淅沥
你突然出现在门口
透明雨衣下光亮的形体

带来夜的潮湿清新
照出青春迷人的幻影
仿佛是从天上飘落
一朵水晶的云

1985

拉 萨

太阳最早照耀的地方
时间的脚步却缓慢地旋转
朝圣者沿黄昏河边
一面走一面转动手中的经轮
旋转的老柳树,旋转的八角街
狂信者爬下,五体投地
以身长在丈量信仰的一生
那是不是我?

生是罪愆,死是祭献
天葬台熏烟缭绕
精光的山盘旋秃鹫
投在地上的阴影催人泪下
最高天性的怜悯
全然圣洁的修行

孤苦伶仃披破烂衣衫
登上阳台便步入天空
阳光强烈，空气中飞扬金粉
日光城又是夜雨城
早晚的寒冷簌簌有声

为了节日的庆典
铜锣般的太阳叮当作响
仿佛心瓣被敲击
对于永不彷徨的灵魂
林卡是欢喜之地

金山上的金寺，大地托举莲花
纯洁在不纯洁里面
高贵在平庸里面
望见它就忘记一切罪行

上苍不公正的分配，构成错误的海
宛如荒凉的采石场
饥饿的山，嗥叫的云
千百年前熄灭的火
苍天暴虐无度
又蒙上面具
庄严华丽的佛堂，卑微简陋的住屋
相亲相爱有如情人
绝没有什么今天明天的奇谈

只有前生,只有来世
残酷在内心深处永远得胜

天真的狂热不断加强
以至失却现实的辨认能力
惟有谛听冥冥的上界
幻想做个采云者
在没有慰藉的地方寻找慰藉
那就是我,那就是我

1987.3

郭小川
（1919—1976）

河北丰宁人。1937年到延安，先在八路军359旅的奋斗剧社工作，后任该旅的宣传干事、政治教员和司令部秘书。1941年到1945年在延安马列学院学习。抗战胜利前夕，在中共掌控的冀察热辽地区，任丰宁县县长和热西专署民政科长。1948年到1954年，在新闻和宣传部门工作。1954年夏调任中国作家协会书记处书记兼秘书长，并开始专业文学创作。在北平读中学时开始写诗。写诗主要在五六十年代。

与贺敬之一起，他是中国当代政治抒情诗的代表诗人。这种政治诗通常是长诗，以阶级代言的抒情姿态出现，重视政治理念和激情的宣传性表达。在诗歌方式上，表现为为观念寻找象征性意象，借助排比、铺陈的方式展开，并讲究适合群众场合朗诵的韵律节奏。在50年代中后期，郭小川写作的几部长篇叙事诗（《白雪的赞歌》、《深深的山谷》、《一个和八个》）和抒情诗（《望星空》），或表现了人道主义的世界观，或揭示知识者投身革命过程的复杂矛盾心灵世界，而在当时饱受争议，或受到严厉批判。因此，他60年代的实验更多转到形式的层面。他创建了被称为"新赋体"的诗歌体式：以长句为建行基础，在半逗律中来处理排比和对偶的扩展式铺陈；这典型体现在《甘蔗林—青纱帐》《乡村大道》《厦门风姿》等一组作品中。

出版诗集：

《投入火热的斗争》，北京：作家出版社，1956 年。

《致青年公民》，北京：作家出版社，1957 年。

《雪与山谷》，北京：中国青年出版社，1958 年。

《月下集》，北京：人民文学出版社，1959 年。

《郭小川诗选》，北京：人民文学出版社，1977 年出版，1985 年再版。

另出版有《郭小川全集》(1-12 卷)，南宁：广西师范大学出版社，2000 年。

甘蔗林——青纱帐

南方的甘蔗林哪,南方的甘蔗林!
你为什么这样香甜,又为什么那样严峻?
北方的青纱帐啊,北方的青纱帐!
你为什么那样遥远,又为什么这样亲近?

我们的青纱帐哟,跟甘蔗林一样地布满浓荫,
那随风摆动的长叶啊,也一样地鸣奏嘹亮的琴音;
我们的青纱帐哟,跟甘蔗林一样地脉脉情深,
那载着阳光的露珠啊,也一样地照亮大地的清晨。

肃杀的秋天毕竟过去了,繁华的夏日已经来临,
这香甜的甘蔗林哟,哪还有青纱帐里的艰辛!
时光像泉水一般涌啊,生活像海浪一般推进,
那遥远的青纱帐哟,哪曾有甘蔗林里的芳芬!

我年青时代的战友啊,青纱帐里的亲人!
让我们到甘蔗林集合吧,重新会会昔日的风云;
我战争中的伙伴啊,一起在北方长大的弟兄们!
让我们到青纱帐去吧,喝令时间退回我们的青春。

可记得?我们曾经有过一个伟大的发现:
住在青纱帐里,高粱秸比甘蔗还要香甜;

可记得？我们曾经有过一个大胆的判断：
无论上海或北京，都不如这高粱地更叫人留恋。

可记得？我们曾经有过一种有趣的梦幻：
革命胜利以后，我们一道捋着白须、游遍江南；
可记得？我们曾经有过一点渺小的心愿：
到了社会主义时代，狠狠心每天抽它三支香烟。

可记得？我们曾经有过一个坚定的信念：
即使死了化为粪土，也能叫高粱长得秆粗粒圆；
可记得？我们曾经有过一次细致的计算：
只要青纱帐不倒，共产主义肯定要在下一代实现。

可记得？在分别时，我们定过这样的方案：
将来，哪里有严重的困难，我们就在哪里见面；
可记得？在胜利时，我们发过这样的誓言：
往后，生活不管甜苦，永远也不忘记昨天和明天。

我年青时代的战友啊，青纱帐里的亲人！
你们有的当了厂长、学者，有的做了编辑、将军，
能来甘蔗林里聚会吗？——不能又有什么要紧！
我知道，你们有能力驾驭任何险恶的风云。

我战争中的伙伴啊，一起在北方长大的弟兄们！
你们有的当了工人、教授，有的做了书记、农民，
能再回到青纱帐去吗？——生活已经全新，

我知道,你们有勇气唤回自己的战斗的青春。

南方的甘蔗林哪,南方的甘蔗林!
你为什么这样香甜,又为什么那样严峻?
北方的青纱帐啊,北方的青纱帐!
你为什么那样遥远,又为什么这样亲近?

1962年3月—6月,厦门—北京

乡村大道

一

乡村大道呵,好像一座座无始无终的长桥!
从我们的脚下,通向遥远又遥远的天地之交;
那两道长城般的高树呀,排开了绿野上的万顷波涛。

哦,乡村大道,又好像一根根金光四射的丝缘!
所有的城市、乡村、山地、平原,都叫它串成珠宝;
这一串串珠宝交错相连,便把我们的锦绣江山缔造!

二

乡村大道呵,也好像一条条险峻的黄河!
每一条的河身,至少有九曲十八折;
而每一曲、每一折呀,都常常遇到突起的风波。

哦，乡村大道，又好像一道道干涸的沟壑！
那上面的石头和乱草呵，比黄河的浪涛还要多；
古往今来的旅人哟，谁不受够了它们的颠簸！

三

乡村大道呵，我生之初便在它上面匍匐，
当我脱离了娘怀，也还不得不在上面学步；
假如我不曾在上面匍匐学步，也许至今还是个侏儒。

哦，乡村大道，所有的山珍土产都得从此上路，
所有的英雄儿女，都得在这上面出出入入；
凡是前来的都有远大的前程，不来的只得老死狭谷。

四

乡村大道呵，我爱你的长远和宽阔，
也不能不爱你的险峻和你那突起的风波；
如果只会在花砖地上旋舞，那还算什么伟大的生活！

哦，乡村大道，我爱你的明亮和丰沃，
也不能不爱你的坎坎坷坷，曲曲折折；
不经过这样的山山水水，黄金的世界怎会开拓！

1961.11 初稿于昆明，
1962.6 改于北京。

郑 敏
（1920年生）

福建闽侯人，生于北京。1943年毕业于西南联大哲学系。1949年到美国布朗大学英国文学系留学，1955年回国，任社科院外文所助理研究员，1960年起任北京师范大学外语系英美文学教授。为"九叶"诗派的一员。

郑敏诗中传达出的是一个静夜里的祈祷者和倾听者的形象。生命被理解为一种倾听：倾听音乐，倾听流水，倾听时光的消逝，倾听大自然中万物的内在的声音……如《树》的开头："我从来没有真正听见声音／像我听见树的声音"。宁静而沉思的"树"，是诗人自己的化身。这是诗人的自我投入到"物"的过程，恰如里尔克所说，通过这种"物化"，诗人"沉潜在万物的伟大的静息中"。

郑敏也代表了"沉思式"的写作，以哲理诗、智性诗的类型著称，在她的咏物诗中，"思想的脉络与感情的肌肉常能很自然和谐地相互应和"。《雕刻者之歌》令人想起在大理石上唤醒生命的罗丹："我錾着，凿着，碰着，磨着"，"于是一天，我用我的智慧照见／一尊美丽的造像"，在大理石的纹路和光影中注入的是沉思和智慧，以及一颗虔诚的心。郑敏因此擅长营造静态的、具有凝定的雕塑效果的意象，每一个画面，都仿佛是一幅静物写生，在雕像般的意象之中，凝结着诗人澄明的智慧与静默的思想。《金黄的稻束》中即称田野里的稻束"没有一个雕像能比这更静默"，也使人联想到法国象征派诗人瓦雷里"使诗能像几何画中的轨迹一样，一点一线就能引出一个宇宙的觉识,一丘一壑全能动人于深衷"。

出版诗集:

《诗集 1942—1947》,上海:文化生活出版社,1949 年。

《九叶集》(合集),南京:江苏人民出版社,1981 年。

《八叶集》(合集),香港:三联书店,1984 年。

《寻觅集》,成都:四川文艺出版社,1986 年。

《心象》,北京:人民文学出版社,1991 年。

《早晨,我在雨里摘花》,香港:突破出版社,1991 年。

《郑敏诗集》,北京:人民文学出版社,2000 年。

雕刻者之歌

春天,夏天,秋天,冬天
我掩起我的耳朵,遮着我的眼睛
不要知晓那飞跃的鸟,和它的鸣声,
还有那繁盛的花木和其间的微风
我的石头向我低语:宁静,宁静,宁静
我錾着,凿着,碰着,磨着
在黎明的朦胧里
在黄昏的阴影里
我默视着石面上光影游戏的白足
沉思着石头里纹路的微妙地起伏
于是一天,我用我的智慧照见
一尊美丽的造像,她在睡眠,
阖上她的眼睛,等待一双谦逊的手
一颗虔诚的心,来打开大理石的封锁
将她从幽冷的潜藏世界里迎接
到这阳光照耀下的你们的面前

春天,夏天,秋天,冬天
多少次我掩起我的耳朵,遮着我的眼睛
为了我的石头在向我说:宁静,宁静
开始工作时,我退入孤寂的世界
那里没有会凋谢的花,没有有终止的歌唱

完成工作时,我重新回到你们之间
这里我的造像将使你们的生命增长

这不是遗弃,
是暂时的分离
谁从无生命里唤醒生命
他所需要的专诚和寂静
使他暂时忘记他自己的生命
那在有限时间里回旋沸腾的河流
我对于你们没有遗弃,假如有
只是因为我要在你们之间永远停留。

荷 花
——观张大千氏画

这一朵,用它仿佛永不会凋零
的杯,盛满了开花的快乐才立
在那里像耸直的山峰
载着人们忘言的永恒

那一卷,不急于舒展的稚叶
在纯净的心里保藏了期望
才穿过水上的朦胧,望着世界

拒绝也穿上陈旧而褪色的衣裳

但，什么才是那真正的主题
在这一场痛苦的演奏里？这弯着的
一枝荷梗，把花朵深深垂向

你们的根里，不是说风的摧打
雨的痕迹，却因为它从创造者的
手里承受了更多的"生"，这严肃的负担。

树

我从来没有真正听见声音
像我听见树的声音，
当他悲伤，当他忧郁
当他鼓舞，当他多情
时的一切声音
即使在黑暗的冬夜里，
你走过它也应当像
走过一个失去民族自由的人民
你听不见那封锁在血里的声音吗？
当春天来到时
它的每一只强壮的手臂里

埋藏着千百个啼扰的婴儿。

我从来没有真正感觉过宁静
像我从树的姿态里
所感受到的那样深
无论自那一个思想里醒来
我的眼睛遇见它
屹立在那同一的姿态里。
在它的手臂间星斗转移
在它的注视下溪水慢慢流去,
在它的胸怀里小鸟来去
而它永远那么祈祷,沉思
仿佛生长在永恒宁静的土地上。

金黄的稻束

金黄的稻束站在
割过的秋天的田里,
我想起无数个疲倦的母亲
黄昏的路上我看见那皱了的美丽的脸
收获日的满月在
高耸的树巅上
暮色里,远山是

围着我们的心边
没有一个雕像能比这更静默。
肩荷着那伟大的疲倦,你们
在这伸向远远的一片
秋天的田里低首沉思
静默。静默。历史也不过是
脚下一条流去的小河
而你们,站在那儿
将成了人类的一个思想。

周梦蝶
（1921—2014）

本名周起述，1921年12月生，河南淅川人。曾在开封师范、宛西乡村师范就读，后从军，并于1948年随军到台湾。1952年开始写诗。1955年因病弱退伍，当过书店店员，加入"蓝星诗社"。1959年取得营业执照后，在台北武昌街骑楼下明星咖啡厅门口摆书摊营生，专卖诗集和文哲图书。1959年自费出版处女诗集《孤独国》。1962年开始礼佛习禅，终日默坐繁华街头的书摊，成为台北市知名的艺文"风景"，直至1980年胃疾开刀，才结束二十年书摊生涯。他的行止，他一年四季厚薄不同的一袭长袍，和随意、简朴的生活，既是他的创作的注脚，也成为独立的"行为诗学"。

周梦蝶笔名来自庄周午梦，寄托他对自由的向往。诗的数量不多，几十年间仅有三百余首。在台湾诗坛获得"淡泊而坚卓的狷者"的美誉。《孤独国》、《还魂草》中的早期诗歌，诗思往往从心灵触发，借助传统文化意象"造景"，来探索生命悲苦的深度，在简约、洁净的语言中，蕴含浓烈挚情与忧心。他的"自雪中取火，且铸火为雪"的诗句，常被用来概括他诗歌内质的冷热碰撞、交汇的特征。热情与清冷的冲突所型构的，是孤寂、嶙峋的诗歌世界。虽然很少陈述日常生活情状和直接涉及社会时事，但也泄露1940年代从军青年流徙迁台"于家国无望"的压抑，而留下"大时代"反响的痕迹。2002年之后《约会》、《有一种鸟或人》等后期诗集，风格转向平淡、纯净、生活化，诗中有了前期作品少见的幽默、诙谐、洒脱的情趣。2009年出版的《周梦蝶诗文集》四卷，诗歌之外，还收有他与友人、读者往来书信、日记、手札、随笔杂文，以及对其生平创作的研究资料。

出版诗集：

《孤独国》1959年版，自费印制。

《还魂草》，台北：文星书店，1962年。

《周梦蝶世纪诗选》，台北：尔雅出版社，2000年。

《十二朵白菊花》，台北：洪范书店，2002年。

《约会》，台北：九歌出版社，2002年。

《周梦蝶诗文集》三卷及一别册，台北：印刻文学生活杂志出版有限公司，2009年。

孤 独 国

昨夜,我又梦见我
赤裸裸地趺坐在负雪的山峰上。

这里的气候黏在冬天与春天的接口处
(这里的雪是温柔如天鹅绒的)
这里没有嚼骚的市声
只有时间嚼着时间的反刍的微响
这里没有眼镜蛇、猫头鹰与人面兽
只有曼陀罗花、橄榄树和玉蝴蝶
这里没有文字、经纬、千手千眼佛
触处是一团浑浑莽莽沉默的吞吐的力
这里白昼幽阒窈窕如夜
夜比白昼更绮丽、丰实、光灿
而这里的寒冷如酒,封藏着诗和美
甚至虚空也懂手谈,邀来满天忘言的繁星……

过去伫足不去,未来不来
我是"现在"的臣仆,也是帝皇。

菩提树下

谁是心里藏着镜子的人呢?
谁肯赤着脚踏过他底一生呢?
所有的眼都给眼蒙住了
谁能于雪中取火,且铸火为雪?
在菩提树下。一个只有半个面孔的人
抬眼向天,以叹息回答
那欲自高处沉沉俯向他的蔚蓝。

是的,这儿已经有人坐过!
草色凝碧。纵使在冬季
纵使结跌者底跫音已远逝
你依然有枕着万籁
与风月底背面相对密谈的欣喜。

坐断几个春天?
又坐熟多少夏日?
当你来时,雪是雪,你是你
一宿之后,雪既非雪,你亦非你
直到零下十年的今夜
当第一颗流星骎然重明

你乃惊见:

雪还是雪,你还是你
虽然结跌者底跫音已远逝
唯草色凝碧。

囚

那时将有一片杜鹃燃起自你眸中
那时宿草已五十度无聊地青而复枯
枯而复青。那时我将寻访你
断翅而怯生的一羽蝴蝶
在红白掩映的泪香里
以熟悉的触抚将隔世诉说……

多想化身为地下你枕着的那片黑!
当雷轰电掣,夜寒逼人
在无天可呼的远方
影单魂孤的你,我总萦念
谁是肝胆?除了秋草
又谁识你心头沉沉欲碧的死血?

早知相遇底另一必然是相离
在月已晕而风未起时
便应勒令江流回首向西

便应将呕在紫帕上的
那些愚痴付火。自灰烬走出
看身外身内,烟飞烟灭。

已离弦的毒怨射去不射回
几时才得逍遥如九天的鸿鹄?
总在梦里梦见天坠
梦见千指与千目网罟般落下来
而泥泞在左,坎坷在右
我,正朝着一口嘶喊的黑井走去……

一切无可奈何中最无可奈何的!
像一道冷辉,常欲越狱
自折剑后呜咽的空匣:
当奋飞在鹏背上死
忧喜便以瞬息万变的猫眼,在南极之南
为我打开一面窗子。

曾经漂洗过岁月无数的夜空底脸
我底脸。蓝泪垂垂照着
回答在你风圆的海心激响着
梅雪都回到冬天去了
千山外,一轮斜月孤明
谁是相识而犹未诞生的那再来的人呢?

孤峰顶上

恍如自流变中蝉蜕而进入永恒
那种孤危与悚栗的欣喜！
仿佛有只伸自地下的天手
将你高高举起以宝莲千叶
盈耳是冷冷袭人的天籁。

掷八万四千恒河沙劫于一弹指！
静寂啊，血脉里奔流着你
当第一瓣雪花与第一声春雷
将你底浑沌点醒——眼花耳热
你底心遂缤纷为千树蝴蝶。

向水上吟诵你底名字
向风里描摹你底踪迹；
贝壳是耳，纤草是眉发
你底呼吸是浩瀚的江流
震摇今古，吞吐日夜。

每一条路都指向最初！
在水源尽头。只要你足尖轻轻一点
便有冷泉千尺自你行处
醍醐般涌发。且无须掬饮

你颜已酡,心已洞开。

而在春雨与翡翠楼外
青山正以白发数说死亡;
数说含泪的金檀木花
和拈花人,以及蝴蝶
自新埋的棺盖下冉冉飞起的。

踏破二十四桥的月色
顿悟铁鞋是最盲目的蠢物!
而所有的夜都咸
所有路边的李都苦
不敢回顾:触目是斑斑刺心的蒺藜。

恰似在驴背上追逐驴子
你日夜追逐着自己底影子,
直到眉上的虹采于一瞬间
寸寸断落成灰,你才惊见
有一颗顶珠藏在你发里。

从此昨日的街衢;昨夜的星斗
那喧嚣;那难忘的清寂
都忽然发现自己似的
发现了你。像你与你异地重逢
在梦中,劫后的三生。

烈风雷雨魑魅魍魉之夜
合欢花与含羞草喁喁私语之夜
是谁以狰狞而温柔的矛盾磨折你?
虽然你的坐姿比彻悟还冷
比覆载你的虚空还厚而大且高……

没有惊怖,也没有颠倒
一番花谢又是一番花开。
想六十年后你自孤峰顶上坐起
看峰之下,之上之前下之左右。
簇拥着一片灯海——每盏灯里有你。

约 会

谨以此诗持赠
每日傍晚
与我促膝密谈的
桥墩

总是先我一步
到达
约会的地点
总是我的思念尚未成熟为语言

他已及时将我的语言
还原为他的思念

总是从"泉从几时冷起"聊起
总是从锦葵的徐徐转向
一直聊到落日衔半规
稻香与虫鸣齐耳
对面山腰丛树间
袅袅
生起如篆的寒炊

约会的地点
到达
总是迟他一步——
以话尾为话头
或此答或彼答或一时答
转到会心不远处
竟浩然忘却眼前的这一切
是租来的：
一粒松子粗于十滴枫血！

高山流水欲闻此生能得几回？
明日
我将重来；明日
不及待的明日
我将拈着话头拈着我的未磨圆的诗句

重来。且飙愿:至少至少也要先他一步
到达
约会的地点

树

等光与影都成为果子时,
你便怦然忆起昨日了。

那时你底颜貌比元夜还典丽
雨雪不来,啄木鸟不来
甚至连一丝无聊时可以折磨折磨自己的
触须般的烦恼也没有。

是火?还是什么驱使你
冲破这地层?冷而硬的。
你听见不,你血管中循环着的呐喊?
"让我是一片叶吧!
让霜染红,让流水轻轻行过……"

于是一觉醒来便苍翠一片了!
雪飞之夜,你便听见冷冷
青鸟之鼓翼声。

晚安！小玛丽[1]

晚安，小玛丽
夜是你底摇篮。
你底心里有很多禅，很多腼腆
很多即使啄木鸟也啄不醒的
仲夏夜之梦。

露珠已睡熟了
小玛丽
忧郁而冷的十字星也睡熟了
那边矮墙上
蜗牛已爬了三尺高了。

是谁底纤手柔柔地
滑过你底脊背？
你底脊背，雾一般弓起
仿佛一首没骨画佛
画在伊底柔柔的膝头上。
自爱琴海忐忑的梦里来
梦以一千种温柔脉脉呼唤你

---

[1] 玛丽，小狗名。

呼唤你底名字；
你底名字是水
你不叫玛丽。

贝叶经关世界于门外
小玛丽
世界在一颗露珠里偷偷流泪
晚香玉也偷偷流泪
仙人掌，仙人掌在沙漠里

也偷偷流泪。谁晓得
泪是谁底后裔？去年三月
我在尼采底瞳孔里读到他
他装着不认识我
说我愚痴如一枚蝴蝶……

露珠已睡醒了
小玛丽
在晨光熹微的深巷中
卖花女冲着风寒
已清脆地叫过第十声了。

明天地球将朝着哪边转？
小玛丽，夜是你底；
使夜成为夜的白昼也是你底。
让芦苇们去咀嚼什么什么吧！
睡着是梦，坐着和走着又何尝不是？

我 选 择
——仿波兰女诗人 WissLawa Szymborska

我选择紫色,
我选择早睡早起早出早归。
我选择冷粥,破砚,晴窗;忙人之所闲而闲人之所忙。
我选择非不得已,一切事,无分巨细,总自己动手。
我选择人一能之己十之,人十能之己百之。
我选择以水为师——高处高平,低处低平。
我选择以草为生命,如卷施,根拔而心不死。
我选择高枕:地牛动时,亦欣然与之俱动。
我选择岁月静好,猕猴亦知吃果子拜树头。
我选择读其书诵其诗,而不必识其人。
我选择不妨有佳篇而无佳句。
我选择好风如水,有不速之客一人来。
我选择轴心,而不漠视旋转。
我选择春江水暖,竹外桃花三两枝。
我选择渐行渐远,渐与夕阳山外山外山为一,
而曾未偏离足下一毫末。
我选择电话亭:多少是非恩怨,虽经于耳,
不入于心。
我选择鸡未生蛋,蛋未生鸡,第一最初威音王
如来未降迹。
我选择江欲其怒,涧欲其清,路欲其直,

人欲其好德如好色。

我选择无事一念不生,有事一心不乱。

我选择迅雷不及掩耳。

我选择持箸挥毫捉刀与亲友言别时互握之外,都使用左手。

我选择元宵有雪,中秋无月;情人百年三万六千日,只六千日好合。

我选择寂静。铿然!如一毫秋蚊之睫之坠落,万方皆惊。

我选择割骨还父割肉还母,割一切忧思怨乱还诸天地;而自处于冥漠。

无所有不可得。

我选择用巧不如用拙,用强不如用弱。

我选择杀而不怒。

我选择例外。如闰月;如生而能言;如深树中见一颗樱桃尚在;

如人呕尽一生心血只有一句诗为后世所传诵:

枫落吴江冷。……

我选择牢记不如淡墨。(先慈语)

我选择稳坐钓鱼台,看他风浪起。(先祖母语)

我选择热张冷缩,如铁轨与铁轨之不离不即。

我选择行乎其所不得不行,而止乎其所当止。

我选择最后一人成究竟觉

我选择不选择。

吴兴华
(1921—1966)

笔名兴华、钦江。生于天津塘沽，祖籍浙江杭州。1937年初中毕业即考入燕京大学西语系，被西洋文学教授谢迪克视为"我在燕京教过的学生中才华最高的一位，足以和我在康奈尔大学教过的学生、文学批评家哈罗德·布鲁姆相匹敌"。抗战期间在京、津、沪报刊上发表大量的诗作、翻译和评论。曾任燕京大学、北京大学教授。

吴兴华发表成名作《森林的沉默》的时候才十六岁，聪颖早慧，但毕竟涉世未深，因此，想象力构成了吴兴华早期诗歌创作的重要财富。《森林的沉默》已包含了吴兴华古典题材中一些基本的特征：对久远题材的偏嗜，对特定历史时空情境的直觉以及对历史情境中所浓缩的生命体验的执迷。他的"古题新咏"也体现了这些特征，代表作有《褒姒的一笑》、《吴王夫差女小玉》等。诗人从生命体验出发，以奇诡的想象和逸出常规的视角赋予古典素材以新的意义。吴兴华也创作了一批十四行诗，其固有的经典性题材是"理想性的爱情或对人性的阐释"。《西珈》便是一组爱情诗，诗人试图在冥想的风格中赋予情爱以一种穿越时空的永恒品质，具有一种幻美的色彩。

吴兴华的诗显示出一个大诗人所必须具备的超凡的想象力和体验能力，却缺乏同时期的校园诗人——例如穆旦与冯至——那种赋予正在进行着的社会生活图景和观念形态以一种形式的能力。

诗中古典世界的自足性的获得,是以丧失对生存的时代的全景式的把握为代价的。

出版诗集:

《吴兴华诗文集》,上海人民出版社,2005年。

群 狼

这回还能说不静吗？女房东已经走了。
三分钟前她的钥匙还在钥匙孔里响；
可是要一定说屋里除了我以外绝对
没有别的人，我得要想想然后再回答。
你知道我听见墙角暗处耗子在叫喊。
如清晨干燥的牙刷挨着牙齿的声音。
另外不知道还有谁在门上一劲的搔
搔着，却又不肯伸手去旋转一下门钮。
闭上眼睛我想到，那多半是一群饿狼……
别以为这全是我的心理的幻象，不是，
几天来我已经觉出屋里空气的变异。
往往有类似渴求着血腥的微笑布在
每人的脸上。

　兀坐着，两手摆在膝盖头，
倾听那铜灰色的爪搔着门，像要撕裂
一个女子的心一样，当那饥饿的一群
垂着血色的舌，来往逡巡在过道里面。
一头白斑的踞坐在自己的尾上，傲然
睨视那聊胜于无的板门，满意的喘息……
寂静，寂静是人心灵最大的仇敌，他会
带来出意料之外的恐怖和新的欲望。
每一到河滨我总会想起爱利奥特的

腓尼基人,那样高大俊美而强壮,被水
把耳朵眼堵死,珍珠给镶上了独目镜。
垂着头,我不是明知如果我偷偷一望
会发觉一只眼睛在钥匙孔里窥视么?
(灰的天,灰的月底下灰色狂嗥的狼群)
手扶着衣架老不敢取下围巾和帽子,
但觉得寒冷的感觉侵入我的心,搔着
搔着我紧闭未锁的板门……未知的欲望。

SONNET

我是夏天最后一朵玫瑰,虽然我觉到
 在我凋落之后将会来临多果实的秋,
 但那时我已不复能抬起我苍白的头
向原上与群云为伍的牧女招手微笑。
不要问我过去殷红的时光如何失掉,
 现在接受我吧!趁我的色香仍然残留,
 趁我还能吸引你的转移无定的双眸
在你寒冷的光中像一颗卫星的照耀。

因为我早已预感到寒冷的手指抚摸
 我的两颊,听见时光的镰刀霍霍欲试,
看见同根的姊妹们依次从枝上扭脱,
 陪伴着地下的死叶一齐腐烂。尘土是

我的运命,让我闭眼在你的胸上安眠,
然后醒来,被风吹到遥不可知的天边。

给伊娃

伊娃,让我们活着时想一想明天
欲凋的花朵吧。今日徒费的劳力
还不是他年往回看,当新的香气
浮在美女的鬓边时悲苦的泪吗?
隔着明月的窗子我向下看,街心
来复着呜咽的微风,而你在园中
静立着如一座石像,象征着世外
常住的美丽,却又不沾一粒尘土——
而我,作梦的诗人,在你的光辉里
看出来爱情的暂短,与热望如何
能凌越知识的范围,远去像流星
拜访些人类所未闻未见的境域。

在不知多少年之前,当夜云无声
侵近了月亮苍白的圈子时,薄雾
抚摩着原野,西施在多树的廊间
听风,她的思想是什么呢?谁知道?
徒然为了她雪色的肌肤,有君王

肯倾覆自己正将兴未艾的国运；
纵使他在她含忧的倚着玉床时，
眼睛里看出将会有七角的雌麑
来践踏他的宫室。绝代的容色
沉浸在思维里，宇宙范围还太小，
因为就在她唇角间系着吴和越。
成败是她所漠然的，人世的情感
得到她冷漠的反响而以为满足
她的灵魂所追逐的却是更久远
可神秘的物事——

       或许根本不存在。
好奇的人们时常要追问：在姑苏
陷落后，她和范蠡到何处去流浪？
不受扰乱的静美才算是最完全。
一句话就会减少她万分的娇艳。
既然不是从沉重的大地里生出，
她又何必要关心于变换的身世？
从吴宫颦眉的王后降落为贾人
以船为家的妻子，她保持着静默，
接受不同的拥抱以同样的愁容，
日日呼吸着这人间生疏的空气，
她无时不觉得自己是一个过客。

啊这可悲的空间！我们所惊奇的，
不过是一点微尘，她或许看见过，
直觉的感受过什么，以至相形下

一切都像是长流水,她则是岩石。
她则是万古的岩石屹立在水中,
听身后身前新的浪淹没了旧的,
自己保持着永远的神圣的静默。
然而唉,伊娃,在你的生命里没有
对于将来的忧虑,只要是时间仍
置她如玉的双足在人世的山上。
你的静默是历史上无数失名的
女子的象征,尽管你生下在现代;
日夜灵魂总像是深闭在永巷的
宫女,梦想着世界外芳馥的春天。

西 珈（选二）

一
像一个美好的梦景开放在白日中间,
向四周舒展它芳香鲜艳欲滴的花瓣,
同样我初次看见她在人群当中出现,
不稳的步履就仿佛时时要灭入高天。
她的脸如一面镜子反映诸相的悲欢,
自己却永远是空虚,永远是清澄一片,
偶尔有一点苍白的哀感轻浮在表面,
像冬日呵出的暖气,使一切湿润黯然。

不能是真实，如此的幻象不能是真实！
永恒的品质怎能寓于这纤弱的身体，
颤抖于每一阵轻风像是向晚的杨枝？
或许在瞬息即逝里存在她深的意义，
如火链想从石头内击出飞迸的歌诗，
与往古遥遥地应答，穿过沉默的世纪……

十六

最后这首十四行诗我写下，当多少年代
　　流过了，自从你初次浅笑的走下楼时，
　　片刻间摇动我身心从未陷落的城池
以你无意的一顾。唉这种理想的情爱

穿过无量数阶层，终止于哲学的膜拜，
　　当她已不存在，或在群众涌动里消失
　　凋残在她的鬓发里蔷薇与月桂的青枝，
这种存在是临近且更可悲于不存在。

如今往回看，难道我能禁止心不跳动？
　　眼泪，热切的等候与得到之后的荒芜
平凡无奇的真相与上面绣成的锦梦，

一切溶合在距离内，不改应赴的定途——
　　像帆船，时时回首于过去激狂的生命，
虽然已滑行入港里，不闻巨浪的惊呼。

绿 原
(1922—2009)

原名刘仁甫,湖北黄陂人,1942年考入重庆复旦大学,与邹荻帆等人合编《诗垦地》,同年第一本诗集《童话》被收入胡风编辑的《七月诗丛》,由此成为"七月派诗人"之一。在1940年代的诗坛上,绿原是一个令人瞩目的存在。他的早期诗作具有童话色彩,但已显出一种凝定情绪的能力,往往能在外界景物的刻写中,猝然构造鲜明的意象、画面。他后来转向政治抒情诗和讽刺诗的写作,自觉地要用辛辣的想象力,为读者烹制一份痛苦的菜肴。这些作品大多写于抗战后期和国共内战时期,融社会感知与政治思辨为一体,风格冷峻、刚健,《给天真的乐观主义者》一类长诗,更是极具试验性,强有力地扫描了大后方混乱的社会现实,形成一种密不透风的蒙太奇效果。可以说,绿原的写作是40年代诗歌整体综合性、包容性的一种体现,诗人批评家唐湜在当时就将"穆旦杜运燮们"与"绿原们"并提,认为他们一群是"自觉的现代主义者",另一群"不自觉地走向了诗的现代化的道路",这两个浪峰相互激扬、渗透,共同形成1940年代诗歌扩大的高潮。

出版诗集:

《童话》,桂林:希望社,1942年12月。

《又是一个起点》,青林诗社,1948年10月。

《集合》,泥土社,1951年1月。

《从一九四九年算起》，上海新文艺出版社，1953年7月。
《人之诗》，北京：人民文学出版社，1983年。
《人之诗续编》，银川：宁夏人民出版社，1983年。

另有译著《德国的浪漫派》、《请向内心走去：德语国家现代诗选》、《现代美学析疑》等。

雾

汽车在向速度的顶点奔跑,
煤气从后面冲射出来
又和雾溶化在一起……

黑的煤气,白的雾
喷浇在
街旁的褪色的窗帘上,
扑打在
一个咳嗽的老头子叫卖着的
几乎看不出颜色来的
这个季节的花瓣上。

近视眼在雾中走着。
雾啊,城市有人没有?
嘉陵江豪壮的歌
到哪里去了?

印刷机在雾中滚响着油墨,
报纸编辑在制造着谣言,
麻木的生命们在雾中
找寻泥土做痛苦的面包。

(1946)

微 雨

雨,微雨
落在草帽上
落在遮阳伞上
落在布鞋上
落在墨镜片上
微雨是胆怯的
甚至不敢惊动一粒尘埃
当它凑近你的耳轮时
它没有鲁莽的舌头
没有暴雨的雄辩
(不饶人的暴雨啊!)

在微雨中走着
我想起了朋友T.
他很年轻
非常讨厌微雨
说它太单调,太烦琐
他是大雷雨的诗人
又是阳光的画家

在微雨中走着
我想起了他

他许久没有了消息
只听说还在这边
环境不太好
但是干劲很高
微雨引起了我的怀念
深沉的深沉的怀念
我真希望——

在这阵微雨中碰见他
迎面向我走过来
我想他会象平常一样
"如果你累病了，伙计，
雨点和汗珠是最好的药剂。"

雨落着，落着微雨
落在我的手上
手里是我想发给他的信
可是他失踪了

（1946）

凯撒小传

凯撒想用金字塔的影子测示自己的威严，

当他望见沉睡的斯芬克斯和一只飞过的新燕——

"哦你,只有你的永存才配和我相比较。
我不信一只燕子会衔来一个春天。"

斯芬克斯在梦中微笑着,燕子飞着又唱着……
凯撒的独白被尼罗河的咆哮卷走了。

(1948)

给天真的乐观主义者们

一

群众们,可爱的读者们,我站在你们面前冷淡地读这篇诗。
可是叫我从哪儿读起,读到哪儿为止呢,不幸引用了这磷
　　光四射的文字?
而且我将惭愧,如果我真的下流到惹你们大噪:听哪,
魔鬼在阳光下面对人类大摇大摆地朗诵讽刺小品了……

且慢申斥我的奇谈吧,可爱的读者,你可能回答么——
呼吸在战争下面的中国人民,有多少个愉快,有多少个凄
　　惶?
多少人在白昼的思维里,在夜晚的梦幻里,进行组织"罪恶"
　　和解散"真理"?

向你们吹牛撒谎的,在非沦陷区匆忙地、缓慢地跳着野兽
  派的舞……
而沉思的人们都有点儿悲哀……
请不要生气,哎,我们的身份不过是
——尚未亡国的"四强之一"。

二

大街上,警察推销着一个国家的命运;然而严禁那些
龌龊的落难者在人行道上用粉笔诉写平凡的自传。
这是一片宝岛:货币集中者们象一堆响尾蛇似地互相呼应,
共同象征着一种意志的实践:光荣的城永远坚强地屹立在
  地球上。

水门汀,钢筋混凝土……永远支撑着——象陀螺般向半空
  飞旋上去——
银行,信托部,办事处,胜利大厦,百货商场……
然而,告诉你,灰烬熄灭了,哪怕形状团结在一起,也是
  不能持久的!
破裂的棺材怎样也掩不住尸体的臭气和丑样子!
请看,知名的律师充任常年法律顾问,发行了巨批杰作:

扑克,假面会,赛璐珞,玻璃玩具……
坤伶,明星,交际花,肉感的猥亵作家,美食主义者,拆白党,
  财政敲诈者,肉体偶像……
茶会,午餐,鸡尾酒晚宴,接风,饯行,烹调术座谈,金
  融讨论……

勋章，奖状，制服，符号，万能的 pass，鸡毛文书……
赌窟，秘密会社，娼妓馆，热闹的监狱，疯人院……
鸦片批发，灵魂收买，自行失踪，失足落水，签字，画押，
　　走私，拐诱，祈祷和忏悔……

我不知道，可爱的读者，是否你以为我的见解十分荒谬；
或者是否你见到悲惨的严肃的一面，与我的所见完全相反
　　呢。

三
例如，每次空袭解除了，庆祝常常比哀悼更热烈……

只有这样一回，一位绅士抱着他的夫人忧愁地从私人防空
　　洞出来，有些人大喊：
——可恶的鬼子，可恶的鬼子，一位中国贵妇被炸弹吓昏
　　了……
仆欧跟着："老爷，公馆平安，巴儿狗活着呢。"
（请恕我这个没有身份证的公民吧，他没有福气接近贵人；
因此，他这两行诗或许象幻想一样错误。）

可是，那些小市民们（一群替罪的羔羊）呢，可爱的读者，
　　我很知道
他们是怎样触霉头的。看吧，街道扭歪了，房屋飞去了，
一颗男人的头颅象烂柿似的悬挂着……
一只女人的裸腿不害羞地摆在电线一起……
一个孩子坐在土堆上，凝望天空的灰尘，没有流泪……

啊,可爱的读者,你还想打听"大隧道惨案"的内幕吗?
…………

不过,大体说来,这光荣的城不容易屈服!
几分钟后又美丽地抬起了头:
男人照样同女人吊膀子……
电影院照样放映香艳巨片……
理发厅照样替顾客挖耳粪……
花柳专科医师照样附设土耳其浴室,奉送按摩……
绅粮们照样欢迎民众们大量献金……
保甲长照样用左脚跪在县长面前,用右脚踢打百姓:如此
　　类推,而成衙门……
译员们照样用洋泾浜英语对驻华白侨解释国情……
公务员照样缮写呈文和布告……
报纸照样发表胜利消息,缉拿和悬赏,更正和驳斥……
可怜的学生照样练习他们的体操:立正,敬礼,鞠躬,下
　　跪……
大人们照样指着流泪的、流血的、死了的、毁灭的和倒坍的
象放屁一样念着"阿弥陀佛"和 alleluia,发挥着十字架的
　　光荣,金字塔的严肃以及东方文艺复兴的意义……
…………

何况这两三年连空袭都没有了,哦,可爱的读者,
谁敢仔细研究这一堆酪酊地蠕滑地呕吐着粘质的肉虫呢?

在中国,谁能快乐而自由?就是这些天国的选民。信不信

由你。
然而,今天,地狱的牧者率领一群哀军来了:不要怜悯!
要用可怖的悲惨惊吓这些选民!要将唾沫吐在他们的粉脸上!
日历撕完了,时钟停摆了,可爱的读者,向他们挑战!

四

我是一个都会的流氓,没有受过良好教育。
我的见闻和我的感想自然非常卑微。

在喧哗的马路上,我朦胧地看见许多刺客不说话,走着又停留着…
呀,有人被杀了,警察还十分客气地向凶手送去一根纸烟呢。

有一次,我走到一片广场上去了,
那儿围着一群人,在赞叹刽子手的勇敢:

尸首俯卧着,仿佛在吮吸从自己肺腑流出的紫血……
或者用点词藻描写,他正用自己的血沐洗自己的罪恶呢……

没有遗嘱。没有纸钱。没有谁给他一顿"最后的晚餐"。
没有赦免。因此,没有忏悔。一个普通犯人的葬礼。

啊,他是比痛苦的生存要快乐十二倍的死亡的宾客之一,
可爱的读者,我们宽恕他生前的一切过失吧。

据说他是一个从前线退下来的可耻的逃兵,
曾经保卫过南京——那时汪精卫正向重庆飞……

据说他的母亲哭瞎了,自从他出征以后。
她的眼睛永远不再睁开,就是听到她的儿子做了官……

据说他悄悄回到了故乡,象一匹狗忍受爱国分子的辱骂……
在阳光下面行乞,在灯光下面偷盗,在并没有敌人冲过来
  的战场上阵亡了。

可爱的读者,我不过是一个不相干的旁观者,
注视着一颗子弹旋转过去的胸脯,我不得不
祝福死者:来世不可在黑巷里咬伤一位贵妇的带钻石的手
  指;
也祝福活着的人:永远踏着蔷薇色的旅途,切莫逢见窃贼
  和土匪!

五

几年前,我还是一家纱厂的人事股办事员,
经理命我调查工人的健康状况,"以便向劳动局呈报备案"。
我这样报告:工人们全体拥护"生产建国"的号召!
他们的身体非常强壮!土布较"罗斯福布"更坚韧!

天啦,我撒谎了。他们的体格检查表千篇一律:
  "……女性,十七岁,九岁入厂……
    ……月经停闭,脸黄,晕眩,下午发烧……"

"……男性,十岁,童工……
……肺结核,痰臭,盗汗,指甲透明……"

可爱的读者,你质问我什么——
　　啊,少女,她的美丽在哪儿?讨厌青春吗?
　　啊,儿童,他的幸福在哪儿?讨厌游戏吗?
　　他们为什么在纤维里蜷缩着,不言不语?
　　……几年以后,死了,把饭碗赠给旁人,不是吗?

你觉得,可爱的读者,命运容易统治他们么?
他们不要幸福——只要没有痛苦,你觉得,可爱的读者?
不,你错了。除非人不是人……

他们的、以及这一类人们的怨恨,象自己的骨头一样,永远不会同皮肉一起消瘦的!

在晚上,这些人零散地走进一间房……
这些人在一起开会,讨论,决议,进行……
这些人用睡眠的时间干自己的事……
这些人犯了罪,勇敢地用生命赔偿这社会的损失……
这些人的口号不再是:"打倒机器!"……

六

可爱的读者,我还谈谈可怜的知识分子吧。
在骄傲与颓废的轮替里,他们不敢大声说话。
你看,一些精神蔓长着胡须的丑角儿嘤嘤哭泣起来了……

在泥泞的时间的走廊上,他们用虚无主义的酒灌醉自己,
  避免窗外的噪音。
在象海一样汹涌着波涛的大陆上,他们迷信地怀疑一切
  ——甚至专门寻找
哀伤的街,丧气的屋子,流泪的书……做他们的一朵离世
  的岛屿,
潜伏着他们的做手势的灵魂,恐惧地聆听着斗争的阵亡者
  作怪的呼喊……

他们非常苦闷,常常用手按住自己的脉搏检查自己的病症,
有时不觉将自己的思想孵化出变节的幼虫!
于是,阅读着错误的哲学;巧妙地注解着慈善家杀戮婴儿
  的原因;
模仿蟋蟀用尾巴歌吹——庆祝圣者以神的名义统治他们的
  同胞。
他们逃避着巨大的爱情和仇恨,他们自嘲:鲁滨逊不需要
  钱币!
然而,可爱的读者,这群幼稚的犬儒们将永远回复到
神权时代的恐怖与羞耻里去:恐怖自己的影子,羞耻于接
  近阳光;
他们渐渐昏迷了,可怜这些夭折在母胎里的婴儿。我附带
  举一个例证——

> 常常有人说我的邻居犯了罪,
>   因为在那洁白的粉墙上的

庄严的肖像和滑稽的刺刀面前，
　　他竟无缘无故地微微喟叹。

　　谁晓得他想到什么了？
　　他为什么喟叹，他为什么喟叹呢？
　　狱卒们常常在夜半听见这样浓重的喟叹的——
　　这蓝天下面的轻轻的雷声证明了他的罪状："你说，他
　　　　叫什么名字？"

　　哎，我的邻居从这世界失踪了，
　　我仿佛还听到沉睡的森林里
　　有一只受难的小兔低低泣着……
　　他正是一个胆小怕事的知识分子呢，
　　愿你保佑他，上帝！

我们离开他们吧，让他们象从梦中醒来一样死去吧，可爱
　　的读者。
让他们在时代的石块上撞破脑袋，
让他们的脑袋象鸡蛋一样碎裂：让他们的勇敢同懦怯象蛋
　　黄同蛋白一样分开！

七

不过，可爱的读者，我也是一个低级知识分子，皮肤奇痒，
　　肌肉溃烂。
太阳使我的身体发热，小河给我以清洁的水，
燕子，它唱得多好，从自己胸脯撕落

一片片棕色的羽毛,在我的屋梁上筑它的窠……
可是,我却常常无端哆嗦,嘴唇发白……
我的朋友曾刻薄地骂我是:从忧郁里享乐!

可爱的读者,这批评是对的。从前我真是一个神经衰弱的无神论者,
曾经荒谬地信奉悲哀的宗教,用弥撒来咒骂耶和华……
但是,今天,那样可笑的我已经完全变了——
我的急剧的心脏渐渐坚硬,象一块泡浸在酒精里的印第安橡皮。
我的心脏究竟泡浸在什么里面呢,是演现在世界各处的悲惨的历史吧?
是的,是那悲惨的历史象洪水一样冲击着,而人不能是一块水成岩……

我知道我还有泪水,但是我再没有哭泣过,甚至叹气,自从我结交了一群浓重的冤魂……
而且,我还不能大声欢笑,因为一切痛苦的过去还没有完全否决!
因此,我厌弃轻浮的颂歌。叫我赞美那些腐朽的上流社会吗?
不如叫一个犯人去赞美断头台的堂皇:要他的命吧!

可爱的读者,在严肃的光阴里,我的诗是一文不值的——那又算什么呢。
我并不信仰西欧的德谟克拉西,亚细亚也不需要人道主义

的惠特曼；
这无光的大陆正在从事反抗和斗争！
在中国，伟大的诗人们正向你，可爱的读者，写着革命史；
我不过是一个渺小的猎人，发现一两滴兔子或者松鼠的血
　迹后，
再告诉力士们去追寻那些猛兽和凶禽！

你以为，可爱的读者，我还没有见到一些光明的体积吧？
　看见的。
虽然《圣经》不敢发表他们的史迹，博物馆不敢陈列他们
　的塑像，
甚至百科全书不敢记载他们的姓名，然而我正走向他们……
不过，我不必赞美他们——这些战斗者，
正如我不必赞美我自己的诗。

八

请温暖地批判吧，可爱的读者！
这几行不完整的诗句再不能删减，可是也不好增加了。
就算这是一个新从中国这古老的胎盘里出世的同志的报告：
愿他的希望比他的回忆愉快些！

（1944年12月）

牛 汉
(1923—2013)

本名史承汉、史成汉,曾用笔名谷风。蒙古族。1923年10月生于山西定襄县。1940年开始发表诗作。1943年就读西北大学。1942年发表长诗《鄂尔多斯草原》受到诗歌界注意。1946年因参加学生运动被捕入狱。40年代末进入东北解放区。1955年因胡风案件被拘捕。从1954年起,长期在北京的人民文学出版社工作,担任过诗歌散文组组长、《新文学史料》主编等职。在80年代开启的中国文学、诗歌革新潮流中,牛汉与众多富于创新精神的青年开拓者建立密切、平等的关系,在探索处境艰难的时候,伸出扶持之手。这在中国诗歌界的"代际关系"上,并不多见。

牛汉是坚持诗和人的生命一体的诗人;不论是他的诗,还是人,都得到超乎诗界的普遍敬重。诗是他"生命的档案",是生命的构成和实现。他影响最大的,是"文革"间在湖北咸宁"五七干校"被监督劳动时所写、而在80年代才得以公开发表的作品。这些作品宣示了他的悲剧生命形式和反抗诗学的立场。他将芜杂、充满暴力的历史化入自身的血肉,执着地追逐可能触及的时代内容,将写作看作一种参与到对历史"真实"的探求,和社会价值重构的行动。在诗歌方式上,经常使用主/客、物/我对应的构型方式,人生的创伤和刚强,与也是创伤、刚强的大自然形成对应物:枯枝、芒刺、荆棘构筑的巢中诞生的鹰、被雷电劈去半边仍挺立的树、受伤但默默耕耘的蚯蚓、美丽灵巧却已陷于枪口下的麂子,被囚禁的华南虎……它们是美丽生命因毁灭引起的悲伤,也是陷于困境而不屈精神的颂赞。

诗之外,牛汉的散文也有很高成就,并和诗形成补充与互释的关联。

出版诗集:

《彩色的生活》,上海:泥土社,1951年。

《祖国》,上海:五十年代出版社,1951年。

《在祖国的面前》,北京:天下出版社,1951年。

《爱与歌》,北京:作家出版社,1954年。

《温泉》,上海文艺出版社,1984年。

《海上蝴蝶》,成都:四川文艺出版社,1985年。

《蚯蚓和羽毛》,北京:人民文学出版社,1986年。

《沉默的悬崖》,北京十月文艺出版社,1986年。

《牛汉诗选》,北京:人民文学出版社,1998年。

《牛汉诗文集》(1–5卷),北京:人民文学出版社,2010年。

在 牢 狱

春天
菜花正飘香
我被关进牢狱。

母亲
穿一身黑布衣裳,
从老远的西北高原,
带着收尸的棺材钱,
独自赶来看我:
  听说
  你死了,
  脑壳被砸烂……

我并没有死。

母亲
到牢狱看我,
我和母亲中间
站着一个狱卒,
隔着两道密密的铁栅栏,
母亲向我伸出
  颤颤的手,

我握不到，握不到……

但母亲和我
都没有哭泣。
母亲问我：
　　　狱里
　　　　受罪了吧！
我无言……

母亲懂得我的心，
狱里，狱外
同样是狂暴的迫害，
同样有一个不屈的
敢于犯罪的意志。

1946春，汉中

华南虎

在桂林
小小的动物园里
我见到一只老虎。

我挤在叽叽喳喳的人群中，
隔着两道铁栅栏

向笼里的老虎
张望了许久许久,
但一直没有瞧见
老虎斑斓的面孔
和火焰似的眼睛。

笼里的老虎
背对胆怯而绝望的观众,
安详地卧在一个角落,
有人用石块砸它
有人向它厉声呵斥
有人还苦苦劝诱
它都一概不理!

又长又粗的尾巴
悠悠地在拂动,
哦,老虎,笼中的老虎,
你是梦见了苍苍莽莽的山林吗?
是屈辱的心灵在抽搐吗?
还是想用尾巴鞭打那些可怜而可笑的观众?

你的健壮的腿
直挺挺地向四方伸开,
我看见你的每个趾爪
全都是破碎的,
凝结着浓浓的鲜血!
你的趾爪

是被人捆绑着
活活地铰掉的吗？
还是由于悲愤
你用同样破碎的牙齿
（听说你的牙齿是被钢锯锯掉的）
把它们和着热血咬碎……

我看见铁笼里
灰灰的水泥墙壁上
有一道一道的血淋淋的沟壑
像闪电那般耀眼刺目！
像血写的绝命诗！

我终于明白……
羞愧地离开了动物园，
恍惚之中听见一声
石破天惊的咆哮，
有一个不羁的灵魂
掠过我的头顶
腾空而去，
我看见了火焰似的斑纹
火焰似的眼睛，
还有巨大而破碎的
滴血的趾爪！

1973.6　咸宁
（1997年8月10日，据当年札记，
添一行诗：像血写的绝命诗！）

沉　默

沉默不是没有声音
沉默只是声音一时的晕厥和梗塞
声音并没有寂灭
它闷在一个胸腔里
还会雷一般醒过来

诗人塞费尔特说他到了晚年
才学会沉默
学会把呐喊憋在喉管以下
学会用牙齿咬碎自己的歌
沉默是深沉的冲动

1987年3月

悼念一棵枫树

我想写几页小诗，把你最后的绿叶保留下几片来。

——摘自日记

湖边山丘上
那棵最高大的枫树
被伐倒了……

在秋天的一个早晨

几个村庄
和这一片山野
都听到了,感觉到了
枫树倒下的声响

家家的门窗和屋瓦
每棵树,每根草
每一朵野花
树上的鸟,花上的蜂
湖边停泊的小船
都颤颤地哆嗦起来……
是由于悲哀吗?
这一天
整个村庄
和这一片山野上
飘着浓郁的清香

清香
落在人的心灵上
比秋雨还要阴冷

想不到
一棵枫树
表皮灰暗而粗犷

发着苦涩气息
但它的生命内部
却贮蓄了这么多的芬芳

芬芳
使人悲伤

枫树直挺挺地
躺在草丛和荆棘上
那么庞大,那么青翠
看上去比它站立的时候
还要雄伟和美丽

伐倒三天之后
枝叶还在微风中
簌簌地摇动
叶片上还挂着明亮的露水
仿佛亿万只含泪的眼睛
向大自然告别

哦,湖边的白鹤
哦,远方来的老鹰
还朝着枫树这里飞翔呢

枫树
被解成宽阔的木板

一圈圈年轮
涌出了一圈圈的
凝固的泪珠
泪珠
也发着芬芳

不是泪珠吧
它是枫树的生命
还没有死亡的血球

村边的山丘
缩小了许多
仿佛低下了头颅
伐倒了
一棵枫树
伐倒了
一个与大地相连的生命

1973秋

麂　子

远远的
远远的
一只棕黄色的麂子

在望不到边的
金黄的麦海里
一蹿一蹿地
似飞似飘
朝这里奔跑

四面八方的人
都看见了它
用惊喜的目光
用赞叹的目光
用担忧的目光

麂子
远方来的麂子
你为什么生得这么灵巧美丽
你为什么这么天真无邪
你为什么莽撞地离开高高的山林
五六个猎人
正伏在草丛里
正伏在山丘上
枪口全盯着你

哦，麂子
不要朝这里奔跑

         1974初夏，咸宁

蒙田和我

蒙田,你说你一生总想远行
只晓得在路上躲避什么
并不知道要寻求什么

哦,我的智慧的先师
我的一生也总想远行
却只知道要寻求什么
并不晓得躲避什么

是的,你走得很远很远
最后迷失在梦一般的远方
而我只走出很短的一段路
就坠入了无底的深渊

哦,蒙田,尽管你已死了几百年
但我总觉得我和你是同时代的人

林亨泰
(1924年生)

台湾彰化县北斗镇人。曾用笔名亨人、桓太。1950年毕业于台湾教育学院教育学系。历任彰化北斗中学、彰化高工、台中商专等校教职。40年代初开始新诗写作,属于台湾从日文到中文写作的"跨越语言"一代的诗人。他的经历,也贯穿战后台湾诗坛的重要历史事件。1947年加入银铃会;1956年参与纪弦的"现代派",在创作和评论上起到重要作用。1964年,与友人共同筹组以现实关怀和本土化为特征的"笠诗社",担任《笠》诗刊首任主编。林亨泰的创作具有探索精神,追求前卫,是诗坛的"追索者"与"反抗者";为了"提醒这个昏昏欲睡的诗坛",常"竖立着与众相反的旗帜"。50年代《风景》的"图像诗",曾引人瞩目。他排除过多的伤感,写"很冷很知性的诗";坚持走精确、凝练,冷静而带有哲思意味的诗路。在"现代主义"与"现实主义",在本土传统和外来影响,在现实批判精神和现代诗探索之间,他取包容的态度。

写诗之外,林亨泰也评诗,组织、发动诗歌运动,创办、编辑刊物,论证目标的正当性,对纷至沓来的对现代诗的责难做辩护或反击,并在现代诗批评尚未形成气候的时候,解释自己和同道者的作品,也为自身的经历做见证性的历史撰述。因此,对林亨泰来说,扎实的诗歌创作和诗论的成就之外,也应认识到他在推动"新诗文化"(出版、传播、教育的机制,评价标准的确立,更具欣赏力的读者群的形成……)所作的努力。

出版诗集：

《灵魂の产声》(日文)，台湾：银铃会，1949年。

《长的咽喉》，台北：新光出版社，1955年。

《林亨泰诗集》，台北：时报出版社，1984年。

《爪痕集》，台北：笠诗社，1986年。

《跨不过的历史》，台北：尚书出版社，1990年。

《林亨泰全集》(吕兴昌编)，全十卷，其中诗共3卷。彰化县立文化中心，1999年。

《林亨泰诗集》，台北：春晖出版社，2007年。

另著有《现代诗的基本精神》、《见者之言》、《找寻现代诗的原点》等评论集。

哲 学 家

阳光失调的日子
鸡缩起一只脚思索着
一九四七年十月二十日,秋天
为什么失调的阳光会影响那只脚?
在叶子完全落尽的树下!

(1949)

书 籍

在桌子上堆着很多的书籍,
每当我望着它们,
便会有一个思想浮在脑际,
因为,这些书籍的著者,
多半已不在人世了,
有的害了肺病死掉,
有的在革命中倒下,
有的是发狂着死去。
这些书籍简直是
从黄泉直接寄来的赠礼,

以无尽的感慨,
我抽出一册来。
一张一张的翻看,
我的手指有如那苦修的行脚僧,
逐寺顶礼那样哀怜。

于是,我祈祷,
像香炉焚熏着线香,
我点燃起烟草……

(1949)

风 景(之一)

农作物　的
旁边　还有
农作物　的
旁边　还有
农作物　的
旁边　还有

阳光阳光晒长了耳朵
阳光阳光晒长了脖子

(1959)

风景(之二)

防风林　的
外边　还有防风林 的
外边　还有防风林 的
外边　还有

然而海　以及波的罗列
然而海　以及波的罗列

（1959）

诞 生

粘贴在貌状可虑的
所有浓度最突出的
一切光芒都除去
所有触觉最耀眼的
一切彩色都除去

一段长久沉默之后
不是快感也不是痛心

不是忧患也不是拯救
一切比喻都来不及比喻
一切象征都来不及象征

语言背后的落差
未能激出一些意味来
植物还在萌芽的内侧
动物还在出生的内侧
世界终于面临一个早晨

木 心
(1927—2011)

本名孙璞,祖籍绍兴,出生于浙江桐乡乌镇的书香门第。1946年进刘海粟主持的上海美术专科学校,主攻油画。不久转到林风眠门下,入杭州国立艺专。曾任杭州绘画研究社社长、上海市工艺美术中心总设计师、上海市工艺美术协会秘书长、《美化生活》期刊主编、交通大学美学理论教授等职位。1982年自费留学美国,定居纽约,从事绘画与文学创作。他的画作得到美国画坛的肯定,他的英文小说集也在美国出版。2006年他回到家乡乌镇,直到辞世。1984年起,台湾出版木心的作品,造成不小的轰动。2006年内地也出版了他的作品。

木心自小接受广博完整的人文教育,浸淫在中西古今的文学哲学典籍中。旅美期间,他的足迹遍及欧陆。这些都反映在其作品里,从诗经、希腊神话、陶渊明,到佩特拉克、薄伽丘、卢梭,到普希金、卡夫卡、梵高,到叶芝、永井荷风、周作人。然而,不同于多数诗人,他面对大师的态度不是"仰之弥高",而是透过他们的眼睛他们的口反映其生活与时代氛围。1971年,木心被扣上"里通外国"的罪名入狱十八个月,二十二部自己装帧的作品集皆遭焚毁。然而,在他日后的写作里读者看不到任何"伤痕文学"的悲痛和控诉。恰恰相反,他的语言俨然跳过了整个"红色传统",更亲近古典和"五四"。

通过大量的阅读(中外古今典籍),倾听(西方古典音乐)和观看（中西绘画建筑），木心精心建构了一个自给自足，追求永恒的美和智慧的世界。这个世界和他的生活相互渗透，密不可分；甚至可以说，是这个建构的私己世界在支撑着他的生活。他的写作不遵守任何既成的规范或固定的界线，其文类、形式或语言几乎都随心所欲，皆无不可。他的诗有的是纯粹的文言文，有的读来好像笔记笺注；有时过度的散文化，有时流于论述辩解。这至少部分解释为何他在当代文坛上充满了争议性。但是，我们可以确定的是，在木心最好的诗里，文字脱俗，节奏自然，奇想灼灼，睿智圆融。

出版诗集：

《西班牙三棵树》，台北：圆神出版社，1988年；桂林：广西师范大学出版社，2006年。

《我纷纷的情欲》，台北：INK印刻文学生活杂志出版有限公司，2012年。

《巴珑》，台北：INK印刻文学生活杂志出版有限公司，2012年。

《伪所罗门书》，台北：INK印刻文学生活杂志出版有限公司，2012年。

《云雀叫了一整天》，台北：INK印刻文学生活杂志出版有限公司，2012年。

五岛晚邮(之一)
十二月十九夜

我已累极
全忘了疲惫
我悭吝自守
一路布施着回来
我忧心怔忡
对着灯微笑不止
我为肢体衰殚而惶惑
胸中弥漫青春活力
你是亟待命名的神
你的臂已围过我的颈
我望见新天新地了
犹在悬崖峭壁徘徊
虽然,我愿以七船痛苦
换半茶匙幸乐
猛记起少年时熟诵的诗
诗中的童僧叫道
让我尝一滴蜜
我便死去

(1988)

雪橇事件之后

如果爱一个人
就跟他有讲不完的话
如果真是这样
那末没有这样的一个人
会想起从前陪舅舅坐餐馆
好像雪橇事件之后吧
邻桌的食客们,不交谈
整幢厅堂无声息
等,等救星似的等上菜
如果爱一个人
就跟他有讲不完的话
食客们,雪橇已到刚果河边
一八二一年冬季来了
普希金拟往彼萨拉亚小住
驿站憩歇,等早餐
从口袋里掏出纸片,写
诗人多半是不用书桌写
一八三六年夏,波尔季诺村
这里的野地多好呀
大片草原接大片草原
纵马驰骋,尽兴而返
趴在弹子台上、长沙发上,写

水,冰块,陶罐果酱
如果爱一个世界
就会有写也写不完的诗
如果真是这样
那末没有这样的一个世界

陌生的国族

漂泊者的迟暮之年
风吹来故国的消息
谁死了,谁也死了
怀念而期望酬恩者
蓄忿而思图复仇者
死,一片空白,了无余波
就像战火尚在纷飞
敌方的将帅罹病暴毙
至亲好友相继丧于瘟疫
秋风萧飒,胜利班师亦虚空
战后满目幸存的陌生人
爱是熟知,恨也是熟知呀
迟暮之年的漂泊者
遥远的故国已是一个陌生国了

(1995)

泡 沫

一启始就完结了的爱情最多。
维纳斯,那位阿芙洛蒂忒啊
从海洋的泡沫中诞生,清晨
泡沫泡沫,周围都是泡沫
我一生的遇合离散
抱过吻过的都是泡沫呵
想抱想吻不及抱吻的更多
那是瞬间更短促的泡沫呀
我渐渐疲乏而刻毒了
躺在浴池的豆蔻温水里
莹白的泡沫,爱情的回忆
爱情洗净了我的体肤

(1996)

从前慢

记得早先少年时
大家诚诚恳恳
说一句是一句

清早上火车站
长街黑暗无行人
卖豆浆的小店冒着热气

从前的日色变得慢
车,马,邮件都慢
一生只够爱一个人
从前的锁也好看
钥匙精美有样子
你锁了人家就懂了

洛 夫
(1928年生)

　　洛夫本名莫洛夫,湖南衡阳人。1949年迁台,服役于海军,1959年毕业于军官外语学校,后获得淡江大学英文系学士,曾任教于东吴大学。1954年在高雄左营服役期间,与同侪张默、痖弦成立"创世纪诗社"及《创世纪》诗刊,与现代诗派、蓝星诗社鼎立于台湾诗坛,共创现代主义大潮。1959年驻防于金门期间,诗人亲身经历了战事,成为《石室之死亡》的灵感泉源。这首由六十四首诗组成的长诗表达了诗人对生死、宗教、自我、情欲的冥想,想象力诡奇,语言艰涩。1996年移民加拿大温哥华,仍创作不辍,以三千行的长诗《漂木》为代表。

　　洛夫风格数变。最早的诗集《灵河》清丽幽怨,隐然有早期何其芳的痕迹。1960年代初的《石室之死亡》繁复深奥,是一篇超现实的力作。六七十年代以降诗人回归中国传统,融合中西文化元素。《长恨歌》和《窗前明月光》用现代手法从现代角度重新诠释中国经典;《爱的辩证》改写尾生等女子不至抱桥墩淹死的庄子典故。诗人也提出禅宗和超现实相通的议题;短诗《金龙禅寺》以"留白"的手法渲染言外之意。洛夫尝自喻为石头和"火中的天使",他的诗兼具密度与强度,抒情与玄思。

　　除了写诗和诗论,诗人长年浸淫于书法,亦卓然有成。

出版诗集：

《灵河》，左营：创世纪诗社，1957年。

《石室之死亡》，左营：创世纪诗社，1965年。

《外外集》，左营：创世纪诗社，1967年。

《无岸之河》，台北：大林出版社，1970年。

《魔歌》，台北：中外文学月刊社，1974年。

《洛夫自选集》，台北：黎明文化事业，1975年。

《众荷喧哗》，新竹：枫城出版社，1976年。

《时间之伤》，台北：时报文化公司，1981年。

《酿酒的石头》，台北：九歌出版社，1983年。

《因为风的缘故》，台北：九歌出版社，1988年。

《月光房子》，台北：九歌出版社，1990年。

《天使的涅槃》，台北：尚书出版社，1990年。

《隐题诗》，台北：尔雅出版社，1993年。

《雪落无声》，台北：尔雅出版社，1999年。

《漂木》，台北：联合文学，2001年。

生 活

嚼着五毛钱的尤鱼干,
这条路我走得好吃力。

黄昏,落叶挂来冬天的电话,
说太阳要打瞌睡,院子里要装满冷梦,
在淡淡的雾所统治的十一月里,
连唆使女人偷吃果子的蛇也要睡了。

摸摸口袋,今年该添一袭新的蓝布衫了,
我不能让热情再一次押入当铺。

昨天,云很低,朋友向我索酒,
他说醉后窗外的天会变得很高、很蓝,
然而,唉!抽屉里只有卖不掉的诗。

我羞涩地关起窗子,任北风讪笑而过……

(附记)尤鱼干犹如曹阿瞒之"鸡肋",食了无味,弃之可惜,生活就是这么回事。诗人的"我",实际就是大众,不过诗人更能了解生活罢了。
此诗曾有人谓为新月派之变体,开玩笑!

石室之死亡(选二)

1

只偶然昂首向邻居的甬道,我便怔住
在清晨,那人以裸体去背叛死
任一条黑色支流咆哮横过他的脉管
我便怔住,我以目光扫过那座石壁
上面即凿成两道血槽

我的面容展开如一株树,树在火中成长
一切静止,唯眸子在眼睑后面移动
移向许多人都怕谈及的方向
而我确是那株被锯断的苦梨
在年轮上,你仍可听清楚风声、蝉声

2

凡是敲门的,铜环仍应以昔日的炫耀
弟兄们俱将来到,俱将共饮我满额的急躁
他们的饥渴犹如室内一盆素花
当我微微启开双眼,便有金属声
丁当自壁间,坠落在客人们的餐盘上

其后就是一个下午的激辩,诸般不洁的显示
语言只是一堆未曾洗涤的衣裳

遂被伤害，他们如一群寻不到恒久居处的兽
设使树的侧影被阳光所劈开
其高度便予我以面临日暮时的冷肃

长恨歌

那蔷薇，就像所有的蔷薇，
只开了一个早晨

　　　　　　　　——巴尔扎克

一
唐玄宗
从
水声里
提炼出一缕黑发的哀恸

二
她是
杨氏家谱中
翻开第一页便仰在那里的
一片白肉
一株镜子里的蔷薇
盛开在轻柔的拂拭中
所谓天生丽质

一粒
华清池中
等待双手捧起的
泡沫
仙乐处处
骊宫中
酒香流自体香
嘴唇,猛力吸吮之后
就是呻吟
而象牙床上伸展的肢体
是山
也是水
一道河熟睡在另一道河中
地层下的激流
涌向
江山万里
及至一支白色歌谣
破土而出

三
他高举着那只烧焦了的手
大声叫喊:
我做爱
因为
我要做爱
因为

我是皇帝
因为
我们惯于血肉相见

四
他开始在床上读报,吃早点,看梳头,批阅奏折

            盖章
            盖章
            盖章
            盖章

从此
君王不早朝

五
他是皇帝
而战争
是一滩
不论怎么擦也擦不掉的
黏液
在锦被中
杀伐,在远方

远方,烽火蛇升,天空哑于
一涡叫人心惊的发式
鼙鼓,以火红的舌头
舐着大地

六
河川

仍在两股之间燃烧

仗

不能不打

征战国之大事

娘子,妇道人家之血只能朝某一个方向流

于今六军不发

罢了罢了,这马嵬坡前

你即是那杨絮

高举你以广场中的大风

一堆昂贵的肥料

营养着

另一株玫瑰

或

历史中

另一种绝症

七
恨,多半从火中开始

他遥望窗外

他的头

随鸟飞而摆动

眼睛,随落日变色

他呼唤的那个名字

埋入了回声

竟夕绕室而行
未央宫的每一扇窗口
他都站过
冷白的手指剔着灯花
轻咳声中
禁城里全部的海棠
一夜凋成
秋风

他把自己的胡须打了一个结又一个结,解开再解开,然后负手踱步,鞋声,鞋声,鞋声,一朵晚香玉在帘子后面爆炸,然后伸张十指抓住一部水经注,水声汩汩,他竟读不懂那条河为什么流经掌心时是嘤泣,而非咆哮
他披衣而起
他烧灼自己的肌肤
他从一块寒玉中醒来

       千间厢房千烛燃
       楼外明月照无眠
       墙上走来一女子
       脸在虚无飘渺间

八
突然间

他疯狂地搜寻那把黑发

而她递过去

一缕烟

是水,必然升为云

是泥土,必然踩成焦渴的藓苔

隐在树叶中的脸

比夕阳更绝望

一朵菊花在她嘴边

一口黑井在她眼中

一场战争在她体内

一个犹未酿成的小小风暴

在她掌里

她不再牙痛

不再出

唐朝的麻疹

她溶入水中的脸是相对的白与绝对的黑

她不再捧着一碟盐而大呼饥渴

她那要人搀扶的手

颤颤地

指着

一条通向长安的青石路……

九

时间七月七

地点长生殿

一个高瘦的青衫男子

一个没有脸孔的女子
火焰,继续升起
白色的空气中
一双翅膀
又
一双翅膀
飞入殿外的月色
渐去渐远的
私语
闪烁而苦涩

风雨中传来一两个短句的回响

(1972)

床前明月光

不是霜啊
而乡愁竟在我们的血肉中旋成年轮
在千百次的
月落处

只要一壶金门高粱
一小碟豆子

李白便把自己横在水上
让心事
从此渡去

　　　　　　　　　　　一九七〇年·四·六

有鸟飞过

香烟摊老李的二胡
把我们家的巷子
拉成一绺长长的湿发

院子的门开着
香片随着心事　　向
杯底沉落
茶几上
烟灰无非是既白且冷
无非是春去秋来

你能不能为我
在藤椅中的千种盹姿
各起一个名字？

晚报扔在脸上

睡眼中
有
鸟
飞过

一九七〇年·七·五

金龙禅寺

晚钟
是游客下山的小路
羊齿植物
沿着白色的石阶
一路嚼了下去

如果此处降雪

而只见
一只惊起的灰蝉
把山中的灯火
一盏盏地
点燃

(1970)

因为风的缘故

昨日我沿着河岸
漫步到
芦苇弯腰喝水的地方
顺便请烟囱
在天空为我写一封长长的信
潦是潦草了些
而我的心意
则明亮亦如你窗前的烛光
稍有暧昧之处
势所难免
  因为风的缘故

此信你能否看懂并不重要
重要的是
你务必在雏菊尚未全部凋零之前
赶快发怒,或者发笑
赶快从箱子里找出我那件薄衫子
赶快对镜梳你那又黑又柔的妩媚
然后以整生的爱
点燃一盏灯
我是火
随时可能熄灭
  因为风的缘故

(1981)

余光中
(1928年生)

祖籍福建永春,出生于南京,1947年入金陵大学外文系,1949年入厦门大学外文系,开始在报刊上发表新诗。1950年迁台后插班台大外文系,两年后毕业。1958年赴美进修,次年获得爱荷华大学艺术硕士,先后任教于台湾师大、政大、中山大学外文系,及香港中文大学中文系,并曾任中山大学文学院院长,现已荣退。

1954年余光中和覃子豪、钟鼎文、夏菁、邓禹平共同创办"蓝星诗社",对台湾诗坛造成深远的影响。诗人迄今创作不断,成诗上千首。自称"左手写诗,右手写散文",其他文类还包括评论和翻译,共同构成他写作的"四度空间"。历年来出版著作五十余种,获奖无数,既是台湾文坛的代表作家,也是大陆最知名的台湾诗人。

余光中对诗的文字、节奏、结构及意象,皆用力甚深。"余体诗"用词讲究典雅,节奏铿锵有致,结构环环相叩,意象比喻铺陈。此外,诗人喜用典故,中西古今兼容并蓄。逾一甲子的创作生涯,不同时期呈现了不同的风貌。既有抒情的新格律诗,也有现代主义的深奥;既对中国古典心向往之,也在日常生活里提炼诗的题材。经典作品如《乡愁四韵》,自然隽永,1974年被罗大佑谱成曲后,更为扣人心弦。《公无渡河》透过并置的手法,以汉代歌谣与当代悲剧相互对照,不但扩大了时空视野,而且丰富了作品的寓意。《双人床》和《如果远方有战争》堪称最优秀的反战文学。后者巧妙运用一连串的假设句和问句,衬托"作战"和"做爱"的戏剧性对比，尖锐地批判惨烈无情的越战。

出版诗集：

《舟子的悲歌》，台北：野风杂志出版社，1952年。

《蓝色的羽毛》，台北：蓝星诗刊，1954年。

《莲的联想》，台北：文星杂志，1964年。

《武陵少年》，台北：文星杂志，1967年。

《敲打乐》，台北：蓝星诗刊，1969年。

《在冷战的年代》，台北：蓝星诗刊，1969年。

《白玉苦瓜》，台北：大地出版社，1974年。

《与永恒拔河》，台北：洪范书店，1979年。

《余光中诗选，1949～1981》，台北：洪范书店，1981年。

《余光中诗选第二卷，1982～1998》，台北：洪范书店，1998年。

《高楼对海》，2000年。

《余光中60年诗选》，台北：INK印刻文化生活出版社，2013年。

我之固体化

在此地,在国际的鸡尾酒里,
我仍是一块拒绝溶化的冰——
常保持零下的冷
和固体的硬度。

我本来也是很液体的
也很爱流动,很容易沸腾,
很爱玩虹的滑梯。

但中国的太阳距我太远,
我结晶了,透明且硬,
且无法自动还原。

1959年3月10日午夜

双人床

让战争在双人床外进行
躺在你长长的斜坡上
听流弹,像一把呼啸的萤火

在你的，我的头顶窜过
窜过我的胡须和你的头发
让政变和革命在四周呐喊
至少爱情在我们的一边
至少破晓前我们很安全
当一切都不再可靠
靠在你弹性的斜坡上
今夜，即使会山崩或地震
最多跌进你低低的盆地
让旗和铜号在高原上举起
至少有六尺的韵律是我们
至少日出前你完全是我的
仍滑腻，仍柔软，仍可以烫熟
一种纯粹而精细的疯狂
让夜和死亡在黑的边境
发动永恒第一千次围城
惟我们循螺纹急降，天国在下
卷入你四肢美丽的漩涡

（1966）

如果远方有战争

如果远方有战争，我应该掩耳

或是该坐起来，惭愧地倾听？
应该掩鼻，或应该深呼吸
难闻的焦味？我的耳朵应该
听你喘息着爱情或是听榴弹
宣扬真理？格言，勋章，补给
能不能喂饱无厌的死亡？
如果有战争煎一个民族，在远方
有战车狠狠地犁过春泥
有婴孩在号啕，向母亲的尸体
号啕一个盲哑的明天
如果一个尼姑在火葬自己
寡欲的脂肪炙响一个绝望
烧曲的四肢抱住涅槃
为了一种无效的手势。如果
我们在床上，他们在战场
在铁丝网上播种着和平
我应该惶恐，或是该庆幸
庆幸是做爱，不是肉搏
是你的裸体在臂中，不是敌人
如果远方有战争，而我们在远方
你是慈悲的天使，白羽无疵
你俯身在病床，看我在床上
缺手，缺脚，缺眼，缺乏性别
在一所血腥的战地医院
如果远方有战争啊这样的战争
情人，如果我们在远方

（1967）

民 歌

传说北方有一首民歌
只有黄河的肺活量能歌唱
从青海到黄海
　风　　也听见
　沙　　也听见

如果黄河冻成了冰河
还有长江最最母亲的鼻音
从高原到平原
　鱼　　也听见
　龙　　也听见

如果长江冻成了冰河
还有我，还有我的红海在呼啸
从早潮到晚潮
　醒　　也听见
　梦　　也听见

有一天我的血也结冰
还有你的血他的血在合唱
从 A 型到 O 型
　哭　　也听见

笑　也听见

1971年12月18日

乡愁四韵

给我一瓢长江水啊长江水
酒一样的长江水
醉酒的滋味
是乡愁的滋味
给我一瓢长江水啊长江水

给我一张海棠红啊海棠红
血一样的海棠红
沸血的烧痛
是乡愁的烧痛
给我一张海棠红啊海棠红

给我一片雪花白啊雪花白
信一样的雪花白
家信的等待
是乡愁的等待
给我一片雪花白啊雪花白

给我一朵腊梅香啊腊梅香

母亲一样的腊梅香

母亲的芬芳

是乡土的芬芳

给我一朵腊梅香啊腊梅香

公无渡河

公无渡河,一道铁丝网在伸手
公竟渡河,一架望远镜在凝眸
堕河而死,一排子弹啸过去
当奈公何,一丛芦苇在摇头

一道探照灯警告说,公无渡海
一艘巡逻艇咆哮说,公竟渡海
一群鲨鱼扑过去,堕海而死
一片血水涌上来,歌亦无奈

1976.11.16

高楼对海

高楼对海,长窗向西
黄昏之来多彩而神秘
落日去时,把海峡交给晚霞
晚霞去时,把海峡交给灯塔
我的桌灯也同时亮起
于是礼成,夜,便算开始了
灯塔是海上的一盏桌灯
桌灯,是桌上的一座灯塔
照着白发的心事在灯下
起伏如满满一海峡风浪
一波接一波来撼晚年
一生苍茫还留下什么呢?
除了窗口这一盏孤灯
与我共守这一截长夜
写诗,写信,无论做什么
都与他,最亲的伙伴
第一位读者,就近斟酌
迟寐的心情,纷乱的世变
比一切知己,甚至家人
更能默默地为我分忧
有一天,白发也不在灯下
一生苍茫还留下什么呢?

除了把落日留给海峡
除了把灯塔留给风浪
除了把回不了头的世纪
留给下不了笔的历史
还留下什么呢,一生苍茫?
至于这一盏孤灯,寂寞的见证
亲爱的读者啊,就留给你们

(1998)

管 管
(1929年生)

本名管运龙,山东省青岛市人。十九岁被国民党拉夫,后随军迁台,曾任左营军中电台记者,花莲军中电台节目主任,《创世纪》杂志社社长等职,并长期参与电视电影及舞台剧的演出。

管管的诗具备双重特色:浓厚的中国味和诙谐的童趣。前者表现在文言文、方言(山东话)、普通话的杂糅使用和乡愁的主题上。后者则标志一种独特的看世界的方法;在超现实式的思路和意象背后是一个自由活泼的灵魂,一份生命原初的喜悦。试以他的《寂寞》和戴望舒的《我的记忆》对比,两首诗处理同样的主题,诗里的主人翁都沉浸在回忆里无法自拔,两首诗也都用拟人化的手法来比喻回忆,并且都透过描写眼前平凡事物来表现寂寞。戴望舒的回忆是个喋喋不休的"最忠实"的朋友。除了回忆,他一无所依,纵使这位朋友的来访常让他哭着睡去。而管管的回忆,"悄悄地走近来给他一种叫做寂寞的糖"——这是多么奇妙的一个组合啊!本质相反的两个意象并列,暗示寂寞像甜甜的糖果无法抗拒。诗的结尾,回忆打开了一扇"像一枚含羞草"的门。含羞草稍被触碰,叶面就会合拢起来。正如寂寞的糖,它也是一个结合了两个相反意象(开/阖)的吊诡。隐秘的含羞草的门暗示那平时不轻易开启的记忆深处。

出版诗集:

《荒芜之脸》,台北:普天,1972年。

《管管诗选》,台北:洪范书店,1986年。

《管管世纪诗选》,台北:尔雅出版社,2000年。

《脑袋开花:奇想花园66朵》,台北:商周出版社,2006年。

寂　寞

　　他的书桌上那一位位小摆设,那一位位小太阳的照片,总是在那么一种时间开始摆着黑眼珠跟他呢喃起来,而且还悄悄的走近来给他一种叫做寂寞的糖

　　　　当他抽着烟
　　　　当烟想着远方
　　　　当他那另一扇门悄悄的打开
　　　　像一枚含羞草

空原上之小树呀

之一
每当吾看见那种远远的天边的空原上
在风中
在日落中
站着
几株
瘦瘦的
小树

吾就恨不得马上跑到那几株小树站的地方
望
虽然
在那几株小树站的地方吾又会看见远远的天边上的空
　　　原上
在风中
在日落中
站着
几株
瘦瘦的
小树

虽然
吾恨不得马上跑上去
虽然

虽然
那另一个远远的天边的空原上
也许是
一座
塔

虽然
那人
越跑
越小

像一只星

之二
每当我看见那种远远的天边的空原上
在风中
在日落中
站着
几株
瘦瘦的
小树
吾就恨不得马上跑上去
与小树们
站在
一起

像一匹马
或者
与小树们
站在一起

哭泣

蝶

你是无根的花
　　喜欢开在风的枝柯上
　　烟的叶子上

你是开在青空的花

有一次
看见你开在
一个小孩的
脸上
你是漂泊的花吗

清 明

在吾来说
故乡就是
父亲
母亲

如今
父亲
母亲
已成了
坟

蝉声这道菜

大清早,妻就拿着菜篮子捡拾蝉声,一会工夫
就捡拾了满满一篮子蝉声回来
孩子们却以为家里有了树林
他们正在树底下睡觉呢
妻却把蝉声放进洗菜盆里洗洗
用塑胶袋装起来放进冰窖了
妻说等山上下雪时
再拿出来炒着吃
如果能剩下
再分一点给爱斯基摩人
听说
他们压根儿
也没吃过蝉声这种东西

(1981)

商 禽
(1930—2010)

　　本名罗显烆,四川珙县人,1945年从军,1950年随国民党陆军部队迁台。1968年退役后做过园丁、码头工人、牛肉面店老板、《时报周刊》副总编等工作。1969年受邀参加爱荷华大学国际写作班,在美游学两年。晚年为帕金森症所苦,因并发症逝世于台北。

　　1953年商禽用"罗马"的笔名在《现代诗》上发表作品,1956年加入现代派,1960年改名"商禽"。为了直接了解超现实主义,他自学法文。商禽以散文诗独步诗坛。虽然1920年代的新诗已有散文诗的创作和翻译,到了商禽此形式的美学潜能才被发挥到极致。"商禽体"的散文诗通常采直白的叙述体,句型曲折绵延,语气平淡低调;在这样的叙述中诗人忽然引入某个突兀的语词或细节,造成文字的歧义性并留下深层思维的线索。如《长颈鹿》以理所当然的语调叙述一段荒谬的故事——年轻的狱卒真会那么天真吗?囚犯怎么可能变成长颈鹿呢?寓意来自诗的字面世界和读者的现实世界之间的巨大落差。当年商禽曾将此诗投给《蓝星》,遭到退稿的命运。对当时的诗坛来说,其"怪"其"新"由此可见。

　　《电锁》是商禽的代表作之一。叙述清楚交代了时间、地点、人物、事件:停电的午夜,一个中年人("我")乘出租车返回公寓,借着车灯找钥匙开门。诗提供了几个重要线索:一、每到午夜,路灯"又准时"停电;二、中年人的身影被车灯"毫不留情地"投射在公寓大楼的铁门上;三、感谢"好心的"司机将车灯对准

"我"的背以方便他找钥匙。第一个线索暗示"我"对黑暗早已"习惯",既不介意也从未想去改变它(例如向小区管理或地方单位投诉)。第二个线索点出黑暗的象征意义:这是一个没有动力,没有激情,孤独寂寞的人;中年身材的投影(发福了?驼背了?)冷酷地提醒他这个事实。第三个线索最为关键:"我"那么寂寞,那么渴望和人有意义的互动,以至他将出租车司机倒车时车灯照到他"误读"为一种对他的善意。他对陌生人的"好心"的夸大流露出现代社会里一个小人物的疏离感和无力感。他习以为常的黑暗既是他的内心,也是这个没有温暖没有梦的世界。

商禽的作品既是对现实的反抗和批判,也是对约定俗成的表意方式的颠覆和超越。他产量虽少但是从无败笔,是现代汉诗史上最具原创性的诗人之一。

出版诗集:

《梦或者黎明》,台北:十月出版社,1969年。

《用脚思想》,台北:汉光文化事业,1988年。

《商禽世纪诗选》,台北:尔雅出版社,2000年。

《商禽诗全集》,台北:INK印刻文学生活杂志,2009年。

蚂 蚁 巢

我走在别人的后面，把男人们笔挺的裤管所劈破的空气的碎片以及女人的嘴唇所刨下来的空气的片屑予以缝合；但是，我无能将他们的头发所染污的风澄清。

于是，我的叹息被我后面的狗捡去当口香糖嚼，而狗的忧郁乃被墙脚的蚂蚁衔去筑巢。

（1957）

手 套

有一次，我在做完工后，回到寝室里，先脱下一只手套，向床上一扔；然后，掏出一支香烟来衔在嘴上，并且，已擦燃了火柴，正准备吸时，忽然，我从火焰尖端的黑烟熏飘中透过，凝视着那只躺在床上的被黄土染黄了的黑土染黑了的被黄土和黑土染成了赭褐的白粗手套。

此刻，那只手套，因离了我的手，自然是空瘪的；食指成三十度地斜曲着，小指被叠压在无名指和中指之下，已看不见，甚至，简直像断了一个指头。呵，它是如何地充满了孤独的哀伤之情。我急急摔灭了火柴，把另一只手套脱下来,很快地丢在它旁边。

第二只手套,却是仰卧着的。手指都无力地摊开来,指尖向着原先那只,距离约十公分成为一个直角;说是休息着哩却又煞像哆嗦;就这样,一双赭褐色的粗白色手套,唉,再也没有比这更象征出:没有希望的希望,绝对的空虚的悲哀,与千万万分的颓废的人。即使是一个未亡人拥一袭外套跳慢板的华尔滋。

(1957)

长 颈 鹿

那个年青的狱卒发觉囚犯们每次体格检查时身长的逐月增加都是在脖子之后,他报告典狱长说:"长官,窗子太高了!"而他得到的回答却是:"不,他们瞻望岁月。"

仁慈的青年狱卒,不识岁月的容颜,不知岁月的籍贯,不明岁月的行踪;乃夜夜往动物园中,到长颈鹿栏下,去梭巡,去守候。

(1959)

鸽 子

忽然,我捏紧右拳,狠狠的击在左掌中,"拍!"的一声,好空寂的旷野啊!然而,在病了一样的天空中飞着一群鸽子:是成单的或是成双的呢?

我用左手重重的握着逐渐发散开来的右拳,手指缓缓的在掌中舒展而又不能十分的伸直,只频频的转侧;啊,你这工作过而仍要工作的,杀戮过终也要被杀戮的,无辜的手,现在,你是多么像一只受伤了的雀鸟。而在晕眩的天空中,有一群鸽子飞过:是成单的或是成双的呢?

现在我用左手轻轻的爱抚着在抖颤的右手:而左手亦自抖颤着,就更其像在悲悯着她受了伤的伴侣的,啊,一只伤心的鸟。于是,我复用右手轻轻地爱抚着左手……在天空中翱翔的说不定是鹰鹫。

在失血的天空中,一只雀鸟也没有。相互倚靠而抖颤着的,工作过仍要工作,杀戮过终也要被杀戮的,无辜的手啊,现在,我将你们高举,我是多么想——如同放掉一对伤愈的雀鸟一样——将你们从我双臂释放啊!

(1966)

逃亡的天空

死者的脸是无人一见的沼泽
荒原中的沼泽是部分天空的逃亡
遁走的天空是满溢的玫瑰
溢出的玫瑰是不曾降落的雪
未降的雪是脉管中的眼泪
升起来的泪是被拨弄的琴弦
拨弄中的琴弦是燃烧着的心
焚化了的心是沼泽的荒原

电 锁

这晚,我住的那一带的路灯又准时在午夜停电了。

当我在掏钥匙的时候,好心的计程车司机趁倒车之便把车头对准我的身后,强烈的灯光将一个中年人浓黑的身影毫不留情的投射在铁门上,直到我从一串钥匙中选出了正确的那一支对准我心脏的部位插进去,好心的计程车司机才把车开走。

我也才终于将插进我心脏中的钥匙轻轻的转动了一下"咔",随即把这段灵巧的金属从心中拔出来顺势一推断然地走了进去。

没多久我便习惯了其中的黑暗。

(1987)

穿 墙 猫

自从她离去之后便来了这只猫,在我的住处进出自如,门窗乃至墙壁都挡它不住。

她在的时候,我们的生活曾令铁门窗外的雀鸟羡慕,她照顾我的一切,包括停电的晚上为我捧来一钩新月(她相信写诗用不着太多的照明),燠热的夏夜她站在我身旁散发冷气。

错在我不该和她讨论关于幸福的事。那天,一反平时的讷讷,我说:"幸福,乃是人们未曾得到的那一半。"次晨,她就不辞而别。

她不是那种用唇膏在妆镜上题字的女子,她也不用笔,她用手指用她长长尖尖的指甲在壁纸上深深的写道:今后,我便成为你的幸福,而你也是我的。

自从这只猫在我的住处出入自如以来,我还未曾真正的见过它,它总是,夜半来,天明去。

(1987)

雪

我把一页信纸从反面折叠,这样比较白
幸好那人不爱两面都写。叠了又叠,再
斜叠,成一个锥形。再用一把小剪刀
来剪,又剪又挖,然后

我老是以为,雪是这样造成的;把剪好
的信纸展开来,还好,那人的字迹纤细
一点也不会透过来,白的,展开,六簇
的雪花就摊在蜡黄的手掌上。然而

在三千尺或者更高的空中,一群天使
面对下界一个大广场上肢体的狼藉,手
足无措,而气温突然降至零度以下,他
们的争辩与嗟叹逐渐结晶而且纷纷飘坠。

(1990)

鸡

星期天,我坐在公园中静僻的一角一张缺腿的铁凳上,享用从速食店买来的午餐。啃着啃着,忽然想起我已经好几十年没有听过鸡叫了。

我试图用那些骨骼拼成一只能够呼唤太阳的禽鸟。我找不到声带。因为它们已经无须啼叫。工作就是不断进食,而它们生产它们自己。

在人类制造的日光下
既没有梦
也没有黎明

(1993)

飞行眼泪

空山不见人。

在浓密的羊齿丛中,电锯猖狂地咆哮,松鼠在高枝上惊叫,飞鼠展开肉翅,白鼻心的战抖胜过树干的震动,龙爪的枝杈，凤翅的树冠都在惊惧中狂舞，都在电锯的咆哮中倾斜，时间，一百年、三百年、一千年变成木屑在空中飞舞，时间，一千年、两千年轰然倒下。过去倒下，未来倒下。

被砸碎的小草流淌鲜的血。
打着素白的羽伞到远方去播种哀愁
蒲公英是飞行的眼泪

背着时间等时间

蹲伏在阳台上
静静守候时间的猫
根本不知道时间就藏在自己身体里面
而且表现在它的两眼中
（子午卯酉一条线，寅申已亥如镜圆
丑未辰戌似棘核……）

它还以为刚才从这边阳台看到那边阳台的
鸽子便是时间，以为时间是灰色的翱翔

太阳已落山

痖 弦
(1932年生)

本名王庆麟,出生于河南南阳农村。1949年随国民党军队迁台,考入政治作战学校影剧系,毕业后被分发到海军陆战队服务,退伍后,应邀赴美国爱荷华大学国际创作中心研究二年,随后又到威斯康星大学就读,获硕士学位。回台后担任幼狮文化事业有限公司期刊部总编辑,1977年入《联合报》担任副刊主编,1980年升《联合报》副总编辑兼副刊主任。在痖弦的主导下,《联副》成为"纸上的北大",兼容并包,自由开放,为台湾文坛培育了许多作家,对台湾文坛产生了巨大的影响。1998年退休后移民加拿大温哥华。

痖弦十九岁开始发表诗作,1965年停笔,十几年留下的诗作不到九十首。然而其原创性和想象力之高,对后代台湾诗人影响之深远,在现代汉诗史上是个异数。一卷《痖弦诗集》呈现了多样的风貌,有抒情,有白描,有反讽;有淳朴的歌谣,有浓郁的乡愁,有对现代文明的批判,也有存在主义式的自剖。痖弦的文字浑然天成,自成一格。《土地祠》里的自创词"酒们",《给桥》(桥桥是痖弦夫人的昵称)里的句式:"想着,生活着,偶而也微笑着 / 既不快活也不不快活",皆开风气之先,广为后人模仿。如"整整一生是多么长啊 / 在一支歌的击打下 / 在悔恨里"这样的句子,很难想象出自一个年仅三十岁的诗人之手。痖弦对人生的敏感,对世界的洞察,处处可见。《上校》里的"二战"英雄沦为生活里的弱者，为穷病逼迫，只能靠老妻接些缝纫零工勉强维持生计。现实生活的战争远比真枪实弹的战争还残酷，它让国家、不朽、历史这些大叙述显得那么空洞。《如歌的行板》也是一首生命之歌，结尾"观音"和"罂粟"的并列暗示善恶美丑都是人生的一部分，我们无从回避，必须接受。

出版诗集：

《痖弦诗集》，台北：洪范书店，1981 年。

春 日

主啊,唢呐已经响了
冬天像断臂人的衣袖
空虚,黑暗而冗长

主啊
让我们在日晷仪上
看见你的袍影
在草叶尖,在地丁花的初蕊
寻找到你
带血的足印
并且希望听到你的新歌
从柳笛的十二个圆孔
从风与海的谈话

主啊,唢呐已经响了
令那些白色的精灵们
(他们为山峰织了一冬天的绒帽子)
从溪,从涧
归向他们湖沼的老家去吧

赐男孩子们以滚铜环的草坡
赐女孩子们以打陀螺的干地

吩咐你的太阳,主啊
落在晒暖的
老婆婆的龙头拐杖上

啊,主
用鲜花缀满轿子行过的路
用芳草汁润他们的唇
让他们喋吻

没有渡船的地方不要给他们制造渡船
让他们试一试你的河流的冷暖
并且用月季刺,毛蒺藜,酸枣树
刺他们,使他们感觉轻轻的痛苦

唢呐响起来了,主啊
放你的声音在我们的声带里
当我们掀开
那花轿前的流苏
发现春日坐在里面的时候

——后记:读里尔克后临摹作。

(1957)

秋 歌
——给暖暖

落叶完成了最后的颤抖
荻花在湖沼的蓝晴里消失
七月的砧声远了
暖暖

雁子们也不在辽夐的秋空
写它们美丽的十四行诗了
暖暖

马蹄留下踏残的落花
在南国小小的山径
歌人留下破碎的琴韵
在北方幽幽的寺院

秋天,秋天什么也没留下
只留下一个暖暖
只留下一个暖暖
一切便都留下了

（1957）

土地祠

远远的
荒凉的小水湄
北斗星伸着杓子汲水

献给夜
酿造黑葡萄酒

夜
托蝙蝠的翅
驮赠给土地公

在小小的香炉碗里
低低的陶瓷瓶里
酒们哗噪着
待人来饮

而土蜂群只幽怨着
（他们的家太窄了）
在土地公的耳朵里

小松鼠也只爱偷吃
一些陈年的残烛

酒葫芦在草丛里吟哦
他是诗人
但不嗜酒

酒们哗噪着

土地公默然苦笑
(他这样已经苦笑了几百年了)
自从那些日子
他的胡髭从未沾过酒

自从土地婆婆
死于风
死于雨
死于刈草童顽皮的镰刀

(1957)

山 神

猎角震落了去年的松果
栈道因进香者的驴蹄而低吟
当融雪像纺织女纺车上的银丝披垂下来
牧羊童在石佛的脚指上磨他的新镰
春天,呵春天

我在菩提树下为一个流浪客喂马

矿苗们在石层下喘气
太阳在森林中点火
当瘴疠婆拐到鸡毛店里兜售她的苦苹果
生命便从山鼬子的红眼眶中漏掉
夏天，呵夏天
我在敲一家病人的锈门环

俚曲嬉戏在村姑们的背篓里
雁子哭着喊云儿等等他
当衰老的夕阳掀开金胡子吮吸林中的柿子
红叶也大得可以写满一首四行诗了
秋天，呵秋天
我在烟雨的小河里帮一个渔汉撒网

樵夫的斧子在深谷里唱着
怯冷的狸花猫躲在荒村老妪的衣袖间
当北风在烟囱上吹口哨
穿乌拉的人在冰潭上打陀螺
冬天，呵冬天
我在古寺的裂钟下同一个乞儿烤火

后记：读济慈、何其芳后临摹作。

（1957）

盐

二嬷嬷压根儿也没见过退斯妥也夫斯基。春天她只叫着一句话：盐呀，盐呀，给我一把盐呀！天使们就在榆树上歌唱。那年豌豆差不多完全没有开花。

盐务大臣的骆队在七百里以外的海湄走着。二嬷嬷的盲瞳里一束藻草也没有过。她只叫着一句话：盐呀，盐呀，给我一把盐呀！天使们嬉笑着把雪摇给她。

一九一一年党人们到了武昌。而二嬷嬷却从吊在榆树上的裹脚带上，走进了野狗的呼吸中，秃鹫的翅膀里；且很多声音伤逝在风中，盐呀，盐呀，给我一把盐呀！那年豌豆差不多完全开了白花。退斯妥也夫斯基压根儿也没见过二嬷嬷。

（1958）

在中国街上

梦和月光的吸墨纸
诗人穿灯草绒的衣服

公共电话接不到女娲那里去
思想走着甲骨文的路
陪缪斯吃鼎中煮熟的小麦
三明治和牛排遂寂寥了
诗人穿灯草绒的衣服

尘埃中黄帝喊
无轨电车使我们的凤辇锈了
既然有煤气灯、霓虹灯
我们的老太阳便不再借给我们使用
且回忆和蚩尤的那场鏖战
且回忆嫘祖美丽的缫丝歌
且回忆诗人不穿灯草绒的衣服

没有议会也没有发生过什么事情
仲尼也没有考虑到李耳的版税
飞机呼啸着掠过一排烟柳
学潮冲激着剥蚀的宫墙
没有咖啡，李太白居然能写诗，且不闹革命
更甭说灯草绒的衣服

惠特曼的集子竟不从敦煌来
大邮船说四海以外还有四海
地下道的乞儿伸出黑钵
水手和穿得很少的女子调情
以及向左：交通红灯；向右：交通红灯

以及诗人穿灯草的衣服

金鸡纳的广告贴在神农氏的脸上
春天一来就争论星际旅行
汽笛绞杀工人,民主小册子,巴士站,律师,电椅
在城门上找不到示众的首级
伏羲的八卦也没赶上诺贝尔奖金
曲阜县的紫柏要作铁路枕木
要穿就穿灯草绒的衣服

梦和月光的吸墨纸
诗人穿灯草绒的衣服
人家说根本没有龙这种生物
且陪缪斯吃鼎中煮熟的小麦
且思想走着甲骨文的路
且等待性感电影的散场
且穿灯草绒的衣服

(1958)

巴 黎

奈带奈霭,关于床我将对你说甚么呢?

A·纪德

你唇间软软的丝绒鞋
践踏过我的眼睛。在黄昏,黄昏六点钟
当一颗陨星把我击昏,巴黎便进入
一个猥琐的属于床笫的年代

在晚报与星空之间
有人溅血在草上
在屋顶与露水之间
迷迭香于子宫中开放

你是一个谷
你是一朵看起来很好的山花
你是一枚馅饼,颤抖于病鼠色
胆小而窸窣的偷嚼间

一茎草能负载多少真理?上帝
当眼睛习惯于午夜的罂粟
以及鞋底的丝质的天空,当血管如菟丝子
从你膝间向南方缠绕

去年的雪可曾记得那些粗暴的脚印?上帝
当一个婴儿用渺茫的凄啼诅咒脐带
当明年他蒙着脸穿过圣母院
向那并不给他甚么的,猥琐的,床笫的年代

你是一条河

你是一茎草
你是任何脚印都不记得的,去年的雪
你是芬芳,芬芳的鞋子

在塞纳河与推理之间
谁在选择死亡
在绝望与巴黎之间
唯铁塔支持天堂

(1958)

坤 伶

十六岁她的名字便流落在城里
一种凄然的韵律

那杏仁色的双臂应由宦官来守卫
小小的髻儿啊清朝人为她心碎

是玉堂春吧
(夜夜满园子嗑瓜子儿的脸!)

"苦啊……"
双手放在枷里的她

有人说
在佳木斯曾跟一个白俄军官混过

一种凄然的韵律
每个妇人诅咒她在每个城里

(1960)

给 桥

常喜欢你这样子
坐着,散起头发,弹一些些的杜步西
在折断了的牛蒡上
在河里的云上
天蓝着汉代的蓝
基督温柔古昔的温柔
在水磨的远处在雀声下
在靠近五月的时候

(让他们喊他们的酢酱草万岁)

整整的一生是多么地、多么地长啊
纵有某种诅咒久久停在

竖笛和低音箫们那里
而从朝至暮念着他、惦着他是多么的美丽

想着,生活着,偶而也微笑着
既不快活也不不快活
有一些什么在你头上飞翔
或许
从没一些什么

美丽的禾束时时配置在田地上
他总吻在他喜欢吻的地方
可曾瞧见阵雨打湿了树叶与草么
要作草与叶
或是作阵雨
随你的意

(让他们喊他们的酢酱草万岁)

下午总爱吟那阕"声声慢"
修着指甲,坐着饮茶
整整的一生是多么长啊
在过去岁月的额上
在疲倦的语字间

整整一生是多么长啊
在一支歌的击打下

在悔恨里

任谁也不说那样的话
那样的话，那样的呢
遂心乱了，遂失落了
远远地，远远远远地

（1963）

如歌的行板

温柔之必要
肯定之必要
一点点酒和木樨花之必要
正正经经看一名女子走过之必要
君非海明威此一起码认识之必要
欧战，雨，加农炮，天气与红十字会之必要
散步之必要
遛狗之必要
薄荷茶之必要
每晚七点钟自证券交易所彼端

草一般飘起来的谣言之必要。旋转玻璃门
之必要。盘尼西林之必要。暗杀之必要。晚报之必要

穿法兰绒长裤之必要。马票之必要
姑母遗产继承之必要
阳台、海、微笑之必要
懒洋洋之必要

而既被目为一条河总得继续流下去的
世界老这样总这样：——
观音在远远的山上
罂粟在罂粟的田里

(1964)

一般之歌

铁蒺藜那厢是国民小学，再远一些是锯木厂
隔壁是苏阿姨的园子；种着莴苣，玉蜀黍
三棵枫树左边还有一些别的
再下去是邮政局、网球场，而一直向西则是车站
至于云现在是飘在晒着的衣物之上
至于悲哀或正躲在靠近铁道的甚么地方
总是这个样子的
五月已至
而安安静静接受这些不许吵闹

五时三刻一列货车驶过
河在桥墩下打了个美丽的结又去远了
当草与草从此地出发去占领远处的那座坟场
死人们从不东张西望
而主要的是
那边露台上
一个男孩在吃着桃子
五月已至
不管永恒在谁家梁上做巢
安安静静接受这些不许吵闹

（1965）

马 朗
(1933年生)

本名马博良,来自华侨家庭,祖籍广东中山,抗战期间回到祖国,毕业于上海圣约翰大学,曾主办《文潮》月刊、《自由论坛报》文艺版副刊。1950年迁居香港,1956年创办及主编《文艺新潮》,引进西方现代文学艺术哲学,提倡现代主义,和台湾的《现代诗》相互呼应,对港台新生代诗人颇有启发。1963年马朗移民美国,仍有作品问世。

马朗20世纪五六十年代的诗迟至1988年才结集出版。虽然数量不多,但得到很大的回响。《逝》是其抒情诗的代表,以夜和梦揭开内心世界的序幕,写"我"如何沉浸在一段消逝的感情的回忆,那刻骨铭心的痛让他"仇恨中止爱也停息了"。《焚琴的浪子》的题词引自《圣经·旧约》第一百三十七首诗篇,表达以色列民族被迫流亡的哀痛之情。随着这个基督教典故,诗展开对处于乱世的中华儿女的描述。他们接受了战火的洗礼,经历了流离的苦难,他们失去了一切("赤裸裸的原人")但仍有坚持有理想:"去火灾里建造他们的城"。结尾城的意象,除了有凤凰火中再生的含义之外,也呼应诗的题词,一方面指向以色列民族从离散流亡到重建家园的历程,一方面包含另一个基督教典故:圣经《马太福音》和17世纪移民美洲的清教徒温特罗普(John Winthrop, 1588—1649)都用"山上的城"的意象来象征光明美好的新世界。

出版诗集：

《美洲三十弦》，台北：创世纪诗社，1976年。

《焚琴的浪子》，香港：素叶文学，1988年。

车中怀远人

电车：凄迷地摇落
远远伸张出去的灯火路
岩石一样寂静的车厢
仰视着夜半平静的天
从一个时间铛铛然驶入了又一个时间
星斗的后面有你呢
我计算窗外逝去的站台
（如人生的驿站）
用肘子推开夜间的水
在思恋的海里
看不见你带着那片快乐和微笑散步
睡眠的月光下
这里的一刻便是千万年了

向你探询吗！永远地
——是的，我哭了，因为今夜这样美丽

四六、五、十五

献给中国的战斗者之一：
焚琴的浪子

在巴比仑的水边我们坐下低泣；当我们记起你，呵，圣城。

至于我们的竖琴，我们挂起了；在那里面的树上。

烧尽弦琴
古国的水边不再低泣
去了，去了
青铜的额和素白的手
那金属性清朗的声音
骄矜如魔镜似的脸
在凄清的山缘回首
最后看一次藏着美丽旧影的圣城
为千万粗陋而壮大的手所指引
从今他们不用自己的目光
看透世界灿烂的全体
什么梦什么理想树上的花
都变成水流过脸上一去不返
春天在山边在梦里再来
他们眼睫下有许多太阳，许多月亮
可是他们不笑了，枝叶上的蓓蕾也都暗藏了
因为他们已血淋淋地褪皮换骨

一群赤裸裸的原人
听昼夜喧哗如瀑布
永远呼号着
穿过腥风
乱草似横叠尸骸和交叉着烙痕的旷野
他们决然走过
以坚毅的眼,无视自己

今日的浪子出发了
去火灾里建造他们的城……

四九年秋

五〇年车过湖南

无声的正午
褴褛的帆船停滞在河里
飘着山花香的风
吹过层层列列　青青的水田

在斑剥　空阔的茅舍里
门昨天烧了
没有裤子的佃农木然看列车经过

横江白鹭
悄然飞过乱岗
烽烟后的春寒
随微雨渐渐散开……

天的泪滴
不断落在乡野的泥畦上

五六、三、廿七

逝

经过夜而黎明不来了
沉入梦里而不再醒了

潮水轻轻掩来一般
忽然不知到了那里停在那里

于是再看不见那美丽的湖了
也看不见那澄清的妙目了

也许有点风
但是听不见吹过谁家的屋脊上了

仿佛还有一些哭声

可是就这样仇恨中止爱也停息了

                五六、四、七

郑愁予
(1933年生)

本名郑文韬,祖籍河北,出生于山东济南。由于父亲任职军中,家人常随其迁徙,足迹遍布大江南北,南京北京。1949年迁台,毕业于中兴大学法商学院(今台北大学)。后赴美在爱荷华大学获得艺术硕士,长期在耶鲁大学教授中文,退休后在台湾多所大学担任客座教授。

郑愁予1953年结识纪弦,1956年和八位诗人共同发起"现代派"。虽然郑愁予的诗里处处可见古典词汇和中国场景,但是毫无陈腔滥调,文字新颖,句型灵活,足以驾驭跨度大的感情,从缱绻到苍凉,从空灵到豪放,无不动人心弦。1974年杨牧为《郑愁予诗选集》作长序《郑愁予传奇》,开头就说:"郑愁予是中国的中国诗人。……用良好的中国文字写作,形象准确,声籁华美,而且是绝对地现代的。""绝对"的现代性表现在他的语言和影响,也隐含在他塑造的诗人形象里。《山居的日子》将星空视作"诗人的系谱",《崖上》肯定诗人创造自己的宇宙:"宇宙有你,你创宇宙"。这种诗观更多来自西方,而非中国传统。

即使如《错误》这样充满中国风的作品,其现代性实不可忽略。此诗的原型固然是古典的闺怨诗,诗人却改写了它的精神。题词里的"莲花"不仅比喻那美丽的女子也暗示时间的流逝。莲花是夏天开的花,而文本里的故事发生在春天。因此,此诗可理解为"我"的回忆,回忆当年春天他犯下的一个"错误"。错误不仅指涉痴心女子以为夫君回来了的误会，也未尝不是这位回头浪子，懊悔错过了真情的告白呢？

且不论《错误》的歧义性，它成功塑造了现代浪子的形象，赋予"过客"这个古典典故以浪漫风流的情怀。此诗一出即成绝唱，先后被罗大佑和李泰祥谱曲为歌，也被收入台湾的国文课本。结尾的两行脍炙人口，"归人／过客"和"美丽的错误"早已进入当代汉语，被广泛地引用。由此亦可见现代汉诗渐渐在改变丰富着汉语。

出版诗集：

《梦土上》，台北：现代诗社，1955年。

《衣钵》，台北：商务印书馆，1966年。

《郑愁予诗集》，台北：洪范书店。

《燕人行》，台北：洪范书店，1980年。

《寂寞的人坐着看花》，台北：洪范书店，1993年。

《郑愁予全集 I, II》，北京：生活·读书·新知三联书店，2000年。

归航曲

飘泊得很久,我想归去了
仿佛,我不再属于这里的一切
我要摘下久悬的桅灯
摘下航程里最后的信号
我要归去了……

每一片帆都会驶向
斯培西阿海湾 [1]
象疲倦的太阳
在那儿降落,我知道
每一朵云都会俯吻
汨罗江渚,象清浅的水涡一样
在那儿旋没……

我要归去了
天隅有幽蓝的空席
有星座们洗尘的酒宴
在隐去云朵和帆的地方
我的灯将在那儿升起……

1951年

---

[1] 斯培西阿海湾,雪莱失踪处。

偈

不再流浪了,我不愿做空间的歌者,
　　宁愿是时间的石人。
然而,我又是宇宙的游子,
　　地球你不需留我。
这土地我一方来,
　　将八方离去。

一九五四年

错 误

我打江南走过
那等在季节里的容颜如莲花的开落

东风不来,三月的柳絮不飞
你底心如小小的寂寞的城
恰若青石的街道向晚
跫音不响,三月的春帷不揭
你底心是小小的窗扉紧掩

我达达的马蹄是美丽的错误
我不是归人,是个过客……

一九五四年

赋 别

这次我离开你,是风,是雨,是夜晚;
你笑了笑,我摆一摆手
一条寂寞的路便展向两头了。
念此际你已回到滨河的家居,
想你在梳理长发或是整理湿了的外衣,
而我风雨的归程还正长;
山退得很远,平芜拓得更大,
哎,这世界,怕黑暗已真的成形了……

你说,你真傻,多像那放风筝的孩子
本不该缚它又放它
风筝去了,留一线断了的错误:
书太厚了,本不该掀开扉页的;
沙滩太长,本不该走出足印的;
云出自岫谷,泉水滴自石隙,
一切都开始了,而海洋在何处?
"独木桥"的初遇已成往事了,

如今又已是广阔的草原了,
我已失去扶持你专宠的权利;
红与白揉蓝于晚天,错得多美丽,
而我不错入金果的园林,
却误入维特的墓地……

这次我离开你,便不再想见你了,
念此际你已静静入睡。
留我们未完的一切,留给这世界,
这世界,我仍体切地踏着,
而已是你底梦境了……

一九五三年

残 堡

戍守的人已归了,留下
边地的残堡
看得出,十九世纪的草原啊
如今,是沙丘一片……

怔忡而空旷的箭眼
挂过号角的铁钉
被黄昏和望归的靴子磨平的

戍楼的石垛啊
一切都老了
一切都抹上风沙的锈

百年前英雄系马的地方
百年前壮士磨剑的地方
这儿我黯然地卸了鞍
历史的锁啊没有钥匙
我的行囊也没有剑
要一个铿锵的梦吧
趁月色,我传下悲戚的"将军令"
自琴弦……

一九五一年重写

山居的日子

自从来到山里,朋友啊!
我的日子是倒转了的:
我总是先过黄昏后度黎明。

每夜,我擦过黑石的肩膀,
立于风吼的峰上,
唱啊!这里不怕曲高和寡。

展在头上的是诗人的家谱,
　哦,智慧的血系需要延续,
　我凿深满天透明的姓名。
唱啊!这里不怕曲高和寡。

一九五二年

卑亚南蕃社
——南湖大山辑之二

我底妻子是树,我也是的;
而我底妻是架很好的纺织机,
松鼠的梭,纺着缥缈的云,
在高处,她爱纺的就是那些云

而我,多希望我的职业
只是敲打我怀里的
　　小学堂的钟,
因我已是这种年龄——
啄木鸟立在我臂上的年龄。

一九六二年

唇骨塔

幽灵们静坐于无叠席的冥塔的小室内
当春风摇响铁马时
幽灵们默扶着小拱窗浏览野寺的风光

我和我的战伴也在看,挤在众多的安息者之间
也浏览着,而且回想最后一役的时节

窗下是熟习的扫叶老僧走过去
依旧是这三个樵夫也走过去了
啊,我的成了年的儿子竟是今日的游客呢
他穿着染了色的我的旧军衣,他指点着
与学科学的女友争论一撮骨灰在夜间能燃烧多久

山 鬼

山中有一女　日间在一商业会议担任秘书
晚间便是鬼　着一袭白纱衣游行在小径上
想遇见一知心的少年　好透露致富的秘密给他
也好献了身子　因为是鬼

便不落什么痕迹

山中有一男　　日间在一学校做美术教员
晚间便是鬼　　着一身法兰绒固坐在小溪岸
因为是鬼　　他不想做什么
也不要碰到谁

两个异样心思的山鬼我每晚都看见
所以我高远的窗口有灯火而不便燃
我知道他们不会成亲这是自然的规矩
可是，要是他们相恋了……
一夕的恩爱不就正是那游行的雾与不动的岩石
一九八四年

昌 耀
(1934—2000)

本名王昌耀,原籍湖南桃源,1934年6月生于湖南常德。1950年弃学从军。1953年在朝鲜战场负伤归国后,定居青海,并开始文学创作。1957年因为小诗《林中试笛》被定为"右派",而有了长达二十余年的监禁、苦役、颠沛流离的经历。青海这个长期栖居地,成为他更真实的家乡,大部分诗作取材于此,成为情感、想象的基点。20世纪五六十年代的诗(均在80年代才得以发表),写他对这有着原始野性的荒漠,以及"被这土地所雕刻"的民族的奇异感受;"复出"后作品,也延续这一主题。诗的叙述者,从那些占有马背、敬畏鱼虫、酷爱酒瓶、卵育了草原和耕作牧歌的民族那里,寻找生命的勇武、伟力、韧性的生命的美。他的诗风冷峻、雄浑,有着内在的悲剧因素的孤独感。基于对诗的"仅有"、不可模仿的苦修者的执着,从50年代开始,就竭力抗拒当代"主流诗歌"模式化的语汇、喻象、表述方式,散文化的,现代汉语与文言相交杂的语汇、句式,构成突兀、冲撞、紧张的效果。诗的意象构成,一是高原的历史传说、神话,另一是实在的民族世俗生活和细节。在短诗的构思上,以及长诗的局部上,他倾心捕捉,并凝定某一瞬间,以转化、构造雕塑感的,具有历史内涵的空间形象。80年代的长诗《慈航》、《雪.土伯特女人和她的男人及三个孩子之歌》,具有自传的性质。90年代中后期,由于这个怀乡人、朝圣者对这个"红尘已洞穿沧海","神已失踪,钟声回到青铜"

的时代的绝望,晚年的诗,多表现眩惑、孤愤、遭受"烘烤"的心理情感;难以抑制的情绪的直接宣泄,压缩了他对诗艺本体关注的空间。

出版诗集:

《昌耀抒情诗集》,西宁:青海人民出版社,1986年。

《昌耀的诗》(蓝星诗库),北京:人民文学出版社,1998年。

《昌耀诗文总集》,北京:作家出版社,2010年。

凶年逸稿
（在饥馑的年代）

1
我喜欢望山。
席坐山脚，望山良久良久
而蓦然心猿意马。
我喜欢在峻峭的崖岸背手徘徊复徘徊，
而蓦然被茫无头绪的印象或说不透的原由
深深苦恼。

2
有一个时期（那已像梦一般遥远）
我坐在黄瓜藤蔓的枝影里抄录采自民间的歌词。
我时而停下笔来揣摩落在桌布的影迹
或有着石涛的墨韵笔意。
中午，太阳强烈地投射在这个城市上空
烧得屋瓦的釉质层面微微颤抖。
没有云。没有风。斗拱檐角的钟铃不再摇摆。
真实的夏季每天在此仅停留四个小时。
但在紧张施工的城市下水道堑壕却极阴凉。
整晚我坐在自己的斗室敞开唯有的后窗
听古城墙上泥土簌簌剥落如铭文流失于金石。
夜气中沉浮着一种特殊的丁香气味。

是线装图书、露水或黎明的气味。

3
这是一个被称作绝少孕妇的年代。
我们的绿色希望以语言形式盛在餐盘
任人下箸。我们习惯了精神会餐。
一次我们隐身草原暮色将一束青草误投给了
夜游的种公牛,当我们蹲在牛胯才绝望地醒悟
已不可能得到原所期望吮嘬的鲜奶汁。
我们在大草原上迷失,跑啊跑啊……
直到夜深才跑到一处陌生村落,
我们倒头便在廊阶沉沉睡去,
一晚夕只觉着门厅里笙歌弦舞不辍,
身边时而驰过送客的车马。
我们再也醒不来。
既然这里曾也沃若我们青春的花叶,
我们早已与这土地融为一体。
我们不想苏醒。但是鸡已啼明。
新燃的腐殖土堆远在对河被垦荒者巡护,
荧荧如同万家灯火,如黎明中的城。
而我们才发觉自己是露宿在一片荒坟。

4
是的,在那些日子我们因饥馑而恍惚。
当我走出森林头枕手杖在草地睡去,
银杉弯向我年轻的脸庞,讨好地

向我证实我的山河诚然可爱。
而当在薄暮中穿越荒芜的滩头,
一只白须翁仲立起在坟场泥淖,
让我重新考虑他所护卫的永恒真理,
我感觉他开裂的指爪已迫近我单薄的马甲,
然而此刻究竟是谁的口吻暖似红樱桃
轻轻吹亮了我胸中的火种。

5
有一天我看到了山的分娩。
我看见从山的穴道降生一条钢铁长龙。
这里原是一处僻远州县,
不久前熊还是截道逞强的暴徒
大胆邀击过往的卡车司机。
后来建筑师用图板在山边构思出了
许多许多的红色屋顶,从此
骆驼队跨过沙漠走在沥青路的鱼形脊背。
那一年在双层防风玻璃窗底
有各式花瓣的雕刻奇妙地折射阳光,
那是以冬日黄昏的寒冷孕育的浮雕。
终于等到某日一个男孩推开门扇跨进大厅,
手举一棵采自向阳墙脚连同土根刨起的青禾,
众人从文案抬起下颔向他送去一束可疑的目光,
仿佛男孩手心托起的竟是一块盗来的宝石。
而我想道:大地果然已在悄悄中妊娠了啊。

6

我以炊烟运动的微粒
娇纵我梦幻的马驹。而当我注目深潭,
我的马驹以我的热情又已从湖底跃出,
有一身鳌黑的水浆。我觉得它的因成熟
而欲绽裂的股臀更显丰足更显美润。
我觉得我的马驹行走在水波,甩一甩尾翼
为自己美润的倒影而有所矜持。
我以冥构的牧童为它抱来甜美的刍草,
另以冥构的铁匠为它打制晶亮的蹄铁。
当我坐在湖岸用杖节点触涟漪,
那时在我的期盼中会听到一位村姑问我
何以如此忧郁,而我定要向她提议:
可愿与我一同走到湖心为海神的马驹梳沐?

7

我是这土地的儿子。
我懂得每一方言的情感细节。
那些乡间的人们总是习惯坐在黄昏的门槛
向着延伸在远方的路安详地凝视。
夜里,裸身的男子趴卧在炕头毡条被筒
让苦惯了的心薰醉在捧吸的烟草。
黑眼珠的女儿们都是一颗颗生命力旺盛的种子。
都是一盏盏清亮的油灯。

8
风是鹰的母亲。鹰是风的宠儿。
我常在鹰群与风的嬉戏中感受到被勇敢者
领有的道路,听风中激越的嘶鸣迂回穿插
有着瞬息万变。有着钢丝般的柔韧。
我在沉默中感受了生存的全部壮烈。
如果我不是这土地的儿子,将不能
在冥思中同样勾勒出这土地的锋刃。

9
我以极好的兴致观察一撮春天的泥土。
看春天的泥土如何跟阳光角力。
看它们如何僵持不下,看它们喘息。
看它们摩擦,痛苦地分泌出黄体脂。
看阳光晶体如何刺入泥土润湿的毛孔。
看泥土如何附着松针般锐利的阳光挛缩抽搐。
看它们相互吞噬又相互吐出。
看它们如何相互威胁、挖苦、嘲讽。
看它们又如何挤眉弄眼紧紧地拥抱。

啊,美的泥土。
啊,美的阳光。
生活当然不朽。

1961—1962于祁连山

鹿的角枝

在雄鹿的颅骨,生有两株
被精血所滋养的小树。雾光里
这些挺拔的枝状体明丽而珍重,
遁越于危崖沼泽,与猎人相周旋。

若干个世纪以后,在我的书架,
在我新得的收藏品之上,才听到
来自高原腹地的那一声火枪。——
那样的夕阳倾照着那样呼唤的荒野。
从高岩,飞动的鹿角,猝然倒仆……

……是悲壮的。

1982. 3. 2

风景:涉水者

雨后的风景线
有多少淋漓的风景。

可也无人察觉那个涉水的
男子,探步于河心的湍流,
忽有了一闪念的动摇。

听不到内心的这一声长叹。
人们只看到那个涉水男子
静静地涉过溪川
向着远方静静地走去,
在雨后的风景线消失。
静静的。

只觉得夕阳下的溪川
因这男子的涉足而陡增几分
妩媚。

1982. 4. 12

巨 灵

西部的城。西关桥上。一年年
我看着南川河夏日里体态丰盈肥硕,
而秋后复归清瘦萧索。
在我倾心的关塞有一撮不化的白雪,
那却是祁连山高洁的冰峰。

被迫西征的大月氏人曾在那里支起游荡的穹庐。
我已几次食言推迟我的访问。
日久,阿力克雪原的大风
可还记得我年幼的飘发?
其实我何曾离开过那条山脉,
在收获铜石、稞麦与雄麝之宝的梦里
我永远是新垦地的一个磨镰人。

古战场从我身后加速退去。
故人多半望我笑而不语。
请问:这土地谁爱得最深?
多情者额头的万仞沟壑正逐年加宽。
孩子笑我下颏已生出几枝棘手的白刺。
我将是古史的回声。
是逸漏于土壤的铁质。是这钙、这磷……
但巨灵时时召唤人们不要凝固僵滞麻木:
美的"黄金分割"从常变中悟得,
生命自"对称性破缺"中走来。

照耀吧,红缎子覆盖的接天旷原,
在你黄河神的圣殿,是巨灵的手
创造了这些被膜拜的饕餮兽、凤鸟、夔龙……
惟化育了故国神明的卵壳配享如许的尊崇。

我攀登愈高,发觉中途岛离我愈近。
视平线远了,而近海已毕现于陆棚。

宇宙之辉煌恒有与我共振的频率。
能不感受到那一大摇撼?

总要坐卧不宁。
我们从殷墟的龟甲察看一次古老的日食。
我们从圣贤的典籍搜寻湮塞的古河。
我们不断在历史中校准历史。
我们在历史中不断变作历史。
我们得以领略其全部悲壮的使命感
是巨灵的召唤。

没有后悔。
直到最后一分钟。

1984. 9. 9写毕

紫金冠

我不能描摹出的一种完美是紫金冠。
我喜悦。如果有神启而我不假思索道出的
正是紫金冠。我行走在狼荒之地的第七天
仆卧津渡而首先看到的希望之星是紫金冠。
当热夜以漫长的痉挛触杀我九岁的生命力
我在昏热中向壁承饮到的那股沁凉是紫金冠。

当白昼透出花环。当不战而胜,与剑柄垂直
而婀娜相交的月桂投影正是不凋的紫金冠。
我不学而能的人性醒觉是紫金冠。
我无虑被人劫掠的秘藏只有紫金冠。
不可穷尽的高峻或冷寂唯有紫金冠。

1990. 1. 12

拿撒勒人

穿长衫的汉子在乡村背后一座高坡的林下
伫候久久。……又是久久之后,
树影将他面孔蚀刻满了条形的虎斑。
他是田父牧夫?是使徒浪子?是墨客佞臣?
肩负犁铧走过去的村民
见他好似那个拿撒勒人。
穿长衫的汉子伫候在乡村背后一座高坡林荫,
感觉坡底冷冷射来狐疑的目光。
拿撒勒人感觉到了心头的箭伤。
而那个肩负犁铧走远的村民已尽失胸臆之平静。

1991. 11. 26

蔡炎培
(1935年生)

生于广州，1938年随家人迁至香港，后赴台求学，毕业于台湾中兴大学农学院农业教育系，回港后长期担任香港《明报》副刊编辑。他高二开始写作，1950年代在《人人文学》、《诗朵》、《香港时报副刊·浅水湾》、《文艺新潮》等当时最重要的文学刊物发表作品。1960年代中主编《中国学生周报·诗之页》，提携年轻诗人(包括也斯)，不遗余力。诗集《变种的红豆》的封面用的是金庸的书法。

蔡炎培的诗雅俗兼容，悲喜交集。《七星灯》作于1968年，开头写一位北大女学生"给我一个不懂诗的样子"。如果说这行带着俏皮的创意，语气接着急转直下。"大字报"、"王府井"、"血光"、"别了。北京。"勾勒出当时的历史语境。从"血光"联想到孔尚任的名剧《桃花扇》，从北大女学生到忠贞勇敢的李香君，从马车走过银河路到《三国演义》诸葛亮点七星灯的典故。命运和反抗，悲剧和希望的主题，一一浮现。这首诗可代表对"文革"沉痛反思一个极早的例子。

出版诗集：

《小诗三卷》，香港：明窗出版社，1977年。

《变种的红豆》，台北：远景出版社，1984年。

《蓝田日暖》，香港：勤+缘出版社，1993年。

《中国时间》，香港：现代汉语文学基金会，1996年。

弥 撒

还下着离离的细雨
又是圣嘉肋近夜的晚钟
为谁燃点了一根银烛
你轻轻的掩门,走了

七星灯

摇着夜寒的银河路
你给我一个不懂诗的样子
挨在马车边
使我颠颠倒倒的眼神
突然记起棺里面
有吻过的唇烫贴的手
和她耳根的天葵花
全放在可触摸的死亡间
死亡在报纸上进行
昨宵我又见她走过王府井
去读那些大字报
找着血时便栖了身

很似战车在人的上面辗过
成为中国的姓氏
为何她还未苏生
很多人这样问,很多人都没了消息

马车在血光中进行
她在我的肩膀靠着
并想着外边的石板路
会有一地梧桐树影
深吻了月光
月光在城外的手围穿出
突破惹人眼泪的表象
便在云层隐没
不再重看
只有那匹马,不懂仓促
发足前奔……

在马车的前奔中
"如果这是别,"她说
"那就是别了。北京。"
是她仓猝收起桃花扇
看我南来最后一届的学生

桃红不会开给明日的北大
鲜血已湿了林花
今宵是个没有月光的晚上

在你不懂诗的样子下
马儿特别怕蹄声
那么在我身旁请你坐稳一点点
车过银河路
鞭着
七星灯

（1968）

白　发

如果你有白发
那可好了
我们把壁炉烧旺
看古老屋顶的烟囱
飞出来一群又一群大雪鸟

给我千里送鹅毛

陈年老话翻开来
不外如下
"……你说呢？"
济南多山
打盹中的老残

我看几多浮云可以梦里白

你老了,一切好办。

(2006)

方 旗
(1937年生)

本名黄哲彦,1962年获台大物理系学士。1973年获马里兰大学物理系博士,并长期在该校执教,长居美国。

方旗堪称台湾诗坛最神秘的诗人——据说从来没人见过他的庐山真面目。他在出国留学前自费出版了两本诗集,自己设计封面、内页、插图,开了日后台湾诗人创意设计诗集的一个先例。虽然昙花一现,他却留下了一批亮眼的作品。

方旗的语言冷静中带着浓厚的感性,典雅中透着自信的现代。《小舟》用简洁的比喻和类图像诗的形式表达普世的生命的悲哀。《海上》用羊群牛群比喻海天相连的云团,生动特别。《冬防》对比寒冷和温暖,封锁森严的外在世界和自由的梦的私人天地。《构成》重建回忆,从近向远的时段追述,从钢琴音乐会回想到十七岁的"他"爱苗初萌,买书送给心仪的"她"("引力学"具备双重含义)。他也偷偷写诗,不署名寄音乐会的票给"她",而她终究没有出现。纯洁腼腆的少年情怀,总结在结尾的意象里:昏黄街灯下的公用电话亭好比一座神龛,少年手中握着的那枚发亮的银币好比未知的命运,无助的他只能默默祈祷,让愿望成真。

出版诗集:

《哀歌二三》,台北:方旗出版,1966年。

《端午》,台北:方旗出版,1972年。

小 舟

孤独的小舟都是歪斜地搁着
　全世界的沙滩都是如此的
　　　　而如同歪斜的头
　　　里面充盈着悲哀

海 上

海上黄昏，云族的牛羊不能栖止
　他们水质的足蹄不能栖止在
　　不堪栖止的青青海原
　　　海上黄昏不堪栖止

守护神

城有城的桥有桥的各人有各人的
　守护神，悬离在头顶三尺之处

昏灯下，我们围着圆桌坐下来
守护着我们的诸神也环坐倾谈吧

冬　防

　　　　汝其知否灯火管制宵禁开始
　　汝其知否我使眼睛闭拢雨声停止
　　　　汝其知否神在壁上呵气取暖
　　汝其知否每张床上升起爱情的旗
　　　　汝其知否枕是摆向梦的渡船
汝其知否我的梦如一床旧被遮盖你

构　成

橱柜的底层发束诗集枯黄的诗稿节目单
和票根以及一枚黯然发光的银币杂乱
若我的头脑空洞似你们的宇宙
　　　　　　　　　　　　音乐听似
巨兽的腹穴花篮与灯语黑的钢琴在台上
白的衣裳在右侧他取银币自卜决定是否
应该走过去在很久以后她偶然翻阅引力

发现夹在书中的一首小诗火灾才知那夜他奇怪的眼色就是那个许拜维艾尔曾经出借其法国人的眼睛若望远镜让他们在同一的窗口观看天宇深处的平地城这些已足够是一个故事倘若再加上离别前夕她剪赠的发束就更加完整了

　　　　　　　就是这样吗
为什么不是呢

　　　　　　十七岁茶与同情的年龄在生日的清晨剪下一束黑发留念而为了她的生日搜遍市肆在那贵族风的旧书店发现一卷引力却因胆怯不敢寄赠只能在课堂上偷偷写诗间接知道她学钢琴冒险邮寄一张音乐票当韵律自洞穴的深处传来看着身侧的空位忽然极不甘心散场之后就近取起电话筒却迟迟不能投下银币还记得那红色的电话亭在黄灯下像是神龛可以容纳一片祷告一片恩宠

雪　人

1

　　唯独谁有完全冰冷的手
　　　才能捉住冬天的尾巴

才能拒绝屋檐的庇护
　而不至于在犬类的长嚎中
　　　　抖颤

唯独谁曾凝冻了体内的暗流
　　　才了解寂寞
　　才敢瞪视刺眼的雪白
　而不至对着零乱的脚印
　　　　哭泣

　　　　雪尘如虎翻滚
　　　　追逐，扑杀
　　　　展示风的形状
　　　　有谁知道雪人
　　　　也想牙牙学语
　　　　也需要爱情
　　　　暗恋着太阳

2

　　　　记忆是雪人玲珑，说
我与生长我的大地同一质素
　　　雪人如灯台上的鲸脂
　一边垂滴蜡泪，一边死去

　　　　日神烛照，雪人
　一半随着蒸气寻找旭阳

另一半成为暗水
　　　　　所有剩下的
　　　我们珍藏在心田似冰原

戒　指

你问起我左手上戒指的故事
我说忘了　　　叫醒头顶上的春灯
点亮一个清清楚楚的耶稣
见证着你底青色衣裳以及夜
为了某日某事我戴上
而其烟色的历程已在回流里沉埋
于是你静静地笑了
啊，就是这临流自鉴出古典，我曾经见过
棕发的徐缓调长长铺写在水面
但那水仙是开落在如何的容颜
在如何的杏花春雨里
我已忘却

白 萩
(1937 年生)

    本名何锦荣,台中市人,台中商职毕业,从事广告和室内设计。1952 年开始创作,活跃于三大诗社(现代、蓝星、创世纪)。1964 年他和林亨泰等十一位诗人成立"笠诗社",并曾主编《笠诗刊》,台湾持续出版最久的诗刊。

    不论他在哪个诗社,不论他写内心世界还是乡土经验,白萩始终忠于艺术的实践。他曾说:"我们需要以各种方法去扭曲、锤打、拉长、压挤、碾碎我们的语言,试试我们所赖以思考赖以表达的语言,能承受到何种程度。"语言的锤炼和形式的实验正是他作品的特色。《昨夜》、《路有千条树有千根》、《流浪者》等诗的重复手法以及类图像诗的视觉性,都成功实践了"内容决定形式"的理念。《广场》讽刺社会运动的浮浅和意识形态的空洞:抗议或拥护都不过是一场热闹,理想主义的投入永远输给七情六欲的满足。

出版诗集:

《蛾之死》,台北:蓝星诗社,1959 年。

《风的蔷薇》,台北:笠诗社,1965 年。

《天空象征》,台北:田园出版社,1969 年。

《香颂》,台北:巨人出版社,1972 年。

《诗广场》,台北:热点出版社,1984 年。

《风吹才感到树的存在》,台北:光复出版社,1989 年。

流浪者

望着远方的云的一株丝杉
　望着云的一株丝杉
　　一株丝杉
　　丝杉

　　　在
　　　地
　　　平
　　　线
　　　上
　　一株丝杉
　　　在
　　　地
　　　平
　　　线
　　　上

他的影子，细小。他的影子，细小
他已忘却了他的名字。忘却了他的名字。只
站着。　　　只站着。孤独
　地站着。站着。站着
　　　站着

向东方。

孤独的一株丝杉。

(1958)

天　空

天空必有母亲般温柔的胸脯。
那样广延，可以感到鲜血的温暖，随时保持着
慰抚的姿态。

而阿火躺在撕碎的花朵般的战壕
为枪所击伤。双眼垂死的望着天空
充满成为生命的懊恨

不自愿的被出生
不自愿的被死亡

然后他艰难地举枪朝着天空
将天空射杀。

(1968)

雁

我们仍然活着。仍然要飞行
在无边际的天空
地平线长久在远处退缩地引逗着我们
活着。不断地追逐
感觉它已接近而抬眼还是那么远离

天空还是我们祖先飞过的天空。
广大虚无如一句不变的叮咛
我们还是如祖先的翅膀。鼓在风上
继续着一个意志陷入一个不完的魇梦

在黑色的大地与
奥蓝而没有底部的天空之间
前途只是一条地平线
逗引着我们
我们将缓缓地在追逐中死去,死去如
夕阳不知觉的冷去。仍然要飞行
继续悬空在无际涯的中间孤独如风中的一叶

而冷冷的云翳
冷冷地注视着我们。

(1969)

广 场

所有的群众一哄而散了
　　　　　　　　回到床上
去拥护有体香的女人

而铜像犹在坚持他的主义
对着无人的广场
振臂高呼

只有风
顽皮地踢着叶子嘻嘻哈哈
在擦拭那些足迹

（1970）

昨 夜

昨夜来去的那一个人，昨夜
诉说着秋风的凄苦的
那一个人，昨夜
以水波中的
月光向我

微笑的
那人
以落叶
的脚步走过
我心里的那一个人
昨夜用猫的温暖给我愉快的
那人
唉,昨夜来去的那一个人,昨夜的云
昨夜来去的那一个人

路有千条树有千根
——纪念死去的父母

路有千条条条在呼唤着我
树有千根根根在呼唤着我
但来时的路
已在风沙中埋葬
源生的根
已腐烂

在这扰扰的世界之上
只剩我一个

一个。

林泠
(1938 年生)

本名胡云裳,生于四川江津,长于西安、南京、台北。台大化学系毕业后赴美深造,获弗吉尼亚大学化学博士,长期工作于美国生化医学界。

林泠是战后台湾新生代诗人中最年轻的一位,也是现代派九位发起人之一。早慧的她以抒情诗见长,在节制中见张力,于含蓄中寓激情,深得现代主义的精髓。《微悟》里的"我"将自己的头发和脊骨投到火堆里,只为了给嗜赌的爱人取暖。自我牺牲和自虐,爱和恨之间的对立,暗示爱情的吊诡。《阡陌》写一对男女的相遇。开头的视野从眼前的井字田倏然开阔:"你我平分了天体的四个方位"。对恋爱中的人来说,两个人的小世界就是整个大宇宙,充满着甜美和幸福。这点呼应结尾的转喻"一片纯白的羽毛",令人联想到象征圣洁爱情的白鸽子。然而,它也是"长着翅膀的",暗示爱情的稍纵即逝。

出版诗集:

《林泠诗集》,台北:洪范书店,1998 年。

《在植物与幽灵之间》,台北:洪范书店,2003 年。

不系之舟

没有甚么使我停留
——除了目的
纵然岸旁有玫瑰,有绿荫,有宁静的港湾
我是不系之舟

也许有一天
太空的遨游使我疲倦
在一个五月燃着火焰的黄昏
我醒了

　海也醒了
人间与我又重新有了关联
我将悄悄自无涯返回有涯,然后
再悄悄离去

啊,也许有一天——
意志是我,不系之舟是我
纵然没有智慧
没有绳索和帆桅

一九五五

一张明信片·一九五五年

十一个字　和一个句点
在你匆匆的挥就中
被投掷于　我平叙的生涯里
它是诠释着命运的　而且
是用虚线缀连着……
在我高筑的城垛之上
忧郁　便架起云梯
翻身降落

一九五五

阡　陌

你是纵的，我是横的
你我平分了天体的四个方位

我们从来的地方来，打这儿经过
相遇。我们毕竟相遇
在这儿，四周是注满了水的田陇

有一只鹭鸶停落,悄悄小立
而我们宁静地寒暄,道着再见
以沉默相约,攀过那远远的两个山头遥望

(——一片纯白的羽毛轻轻落下来——)

当一片羽毛落下,啊,那时
我们都希望——假如幸福也像一只白鸟——
它曾悄悄下落。是的,我们希望
纵然它是长着翅膀……

一九五六

微 悟
——为一个赌徒而写

在你的胸臆,蒙的卡罗的夜啊
　　我爱的那人正烤着火

他拾来的松枝不够燃烧,蒙的卡罗的夜
　　他要去了我的发
　　　　我的脊骨……

一九五六,济南路

非现代的抒情

那地舆,是不适于居住的
而我叫它做家乡。
它是赋我以生息的
最初的经纬,在北回归之北
它是我涉足
又涉足,而终于离去的
原始的土壤

我记得,在那儿
牲拴是不祭的,在旷野
锦帛是不书的,在星空
血
是不歃的——
誓言,要用骨骸来写
而弹了骨的现代主义者
是不欲,也不能
抒情的

我是说那么恣意地抒情
　　(我是说,啊,那么恣意地抒情)
像婴孩的举步,独自
在三春迟明的草野

有不可禁忌的迫切——
我是说，像婴孩的隔绝
　　　　被睡眠
被岁月：
从一切侮渎的知性
理念与经典
而师承——
高山和原野；让祁连的风
停驻，搭一乘淜水之渡
让祁连的风
引授，一切适于和声
　　　　或不适宜的
收敛与放纵

　　（我是说……而我是说
　　一个宣了誓的
　　现代主义者，是不欲
　　也不能
　　抒情的）
即使是缄默也不行
　　缄默，是最高度的激越
　　激越，是最高阶的无音
即使是空白
也不行。空白
已随着时间猬集
成形体。（是易于触及

难以装殓的)

它毁蚀着

我弛怠的张力

塑性与韧度

　　　　　在一方小小的

铺着格子布的

二十四乘二十五

——那儿,昔日是土壤;我耕植

以陈年的种籽

及错误的时序

而今是眠床,是栖息;我梦魅的

禁堂。

在那儿,每夜,我提审

一些远古的激情

而思量着

它们的释放——

或是处决:最终的

不再赦缓的

处决。……若是能找到

一个滨河的刑场

在来春,惊蛰后的

第一个丽日

凌迟。

　　　　　　　　　　　一九八一

西 西
(1938年生)

本名张彦,又名张爱伦,生于上海,1950年随父母移居香港。中学时期开始写小说。毕业于香港葛量洪教育学院后,曾任小学教师,与朋友创办、编辑《大拇指周刊》、《素叶文学》等刊物。1978年后专事写作,遍及诗、小说、散文、童话、翻译、电影剧本和评论等体裁。主要成就是小说。诗的数量不多,却值得重视,且与小说关联密切,自述是"以写诗的方法来写小说"。西西谈到自己的小说,说"比较喜欢用喜剧的效果","不大喜欢悲哀抑郁的手法";谈到当代美国诗人史奈德,说他"融入日常生活,用口语,写身边事物,没有堂皇的金句,说教的格言,是和我们说早安晚安可以聊天的邻居"——这些,移来描述她的诗的主要特征,也大致适用。在她那里,"喜剧"固然包含讥诮和反讽,但核心是对纯净的向往,是发自内心,而又出人意表的童心和童趣的流露。

出版诗集:

《石磬》,香港:素叶出版社,1982年。

《西西诗集》,台北:洪范书店,2000年。

另出版有长篇小说《我城》、《哨鹿》、《美丽大厦》、《候鸟》、《拯救乳房》,中短篇小说集《东城故事》、《春望》、《像我这样的一个女子》、《胡子有脸》、《手卷》、《母鱼》、《象是笨蛋》,散文集《花木兰》、《剪贴册》、《耳目书》等。

父亲的背囊

我父亲背着一个背囊
在崎岖的山上走路

饥饿的时候
我父亲从背囊里取出
纸包的饼干
小撮的盐
给我骑木马的弟弟吃
下雨的日子
我父亲从背囊里取出
雨帽和风衣
给我打陀螺的弟弟穿

在山脊的草坡上
我父亲从背囊里取出
一把梯子
四道砖墙
我父亲把所有的窗子打开
好让我放风筝的弟弟看见星

在背囊里
我骑脚踏车的弟弟说

给我一百只田鼠
给我二十头刺猬
给我三匹犀牛

我父亲说
那次他埋怨他的背囊太重
只不过因为他有点儿疲乏

我父亲把白日挂在天花板上
在阳光底下
他从背囊里取出我戴手表的弟弟
教他画地图

我父亲说
那次他埋怨山路太长太曲折
只不过因为他的双足都受了伤

经过海的时候
我烫过了头发的弟弟
在背囊里喊
放我出来
放我出来
我父亲抖开他的背囊
让我赤足的弟弟跳出来
在沙滩上奔跑

我父亲缓缓坐在一块岩石上
从背囊里取出
一群白发的朋友
听他们讲完一则关乎潮汛的故事
然后我父亲背起背囊继续上路
脸上展开一个微笑
挥手和我划独木舟的弟弟道别

长着胡子的门神

长着胡子的门神啊
你可要好好地替我掌着门啊

我该起程了
窗子都已经关上
炉子已经熄了火
我告诉过报摊依旧要每日送报纸来
米和石油气也会按时送来

这些我都记得的
让我再背一次给你听
我的身份证明书是在我右边的口袋里

我的牛痘证是在我右边的口袋里
我的身份证也是在我右边的口袋里
我的行李不会超过四十四磅重

冰箱里还有一个柠檬
若是你又伤风了
切两片柠檬煮一杯可乐喝喝
就像平日那样
伤风的时候不要吃冻梨子
记得早眠早起
摄氏五度的早晨
先围一条围巾才好开门出外
围巾就在木橱的第三格抽屉里面
一拉开抽屉你就看得见

记得的了
到了一个地方就写信回来
记得的,到了那里
代你去问候龙
要是电视又没有映像
把它捉去喂老虎
要是水厕又没有水
把它捉去喂老虎

三脚凳我在大前天已经修好
这次不会累你再摔交

疲倦的时候多坐坐
那么重的盔甲
不要自己洗
拿到干衣店里去
喜欢吃什么的话打电话叫他们送上来

记得的了
不可喝不明水源的泉水
不可胡乱吃鲜艳的果子
记得的
要一面走路一面唱歌
我的忧愁不应该超过四十四磅重
记得的
到该回来的时候我就回来

长着胡子的门神啊
你可要好好地替我掌着门啊
如果我回来
不比以前更诚恳
把我捉去喂老虎
如果我回来
不比以前更宽容
把我捉去喂老虎

奏折

恭请
万岁万安
朱批
朕安

江南时节暖和
菜叶茂盛
百姓乐业　谨奏以
闻　苏扬正二月
晴雨册　恭呈
御览
朱批　是

恭进端午
龙袍　特请
皇上大安
外有清玩小件数种
恭进
圣阅
朱批　所进之物
比往年强远了

窃镇江丹阳境内
忽有飞蝗　米价腾
贵　民以艰食为虑
谨奏
朱批　知道了

恭请
皇上圣安
所有新出枇杷果
理合恭进　再
湖笔鼻烟壶
鸟食罐　一并进
呈　伏惟
睿鉴
朱批　好
留下了

切闻台州燕海坞处
海盗炮攻起事
掳掠居民　抗拒
官兵　又淮安近海各场
连日风雨
海潮漫涨　防堤
冲决　合并具折
奏闻
朱批　知道了

查济南山东等处流棍
兴贩私监　太仓
北门　出现大伙强贼
布帛裹头
竖旗
聚集
外有饥民数百依附
以无所衣食
相煽为盗　人
州城劫库　合并奏
闻
朱批
知道了

恭请
皇上万安
丹桂十二盆
即从水路北行　遵
旨押送热河　伏乞
圣鉴
朱批
朕今大安
七月尽间
即哨鹿起身

绕着一棵树

绕着一棵树
绕圈子
是哲学的游戏

起步时
你走在前
我走在后

走着走着
怎么怎么
是我在前
你走在后

奇异的位置
游移不定
你能告诉我原因么?

我在车站等巴士
车子来了,人人争先
把我挤到最后

我去示威

防暴警察来了
我被推到最前面

我在画廊楼上
遇上前拉斐尔画派
到了楼下，碰见后现代

走在我前面的人
自称后后青年
背后那人说是前前卫

也许这正是
一棵树
从不走路的原因

绕着一棵树
绕圈子
令我头晕

咏叹调
——仿十七世纪英国玄学派爱情诗

隔着一片玻璃，我们天天见面

这么亲近,听见彼此心跳的声音
你有一颗怎样的心呢?我总是怀疑
多年前,我对你不瞅不睬
以为你最终会把我伤害
如今我还是有点戒心的
但并不后悔
把你引为知己,毕竟还不算太迟

见到你,就有许多话说
可以几个小时讲不停
你是最好的听众,细细聆听
偶然发一两个问题
精神病医生那样冷静、理性
我稍一沉默,你就改变话题

我会把你小心揣摩
你也将我细意辨认
可不像一对羞怯的恋人?
你总是第一个读我的诗
你不但帮我修改诗行
纠正我的笔顺,提供适当的字汇
还助我整理档案,贮存
甚至修复我俩的记忆

我多么羡慕你,喜欢你
你的知识比我丰富,办事能干

书法秀丽,能写颜体欧体顽童体
和我一样,喜欢图像,不时涂鸦
我们最爱匿藏在书房里
哪怕长脚蚊叮你一口,又叮我一口
不相信会害疟疾或爱滋
在这个世界上,能够与之白发
偕老的,恐怕也只有你了

如果有足够的天地和时间
我们的确可以八千年环游世界
就用一千个春天,到波斯花园去
听画眉鸟歌唱,上巴格达市集找寻神灯
买一幅飞毡代步
用二千个夏天航向拜占廷
采集彩石拼砌未来世界的地图
再用余下的秋冬,逛斯芬克斯的迷宫
斯芬克斯发问:什么东西
比人类聪明千百倍
但有脑没有心,没有眼泪
却有阿尔果斯般一百只眼睛
饱餍风景,而且不用睡眠
?我们向前行,执子之手
你的手何其冰冷
从迷宫出来,只见一望无垠的沙漠
朦胧中,远处一抹晃漾的海市蜃楼

一九九八

超级市场

我在超级市场想起你们
我在窄狭的甬道中穿行,找寻你们
我看见许多小孩手抱汽水和薯片
许多丈夫推手推车,许多妻子
从货架上搬下日常的主要食粮
那些麦包只有麦子的颜色,牛乳
食品只有牛乳的气味,早餐谷物
愈来愈甜,罐头食品充满
高钠和防腐剂,饼干用椰子油制

虽然距离收款处颇远
但我看不见你们,即使是幻象
老惠特曼喜欢尝一点洋蓟?
这里没有洋蓟;没有西瓜
所以也不可能有加西亚·洛迦
爱嚎叫的金斯堡,找冰冻的东西
镇镇喉咙?谁是谁的天使呢?

离开超级市场后,你们会上哪去?
可以逛逛旺角、中环或者铜锣湾
设想有一家水果厂商做广告宣传
把模拟的橙子、鳄梨和苹果从高楼掷下

必定击中读财经杂志的行政人员
手袋里藏着城中丽人故事的女白领
胁下夹着电脑资料的年轻人
走路读着日本漫画的青少年
刚在报摊买了份马经的送货员
即使是千万个水果从高楼掷下
没有一个会击中读诗的人

一九九八

杨 牧
(1940年生)

本名王靖献,台湾花莲人,东海大学外文系学士,美国爱荷华大学艺术硕士,伯克利(柏克莱)加州大学比较文学博士。长期任教于西雅图的华盛顿大学,并曾任香港科技大学教授,台湾东华大学文学院院长、"中央研究院"文哲所所长、政治大学讲座教授,现任东华大学讲座教授。

从1960年到2013年间,杨牧共出版十五本原创诗集,大部分收在三卷《杨牧诗集》里。五六十年代用笔名"叶珊"发表作品,早期诗受到济慈、郑愁予等诗人的影响。他的词语和意象带古典韵味,对爱情及时间的思考流露出浪漫主义,对语言形式的实验则倾向于现代主义。攻读博士期间,诗人师从陈士骧研习中国古典诗,从诗经到唐诗。同时修习古希腊文、古英文、德文等,遍读西方经典。他的诗风也有了明显的变化。《延陵季子挂剑》、《武宿夜组曲》、《流萤》等诗重新诠释古典,开启他"回归中国"的一面;《十二星象练习曲》则透过情欲和死亡的纠缠,抒发对当时进行中的越战的感触。1972年改笔名"杨牧"。

透过杨牧的眼睛,读者看到花莲雄伟的中央山脉和浩瀚的太平洋,重新省思台湾的殖民历史,感受诗人对社会不公的愤怒和对孩子天生好奇心的喜悦。如同他心仪的诗人叶慈(大陆译作"叶芝"),杨牧也曾在政治承担与美学抽离,在社会行动与通过艺术中介的"涉事"两者之间做出抉择。随着年事渐长,他又在另一个层面上与《航向拜占庭》里的爱尔兰诗人认同。那就是如何面对肉体衰朽与精神提升,生命无常与艺术永恒之间的矛盾。

出版诗集:

《杨牧诗集I》,台北:洪范书店,2010年。

《杨牧诗集II》,台北:洪范书店,2010年。

《杨牧诗集III》,台北:洪范书店,2010年。

《介壳虫》,台北:洪范书店,2012年。

星是唯一的向导

1
在雨影地带,在失去我的沿循的
刹那。星是唯一的向导

你的沉思是海,你是长长的念
在夜,在晨,在山影自我几上倒退的
刹那。我们回忆,回忆被贬谪之前

第二次,你自我的回顾间
悠然离去。主啊——第一次的邮寄
她在扬起的蚀叶中

在那夜,那失恋的滂沱中
摧烧你的寂寞和晨起的铃当
那俯视是十八岁的我
在年轻的飞奔里,你是迎面而来的风

2
自你红漆的窗,我看到,你的幻灭
是季节的嬗递。星是唯一的向导
淡忘了你,淡忘这一条街道

在智慧里,你是遇,掀我的悟以全宇宙的渺茫
你的笑在我的手腕上泛出玫瑰

那是怀念,在你的蒙特卡罗
在骰子的第六面,在那扇状的冲积地
倘若你是

(一九五八)

延陵季子挂剑

我总是听到这山冈沉沉的怨恨
最初的飘泊是蓄意的,怎能解释
多少聚散的冷漠?罢了罢了!
我为你瞑目起舞
水草的萧瑟和新月的寒凉
异邦晚来的捣衣紧追着我的身影
嘲弄我荒废的剑术。这手臂上
还有我遗忘的旧创呢
酒酣的时候才血红
如江畔夕暮里的花朵

你我曾在烈日下枯坐——
一对濒危的荷芰:那是北游前

最令我悲伤的夏的胁迫
也是江南女子纤弱的歌声啊
以针的微痛和线的缝合
令我宝剑出鞘
立下南旋赠予的承诺……
谁知北地胭脂，齐鲁衣冠
诵诗三百竟使我变成
一介迟迟不返的儒者！

谁知我封了剑（人们传说
你就这样念着念着
就这样死了）只有箫的七孔
犹黑暗地诉说我中原以后的幻灭
在早年，弓马刀剑本是
比辩论修辞更重要的课程
自从夫子在陈在蔡
子路暴死，子夏入魏
我们都凄惶地奔走于公侯的院宅
所以我封了剑，束了发，诵诗三百
俨然一能言善道的儒者了……

呵呵儒者，儒者断腕于你渐深的
墓林，此后非侠非儒
这宝剑的青光或将辉煌你我于
寂寞的秋夜
你死于怀人，我病为渔樵

那疲倦的划桨人就是
曾经傲慢过，敦厚过的我

(一九六九·四)

流 萤

上

蜈蚣的毒液，荆棘的
荫凉布满了退潮后的肤色
断桥以东是摊开的黑发
我伪装成疲倦的归人
打着双桨
划进这个仿佛陌生的河湾

怀里揣着破旧的星图
今夜风大
叶密如许我还能窥见
酒菜完毕坐着饮茶的仇家

中

这橘花香的村子合当
焚落：烟雾要绕着古井
直到蛙鸣催响。我们从

灰烬上苏醒
鸟逸入云。寂
静

我的白骨已经风化成缺磷的窘态
雨前雨后，却也
十分忧郁十分想家。这时
总有一点萤火从废园旧楼处流来
轻巧地，羞怯地
是我仇家的
独生女吧，我误杀的妻

下
故事是没有结尾的故事
铙钹击打着亡魂的
节日。桃树照常生长

当我因磨刀出汗
山坡泛白，水为沉舟而荡漾
酒在壶底变酸，泪映照
好一队队候鸟迁徙于新降，熟悉的霜

我的悼祭者流落在外地

让风朗诵

1
假如我能为你写一首
夏天的诗,当芦苇
剧烈地繁殖,阳光
飞满腰际,且向
两脚分立处
横流。一面新鼓
破裂的时候,假如我能

为你写一首秋天的诗
在小船上摆荡
浸湿十二个刻度
当悲哀蜷伏河床
如黄龙,任凭山洪急湍
从受伤的眼神中飞升
流溅,假如我能为你

写一首冬天的诗
好像终于也为冰雪
为缩小的湖做见证
见证有人午夜造访
惊醒一床草草的梦

把你带到远远的省份
给你一盏灯笼,要你
安静地坐在那里等候
且不许你流泪

2
假如他们不许你
为春天举哀
不许编织
假如他们说
安静坐下
等候
一千年后
过了春天
夏依然是
你的名字
他们将把你
带回来,把你的
戒指拿走
衣裳拿走
把你的头发剪短
把你抛弃在我
忍耐的水之湄
你终于属于我

你终于属于我

我为你沐浴
给你一些葡萄酒
一些薄荷糖
一些新衣裳
你的头发还会
长好,恢复从前的
模样,夏依然是
你的名字

3
那时我便为你写一首
春天的诗,当一切都已经
重新开始——
那么年轻,害羞
在水中看见自己终于成熟的
影子,我要让你自由地流泪
设计新装,制作你初夜的蜡烛

那时你便让我写一首
春天的诗,写在胸口
心跳的节奏,血的韵律
乳的形象,痣的隐喻
我把你平放在温暖的湖面
让风朗诵

(1973)

瓶 中 稿

这时日落的方向是西
越过眼前的柏树。潮水
此岸。但知每一片波浪
都从花莲开始——那时
也曾惊问过远方
不知有没有一个海岸?
如今那彼岸此岸,惟有
飘零的星光

如今也惟有一片星光
照我疲倦的伤感
细问汹涌而来的波浪
可怀念花莲的沙滩?

不知道一片海浪喧哗
向花莲的沙滩——回流以后
也要经过十个夏天才赶到此?
想必也是一时介入的决心
翻身刹那就已成形,忽然
是同样一片波浪来了
宁静地溢向这无人的海岸

如果我静坐听潮

观察每一片波浪的形状
并为自己的未来写生
像左手边这一片小的
莫非是蜉生的鱼苗?
像那一片姿态适中的
大概是海草,像远处
那一片大的,也许是飞鱼
奔火于夏天的夜晚

不知道一片波浪
涌向无人的此岸,这时
我应该决定做什么最好?
也许还是做他波浪
忽然翻身,一时回流
介入宁静的海
溢上花莲的
沙滩

然则,当我涉足入海
轻微的质量不灭,水位涨高
彼岸的沙滩当更湿了一截
当我继续前行,甚至淹没于
无人的此岸七尺以西
不知道六月的花莲啊花莲
是否又谣传海啸?

(1973)

孤 独

孤独是一匹衰老的兽
潜伏在我乱石磊磊的心里
背上有一种善变的花纹
那是,我知道,他族类的保护色
他的眼神萧索,经常凝视
遥遥的行云,向往
天上的舒卷和飘流
低头沉思,让风雨随意鞭打
他委弃的暴猛
他风化的爱

孤独是一匹衰老的兽
潜伏在我乱石磊磊的心里
雷鸣刹那,他缓缓挪动
费力地走进我斟酌的酒杯
且用他恋慕的眸子
忧戚地瞪着一黄昏的饮者
这时,我知道,他正懊悔着
不该贸然离开他熟悉的世界
进入这冷酒之中,我举杯就唇
慈祥地把他送回心里

(1976)

有人问我公理和正义的问题

有人问我公理和正义的问题
写在一封缜密工整的信上,从
外县市一小镇寄出,署了
真实姓名和身份证号码
年龄(窗外在下雨,点滴芭蕉叶
和围墙上的碎玻璃),籍贯,职业
(院子里堆积许多枯树枝
一只黑鸟在扑翅)。他显然历经
苦思不得答案,关于这么重要的
一个问题。他是善于思维的,
文字也简洁有力,结构圆融
书法得体(乌云向远天飞)
晨昏练过玄秘塔大字,在小学时代
家住渔港后街拥挤的眷村里
大半时间和母亲在一起;他羞涩
敏感,学了一口台湾国语没关系
常常登高瞭望海上的船只
看白云,就这样把皮肤晒黑了
单薄的胸膛里栽培着小小
孤独的心,他这样恳切写道:
早熟脆弱如一颗二十世纪梨

有人问我公理和正义的问题

对着一壶苦茶，我设法去理解
如何以抽象的观念分化他那许多凿凿的
证据，也许我应该先否定他的出发点
攻击他的心态，批评他收集资料
的方法错误，以反证削弱其语气
指他所陈一切这一切无非偏见
不值得有识之士的反驳。我听到
窗外的雨声愈来愈急
水势从屋顶匆匆泻下，灌满房子周围的
阳沟。唉到底甚么是二十世纪梨呀——
他们在海岛的高山地带寻到
相当于华北平原的气候了，肥沃丰隆的
处女地，乃迂回引进一种乡愁慰藉的
种子埋下，发芽，长高
开花结成这果，这名不见经传的水果
可怜悯的形状，色泽，和气味
营养价值不明，除了
维他命 C，甚至完全不象征甚么
除了一颗犹豫的属于他自己的心

有人问我公理和正义的问题
这些不需要象征——这些
是现实就应该当做现实处理
发信的是一个善于思维分析的人
读了一年企管转法律，毕业后
半年补充兵，考了两次司法官……

雨停了
我对他的身世，他的愤怒
他的诘难和控诉都不能理解
虽然我曾设法，对着一壶苦茶
设法理解。我相信他不是为考试
而愤怒，因为这不在他的举证里
他谈的是些高层次的问题，简洁有力
段落分明，归纳为令人茫然的一系列
质疑。太阳从芭蕉树后注入草地
在枯枝上闪着光。这些不会是
虚假的，在有限的温暖里
坚持一团庞大的寒气

有人问我一个问题，关于
公理和正义。他是班上穿着
最整齐的孩子，虽然母亲在城里
帮佣洗衣——哦母亲在他印象中
总是白皙的微笑着，纵使脸上
挂着泪；她双手永远是柔软的
干净的，灯下为他慢慢修铅笔
他说他不太记得了是一个溽热的夜
好像仿佛父亲在一场大吵闹后
（充满乡音的激情的言语，连他
单祧籍贯香火的儿子，都不完全懂）
似乎就这样走了，可能大概也许上了山
在高亢的华北气候里开垦，栽培

一种新引进的水果,二十世纪梨
秋风的夜晚,母亲教他唱日本童谣
桃太郎远征魔鬼岛,半醒半睡
看她剪刀针线把旧军服拆开
修改成一条夹裤一件小棉袄
信纸上沾了两片水渍,想是他的泪
如墙脚巨大的雨霉,我向外望
天地也哭过,为一个重要的
超越季节和方向的问题,哭过
复以虚假的阳光掩饰窘态

有人问我一个问题,关于
公理和正义。檐下倒挂着一只
诡异的蜘蛛,在虚假的阳光里
翻转反复,结网。许久许久
我还看到冬天的蚊蚋围着纱门下
一个塑胶水桶在飞,如乌云
我许久未曾听过那么明朗详尽的
陈述了,他在无情地解剖着自己:
籍贯教我走到任何地方都带着一份
与生俱来的乡愁,他说,像我的胎记
然而胎记袭自母亲我必须承认
它和那个无关。他时常
站在海岸瞭望,据说烟波尽头
还有一个更长的海岸,高山森林巨川
母亲没看过的地方才是我们的

故乡。大学里必修现代史,背熟一本
标准答案;选修语言社会学
高分过了劳工法,监狱学,法制史
重修体育和宪法。他善于举例
作证,能推论,会归纳。我从来
没有收到过这样一封充满体验和幻想
于冷肃尖锐的语气中流露狂热和绝望
彻底把狂热和绝望完全平衡的信
礼貌地,问我公理和正义的问题

有人问我公理和正义的问题
写在一封不容增删的信里
我看到泪水的印子扩大如干涸的湖泊
濡沫死去的鱼族在暗晦的角落
留下些许枯骨和白刺,我仿佛也
看到血在他成长的知识判断里
溅开,像炮火中从困顿的孤堡
放出的军鸽,系着疲乏顽抗者
最渺茫的希望,冲开窒息的硝烟
鼓翼升到烧焦的黄杨树梢
敏捷地回转,对准增防的营盘刺飞
却在高速中撞上一颗无意的流弹
粉碎于交击的喧嚣,让毛骨和鲜血
充塞永远不再的空间
让我们从容遗忘。我体会
他沙哑的声调,他曾经

嚎啕入荒原

狂呼暴风雨

计算着自己的步伐,不是先知

他不是先知,是失去向导的使徒——

他单薄的胸膛鼓胀如风炉

一颗心在高温里熔化

透明,流动,虚无

(一九八四·一)

却 坐

Mony klyf he ouerclambe in contrayez straunge, Fer floten fro his frendez fremedly he rydez.

—— Gawain[1]

屋子里有一种秋叶

燃烧的气味,像往年

对窗读书在遥远的楼上

檐角听见风铃

若有若无的寂寞。我知道

---

[1] 编者注:题记引自十四世纪中古英文传奇《武士高文与绿骑士》,第713—714行:"陌生国境的山崖翻过了一座又一座/远离了盟友,异乡人骑马仆仆前行。"

翻过这一页英雄即将起身，着装
言秣其马
检视旗帜与剑
逆流而上遂去征服些纵火的龙
之类，解救一高贵、有难的女性
自危险的城堡。他的椅子空在
那里，不安定的阳光
长期晒着

1998

吴 晟
(1944年生)

本名吴胜雄,台湾彰化县溪州乡人。1962年开始发表诗作。1970年毕业于台湾屏东农专畜牧科后,回乡担任溪州国中生物教师;在教学、写作的同时,仍参与乡村农务。在社团、派别纷呈的现代诗坛,吴晟不涉足任何集团活动,独自在农村耕读写作。他的诗和散文,以乡土的人物和日常生活为题材,书写台湾嘉南平原农作滋生成长,和生活在这片土地上的普通农民的性情、心态:他们劳作的艰辛,工商文明入侵之后的变迁中,农村的困顿和农民的愁绪,以及诗人"无可掩饰的疼痛"。诗中有着对土地、农民深深的眷恋和敬意。《吾乡印象》是他最知名的诗集,正如评论者所言,他日后的发展,他的语言、句式、韵律,以及他"谦卑、热情、温和的情感",在这里显示了最初的胚芽(陈映真)。吴晟诗的语言朴素、情感真挚,常将叙述放置在谣曲的歌唱性框架之中。新诗写作外,也擅长散文,出版有多部散文集。

出版诗集:

《吾乡印象》,台湾新竹:枫城出版社,1976年。

《泥土》,台北:远景出版社,1979年。

《飘摇集》,台北:洪范出版社,1985年。

《向孩子说》,台北:洪范出版社,1985年。

《吴晟诗选:1963—1999》,台北:洪范出版社,2000年。

《吴晟集》(陈建忠编),台南:国立台湾文学馆,2009年。

另出版有散文集《农妇》、《店仔头》、《无悔》、《不如相忘》、《笔记浊水溪》、《一首诗一个故事》、《吴晟散文选》等。

店仔头

或是纵酒高歌,猜拳吆喝
或是默默对饮,轻叹连连
或是讲东讲西,论人长短
消磨百般无奈的夜晚

这是我们的店仔头
这是我们的传播站
这是我们入夜之后
唯一的避难所
千百年来,永远这样热闹
永远这样荒凉

千百年来,千百年后
不可能辉煌的我们
只是一群影子,在店仔头
模模糊糊的晃来晃去
不知道谁在摆布

花生,再来一包
米酒,再来一杯
电视啊,汽车啊,城里回来的少年啊
不必向我们展示远方

豪华的传闻

店仔头的木板凳上，
盘膝开讲，泥土般笨拙的我们
长长的一生，再这么走
也是店仔头前面这几条
短短的牛车路

1972年8月

沉　默

青山的那边那边
远方的那边
翩翩飘来几只云朵
戏弄着吾乡人们不语的斗笠
飞翔

河流的那边那边
远方的那边
款款流来一组水声
逗着吾乡人们不语的嘴巴
歌唱

水田的那边那边
远方的那边
哗哗奔来一群野草
缠着吾乡人们不语的赤足
喧闹

免讲啦
不语的斗笠，不语的嘴巴，不语的赤足
从何谈起

1972年8月

稻 草

在干燥的风中
一束一束稻草，瑟缩着
在被遗弃了的田野

午后，在不怎么温暖
也不是不温暖的阳光中
吾乡的老人，萎顿着
在破落的庭院

终于是一束稻草的

吾乡的老人
谁还记得
有曾经过叶、开过花、结过果

一束稻草的过程和终局
是吾乡人人的年谱

1972年8月

木麻黄

日头仍然辉煌的照耀
在同伴越来越稀少的马路上
而我们望见
吾乡人们的脚步,不再踊跃

晚霞仍然殷勤的送别
在同伴越来越稀少的马路上
而我们望见城市的工厂、工厂的烟囱、烟囱的煤灰
随着一阵一阵吹来的风
弥漫吾乡人们的脸上

月光仍然温柔的抚照
在同伴越来越稀少的马路上

而我们望见呼啸而来呼啸而去，匆匆忙忙的机车
并不在意

以粗糙的皮为衣
以干硬的果为实
笨拙的直立马路两旁
我们是越来越瘦
越来越稀少的木麻黄

1975年2月

兽魂碑

吾乡街路的前端，有一屠宰场，屠宰场入口处
设一兽魂碑——

碑　曰：魂兮！去吧
不要转来，不要转来啊
快快各自去寻找
安身托命的所在
不要转来，不要转来啊

每逢节日，各地来的屠夫
诚惶诚恐烧香献礼，摆上祭品

你们姑且收下吧
生而为禽畜,就要接受屠刀
不甘愿什么呢

猪狗禽畜啊
不必哀号,不必控诉,也不必
讶异——他们一面祭拜
一面屠杀,并要求和平
这没什么不对

不必哀号,不必控诉,也不必
讶异——他们一面屠杀
一面祭拜,一面恐惧你们的冤魂
回来讨命;猪狗禽畜啊
魂兮!去吧

(1977)